U0508906

暨南中文名家文丛

主编 程国赋 贺仲明

郑振铎集

李俊 程刚／编

人民出版社

1937 年郑振铎（前排右二）担任暨南大学文学院院长期间，与中文系毕业生合影

華僑教育與理想之暨南大學

文學院長鄭振鐸先生講演

俞 劍 華 筆記

（九月二十三日總理紀念週）

現在，我們仍有充分容納西洋文化的必要，但亦必須使其成為本國化，合於我國的需要。這就是說：理想的大學生要站在時代的前面，不應當開倒車，同時，不要一章的盲目去模做西方，忘了我自己也會的情緒。

總之，一個理想的大學生，就應該備具他所應有的條件；同時，而且要十分努力去完成他所應達到的目標。我很誠懇的希望我們的大學，能夠逐漸成為一個理想的大學，而尤希望我們的同學，都能成為理想的大學生。閃為這樣，我們的國魂，我們的民族，才有復興的一日。

才有出路。閃為道理，我們的民族，才有復興的一日。

上次紀念週杜月室先生講「理想的大學與理想的大學生」，我今天卻選了一個更親切些的講題，即華僑教育與理想之暨南大學。「理想一的學校生活不一定就做得到，但吾人總須以此「理想」為努力之目標。

學生與學校之關係較教職員更為親切，至少在現在的大學可以過樣說，教職員隨時可以去可以來，一點保障也沒有。而學生則至少須住校四年。學校辦得好不好，教職員所受的影響並不大，而受影響最大者顧為學生。在校時，學業品行，均將家莫大之損失。與其前途有密切之關係。大學的名譽，至少可作為畢業同學的一種保障。故同學方面希望暨大改進之心，應該更為緊切！而使暨大能成為一個理想的大學，其實任

○○大學畢業」的牌子。固然不必說，就是出校以後且將終身背負着「○

也要同學們扑負了一部分。

（一）暨大之特殊使命，暨南雖為國立大學之一，但與其他大學性質彼有不同，閃為暨大有特殊之使命，即為暨南擔負着華僑的最高教育的任務。暨南故有「華僑學府」之稱，教育部並且指令招生，至少華僑學生須佔學生全數最長分之幾。故歷年來，暨南學校同學校任何大學為多。本校既負此使命，如何可以完成此種使命，以無負國家對於本校師生共同努力不可！華僑對於中國究竟有何關係？華僑何以須受此特殊的教育？吾人試一閱南洋華僑之鬥門史，即可知其意義之重大。

（二）南洋華僑之歷史。南洋華僑不僅為生活而鬥門之同胞，並且有許多為民族的奮鬥之同胞。在中國每一次大亂之時，總有一批有志之士，或不甘屈服，或憤異族之壓迫，或作革命之活動，如元明末年以及太平天國失收後，許多忠臣、革命志士，無不相率赴南洋。此南洋人對于革命方面之幫助，于於南洋人面對祖國的幫助，則尤為偉大。光緒末，辛亥革命其發源與酝釀。其時人超已達數千餘萬，其惟

份作海關出入口貿易册書云：彼時人超已達四萬萬元之多。這幾年來，雖愛不減氣影響，華僑匯款日漸渡少，然對於經濟方面之幫助，仍極偉大。故中國之生命線實在南洋。

（三）南洋華僑之地位。華僑每年匯回祖國之現款。現在入超每年達我們經濟之來完全破產者賴有此耳。

之民族，且有許多地方，全係華僑披荆斬棘，篳路藍縷所開創，華僑在南洋難有悠久之歷史，廣大

1935 年 9 月 23 日，郑振铎在"总理纪念周"讲演《华侨教育与理想之暨南大学》，载 10 月 7 日《暨南校刊》第 145 期

導時，注意其性質、興趣、與精神，而因勢善導之。

（乙）管理方面

（一）懲戒之運用　訂有懲戒條例，視違反校規程度之輕重，予以適當之懲戒。懲戒分為六種：訓誡、警告、記過、休學、勒令退學、開除學籍。

（二）軍事管理　一年級學生皆強迫受軍事訓練，並實行軍事管理，使生活完全紀律化。將來並擬推行於其他各級。

（三）容用管理　本會深恐學生容用浪費，故依照本市生活程度，訂定概算，分送家長。受委託後，可由本會代為集談話，每月或每星期支取。

（四）個別談話　學生行動，如有特殊情形時，由本會隨時召集談話，應獎應懲，概由本會面加說明或勸導。

（五）審查文告　學生個人或團體之文告揭貼，須經本會之核准蓋印。

（六）宿舍之管理　各宿舍內住有訓育員，隨時巡視臥室，指導一切，並訂有宿舍規則，一體遵守。

（七）信件之管理　學生之快信掛號信，皆由本會登記，以免錯誤，如有匯款，亦由本會蓋章認明後，方得向郵局領取。

以上所得，為本會訓育標準，與實施情形，尚希教育界先進不吝賜教是幸！

文學院發展計劃

鄭振鐸

點為討論中心，一方面使其適合於一般大學的水準，一方面尤注意於增設南洋各地語言文字與歷史地理學程以及有關華僑高等教育之其他各學程，俾能貫徹暨南大學所應負之特殊使命。本校對于本學院圖書儀器之購置，亦有相當數量之特殊使命。本校

圖書館所藏新文學書籍，向極缺乏，本年度中文系參考室增購千數百冊，已燦然可觀，同時並購進各時代重要的專集，詞話、詩話以及四部叢刊續編三編與縮本四部叢刊等。外文史地各系，對於重要名著，亦經陸續收藏。教育系並購入李石岑先生遺書全部。關于心理儀器，亦大批購入。史地系並成立一小規模的氣象測候所，每日揭布氣象測候報告。

現在學程整理已告一個段落，教學效率亦有相當增進。在二十五年度之開始，擬進一步注重於各學程內容之充實，及圖書儀器之購置。中文系注重於各時代重要作家搜集之收集；外各地出版之中小學教科書作大規模的搜羅，以供學生研究。心理實驗室並擬添置大批精密儀器，並與各大學各研究所及醫院

文注重于各國語言文字基本書籍及文學名著之購置。史地系擬特別注意搜羅關于南洋史地之圖籍，俾數年後得成立一特殊的南洋史地書室；同時並積極成立地理教室及歷史教室，充實室內之特殊設備。教育系仍努力於各國教育名著之購藏，並擬將

作密切的聯絡。

對于學生某本寫作之訓練，下學年擬特別加以注意，已成立某本國文教學改進委員會；在本英文教學改進委員會，及某本英文教學改進委員會，在開辦前即可開始工作。對于第二外國語，亦擬設立一教學改進委員

員會，研究教學效率之增進。

關于刊物方面，本學院擬於下年度創刊（一）「文史季刊」，發表各教授及學生之研究著作；（二）「地理資料」，刊

程教學效率之增進。歷次院務會議與各系務會議無不以此二

1936 年 6 月 14 日，郑振铎在《暨南校刊》第 176 期发表《文学院发展计划》

視的。

他對於工資的理論上與社會主義者是大相逕庭了他似乎太藐視了工會的作用,他說先有高工資而後有工會這

一點是因爲他痛心疾苦於當時英國鬧饑荒的工潮久鬧不決公私的損失廠主與工人的損失都很大而慨乎言之這恐

不免有點矯枉過正然而他所說的工會不能將工資超過競爭平面卽令能之亦是使他種工人受損這不能不算透闢之

見他格工資而言工人純金 (net advantage) 確比專言工資數最的工會主義者公深刻一層他在第七章上舉出四種

增加社會嵐利的條件說那些條件是使工資增加的動力可見他對於工資並不是悲觀者反而極端樂觀者就他人口問

題的見解而言他不承認現代世界人口已至最高數量已能利用富源至最大限度他以爲要擴大生

產他認爲擴大生產始能救貧這雖有一部分其理但是太忽視了左右貧富的分配方法他以爲雇主是好人在第二章

上他曾說過雇主只想減少勞動原費並不想減少工資這未免太相信了雇主而且作雇主的有多少能把勞動原費和工

資分得清清楚楚的和越氏自己一樣自由生產自由分配是英國正統學派一貫的精神但在現時環境之下總覺得

是過於理想一些正統經濟學派是以全世界爲經濟範疇的他們以爲經濟是超國界的然而事實上並不能完全如此所

以他們的生產論先得打一個折扣因此越氏樂觀的工資論也有點動搖然而他這本小書內也有些獨制之見是值得重

評圖書集成「詞曲部」

鄭振鐸

近來頗有一種風氣,對於清代「御纂」的書每喜加以誇大的鼓吹和引用四庫全書珍本的刊行,便是一例這和誇

大蒙古帝國的戰功同樣的可笑他們根本上已經忘記了我們漢民族在那時候也是被征服的民族之一同樣的四庫全

1936 年 2 月,《暨南学报》创刊,郑振铎在创刊号发表
《评图书集成"词曲部"》一文

总　序

程国赋　贺仲明

作为中国第一所由政府创办的华侨学府，暨南大学从创办开始就与中华文化传承传播息息相关。学校的前身是 1906 年清政府创立于南京的暨南学堂，后迁至上海，1927 年更名为国立暨南大学。抗日战争期间，迁址福建建阳。1946 年迁回上海，1949 年 8 月合并于复旦大学、交通大学等高校。新中国成立后，暨南大学于 1958 年在广州重建，"文革"期间一度停办，1978 年在广州复办。暨南学堂的创办，与清政府"宏教泽""系侨情"的考虑密切相关。"暨南"二字出自《尚书·禹贡》："东渐于海，西被于流沙，朔南暨，声教讫于四海。"意即面向南洋，将中华文化远播到五洲四海。2018 年 10 月 24 日，习近平总书记视察暨南大学并发表重要讲话，肯定学校"作用独特"，指示学校"把中华优秀传统文化传播到五洲四海"。

暨南大学中文系成立于 1927 年，距今已有 94 年的发展历史，是暨南大学成立最早的院系之一。自此以来，中文系以其深厚的人文底蕴和国学基础，以传播中华文化为己任，坚持"宏教泽而系侨情"的办学宗旨，培养和造就了一代代人文英才，成为暨南大学办学历史上有着重要地位和影响的学系。

在中文系的发展历史上，名家荟萃，群星闪烁，1949 年以前的各个时期，夏丏尊、方光焘、龙榆生、陈钟凡、郑振铎、许杰、刘大杰、梁实秋、沈从文、李健吾、钱锺书、洪深、曹聚仁、王统照、何家槐、沈端先（夏衍）等一大批名彦学者亲执教鞭，授业解惑。1958年暨大在广州重建后，萧殷、黄轶球、何家槐、郭安仁（丽尼）、秦牧等著名专家、学者、作家在中文系任教。可谓鸿儒硕学，流光溢彩，有云蒸霞蔚之盛。这些专家、学者不仅有着很深的学术造诣和学术成就，而且拥有浓厚的家国情怀。在随学校几度搬迁的过程中，在暨南大学坎坷曲折的办学历程中，一代又一代暨南大学中文系的师生以爱国爱校、坚忍不拔、顽强拼搏、不折不挠的精神践行着"忠信笃敬"的暨南校训。以抗日战争时期发生在暨南园的"最后一课"为例，1941年12月8日，太平洋战争爆发。日军坦克开进上海租界，并炮击停泊在黄浦江上的英美军舰。这天早晨，学校举行会议，作出了悲壮而坚毅的决定："当看到一个日本兵或一面日本旗经过校门时，立刻停课，将这所大学关闭。"何炳松校长含泪向教师们宣布后，大家分头准备上课。上课铃响了，学生们如往日一样坐在座位上。教师们宣布了学校的决定，学生们脸上呈现出坚毅的神色，静静地坐着，听老师在讲台上严肃而镇静地讲授"最后一课"。在郑振铎撰写的《最后一课》（收入《蛰居散记》，上海出版公司1951年版）中，他用沉重的笔调记下了暨南大学百年历史上最为悲壮也最为神圣的一幕：

我不荒废一秒钟的工夫，开始照常的讲下去。学生们照常的笔记着，默默无声的。

这一课似乎讲得格外的亲切，格外的清朗，语音里自己觉得有点异样；似带着坚毅的决心，最后的沉着；像殉难者的最后的晚餐，像冲锋前的士兵们似的上了刺刀，"引满待发"。

然而镇定、安详、没有一丝的紧张的神色。该来的事变，一定会来的。一切都已准备好。

谁都明白这"最后一课"的意义。我愿意讲得愈多愈好；学生们愿意笔记得愈多愈好。

讲下去，讲下去，讲下去。恨不得把所有的应该讲授的东西，统统在这一课里讲完了它；学生们也沙沙的不停的在抄记着，心无旁用，笔不停挥。……

没有伤感，没有悲哀，只有坚定的决心，沉毅异常的在等待着；等待着最后一刻的到来。

远远的有沉重的车轮辗地的声音可听到。

几分钟后，几辆满载着日本兵的军用车，经过校门口，由东向西，徐徐的走过，当头一面旭日旗，血红的一个圆圈，在迎风飘荡着。

时间是上午 10 时 30 分。

我一眼看见了这些车子走过去，立刻挺直了身体，作着立正的姿势沉毅的合上书本，以坚决的口气宣布道：

"现在下课！"

学生们一致的立了起来，默默的不说一句话，有几个女生似在低低的啜泣着。

没有一个学生有什么要问的，没有迟疑，没有踌躇，没有彷徨，没有顾虑。个个人都已决定了应该怎么办，应该向哪一个方面走去。

赤热的心，像钢铁铸成似的坚固，像走着鹅步的仪仗队似的一致。

从来没有那么无纷纭的一致的坚决过，从校长到工役。

这样的，光荣的国立暨南大学在上海暂时结束了她的生命。默默的在忙着迁校的工作。

这天早上，王统照教授给学生讲的是大学一年级国文课，内容是陆机的《文赋》。徐开垒从学生的角度记述了"最后一课"对他心灵的震撼和终身的影响：

这天他的脸色非常严肃，课堂上一片静寂，而我们回头从阳台上望下去，康脑脱路上却是一片乱哄哄，但见日本军队卡车正在马路上横冲直撞，卡车的喇叭声像鬼哭狼嚎。王统照老师像法国著名作家都德的短篇小说《最后一课》里的韩麦尔先生那样认真地坚持讲课，在到剩下最后一刻钟时间，他才终于放下课本（讲义），讲课程以外的话了。

他的神情是这样严峻，在他黑瘦的脸上，从玳瑁边眼镜里射出极其严肃的眼光，用十分沉痛又十分关切爱护的口气对我们说：

"同学们，刚才何校长与我们许多教师商量，决定向全校师生员工发出通知：学校从现在开始，停办了！因为日本军队已经开始进入租界！我们决不能让敌人来接管我们的学校！今天这一节是最后一课，我们现在要解散了！"……

多么沉痛的现实！多么使人刻骨铭心的难忘印象！这时我又忽然听到王统照先生对我们讲话了：

"同学们，你们都很年轻，都二十岁不到吧？我们的日子正长，青年人要有志气，要有能冲破黑暗的精神，学校可能内迁，你们跟不跟学校到内地去，何校长说过了：这要看每个人的家庭环境来定，不要勉强。问题在不论留下来，还是跟着内迁，都要有个精神准备，这就是坚持爱国，坚持抗日！……"（徐开垒：《何炳松校长的爱国主义精神》，载刘寅生等编：《何炳松纪念文集》，华东师范大学出版社1990年版）

后来，何炳松曾对人谈及当时的情况，说："与学校同仁共同经过'一·二八'之变，经过'八·一三'之变，又经过'一二·八'之变。我们忍受，我们镇定，我们照应该做的步骤，默默地做去。我们没有丢自己的脸，没有丢国家民族的脸。在事变已过，局势大定以后，总是邀少数友好喝一次酒。我们斟了满满的一大杯'干了吧！'一饮而尽。"（阮毅成：《记何炳松先生》，载刘寅生等编：《何炳松纪念文集》，华东师范大学出版社1990年版）正所谓仰天俯地，无愧于心！暨南百年，屡遭磨难，三度停办，数易其址，而终保华侨高等教育而不断，实有赖于是。

暨南大学中文系前辈学者的学术精神和家国情怀滋养、鼓励着一代代的中文人。在几代人的共同努力下，目前，暨南大学中文学科获得快速发展，在学科建设、人才队伍、教学、科研、社会服务等各方面均取得突出的成绩，截至 2021 年，本学科拥有一级学科博士点、博士后流动站、国家文科基础学科人才培养和科学研究基地、文艺学国家重点学科（2007 年）、广东省一级攀峰重点学科。其中，国家文科基础学科人才培养和科学研究基地是全校唯一一个同类的研究基地；本学科拥有国家教学名师、长江学者特聘教授、青年长江学者、国家"万人计划"哲学社会科学领军人才、青年拔尖人才、教育部新世纪优秀人才等国家级人才 20 人次，广东省高校珠江学者特聘教授、广东省"千百十工程"国家级、省级培养对象等省级人才 25 人次，其中，长江学者特聘教授、青年长江学者、国家"万人计划"哲学社会科学领军人才、教育部新世纪优秀人才、广东省高校珠江学者特聘教授、广东省"千百十工程"国家级培养对象等人才称号的获批，均实现我校在同一领域的突破；目前本学科在研的国家社科基金重大项目 14 项，近五年新增国家社科基金项目 62 项；在 2020 年第八届教育部高等学校优秀成果奖评选中，中文系教师共获得一等奖 1 项，二等奖 3 项，这是全校迄今为止第一个教育部高等学校优秀成果奖一等奖，实现我校在科学研究领域的重要突破；近年来本学科教师发表论文 715 篇，其中在《中国社会科学》《文学评论》《文艺研究》《中国语文》等权威期刊发表论文 125 篇；入选首批国家级一流本科专业，在 2020 年软科中国最好学科排名中，暨南大学中文学科进入全国前 5%，在全国排名第九。2020 年 9 月，依托暨南大学文学院，中华文化港澳台及海外传承传播协同创新中心被教育部认定为省部共建协同创新中心，这是全国侨务系统第一家，同时也是广东省第二家人文社科类省部共建协同创新中心，协同创新中心的认定对于向港澳台和海外传播中华文化、对于包括中国语言文学学科在内的暨南大学文科的发展将起到很好的推动作用。

暨南大学中文系薪火相传，生生不息。目前，学科处在一个重要的发展时期。中文学科入选广东省高水平大学建设的行列，入选"冲一流、补短板、强特色"重点建设的学科。在国家双一流建设以及广东省高水平大学建设的征程中，暨南中文人将在前辈学者打下的扎实基础上不断开拓，力争将学科建设提上一个新的台阶。

为了纪念曾经在暨南大学中文系工作、任教过的前辈学者，为弘扬他们的学术精神和家国情怀，经中文系系务会集体讨论，决定编撰"暨南中文名家文丛"。暨南大学中文系前辈中优秀学者云集，我们无法悉数纳入，只能依据一定的选取原则。具体有三：一是学术或创作成就卓著；二是与暨大中文系渊源深厚；三是业已辞世。在此原则上，我们选取了夏丏尊、方光焘、龙榆生、郑振铎、刘大杰、许杰、王统照、何家槐、秦牧、萧殷等10位教授，编撰文集。其他许多名家大家，只能留遗珠之憾了。我们编撰该文丛的目的，既表达我们对前辈学者的崇高敬意，同时也希望更多的后来者知晓来路，立足当下，展望未来。这套丛书由中文系10位年轻老师主持编撰，分两年出版。

最后说明一下编选体例。版本方面，我们采用初版本和善本相结合的方式。编选上，尽量保留原文风格，但对一些术语、译名上的差异，以及异体字、标点符号等，则按照现在标准给予修订。个别逻辑错误或文字疏漏，也进行了补正。

"暨南中文名家文丛"的编撰得到中华文化港澳台及海外传承传播协同创新中心和广东省高水平大学经费的支持，得到人民出版社的大力支持，特此致谢。

2021年10月于广州

目 录
CONTENTS

前　言

郑振铎，小名木官，笔名西谛（C.T.）、郭源新等。福建长乐人，1898年生于浙江永嘉（今温州）。1918年考入北京铁路管理学校高等科乙班（英文班，今北京交通大学前身），1921年毕业后放弃铁路挂钩员工作，进入上海商务印书馆编译所担任编辑，开启了他从事文学创作与研究、藏书与文物购藏的一生。作为20世纪著名学者、作家、藏书家、编辑，新中国文物考古事业的开拓者，郑振铎的治学范围涉及中外文学史、艺术史、版本目录学、考古学等诸多领域，作品现存逾千万字。所著《插图本中国文学史》《中国俗文学史》是中国文学史上的典范之作；所发现整理并影印的《脉望馆抄校本古今杂剧》《清人杂剧初集》《清人杂剧二集》《长乐郑氏汇印传奇第一集》《古本戏曲丛刊》等丛书，保存了不少古代戏曲文学孤本，是中国戏曲文献整理史上的大事；其留下的《西谛书跋》《西谛书目》《求书日录》《西谛所藏善本戏曲目录》等目录与书跋，是研究版本目录学及古籍递藏史的重要史料；其《汤祷篇》《近百年古城古墓发掘史》《中国古明器陶俑图录》等著，则在古史新辨及考古艺术领域开拓了独特的研究视角、披露了稀见的材料。

郑振铎生活的时代，中西文化的激烈碰撞与交汇已深入到学术研究的各个层面，从文献利用到思想观念都在经历着"传统"与"现代"的抉择。与郑振铎同时代的学者，一方面深受传统教育的熏陶，另一方面又在接触西方观念后清楚地看到了传统学术的弊端。他们主动学习并融会西方的研究观念，译介引入西方理论，运用全新的研究方法力图为传统学术开辟新的领域。他们尝试走过的研究之路，实际上就是中国学术研究的现代化转型之路。

作为一位走在时代潮流前列的文学活动者，郑振铎的知识结构与前辈学者不同：他从小上的是新式学堂，读书的终极目的不再是科举仕途。故他常自称旧学功底不够，研究古典文学只能算是半路出家。其文学研究的侧重点亦主要在小说戏曲、民间文学等通俗文学领域，治学兴趣一如郭绍虞所言："招兵买马，集群俑于一室；俗曲木刻，尊小艺为上乘"。另一方面，他长期担任报刊编辑，其研究方法与学术理念均有着独特的"传媒"印记，故其研究成果中渗透着显而易见的"普及"意识。因此，尽管学术兴趣极为广泛，涉及门类也颇为驳杂（从翻译外国文学到整理中国旧文学，再到搜救古书古物，乃至整理版画撰著艺术史等），但实际上，终其一生，郑振铎都在为中国文化寻找世界定位而努力。就文学而言，他撰就三部文学史，试图在世界各民族文学史的比较中找到中国文学的价值与定位；他醉心于古代俗文学作品的搜救与保存，竭力提高他心目中"活泼泼的文学"在文学殿堂中的地位；他不遗余力影印刊布稀见珍本，将藏之秘府的典籍公之于众，真正实践着"学术乃天下公器"的文化理想。新中国成立后，郑振铎任中央人民政府第一任文物事业管理局局长、文化部副部长、北京大学文学研究所所长、中国科学院哲学社会科学学部常务委员会委员、国务院科学规划委员会委员兼考古学组组长、中国民间文艺研究会副主席、中国曲艺工作者协会理事等职。1958 年郑振铎随中国文化代表团出国访问途中，因飞机失事遇难殉职。郑振铎逝世后，其夫人高君箴将郑振铎所有藏书一万七千余种全部捐献给了北京图书馆（今国家图书馆），其中包括线装书 7740 种。

郑振铎的文学教育之路，始于任职上海商务印书馆期间。1928 年 10 月，因白色恐怖赴欧避难一年的郑振铎回国，正是在欧洲潜心寻访和整理稀见古籍的过程中，他日渐萌发了辞去商务印书馆职务，专心从事文学研究与教学的决心。因此，回国后即开始在复旦大学主讲中国文学史和小说史，1929 年 9 月起在暨南大学文学院中国语文学系开设小说史课。1931 年正式辞去商务印书馆职务，携妻女北上，任燕京大学和清华大学合聘教授，主讲中国小说史、戏曲史及比较文学史等。郑振铎本打算从此专心教职，无奈 1935 年因燕京大学国文系风潮，被迫离职，同年 8 月回到上海，受暨南大学新任校长何炳松之聘，出任暨大文学院院长兼中国语文学系主任和教授，主讲中国文学史和敦煌俗文学。在此期间，郑振铎随着上海的暨南大学几度搬迁，不断更换临时上课地点仍未中断授课，直至 1941 年暨大迁往福建建阳为止。

郑振铎的作品绝大部分已收入《郑振铎全集》，共二十卷九百余万字，分别收小说、诗歌、散文、文学杂论、中国文学研究、文学史、儿童文学、艺术考古文论、外国文学文论、书信、日记、题跋、译述等。本选集以郑振铎 1935—1941 年担任暨南大学文学院院长期间所任课程及所研究的领域为中心，按文学史研究、诗歌研究、小说研究、戏曲研究分别编选能反映郑振铎在这些领域具备独特价值与学术史地位的成果，编选范围不限于任教期间。特别值得一提的是"郑振铎在暨南"专编，收入从《暨南校刊》《暨南学刊》《国立暨南大学图书馆馆刊》等处辑录的演讲词 5 篇、会议记录与工作计划等行政文字 4 篇，论文 1 篇。这些文章均未见载于《郑振铎全集》。这些演讲词或会议纪录，原汁原味保留了郑振铎主持暨南大学文学院招生、教师选聘、课程设置、军事训练、著作出版等全面工作时的设想与实施情况，如他在 1935 年 9 月 23 日"总理纪念周"例行大会演讲中，就明确提出"华侨教育与理想之暨南大学"，应紧扣"暨大之特殊使命"："暨南虽为国立大学之一，便与其他大学性质微有不同，因为暨大有特殊之使命，其特殊之使命，即为担负华侨的最高教育的任务……故吾人对于华侨教育之目的，为在使国内之人，明白华侨之状况，使南洋华侨明白国内之形势，将祖国与华侨联为一气，使之息息相关。而南洋学生之出路，仍为回南洋，将所学者传授于其他侨胞，能一致明白国际之情形、与自己所处地位之危险，一心一德，共同奋斗。"

同时附上的还有郑振铎起草的"上海文献保存同志会"9篇工作报告，转录同时参考《国立中央图书馆馆刊》第 16 卷第 1 期、沈津先生整理的《郑振铎与"文献保存同志会"》及陈福康先生整理的《为国家保存文化——郑振铎抢救珍稀文献书信日记辑录》。从 1940 年春到 1941 年冬太平洋战争爆发，上海彻底沦陷，整整两年时间，郑振铎利用任教暨南大学的公开身份，在校长何炳松的大力支持下，多次借用暨大经费垫付购书款，与张元济、张寿镛等留守上海的爱国学者，争取到重庆中央图书馆的拨款，为抢救祖国珍稀文献作出了杰出贡献。总共为国家抢购因战乱散出的珍本古籍 600 余箱，其中善本 121368 册，包括宋本 201 部，金本 5 部，元本 230 部，明本 6219 部及大量清本、稿本、抄本和批校本等。以致郑振铎不无骄傲地说："在这两年里，我们创立了整个的国家图书馆。"这不仅仅是郑振铎等几个人取得的惊人成就，更是以何炳松校长为首的暨南大学在国难当头之时赓续文化薪火的责任担当。

| 第一编 |

文学史研究

整理中国文学的提议 *

中国素以文教之邦著称。中国文学发达的历史也至少在三千年以上，历代帝王且时时下崇"文"之诏令。以中国人之如此重视文学，以中国文学所历年代之如此长久，宜其能蓬蓬勃勃，产生无量数之杰作了。然而除了诗歌与论文、杂著之外，其余戏剧、小说、批评文学之类并不发达。这是什么原故呢？原来中国人所崇的"文"，并不是"文学"的"文"，乃是所谓"六经之道"，为帝王保守地位的"文"。其他真正文学，则提倡者决无其人。诗歌最容易发泄人的真情，故最发达。至小说之类，则所谓文人者且鄙夷之而不屑为。《四库总目提要》且以"词曲二体，在文章技艺之间，厥品颇卑，作者勿贵。……王圻《续文献通考》以《西厢记》《琵琶记》俱入经籍类中，全失论撰之体裁，不可训也"。至于近代，因西洋小说介绍进来的原故，大家才稍稍承认小说在文艺上的地位，但是一般人还不大明了文学究竟是什么，也不大知道中国文学真价的所在。有人以学校中的"功课表"算为文学。也有人把宋元理学，汉人章句，也叙入文学史之中，又有人以陶潜来同俄国的托尔斯泰相比。中国文学真还在朦胧阴影之中，没有露出新明的阳光呢！所以我们要明白中国文学的真价，要把中国人的传统的旧文学观改正过来，非大大的先下一番整理的功夫，把金玉从沙石中分析出来不可。

前次，文学研究会在上海开会时，我曾提出一个问题，请大家研究，就是"整理中国文学的范围与方法"。当时大家曾讨论了一回，因为这个问题的复杂与重大，时间又是太短，所以没有议出什么结果来。

现在，我先把自己的意见，简简单单地写出来，请研究中国文学的诸

---

* 原载《文学旬刊》1922 年第 51 期，《郑振铎全集》第 6 卷，花山文艺出版社 1998 年版，第 1 页。

位先生，给我些教正。

一、整理的范围

文学的范围，极不易确定。如果我们说《诗经》是文学，《西游记》是文学，或是《日知录》不是文学，《朱子语录》不是文学，那是谁也不会反对的。如果一进到文学与非文学的边界，那么，便不易十分确定了。譬如问："王充《论衡》是不是文学？""《北梦琐言》《世说新语》，算不算文学？"或是"《陆宣公奏议》《贾子新书》是不是文学？"便不易立刻回答了。至少也要把文学的性质懂得清楚，并且把这种书的价值与影响研究得详详细细，才能够无疑地回答说："这是文学"，或"这不是文学"。

而欲确定中国文学的范围，尤为不易。

中国的书目，极为纷乱，有人以为集部都是文学书，其实不然。《离骚草木疏》也附在集部，所谓"诗话"之类，尤为芜杂，即在"别集"及"总集"中。如果严格地讲起来，所谓"奏疏"，所谓"论说"之类够得上称为文学的，实在也很少。还有二程（程颢、程颐）集中多讲性理之文，及卢文弨，段玉裁，桂馥，钱大昕诸人文集中，多言汉学考证之文，这种文字也是很难叫他做文学的。最奇怪的是子部中的小说家。真正的小说，如《水浒》《西游记》等倒没有列进去。他里边所列的却反是那些惟中国特有的"丛谭""杂记""杂识"之类的笔记。我们要把中国文学的范围，确定一下，真有些不容易！

现在凭我个人的臆断，姑且把他分为九类如下：

（一）诗歌　这里诗歌一字，所包括的颇广，自四言的诗，五言、六言、七言的诗，以至乐府、词、长歌、赋等等，都包含在内。词是从诗变化出来的，中国旧的分类虽与诗分开，其实性质是一样。只不过音调不同而已。赋自《离骚》以后，作者继出。而《离骚》实为后世诗人之祖，故赋也不能与诗分开。还有民间歌谣，也须附在这一类中。

（二）杂剧　传奇　元人杂剧，及汤若士，李渔，蒋士铨诸人之作都包括在内。董解元《西厢记》，体例与王实甫不同，他这本书，是预备给一个人唱演的，不是预备给许多人扮演的。后世弹词，与他极为相近，亦可附在此类。

（三）长篇小说　中国长篇小说极少。自宋元以后，始有作者。而所谓文人学士对于这种书，并不重视。所以除了《水浒》《西游记》《三国志》《红楼梦》《镜花缘》《儒林外史》，以及其他历史小说如《开辟演义》《东周列国志》《秦汉演义》之类百余种以外，长篇小说几于绝无仅有。

（四）短篇小说　唐人的短篇小说如《虬髯客传》《柳毅传》《长恨歌传》《霍小玉传》等都是价值极高的。自唐以后，作者极少，蒲留仙之《聊斋》，与流行民间之《今古奇观》，可以附在此类。

（五）笔记小说　此为中国所特有者。《四库总目》所列子部小说家，几皆为此类。而往往一书中有许多篇是记掌故的，有许多篇是记奇闻的。还有许多是杂记经籍考证及音义的，不能把他们完全当为小说。

（六）史书、传记　长篇传记，中国极少。至于史书，则《左传》《史记》《两汉书》《三国志》之类，都是有很高的文学价值的。他们的影响极大，后世言文者多称左、马。在文学史上，他们与《诗经》《离骚》是同等的重要的。

（七）论文　论文在中国文学中占有很重要的地位。周秦诸子及贾谊，扬雄，王充，仲长统，韩愈，苏轼，黄宗羲诸人所作的《论衡》《昌言》《明夷待访录》之类，一面于思想界极有关系，一面在文学上也各有相当的地位。

（八）文学批评　中国的文学批评极不发达，刘彦和的《文心雕龙》算是一部最大的著作。章学诚之《文史通义》，亦多新意。其余如《诗品》，诗话，词话及《唐诗纪事》之类，大半都是不大合于文学批评的原则的。

（九）杂著　如书启，奏议，诏令，赞铭，碑文，祭文，游记之类，皆归于这一类。

以上九类，略可以把中国文学，包括完尽。惟文学与非文学之间，界限极严而隐。有许多奏议、书启是文学，有许多奏议、书启便不能算是文学。所以要定中国文学的范围，非靠研究者有极精确的文学观念不可。

二、整理的方法

我们研究一种学问，不能受制于他人所预定的研究方法之下。所以，同样的我们也决不敢替别人定什么整理的或研究的方法。但是至少限度的研究的趋向，我想总要稍稍规定一下。因为这种研究的趋向，正如走路一样无论走到哪里去，都是非经过这一个地方不可的。譬如在培根以前，研究学问，都只信仰相传的成说，并不自己去考察。在达尔文以前，讲生物原理的人，也都只相信上帝造物之说，并不去研究生物进化之原理。到了培根、达尔文以后，研究学问的则自然而然地都趋向于归纳的研究与进化论一方面了。又如十八世纪以前，西欧的批评文学家，都以希腊的传统的学说为唯一的批评方针。莎士比亚的戏剧因为不遵守亚里士多德定下的"三一律"，便被当时的人攻击得很厉害。到十八世纪以后，文学的研究者便没有人信仰这"三一律"，而另有他们自己的新趋向了。如果在现在的时候，而还有人拿"上帝"创造说来批评"进化论"，或拿"三一律"来做现在的戏剧的准绳，则这人必定是个非愚则妄的人了。所以我们站在现代，而去整理中国文学，需要有：

（一）打破一切传袭的文学观念的勇气；

（二）近代的文学研究的精神。

现在先就第一项略说一下：

中国文学所以不能充分发达，便是吃了传袭的文学观念的亏。大部分的人，都中了儒学的毒，以"文"为载道之具，薄词赋之类为"雕虫小技"而不为。其他一部分的人，则自甘于做艳词美句，以文学为一种忧时散闷、闲时消遣的东西。一直到了现在，这两种观念还未完全消灭。便是古代许多很好的纯文学，也被儒家解释得死板的无一毫生气。《诗经》里很好的一首抒情诗：

> 关关雎鸠，在河之洲。窈窕淑女，君子好逑。
>
> 参差荇菜，左右流之。窈窕淑女，寤寐求之。
>
> 求之不得，寤寐思服。悠哉悠哉，辗转反侧。

被汉儒解释，便变成"后妃之德也，风之始也，所以风天下而正夫妇也"了。虽然朱熹能够打破这种解释，而仍把他加上儒家的桎梏，说什么"盖此人此德，世不常有。求之不得，则无以配君子而成其内治之美"。最可笑的是：

> 喓喓草虫，趯趯阜螽。未见君子，忧心忡忡。亦既见止，亦既觏止，我心则降。
>
> 陟彼南山，言采其蕨。未见君子，忧心惙惙。亦既见止，亦既觏止，我心则说。
>
> 陟彼南山，言采其薇。未见君子，我心伤悲。亦既见止，亦既觏止，我心则夷。

这一首诗，明明是"诸侯大夫行役在外。其妻独居，感时物之变，而思其君子如此"（朱熹的话）之意。汉儒却把他当做叙述妇人适人，未见其夫，与既见其夫的心境变化之文。这真是大错特错了。第一段"未见君子"解做"在途时"，还勉强可通，至第二段，第三段，则出嫁之女，要跑到南山去采蕨、采薇做什么？下边紧接着"未见君子"——"在途时"——则更说不通了。出嫁之女走到途中，忽然跑到南山去采蕨、采薇，到底是怎么一回事呢？还有奇怪的，诗中"未见君子，我心伤悲"，明明是言未见其夫，故而悲痛。汉儒却解做"嫁女之家，不息火三日，思相离也"。如果是说女思相离的话，那么，见夫前与见夫后，总是一样的相思，为什么见了夫后，便"我心则夷"呢？这种曲解强释，完全是中了儒家的礼教之毒之故。所以不许有怀春之士，不许有思夫之妇，而非把他们拿来装饰儒家所定的"礼教"的门面不可。其实孔子选诗的本意，岂是每首都含有宣传他的主义的意义在内么？

《离骚》与其后的各种小说，也同样的受了这种曲解的灾祸。自《史记》有"屈平疾王听之不聪也，谗谄之蔽明也，邪曲之害公也，方正之不容也，故忧愁幽思，而作《离骚》"之言，于是后之注《骚》者、几无一语不解为怨诽，无一语不解为思君。自朱熹作《通鉴纲目》贬曹魏，以三国正统予刘而不予曹，于是后之评《三国演义》者，几无一处不以作者为贬曹操，为是写曹操的奸恶的。无论曹操的一举一动，都以为奸谋，是恶行。评《红楼梦》者，竟有逐回斥责贾母为祸首的。评《西游记》者，则有以此书为言医药之书，逐回都是谈论医理的。如此附会之处，几于无书无之。中国人的儒教的文学观，因此养成，根柢深固，莫能拔除。为儒者所不道的稗官小说，开卷亦必说许多大道理。无论书中内容如何，而其著书之旨，则必为劝忠劝孝。甚至著淫书者，开头亦必说他著此书，是为了"劝善惩淫"。这种文学观是我们所必要打破的。还有一种无谓的文学正统的争论，如言古文者，鄙骈体为不足道；言骈体者，亦斥古文为淡薄。言宋诗者，遂唾弃别时代的一切作品，以为不足学之类。我们都应一概打破。

文学贵独创。前人之所以嘉惠后人者，惟无形中的风格的影响，与潜在心底的思想的同情而已。摹袭之作，决无佳构。而中国文学则以仿古为高，学古为则。屈子有《离骚》，扬雄则作《反骚》。枚乘作《七发》，而《七启》之属遂相继而产生。言诗者，不言此诗家之特质何在，独硁硁然举某诗似杜子美，某诗似黄山谷，一若学古人而似．即为诗人最大之成功者。言散文者亦然，作者评者，莫不以摹学左、孟、《史记》、昌黎为荣。这种奴性，真非从根本上推倒不可！

总之，我们研究中国文学，非赤手空拳、从平地上做起不可。以前的一切评论，一切文学上的旧观念都应一律打破。无论研究一种作品，或是研究一时代文学，都应另打基础。就是有许多很好的议论，我们对他极表同情的，也是要费一番洗刷的功夫。把他从沙石堆中取择，而加之以新的证明，新的基础。

说到这里，必定有人要问我，"旧的既然要打破，那么，新的呢？新的文学的观念是怎样的呢？"

在这个地方，我且乘便把第二项"近代的文学研究的精神"说一说。

我们的新的文学研究的基础，便是建筑在这"近世精神"上面的。

这近代的文学研究的精神是怎样的呢？

B. G. Moulton 在他的《文学的近代研究》（Modern study of literature）一书里，说得很详细。他以为近代的精神便是：（一）文学统一的观察，（二）归纳的研究，（三）文学进化的观念。

所谓文学的统一观，便是承认文学是一个统一体，与一切科学，哲学是一样的，不能分国单独研究，或分时代单独研究。因为古代的文学与近代的文学是有密切的关系的，这一国的文学与那一国的文学也是有密切的关系的。我们研究文学应该以"文学"为单位，不应该以"国"或以"时代"为单位。（此段请参看本年《小说月报》第二号我的《文学的统一观》）我们中国的文学研究者，则不惟没有世界的观念，便连一国或一时代的统一研究，也还不曾着意，他们惟知道片段的研究一个或几个作家。用这种文学的统一观，来代替他们的片段的个人研究，实是很必要的。

但是说来可怜，中国人便连这片段的个人研究也不曾研究得好呢！他们所谓研究，便是做"年谱"与"注释"。能够对于一个作家的性格与作品，有一种明了的切实的批评的，实在是万不得一。

"归纳的观察"，是研究一切学问的初步。无论我们做个人的研究功夫也好，做一部分或全部分中国文学的研究功夫也好，我们必须应用这"归纳的观察法"，把作品与作家仔仔细细地研究个共同的原则与特质出来。

所谓"进化的观念"，便是把"进化论"应用到文学上来。许多人反对讲"文学进化"，以为文学是感情的结晶，人类的感情自太古以至现代，并没有什么进化。所以荷马的史诗，我们还是同样的赞赏。如言进化，则荷马之诗必将与希腊的幼稚的科学知识，同归消灭了。其实，这是不然的。"进化"二字，并不是作"后者必胜于前"的解释。不过说明某事物一时期的有机的演进或蜕变而已。所以说英国文学的进化，由莎士比亚，而史格德、而丁尼生，并不是说丁尼生比莎士比亚一定好。这种观念是极重要的。中国人都以为文学是不会变动的，凡是古的都是好的，古人必可以作为后起之人的模范。所谓"学杜"，"学韩"，都是受这种思想的支配。如果有了进化的观念，文学上便不会再有这种固定的偶像出现，后起的文学，也决不会再受古代的传袭的文学观的支配了。

这种研究的趋向，是整理中国文学的人大家都要同走的大路，万不可不求其一致。至于各人要做什么工作，则尽可以凭个人的兴趣与志向做去，不必别人代为预先计划。不过据我的意见，中国文学的整理，现在刚在开始之时，立刻便要做全部的整理功夫，似乎野心太大了些。最好是先有局部的研究，然后再进而为全体的研究，才能精密而详确。局部的研究可分为：（一）一部作品的研究，（二）一个作家的研究，（三）一个时代的研究，（四）一个派别的研究，（五）一种体裁的研究。但这种局部研究，有时也要关涉全体的。如从事一个作家的研究，对于作家在文学史上的地位与影响，是必须研究的。他的性质，他的作品与风格，他的人生观，都是要细细地观察的。从事一个作品的研究，也是如此。除了研究他的风格与所包含的思想外，至少还须知道他的作品的历史与性格，及这作品在文学史上的地位与影响。因为时间关系，这篇短文便如此地匆匆结束了。还有许多话，只好待以后再说。

新文学之建设与国故之新研究 *

我主张在新文学运动的热潮里，应有整理国故的一种举动。

我所持的理由有二：第一，我觉得新文学的运动，不仅要在创作与翻译方面努力，而对于一般社会的文艺观念，尤须彻底地把他们改革过。因为旧的文艺观念不打翻，则他们对于新的文学，必定要持反对的态度，或是竟把新文学误解了。譬如他们先存一个凡是诗必是五七言的，或必是协韵的传统观念在心中，则对于现在的新诗，必定要反对要攻击了。或是他们先存一个凡新出之物，古代都已有之的意见，把我们作的及译进来的东西都误解了；把《魔侠传》（即 *Don Quixote*）当做《笑林广记》看了，把莫柏桑之性欲描写的作品，当做《金瓶梅》等类的书看了，或是以为白话诗古已有之，把汉高祖、贾宝玉的说话也都当做白话诗看了。这是何等不幸的事！但我们要打翻这种旧的文艺观念，一方面固然要把什么是文学，什么是诗，以及其他等等的文学原理介绍进来，一方面却更要指出旧的文学的真面目与弊病之所在，把他们所崇信的传统的信条，都一个个地打翻了。譬如他们相信《毛诗序》的美刺主义，把苏东坡的"缺月挂疏桐"一词，也句句都解成"刺明微也"，"幽人不得志也"；又相信"文以载道"的主张，以为文章不能离经义以独存，把所谓周汉经师的传授表也都列入文学史里。我们拿了抽象的几个文学定义和他们说，是决说不通的；必须根本把《毛诗序》打倒，或把汉儒传经的性质辩白出来，使他们失了根据地，他们的主张才会摇动，他们的旧观念才会破除。正如马丁路德之宗教改革；旧教中人藉托《圣经》以愚蒙世人，路德便抉《圣经》的真义、以攻击他们。

*　原载 1923 年 1 月 10 日《小说月报》第 14 卷第 1 期，《郑振铎全集》第 3 卷，花山文艺出版社 1998 年版，第 437 页。

路德之成功，即在于此。我们现在的整理国故，也是这种意思。"擒贼先擒王"，我们把他们的中心论点打破了，他们的旧观念自然会冰消瓦解了。这是我的理由之一。第二，我以为我们所谓新文学运动，并不是要完全推翻一切中国的故有的文艺作品。这种运动的真意义，一方面在建设我们的新文学观，创作新的作品，一方面却要重新估定或发现中国文学的价值，把金石从瓦砾堆中搜找出来，把传统的灰尘，从光润的镜子上拂拭下去。譬如元明的杂剧传奇，与宋的词集，许多编书目的人都以他们为小道，为不足录的；而实则它们的真价值，却远在《四库书目》上所著录的元明人诗文集以上。又如《水浒传》《西游记》《镜花缘》《红楼梦》诸书，也是被所谓正统派的文人所不齿的，而它们的真价值，也远在无聊的经解及子部杂家小说家及史部各书以上。又如向来无人知道方玉润，他的《诗经原始》，见解极为超卓，其价值也远在朱熹、魏源、毛奇龄之上。而知者却极少。这都是我们所不能不把他们从瓦砾堆中找出来的。还有如言诗者必宗宋，言文者必宗桐城与唐宋八家。而中国诗文的真假，乃为宋与桐城的灰尘掩蔽得看不见了；又有以《红楼梦》为影射某人某人的，以《西游记》为修养炼丹之书等类的主张，而《红楼梦》《西游记》的本来面目，遂也被他们幕上一层黑布了。这又是我们所不能不把它们的光耀从灰尘底下恢复出来的。而这种工作，都需要一种新的研究。我们现在的整理国故的呼声，所要做的，便是这种事。这是我的理由之二。

我这二个理由，似乎已把国故在现在有重新研究的必要与国故之整理和新文学建设的关系说得很明白了，底下且略谈我们的国故的新研究之必要的条件。

近来我在日报和杂志上看到许多谈论国故的文字，但能得到满意的，不过二三篇而已。他们的通病有三：一，没有新的见解；二，太空疏而无切实的研究态度；三，喜引欧美的言论以相附会。

我以为我们的国故新研究，非矫正这种通病，决不能有成功的希望。所以——我们须有切实的研究，无谓的空疏的言论，可以不说。我们须以诚挚求真的态度，去发现没有人开发过的文学的旧园地。我们应以采用已公认的文学原理与关于文学批评的有力言论，来研究中国文学的源流与发展；但影响附会的论调，如所谓史格德的文笔似太史公或以陶渊明为中国的托尔斯泰之类，我们必须绝对避免。

总之，我的整理国故的新精神便是"无征不信"，以科学的方法，来研究前人未开发的文学园地。

我们怀疑，我们超出一切传统的观念——汉宋儒乃至孔子及其同时人——但我们的言论，必须立在极稳固的根据地上。

插图本中国文学史（自序、例言）*

自　序

我写作这部《中国文学史》，并没有多大的野心，也不是什么"一家之言"。老实说，那些式样的著作，如今还谈不上。因为如今还不曾有过一部比较完备的中国文学史，足以指示读者们以中国文学的整个发展过程和整个的真实的面目的呢。中国文学自来无史，有之当自最近二三十年始。然这二三十年间所刊布的不下数十部的中国文学史，几乎没有几部不是肢体残废，或患着贫血症的。易言之，即除了一二部外，所叙述的几乎都有些缺憾。本来，文学史只是叙述些代表的作家与作品，不能必责其"求全求备"。但假如一部英国文学史而遗落了莎士比亚与狄更斯，一部意大利文学史而遗落了但丁与鲍卡契奥，那是可以原谅的小事么？许多中国文学史却正都是患着这个不可原谅的绝大缺憾。唐、五代的许多"变文"，金、元的几部"诸宫调"，宋、明的无数的短篇平话，明、清的许多重要的宝卷、弹词，有哪一部"中国文学史"曾经涉笔记载过？不必说是那些新发见的与未被人注意着的文体了，即为元、明文学的主干的戏曲与小说，以及散曲的令套，他们又何尝曾注意及之呢？即偶然叙及之的，也只是以一二章节的篇页，草草了之。每每都是大张旗鼓地去讲河汾诸老，前后七子，以及什么桐城、阳湖。难道中国文学史的园地，便永远被一班喊着"主上圣明，臣罪当诛"的奴性的士大夫们占领着了么？难道几篇无灵魂的随意写作的诗

---

　　*《插图本中国文学史》原载 1930 年 3 月商务印书馆出版中世卷第三篇上，1932 年由北平朴社初版，1957 年增加了四章并略加修订后由北京作家出版社重版，《郑振铎全集》第 8 卷，花山文艺出版社 1998 年版，第 1 页。本书选其自序与例言。

与散文，不妨涂抹了文学史上的好几十页的白纸，而那许多曾经打动了无量数平民的内心，使之歌，使之泣，使之称心的笑乐的真实的名著，反不得与之争数十百行的篇页么？这是使我发愿写一部比较足以表现出中国文学整个真实的面目与进展的历史的重要原因。这个愿发了十余年，积稿也已不少。今年方得整理就绪，刊行于世，总算是可以自慰的事。但这部中国文学史也并不会是最完备的一部。真实的伟大的名著，还时时在被发见。将来尽有需要改写增添的可能与必要。惟对于要进一步而写什么"一家言"的名著的诸君，这或将是一部在不被摒弃之列的"爝火"吧。

例　言

一、中国文学史的编著，今日殆已盛极一时；三两年来，所见无虑十余种，惟类多因袭旧文。即有一二独具新意者，亦每苦于材料的不充实。本书作者久有要编述一部比较能够显示出中国文学的真实面目的历史之心，惜人事倥偬，仅出一册而中止（即商务印书馆出版的《中国文学史》中世卷第三篇第一册）。且即此一册，其版今亦被毁于日兵的炮火之下，不复再得与读者相见。因此发愤，先成此简编，供一般读者的应用，他日或仍能把那部较详细的中国文学史完成问世。

二、许多中国文学史，取材的范围往往未能包罗中国文学的全部。其仅以评述诗古文辞为事者无论了，即有从诗古文辞扩充到词与曲的，扩充到近代的小说的，却也未能使我们满意。近十几年来，已失的文体与已失的伟大的作品的发见，使我们的文学史几乎要全易旧观。决不是抱残守缺所能了事的。若论述元剧而仅着力于《元曲选》，研究明曲而仅以《六十种曲》为研究的对象，探讨宋、元话本。而仅以《京本通俗小说》为探讨的极则者，今殆已非其时。本书作者对于这种新的发见，曾加以特殊的注意。故本书所论述者，在今日而论，可算是比较的完备的。

三、因此，本书所包罗的材料，大约总有三分之一以上是他书所未述及的；像唐、五代的变文，宋、元的戏文与诸宫调，元、明的讲史与散曲，明、清的短剧与民歌，以及宝卷、弹词、鼓词等等皆是。我们该感谢这几年来殷勤搜辑那些伟大的未为世人所注意的著作的收藏家们。没有他们的努力与帮助，有许多中国文学史上的重要的作品是不会为我们所发见的。

四、他书大抵抄袭日人的旧著，将中国文学史分为上古、中古、近古及近代的四期，又每期皆以易代换姓的表面上的政变为划界。例如，中古期皆开始于隋，近古期皆终止于明。却不知隋与唐初的文学是很难分别得开的；明末的文坛上的风尚到了清初的几十年间也尚相承未变。如何可以硬生生地将一个相同的时代劈开为两呢？本书就文学史上的自然的进展的趋势，分为古代、中世及近代的三期，中世文学开始于东晋，即佛教文学的开始大量输入的时期；近代文学开始于明代嘉靖时期，即开始于昆剧的产生及长篇小说的发展之时。每期之中，又各分为若干章，每章也都是就一个文学运动，一种文体，或一个文学流派的兴衰起落而论述着的。

五、本书不欲多袭前人的论断。但前人或当代的学者们的批评与论断，可采者自甚多。本书凡采用他们的论断的时候，自必一一举出姓氏，以示不敢掠美，并注明所从出的书名，篇名。

六、中国文学史的附入插图，为本书作者第一次的尝试。作者为了搜求本书所需要的插图，颇费了若干年的苦辛。作者以为插图的作用，一方面固在于把许多著名作家的面目，或把许多我们所爱读的书本的最原来的式样，或把各书里所写的动人心肺的人物或其行事显现在我们的面前；这当然是大足以增高读者的兴趣的。但其他方面却更有一个重要的原因。使我们需要那些插图的，那便是，在那些可靠的来源的插图里，意外地可以使我们得见各时代的真实的社会的生活的情态。故本书所附插图，于作家造像，书版式样，书中人物图像等等之外，并尽量搜罗各文学书里足以表现时代生活的插图，复制加入。

七、本书所附插图，类多从最可靠的来源复制。作家的造像，尤为慎重，不欲以多为贵。在搜集所及的书本里，珍秘的东西很不少，大抵以宋以来的书籍里所附的木版画为采撷的主体，其次亦及于写本。在本书的若干幅的图像里，所用的书籍不下一百余种，其中大部分胥为世人所未见的孤本。一旦将那许多不常见的珍籍披露出来，本书作者也颇自引为快。为了搜求的艰难，如有当代作家，要想从本书插图里复制什么的话，希望他们能够先行通知作者一声。

八、得书之难，于今为甚。恶劣的书版，遍于坊间，其误人不仅鲁鱼亥豕而已。较精的版本，则其为价之昂，每百十倍之。更有孤本珍籍，往往可遇而不可求。在现在而言读书，已不是从前那样的抱残守缺，或仅仅利用私家收藏所可满意的了。一到了要研究一个比较专门的问题，便非博访各个公私图书馆不可。本书于此，颇为注意。每于所论述的某书之下注明有若干种的不同的版本，以便读者的访求，间或加以简略的说明。其于难得的不经见的珍籍，并就所知，注出收藏者的姓名（或图书馆名）。其有收藏者不欲宣布的，则只好从缺。但那究竟是少数。

九、近来"目录学"云云的一门学问，似甚流行；名人们开示"书目"的倾向，也已成为风尚。但个人的嗜好不同，研究的学问各有专门，要他熟读《四库书目》，是无所用的，要他知道经史子集诸书的不同的版本，也是颇无谓的举动。故所谓"目录学"云云，是颇可置疑的一个中国式样的东西。但读书的指导，却不是绝对不可能的事。关于每个专门问题，每件专门学问的参考书目的列示，乃是今日很需要的东西。本书于每章之后，列举若干必要的参考书目，以供读者作更进一步的探讨之需。

十、本书的论述着重于每一个文学运动，或每一种文体的兴衰，故于史实发生的详确的年月，或未为读者所甚留意，特于全书之末，另列"年表”一部，以综其要。

十一、“索引”为用至大，可以帮助读者省了不少无谓的时力。古书的难读，大都因没有“索引”一类的东西之故。新近出版的著作，有索引者还是不多，本书特费一部分时力，编制“索引”附于全书之后，以便读者的检阅。（以上两种，尚未成稿）

十二、本书的编著，为功非易。十余年来，所耗的时力，直接间接，殆皆在于本书。随时编作的文稿，不特盈尺而已。为了更详尽的论述，不是一时所能完功，便特先致力于本书的写作。故本书虽只是比较简单的一部文学史的纲要，却并不是一部草率的成就。

十三、本书的告成得诸友好们的帮助为多。珍籍的借读，材料的搜辑，插图的复制，疑难的质问，在在皆有赖于他们。该在此向他们致谢！在其中，北京图书馆，故宫博物院，古物陈列所，顾颉刚先生，郭绍虞先生，和几位藏书家尤为本书作者所难忘记。涵芬楼给予作者之便利最多；不幸在本书出版的前数月，涵芬楼竟已成为绛云之续，珍籍秘册，一时并烬。作者对此不可偿赎的损失，敬伸哀悼之意！

十四、在这个多难的年代，出版一部书是谈何容易的事。苟没有许多友好的好意的鼓励，本书或未必在今日与读者相见。再者，本书的抄录、校对，以刘师仪女士及我妻君箴之力为最多，应该一并致谢！

何谓"俗文学"*

一

何谓"俗文学"？"俗文学"就是通俗的文学，就是民间的文学，也就是大众的文学。换一句话，所谓俗文学就是不登大雅之堂，不为学士大夫所重视，而流行于民间，成为大众所嗜好，所喜悦的东西。

中国的"俗文学"，包括的范围很广，因为正统的文学的范围太狭小了，于是"俗文学"的地盘便愈显其大。差不多除诗与散文之外，凡重要的文体，像小说、戏曲、变文、弹词之类，都要归到"俗文学"的范围里去。

凡不登大雅之堂，凡为学士大夫所鄙夷，所不屑注意的文体都是"俗文学"。

"俗文学"不仅成了中国文学史主要的成分，且也成了中国文学史的中心。

这话怎样讲呢？

第一，因为正统的文学的范围很狭小，只限于诗和散文。所以中国文学史的主要的篇页，便不能不为被目为"俗文学"，被目为"小道"的"俗文学"所占领。哪一国的文学史不是以小说、戏曲和诗歌为中心的呢？而过去的中国文学史的讲述却大部分为散文作家们的生平和其作品所占据，现在对于文学的观念变更了，对于不登大雅之堂的戏曲、小说、变文、弹词等等也有了相当的认识了，故这一部分原为"俗文学"的作品，便不能不引起文学史家的特殊注意了。

---

　*　原载 1938 年 8 月长沙商务印书馆初版《中国俗文学史》，1954 年 2 月由北京作家出版社再版，《郑振铎全集》第 7 卷，花山文艺出版社 1998 年版，第 1 页。

第二，因为正统文学的发展和"俗文学"的发展是息息相关的。许多的正统文学的文体原都是由"俗文学"升格而来的。像《诗经》，其中的大部分原来就是民歌。像五言诗原来就是从民间发生的。像汉代的乐府，六朝的新乐府，唐五代的词，元、明的曲，宋、金的诸宫调，哪一个新文体不是从民间发生出来的？

当民间发生了一种新的文体时，学士大夫们起初是完全忽视的，是鄙夷不屑一读的。但渐渐的，有勇气的文人学士们采取这种新鲜的新文体作为自己的创作的型式了，渐渐的这种新文体得了大多数的文人学士们的支持了。渐渐的这种新文体升格而成为王家贵族的东西了。至此，而他们渐渐地远离了民间，而成为正统的文学的一体了。

当民间的歌声渐渐的消歇了时候，而这种民间的歌曲却成了文人学士们之所有了。

所以，在许多今日被目为正统文学的作品或文体里，其初有许多原是民间的东西，被升格了的，故我们说，中国文学史的中心是"俗文学"，这话是并不过分的。

二

"俗文学"有好几个特质，但到了成为正统文学的一支的时候，那些特质便都渐渐地消灭了；原是活泼泼的东西，但终于衰老了，僵硬了，而成为躯壳徒存的活尸。

"俗文学"的第一个特质是大众的。她是出生于民间，为民众所写作，且为民众而生存的。她是民众所嗜好，所喜悦的；她是投合了最大多数的民众之口味的。故亦谓之平民文学。其内容，不歌颂皇室，不抒写文人学士们的谈穷诉苦的心绪，不讲论国制朝章，她所讲的是民间的英雄，是民间少男少女的恋情，是民众所喜听的故事，是民间的大多数人的心情所寄托的。

她的第二个特质是无名的集体的创作。我们不知道其作家是什么人。他们是从这一个人传到那一个人；从这一个地方传到那一个地方。有的人加进了一点，有的人润改了一点。我们永远不会知道其真正的创作者与其正确的产生的年月的。也许是流传得很久了；也许是已经经过了无数人的传述与修改了。到了学士大夫们注意到她的时候，大约已经必是流布得很久，很广的了。像小说，便是在庙宇，在瓦子里流传了许久之后，方才被罗贯中、郭勋、吴承恩他们采用了来作为创作的尝试的。

她的第三个特质是口传的。她从这个人的口里，传到那个人的口里，她不曾被写了下来，所以，她是流动性的；随时可以被修正，被改样。到了她被写下来的时候，她便成为有定形的了，便可成为被拟仿的东西了。像《三国志平话》，原是流传了许久，到了元代方才有了定形；到了罗贯中，方才被修改为现在的式样。像许多弹词，其写定下来的时候，离开她开始弹唱的时候都是很久的。所谓某某秘传，某某秘本，都是这一类性质的东西。

她的第四个特质是新鲜的，但是粗鄙的。她未经过学士大夫们的手所触动，所以还保持其鲜妍的色彩，但也因为这还是未经雕斫的东西，相当的粗鄙俗气。有的地方写得很深刻，但有的地方便不免粗糙，甚至不堪入目。像《目连救母变文》《舜子至孝变文》《伍子胥变文》等等都是这一类。

她的第五个特质是其想象力往往是很奔放的，非一般正统文学所能梦见，其作者的气魄往往是很伟大的，也非一般正统文学的作者所能比肩。但也有其种种的坏处，许多民间的习惯与传统的观念，往往是极顽强的黏附于其中，任怎样也洗刮不掉。所以，有的时候，比之正统文学更要封建的，更要表示民众的保守性些。又因为是流传于民间的，故其内容，或题材，或故事，往往保存了多量的民间故事或民歌的特性；她往往是辗转抄袭的。有许多故事是互相模拟的。但至少，较之正统文学，其模拟性是减少得多了。她的模拟是无心的，是被融化了的；不像正统文学的模拟是有意的，是章仿句学的。

她的第六个特质是勇于引进新的东西。凡一切外来的歌调，外来的事物，外来的文体，文人学士们不敢正眼儿窥视之的，民间的作者们却往往是最早便采用的了，便容纳了它来。像戏曲的一个体裁，像变文的一种新的组织，像词曲的引用外来的歌曲，都是由民间的作家们先行采纳了来的。甚至，许多新的名辞，民间也最早的知道应用。

以上的几个特质，我们在下文便可以更详尽地明白地知道，这里可以不必多引例证。

我们知道，"俗文学"有她的许多好处，也有许多缺点，更不是像一班人所想象的，"俗文学"是至高无上的东西，无一而非杰作，也不是像另一班人所想象的，"俗文学"是要不得的东西，是无一可取的。

三

中国俗文学的内容，既包罗极广，其分类是颇为重要的。就文体上分别之，约有下列的五大类：

第一类，诗歌。这一类包括民歌、民谣、初期的词曲等等。从《诗经》中的一部分民歌直到清代的《粤风》《粤讴》《白雪遗音》等等，都可以算是这一类里的东西。其中，包括了许多的民间的规模颇不少的叙事歌曲，像《孔雀东南飞》以至《季布歌》《母女斗口》等等。

第二类，小说。所谓"俗文学"里的小说，是专指"话本"，即以白话写成的小说而言的；所有的谈说因果的《幽冥录》，记载琐事的《因话录》等等，所谓"传奇"，所谓"笔记小说"等等，均不包括在内。小说可分为三类：

一是短篇的，即宋代所谓"小说"，一次或在一日之间可以讲说完毕者，《清平山堂话本》《京本通俗小说》《古今小说》《警世通言》《醒世恒言》以至《拍案惊奇》《今古奇观》之类均属之。

二是长篇的，即宋代所谓"讲史"，其讲述的时间很长，决非三五日所能说得尽的。本来只是讲述历史里的故事；像《三国志》《五代史》里的故事，但后来却扩大而讲到英雄的历险，像《西游记》，像《水浒传》之类了；最后，且到社会里人间的日常生活里去找材料了，像《金瓶梅》《醒世姻缘传》《红楼梦》《儒林外史》等等都是。

三是中篇的，这一类的小说的发展比较的晚。原来像《清平山堂话本》里的《快嘴李翠莲记》等等都是单行刊出的，但篇幅比较的短。中篇小说的篇幅是至少四回或六回，最多可到二十四回的。大约其册数总是中型本的四册或六册，最多不过八册。像《玉娇梨》《平山冷燕》《平鬼传》《吴江雪》等等都是，其盛行的时代为明、清之间。

第三类，戏曲。这一类的作品，比之小说，其产量要多得多了。戏曲本来是比小说更复杂，更难写的一个文体。但很奇怪，在中国，戏曲的出产，竟比小说要多到数十倍。这一类的作品，部门是很复杂的，大别之，可分为三类。

一是戏文，产生得最早，是受了印度戏曲的影响而产生的，最初，有《赵贞女蔡二郎》及《王魁负桂英》等。到了明代中叶，昆山腔产生以后，戏文（那时名为传奇）更大量的出现于世。直到清末，还有人在写作。这一类的戏曲，篇幅大抵较为冗长。（初期的戏文较短）每本总在二十出以上，篇幅最巨的，有到二百多出的。（像乾隆时代的宫廷戏，如《劝善金科》《莲花宝筏》《鼎峙春秋》等）最普通的篇幅是从三十出到五十出，约为二册。

二是杂剧，是受了戏文流行的影响，把"诸宫调"的歌唱变成了舞台的表演而形成的。其歌唱最为严格，全用北曲来唱，且须主角一人独唱到底。其篇幅因之较短。在初期，总是以四折组成。（有少数是五折的）如果五折不足以尽其故事，则析之为二本或四本五本。但究竟以一本四折者为最多。到了后期，则所谓杂剧变成了短剧或独幕剧的别称，最多数是一本一折的了（间有少数多到一本九折）。

三是地方戏，这一类的戏曲，范围广泛了，竟有浩如烟海之感。戏文原来也是地方戏，被称为永嘉戏文，但后来成为流行全国的东西。近代的地方戏几乎每省均有之。为了交通的不便和各地方言的隔阂，所以地方戏最容易发展。广东戏是很有名的，绍兴戏和四明文戏也盛行于浙省。皮黄戏原来也是由地方戏演变而成的。有所谓徽调、汉调、秦腔等等，都是代表的地方戏，先于皮黄而出现，而为其祖祢的。

第四类，讲唱文学。这个名辞是杜撰的，但实没有其他更适当的名称，可以表现这一类文学的特质。这一类的讲唱文学在中国的俗文学里占了极重要的成分，且也占了极大的势力。一般的民众，未必读小说，未必时时得见戏曲的讲唱，但讲演文学却是时时被当作精神上的主要的食粮的。许许多多的旧式的出赁的读物，其中，几全为讲唱文学的作品。这是真正的像水银泄地无孔不入的一种民间的读物，是真正地被妇孺老少所深爱看的作品。

这种讲唱文学的组织是，以说白（散文）来讲述故事，而同时又以唱词（韵文）来歌唱之的，讲与唱互相间杂。使听众于享受着音乐和歌唱之外，又格外的能够明了其故事的经过。这种体裁，原来是从印度输入的。最初流行于庙宇里，为僧侣们说法、传道的工具。后来乃渐渐的出了庙宇而入于"瓦子"（游艺场）里。

他们不是戏曲；虽然有说白和歌唱，甚至讲唱时有模拟故事中人物的动作的地方，但全部是第三身的讲述，并不表演的。（后来竟有模拟戏曲而在台上表演了，像近来流行的化装滩簧，化装宣卷之类。）

他们也不是叙事诗或史诗；虽然带着极浓厚的叙事诗的性质，但其以散文讲述的部分也占着很重要的地位，决不能成为纯粹的叙事诗。（后来的短篇的唱词，名为"子弟书"的，竟把说白的部分完全的除去了，更近于叙事诗的体裁了。）

他们是另成一体的，他们是另有一种的极大魔力，足以号召听众的。

他们的门类极为复杂，虽然其性质大抵相同。大别之，可分为：

一、"变文"；这是讲唱文学的祖称，最早出现于世的。其初是讲唱佛教的故事，作为传道、说法的工具的，像《八相成道经变文》《目连变文》等等；且其讲唱只是限于在庙宇里的。但后来，渐渐的采取中国的历史上的故事和传说中的人物来讲唱了；像《伍子胥变文》《王昭君变文》《舜子至孝变文》等等；甚至有采用"时事"来讲唱的，像《西征记变文》。

二、"诸宫调"；当"变文"的讲唱者离开了庙宇而出现于"瓦子"里的时候，其讲唱宗教的故事者成为"宝卷"，而讲唱非宗教的故事的，便成了"诸宫调"。"诸宫调"的歌唱的调子，比之"变文"复杂得多。是采取了当代流行的曲调来组成其歌唱部分的。其性质和体裁却和"变文"无甚分别。在"诸宫调"里，我们有了几部不朽的名著，像董解元的《西厢记诸宫调》，无名氏的《刘知远诸宫调》。

三、"宝卷"；宝卷是"变文"的嫡系子孙，其歌唱方法和体裁，几和"变文"无甚区别：不过在其间，也加入了些当代流行的曲调。其讲唱的故事，也以宗教性质的东西为主体，像《香山宝卷》《鱼篮观音宝卷》《刘香女宝卷》等等。到了后来，也有讲唱非宗教的故事的，像《梁山伯宝卷》《孟姜女宝卷》等等。

四、"弹词"；这是讲唱文学里在今日最有势力的一支。弹词是流行于南方的，正像"鼓词"之流行于北方的一样。弹词在福建被称为"评话"，在广东，被称为"木鱼书"，或又作"南词"，其实是同一的东西。在弹词里，有一部分是妇女的文学，出于妇女之手，且为妇女而写作的，像《天雨花》《笔生花》《再生缘》等等。大部分是用国语文写成的。但也有纯用吴音写作的，这也占着一部分的力量，像《三笑姻缘》《珍珠塔》《玉蜻蜓》等等。福建的"评话"，以《榴花梦》为最流行，且最浩瀚，约有三百多册。

五、"鼓词"；这是今日在北方诸省最占势力的讲唱文学。其篇幅，大部分都极为浩瀚，往往在一百册以上；像《大明兴隆传》《乱柴沟》《水浒传》等等都是。其中，也有小型的，但大都以讲唱恋爱的故事为主体的，像《蝴蝶杯》等。在清代，有所谓"子弟书"的，乃是小型的鼓词，却除去道白，专用唱词，且以唱咏最精彩的故事中的一二段为主。子弟书有东调、西调之分。东调唱慷慨激昂的故事；西调则为靡靡之音。

第五类，"游戏文章"。这是"俗文学"的附庸。原来不是很重要的东西，且其性质也甚为复杂。大体是以散文写作的，但也有作"赋"体的。在民间，也占有相当的势力。从汉代的王褒《僮约》到缪莲仙的《文章游戏》，几乎无代无此种文章。像《燕子赋》《茶酒论》等是流行于唐代的。像《破棕帽歌》等，则流行于明代。他们却都是以韵文组成的，可归属在民歌的一类里面。

四

以上五类的俗文学，其消长或演变的情势，也有可得而言的。

中国古代的文学，其内容是很简单的，除了诗歌和散文之外。几无第三种文体。那时候，没有小说，没有戏曲，也没有所谓讲唱文学一类的东西。在散文方面，几乎全都是庙堂文学，王家贵族的文学，民间的作品全没有流传下来。但在诗歌方面，民间的作品却被《诗经》保存了不少。在《楚辞》里也保存了一小部分。《诗经》里的民歌，其范围是很广的。除少年男女的恋歌之外，还有牧歌、祭祀歌之类的东西。《楚辞》里的《大招》《招魂》

和《九歌》乃是民间实际应用的歌曲吧。

秦、汉以来，《诗经》的四言体不复流行于世，而楚歌大行于世。刘邦为不甚读书，从草莽出身的人物。故一班的初期的贵族们只会唱楚歌、作楚歌，而不会写什么古典的东西。不久，在民间，渐渐的有另一种的新诗体在抬头了；那便是五言诗。其初，只表现她自己于民歌民谣里。但后来，学士大夫们也渐渐的采用到她了；班固的《咏史》便是很早的可靠的五言的诗篇。建安以后，五言诗始大行于世，成为六朝以来的重要诗体之一。当汉武帝的时候，曾采赵代之讴入乐。在汉乐府里，也有很多的民歌存在着。

汉、魏乐府在六朝成古典的东西，而民歌又有新乐府抬起头来，立刻便为学士大夫们所采用。六朝的新乐府有三种；一是吴声歌曲，像《子夜歌》《读曲歌》，二是西曲歌，像《莫愁乐》《襄阳乐》等，三是横吹曲辞（这是北方的歌曲），像《企喻歌》《陇头流水歌》等。

到了唐代，佛教的势力更大了，从印度输入的东西也更多了。于是民间的歌曲有了许多不同的体裁。而文人们也往往以俗语入诗；有的通俗诗人们，像王梵志、寒山们，所写作的且全为通俗的教训诗。

在这时，讲唱文学的"变文"被介绍到庙宇里了；成为当时最重要的俗文学。且其势力立刻便很大。

敦煌文库的被打开，使我们有机会得以读到许多从来不知道的许多唐代的俗文学的重要作品。

"大曲"在这时成为庙堂的音乐，在其间，有许多是胡夷之曲。很可惜，我们得不到其歌辞。

"词"在这时候也从民间抬头了；且这新声也立刻便为文人学士们所采用。在其间，也有许多是胡夷之曲。

在宋代，"变文"的名称消灭了；但其势力却益发地大增了；差不多没有一种新文体不是从"变文"受到若干的影响的。瓦子里讲唱的东西，几乎多多少少都和"变文"有关系。以"讲"为主体而以"唱"为辅的，则有"小说"，有"讲史"；讲唱并重（或更注重在唱的）则有"诸宫调"。

这时，瓦子里所流行的"俗文学"，其种类实在复杂极了，于"小说"等外，又有"唱赚"，有"杂剧词"，有"转踏"等等。（大曲仍流行于世；杂剧词多以大曲组成之。）

印度的戏曲，在这时也被民间所吸引进来了。最初流行于浙江的永嘉，故亦谓之"永嘉杂剧"或戏文。

金、元之际，"杂剧"的一种体裁的戏曲也产生于世，在一百多年间，竟有了许多的伟大的不朽的名著。

南北曲也被文人们所采用。

宝卷，弹词在这时候也都已出现于世。（杨维桢有《四游记》弹词。最早的宝卷《香山宝卷》，相传为南宋时所作。）

明代是小说戏曲最发达的时候。民间的歌曲也更多地被引进到"散曲"里来。鼓词第一次在明代出现。宝卷的写作，盛行一时，被视作宣传宗教的一种最有效力的工具。

明代的许多文人们，竟有勇气在搜辑民歌，拟作民歌；像冯梦龙一人便辑着十卷的《山歌》，若干卷（大约也有十卷左右吧）的《挂枝儿》。许多的俗文学都在结集着；像宋以来的短篇话本，便结集而成为"三言"。许多的讲史都被纷纷地翻刻着，修订着。且拟作者也极多。

清代是一个反动的时代。古典文学大为发达。俗文学被重重的压迫着，几乎不能抬起头来。但究竟是不能被压得倒的。小说戏曲还不断地有人在写作。而民歌也有好些人在搜集，在拟作。宝卷、弹词、鼓词都大量的不断地产生出来。俗文学在暗地里仍是大为活跃。她是永远的健生着，永远的不会被压倒的。

"五四"运动以来，搜辑各地民歌及其他俗文学之风大盛。他们不再被歧视了。我们得到了无数的新的研究的材料，而研究的工作也正在进行着。

五

在这里，如果要把俗文学的一切部门都加以讲述，是感觉到很困难的。恐怕三四倍于现在的篇幅，也不会说得完。故把最重要的两个部门，即小说和戏曲，另成为专书，而这里只讲述到小说、戏曲以外的俗文学。但也已觉得并不是一件容易的事了。

第一，是材料的不易得到。著者在十五六年来，最注意关于俗文学资料的收集。在作品一方面于戏曲、小说之外，复努力于收罗宝卷、弹词、鼓词以及元、明、清的散曲集；对于流行于今日的单刊小册的小唱本，小剧本等等，也曾费了很多的力量去访集。"一·二八"的上海战事，几乎把所有的小唱本、小剧本以及弹词、鼓词等毁失一空。四五年来，在北平复获得这一类的书籍不少。壮年精力，半殚于此。但究竟还未能臻于丰富之境，不过得十一于千百而已。然同好者渐多。重要的图书馆，也渐已知道注意搜访此类作品。今所讲述的，只能以著者自藏的为主，而间及其他各公私所藏的重要者。故只能窥豹一斑而已。只是研究的开始，而尚不是结束的时代。

第二，尤为困难的是，许多的记述，往往都为第一次所触手的，可依据的资料太少；特别关于作家的，几乎非件件要自己去掘发，去发现不可。而数日辛勤的结果，往往未必有所得。即有所得，也不过寥寥数语而已。惟因评断和讲述多半为第一次的，故往往也有些比较新鲜的刺激和见解。

第三，有一部分的俗文学，久已散佚，其内容未便悬断。便影响到一部分的结论的未易得到。但著者在可能的范围之内，必求其讲述的比较有系统，尤其注意到各种俗文学的文体的演变与其所受的影响。故有许多地方，往往是下着比较大胆的结论。对于这，著者虽然很谨慎，且多半是久蓄未发之话，但也许仍难免有粗率之点。这只是第一次的讲述，将来是不怕没有人来修正的。

对于各种俗文学的文体的讲述，大体上都注重于其初期的发展，而于其已成为文人学士们的东西的时候，则不复置论。一来是省掉许多篇幅，这些篇幅是应该留给一般的中国文学史的；这里只是讲着俗文学的演变而已；当俗文学变成了正统的文学时，这里便可以不提及了。二来是正统文学的材料，比较的易得。这里对于许多易得的材料都讲述得较少，而对于比较难得的东西，则引例独多。这对于一般读者们，也许更为方便而有用些。

所以，本书对于五言诗只讲到东汉初为止，而建安的一个五言的大时代便不着只字；对于词，只提到敦煌发现的一部分，而于温庭筠以下的花间词人和南唐二主，南北宋诸大家，均不说起。对于明、清曲，也只注意到民间歌曲，和那一班模拟或采用着民歌的作者们，而对于许多大作家，像陈大声、王九思等等，均省略了去。这里，只有一二个例外，就是对于元代的散曲，叙述各家比较详尽。这是因为元曲讲述之者尚罕见，有比较详述的必要。

六

胡适之先生说道："中国文学史上何尝没有代表时代的文学？但我们不应向那'古文传统史'里去寻，应该向那旁行斜出的'不肖'文学里去寻。因为不肖古人，所以能代表当世。"（《白话文学史》引子，第四页）这话是很对的。讲述俗文学史的时候，随时都可以发生同样的见解。"因为不肖古人，所以能代表当世。"有三五篇作品，往往是比之千百部的诗集、文集更足以看出时代的精神和社会的生活来的。他们是比之无量数的诗集、文集，更有生命的。我们读了一部不相干的诗集或文集，往往一无印象，一无所得，在那里是什么也没有，只是白纸印着黑字而已。但许多俗文学的作品，却总可以给我们些东西。他们产生于大众之中，为大众而写作，表现着中国过去最大多数的人民的痛苦和呼吁，欢愉和烦闷，恋爱的享受和别离的愁叹，生活压迫的反响，以及对于政治黑暗的抗争；他们表现着另一个社会，另一种人生，另一方面的中国，和正统文学，贵族文学，为帝王所养活着的许多文人学士们所写的东西里所表现的不同。只有在这里，才能看出真正的中国人民的发展、生活和情绪。中国妇女们的心情，也只有在这里才能大胆的、称心的、不伪饰的倾吐着。

这促使我更有决心的去完成这个工作。这工作虽然我在十五六年前已经在开始准备着。

但这部《俗文学史》远只是一个发端，且只是很简略的讲述。更有成效的收获还有待于将来的续作和有同心者的接着努力下去。

我相信，这工作并不浪费。不仅仅在填补了许多中国文学史的所欠缺的篇页而已。

中国文学史的分期问题 *

一

我们在编纂或写作中国文学史的时候，首先要接触到的一个问题，就是中国文学史的分期问题。这个问题同中国文学的发展过程的研究和对于这个发展的应用马克思列宁主义的观点来进行研究是分不开的。我们既不能不顾"历史条件"，生硬地搬用欧洲各国的文学发展的规律，又不能违反马克思列宁主义的真理，应用着资产阶级的观点来研究中国文学的发展，或强调"文学"发展的特殊性，使文学的发展和历史的发展完全分离开来。我们既反对教条主义，也反对修正主义。这个中国文学史分期问题的讨论，正是及时地反映出我们在中国研究方面的正确与否的倾向。我很希望有更多的学者们参加这个重要的讨论。在这篇论文里，我只是发表我个人的意见。我欢迎大家的批评与纠正。

我在保加利亚科学院的保加利亚文学研究所、苏联的阿美尼亚科学院的阿美尼亚文学研究所，都和他们讨论过这个问题。他们也正在热烈地讨论这个文学史的分期问题。争论的焦点是：文学史的分期和一般历史的分期是否完全一致的？文学的发展是否有其特殊性？如果承认有，那么应否加以强调？阿美尼亚文学研究所的讨论，问题不大。他们对于古典文学的发展，对于十九世纪的文学发展，都没有什么很大的争论。他们完全同意于文学史的分期和一般历史的分期是一致的。但对于二十世纪以来的，特别是苏维埃时期的文学发展的分期，却有了好些不同的意见和主张。现在

---

* 原载 1958 年 3 月 12 日《文学研究》第 1 期，《郑振铎全集》第 6 卷，花山文艺出版社 1998 年版，第 82 页。

还在讨论中。保加利亚文学研究所的讨论，则已经告一个结束。其结论是：应该注意到文学发展的特殊性，但必须不忽视一般历史的发展。

在列宁格勒的东方研究所和列宁格勒大学的一部分关心中国文学研究的学者们，曾经要我向他们做一次"关于中国文学史分期问题"的报告。在这个报告里，我第一次提出了我的看法。现在在这里所发表的，主要是根据这个报告的提纲写出来的，在材料方面有些补充，但在论点上没有什么大的变动。

二

首先要说明的是，在过去的若干时期里，中国的学者们曾写出了不少部中国文学史。从林传甲写的《中国文学史》到一九五六年出版的好几部中国文学史，都曾提出了对于分期的看法和实际上的运用。在一九一九年以前出版的若干中国文学史，主要是按照历史上的"朝代"即殷、周、秦、汉、三国、两晋、南北朝、唐、五代、两宋、元、明、清那么分法的。他们并没有明白地说出文学的发展和历史上各个"朝代"的兴亡具有如何密切的关系，却按照这个中国历史上的改朝换代的变革，而自然地划分着中国文学史的时代。这种分期法，可以称之为原始的或自然的分期法。这是第一种。

在其间，有少数的几部中国文学史，则受到日本人著作的影响，把中国文学的发展，分为古代、中世纪的、近代的三个大时期。古代的，往往是包括到前秦为止。中世纪的，则从两汉开始到唐五代为止。近代的则往往是从宋代开始到清末。他们也没有什么详细地说明这样分法的道理。但我们可以知道他们已经从原始的或自然的分期法向前走了一步，开始采用了资产阶级的文学观，着重在文学自身的发展的规律或过程了。这是第二种。

到了一九一九年五四运动以后所编写的若干部中国文学史，则不仅特别强调中国文学发展的特殊性而且也同时强调每一种"文体"的发展的特殊性。且举几个例吧。胡适的《白话文学史》，乃舍文学的本质上的发展，而追逐于文学所使用的语言的那个狭窄异常的一方面的发展之后，以为中国文学的发展，只是"白话文学"的发展。执持着这样的"魔障"，难怪他不得不舍弃了许多不是用白话文写的伟大的作品，而只是在"发掘"着许多不太重要的古典著作。譬如，像叙述大诗人杜甫的诗篇，他只是烦琐地叙述着杜甫集子里的几篇带些诙谐性的小诗。这是魔道之一。陆侃如的《中国诗史》，抱着每个时代各有其特殊的文体的见解（唐诗，宋词，元曲），在宋就不言"诗"只言"词"，在元就不言"诗""词"只言"散曲"，尽管宋、元二代有着不少的写作诗词的伟大诗人们存在着。论宋诗能够忽略了梅尧臣、陆游、杨万里们么？述元诗的，可以把元好问、虞集、范梈、杨载、揭傒斯和杨维桢他们的名字删去么？像他那样的《中国诗史》，究竟是一部怎样的半身不遂或肢体残缺的"诗史"呢？在那里，怎能看得出中国诗歌发展的全貌呢？这是第三种。

我写的《插图本中国文学史》虽包罗得比较全面些，但也是深受这个时代的影响，而将中国文学史分为三个大时期：

（一）古代文学，从远古到西晋；

（二）中世纪文学，从东晋到明代中叶；

（三）近代文学，从明嘉靖到五四运动；

（四）现代文学，五四运动以来。

虽然已经注意到"时代"的影响，却过分强调每一种文体的兴衰，不曾更好地把文学的发展和历史的发展结合起来。这乃是卷没于资产阶级的进化论的波涛里而不能自拔的。又论述印度文学对于中国文学的影响时，也有过分夸大之病。这是第四种。

鲁迅先生编的《汉文学史》虽然只写了古代到西汉的一部分，却是杰出的。首先，他是第一个人在文学史上关怀到国内少数民族文学的发展的。他没有像所有以前写中国文学史的人那样，把汉语文学的发展史称为"中国文学史"。在"汉文学史"这个名称上，就知道这是一个"划时代"的著作。其次，他包罗的范围很广，决不忽视真正的伟大作品，不管它是用古文写的或是白话文写的，不管它是用古代的文体写的，还是用当时流行的文体写的。这就同胡适和陆侃如的所作，有本质上的区别了。这是第五种，也是解放前最好的一种。

解放以来的若干中国文学史的新著，和这一二年内全国学者们关于中国文学史分期问题的讨论，有了比较新的看法。提出不同的意见有：

（一）把中国文学史分为四段九期的。第一段从殷代到秦；这个时期，又分为二期：（1）殷代，（2）西周到秦。第二段从两汉到魏晋南北朝；它又分为二期：（3）两汉，（4）魏晋南北朝。第三段从唐到南宋末；它也分为二期：（5）唐五代，（6）两宋。第四段从元到民国初期；它又分为三期：（7）元代，（8）明清二代，（9）晚清到民国初期。这是第六种分期法。

（二）把中国文学史分为三段八期的。第一段从殷代到秦汉；它分为三期：（1）春秋以前，（2）晚周，（3）秦汉。第二段从魏晋南北朝到唐五代；它又分为二期：（4）魏晋南北朝，（5）隋唐五代。第三段从宋代到五四运动；它又分为三期；（6）宋元二代，（7）明清二代，（8）鸦片战争到五四。这是第七种分期法。

（三）把中国文学史分为六段十四期的。第一段，周以前，是萌芽时代，亦是第（1）期。第二段，周代，是少年时代；它分为二期；（2）西周及春秋；（3）战国。第三段，从秦到南北朝，是壮年时代；它又分为二期：（4）秦汉，（5）魏晋南北朝。第四段，从隋至元代，是丰收时代；它又分为（6）隋及唐前期，（7）唐后期及五代，（8）北宋，（9）南宋及金，（10）元代。第五段，从明到清，是第二个丰收时代；它又分为三期：（11）明前期，（12）明后期，

（13）清代。第六段从鸦片战争到五四运动，也就是第（14）期。这是第七种分期法，也就是陆侃如和冯沅君合著的《中国文学史简编》所采用的。

（四）把中国文学史分为六期的。（1）从古代到春秋，亦称为上古文学史。（2）从战国到西汉，亦称为古代文学史一。（3）从东汉到隋，亦称为古代文学史二。（4）唐代和宋代，亦称为中世纪文学史一。（5）元明到清前期，亦称为中世纪文学史二。（6）从鸦片战争到五四运动，这乃是近代文学的时期。这是第八种分期法。

这些分期的论据，都有一部分是正确的，但也有很多自相矛盾的地方。要想解决这个问题，为时尚早。现在正展开讨论。可能在展开讨论的时候，会产生更为正确的见解出来。

三

我的见解是：

（一）首先要确定"原则"。原则之一是，历史发展的过程是服从于社会基础的变化的。生产工具与生产力的进步，推动了生产关系的改变。而生产关系的改变，便影响了上层建筑的发展。从原始社会到奴隶社会，从奴隶社会到封建社会等等，人类的生产关系改变了，社会基础改变了，上层建筑的面貌也就随之而改变了。"历史"就是记录和表现这些"改变"或发展的。文学史乃是历史的一部分，乃是记录文学创作这种上层建筑的发展过程的，它乃是随着基础的变化而发生变化的。所以文学史的发展的过程，必须遵循一般历史的发展过程，别无和一般历史不同的发展过程。

原则之二是，人类历史的发展，既然是服从于基础的改变，故一般的发展规律，是没有例外的。历史是不会倒退的。但同时也要注意到一个国家或一个民族的发展的特殊性。人类的进展并不像田径赛似的，枪声一响，就一齐拔步向前跑去。各个不同的民族，除了遵循一般的历史发展过程之外，有他们自己的特殊性。像中国历史的发展，就有两个"与众不同"的特殊性。一是封建社会的时期特别长；从战国到鸦片战争，足足有两千二百多年（公元前 403—公元后 1840 年）。哪一个国家有这么长期的一个封建社会呢？二是，从鸦片战争到中华人民共和国成立之前，中国有一个"半封建，半殖民地"社会的时期（公元 1840—1949 年）。这也是许多国家在他们的历史上所没有的。中国根本没有建立起资本主义社会的一个时代。而在长期的封建社会的历史里，我们又有了若干的可注意的变化。第一是，许多王朝的改变，都是由于农民大起义的结果。西汉末年的"赤眉"大起义，东汉末年的张角等的红巾起义，元末的农民大起义，明末的李自成、张献忠的大起义，都推动了历史的前进，都使长期的封建社会，起了新的波澜壮阔的变化。第二是，北方或东北方若干少数民族的南下并统治了中国全部分或一部分土地的结果，也给中国长期的封建社会以决定性的打击。他们或长或短时期地或多或少地破坏了中国的坚固的封建秩序和封建道德，使其在某一时期里产生出不同的或特殊的生活面貌，虽然其本质仍然是封建的。像南北朝时代的"五胡"，像唐末的契丹和宋代的辽、金二族，乃至蒙古族建立的元代，满族建立的清朝等，他们都使中国的封建社会的历史起了不少的变化和有了不同的面貌。第三是，从 1840 年的鸦片战争开始，诸帝国主义者们的侵略势力，从沿海诸据点，一直伸入内地。他们的经济侵略，使中国的资本主义社会未曾诞生便夭折了。他们的政治、军事和宗教的侵略，同时，也和中国的封建统治阶级的勾结与"狼狈为奸"，使中国近百年来的社会，形成了一种特殊性质的半封建、半殖民地的社会。

这些中国历史发展的特殊性，在中国文学上都有极深厚的影响。中国有没有像西方或俄国所产生的"批判的现实主义"的作品呢？没有。中国在半封建、半殖民地社会的一百年之间，所产生的乃是魏源、林则徐、朱琦、谭嗣同、康有为、梁启超、黄遵宪、李宝嘉、吴沃尧、刘鹗、林纾、曾朴诸人和鲁迅先生的反帝、反封建的作品。李宝嘉、吴沃尧、刘鹗、曾朴诸人的小说，或反帝甚力，而对于封建社会却往往留恋未已，甚至加以歌颂。只有在五四运动（1919年）以后，以鲁迅先生为杰出的代表的一大部分作家们，方才全心全意地投入反帝、反封建的战斗里。一九四二年毛泽东主席《在延安文艺座谈会上的讲话》，则开辟了为工农兵服务的创作道路，其影响正一天一天地更加强大起来。

在一八四〇年鸦片战争之前的中国的奴隶社会时代和长时期的封建社会时代的文学，也是紧密地反映着和表现出时代的变化的。许多农民大起义，都在文学史上留下宏伟而深刻的足印，而北方或东北方若干少数民族的南侵，则激起了更多的汉族作家们的悲愤、倾吐出更多的美好的热情磅礴的作品出来；像西晋末年的刘琨，宋代的岳飞、陆游、文天祥诸人，明代末年的陈子龙、夏允彝、夏完淳、傅山诸人，一时数之不尽。他们的反映现实，是很敏捷的，很深入的。他们是和他们的时代生活同呼吸的。戏曲家们所反映的元朝统治之下的中国社会的生活不是最真切动人的画面么？明代小说家们所描写"世纪末"的明帝国的崩溃的面貌，像在《西游记》《金瓶梅》里所见到的，不是最生动活泼的封建社会生活的刻画么？他们或快或慢地，或前或后地，反映或表现了他们的时代。他们是和中国的历史发展一块儿迈步前进的。他们的作品乃是中国历史和中国人民生活的最可靠、最翔实、最生动的记录与描写。所以，中国文学的发展和中国历史的发展是不可分开的。

（二）但也还必须承认：中国文学的发展也自有其几个特殊之点。第一是，民间文学的影响，特别巨大。许多宏伟的文体和伟大的作家都是从民间文学那里受到影响，得到典范的。像建安时代的五言诗的诸作者，就是受到汉末民歌、民谣的影响的。又像明代的小说，也就是得到民间话本的感兴而发展起来的。第二是，少数民族文学的影响也给汉文学的发展以很大的推动力。同时，他们自己也产生了不少的好作品，为中国文学史上的光芒四射的明星。像南北朝时代的北方诸民族的文学，元代的蒙古族的文学，都在汉文学史上留下巨大的影响。第三是，外来文学的影响，特别是印度文学的影响，在我们文学史上也起了很大、很好的作用。没有一个国家的文学是"独往独来"，不受任何外来的影响的，同时，也没有不给予别的国家以影响的。所谓"文化交流"，是古已有之的。大唐三藏法师玄奘到印度去取经，却在那里听到中国流传到印度去的"小秦王破阵乐"。我们不应讳言那些外来的影响，当然也不应该过分夸大或过分强调那些影响。

这些因素，使中国文学的发展也有其若干特殊性或特点。

（三）因之，中国文学史的分期的原则：

（1）是和一般历史的发展规律相同的；

（2）是和中国历史发展的规律的步调相一致的；

（3）同时也是有她的若干特殊性或特点的。

我们既要根据一般历史发展的规律，又要研究中国历史和文学史的特殊性。我们要结合社会发展的一般规律和中国文学史发展的实际情况。我们必须以马克思列宁主义的观点，实事求是地研讨中国文学史的发展过程。

四

我想，依据了以上的论据，可将中国文学史分为下列的五个时期；在几个时期里，又可再划分为若干段落。

第一，上古期，以邃古到春秋时代（公元前二千年左右—公元前四〇二），这乃是奴隶社会文学的时期。代表的作品是《诗经》和《尚书》《论语》等。代表的作家是《诗经》里的几位大诗人和孔子。这个时期，开始表现出中国文学的辉煌成就。

第二，古代期，从战国时代到隋（公元前四〇三—公元后六一七）。这是封建社会文学的前期。我们在这一千多年里，看到了几次的历史大事件的发生，那就是秦的统一中国，汉的打败匈奴和寻求西方的据点，西晋末的北方少数民族占据了中国北部，和杨坚的统一南北，建立了短促的隋朝。这些历史上的大事件，都促进了文学上的大作品的产生。大江南北和四川等地的文学，开始在骚坛上驰骋着。"楚辞""楚歌"的流行和屈原的出来，乃是中国文学史上的一件大事。先秦诸子的出来，表现着中国散文的"百家争鸣"的一个大时代。贾谊同司马迁、枚乘、司马相如等大作家的产生，标志着初期封建社会的繁荣时代。刘向、扬雄、班固、张衡、王充、仲长统以至建安七子的出现，说明了这个时期的作家们对于各式各样文体的创造的努力，对于古代文学遗产的整理的成就，并因之在思想上有了跃进，和对于民间文学的形式和内容的吸取而有了"五言诗"的产生。嵇康、阮籍、左思、裴頠、郭璞、刘琨、陶渊明、鲍照、谢朓、萧衍、范缜、刘义庆、江淹、何逊、庾信、徐陵诸作者构成了南北分立时代的五彩缤纷的文坛。外来的佛教文学和民间文学，给予诗人们以不少的影响。批评文学在这个时期，也有了很好的成就。陆机的《文赋》和刘勰的《文心雕龙》其本身就是很美好的文学创作。隋代的杨广、薛道衡等，结束了古代文学的时代。据此，这个时代，又可分为三个阶段：（一）从战国到秦的统一（公元前四〇三—公元前二二一），这是屈原与楚辞的时代，先秦诸子的"百家争鸣"的时代。（二）从陈胜吴广的起义到晋的南渡（公元前二〇九—公元后三一六），这包括了两汉的大时代，包括了三国和西晋，乃是两司马、建安七子和嵇康、阮籍的时代。（三）从东晋到隋帝国的灭亡（公元三一七—六一七），乃是左思、郭璞、陶渊明、鲍照、庾信、徐陵的时代。

第三，中世期，从唐帝国的建立到鸦片战争（公元六一八—一八四〇）。这是封建社会文学的后期。这个时代比较的长，文学家产生得特别多；许多新的文体出现了，许多伟大的创作家们也就出现了。光辉灿烂的唐诗，有了以陈子昂、李白、杜甫、白居易、柳宗元许多大诗人作为代表，无愧地成为诗人的一个黄金时代。宋代的诗坛，有了以晏氏父子、范仲淹、欧阳修、梅尧臣、王安石、苏轼、柳耆卿、黄庭坚、秦观、周邦彦、李清照、辛弃疾、陆游、范成大、杨万里、文天祥、谢翱诸作家为代表，也绝不比唐代寂寞。"词话""诗话"和"戏文"的出现，表示着一个更新的大时代的行将到来。元、明二代乃是戏曲和长篇小说的两种新的文体驰骋文坛的大时代，关汉卿、王实甫、马致远、白仁甫、康进之、武汉臣、施耐庵、罗贯中、朱有燉、高则诚、杨慎、吴承恩、笑笑生、汤显祖等许多大作家陆续地挺生于世，创作了许多不朽的大作品。李自成、张献忠的大起义和清兵的入关，结束了"世纪末"的明帝国。清兵的入关，向文坛吹进了一阵严肃的寒冷的空气。许多大诗人为了反抗这个新的统治而殉难以死，或遁迹于深山荒谷之间。像陈子龙、夏完淳等等，其人不朽，其作品也是不朽的。李玉、朱素臣、蒋士铨诸大戏曲家和曹霑、吴敬梓诸大小说家，使清代文学的光芒，烛映天空。诗人们和散文作家们更是屈指难数。但鸦片战争的起来，和紧接着的太平天国的起义，却结束了这个封建社会的最后的一个繁荣时代。这一千二百多年的文学史，令我们如入"山阴道上"，好山好水，扑面而来，耳目应接不暇。因为时间长，又可分为下列的五个阶段：（一）唐五代（公元六一八—九六〇），（二）宋和金代（公元九六〇——二七九），（三）元代（公元一二〇五——三六七），（四）明代（公元一三六八——六四五），（五）清代建立到鸦片战争（公元一六四四——八四〇）。这五个阶段的文学发展是各有其特色的。她们紧密地应和着历史的前进的步调而一同前进。历史上产生的大事件，大变化，都深刻有力地、生动活泼地反映在各个阶段的许多文学作品里。

第四，近代期，即半封建半殖民地时期（公元一八四〇——九四九）。这个时期的文学是应划为一个阶段的。时间虽只有一百一十年，却产生许多大作家和许多大作品出来。他们和以前若干时代的文学具有不同的作风与思想感情。但有许多人对于这个时代的如何划分法，意见很多，特别是这个时代应该终止于什么时候呢？是否应该终止于一九一九年的五四运动之前，或终止于一九四二年《在延安文艺座谈会上的讲话》时期呢？为什么不再划分出一个"旧民主主义时代"来呢？鲁迅应该作为半封建、半殖民地的作家呢，还是应该作为社会主义现实主义作家的先驱者呢？这些话"说来话长"，在这里不能详论。将来将会有专题的讨论和辩论。但有一点必须明确，即"先驱者"常会走在"时代"的前面，常先期地鼓唱出或创导着未来时代的理想，或理论的。马克思的真理就是建在时代之前的。鲁迅的一部分作品也是如此。毛泽东主席的《在延安文艺座谈会上的讲话》更是烛照着一九四二年以后的时代，特别是现在，而成为文艺工作者们的指路明灯。所以，我和一部分同志们，都主张把半封建、半殖民地时期，划到中华人民共和国的成立之前为止。如上面所已举的，除了鲁迅、瞿秋白和其他一大部分五四运动以后的作家们，是全心全意地投身于反帝、反封建的实际斗争里的之外，在五四运动之前的作家们，常有认识不清，思想感情十分混乱、复杂的。像李宝嘉，既写了猛烈地攻击封建官僚统治阶级的《官场现形记》，却又写了讽刺新时代的人物的《文明小史》。他到底是反抗封建主义的呢，还是拥护封建主义的？其他若干作家，也都同样的有其进步的一面，同时，也有其落后甚至反动的一面。这可以说是"历史条件"使他们成为这样的既是进步又是落后的作家。假如在这个时期没有产生像这样的充满了自相矛盾、自相冲突的作家出来，那才是古怪呢。梁启超说得很好，"不惜以今日之吾与昨日之吾宣战"。两千多年的长期的封建社会的压力与熏染，怎能不会在这个时期的许多作家里，出现留恋或维护封建社会里的种种事物的思想感情来呢？梁启超的"今日之吾"如果是不断"进步"的，那么他就是一个不断进步的作家了。

第五，现代期，即一九四九年中华人民共和国成立以后，经过短暂的新民主主义时期而进入宏伟的社会主义改造和社会主义建设的时期。到今日为止，虽然只是短短八年，但已产生出不少好的作品出来，像赵树理的《三里湾》，老舍、曹禺的剧本，杨朔诸家的小说等等。这是一个方才开始的伟大时代，其成就将会远较以前的各个时代更为伟大的。

五

把中国文学史分为以上的五个时期，即上古期、古代期、中世期、近代期和现代期的说法，只是个人的初步意见。是否妥当，要请研究这个问题的同志们讨论、指正。此外，有关于中国文学史上的许多分期的专门问题，大都是和中国历史的分期问题相同的，像中国的封建社会到底开始于何时呢？中国有没有所谓"资本主义的萌芽时期"呢？如果有，是在什么时代？如果没有，为什么原因？这些种种问题，都是应该成为专门的讨论题目的。这些种种专门问题的讨论，也将是有助于中国文学史分期问题深入研究的。

| 第二编 |

诗歌研究

玄鸟篇[*]

——一名感生篇

天命玄鸟，

降而生商，

宅殷土芒芒。

——《诗经·商颂·玄鸟》

一

玄鸟的故事，比较详细的，见于《史记·殷本纪》。按《殷本纪》云：

殷契，母曰简狄，有娀氏之女，为帝喾次妃。三人行浴，见玄鸟
堕其卵。简狄取吞之，因孕生契。（《史记》三）

《楚辞·天问》也有"简狄在台，喾何宜？玄鸟致贻，女何喜"的话。
可见这个"玄鸟"的传说，是由来已久了。

又《史记·秦本纪》里，也以为秦之先是玄鸟所出：

秦之先帝，颛顼之苗裔。孙曰女修。女修织，玄鸟陨卵。女修吞
之，生子大业。（《史记》五）

所谓玄鸟，便是我们所习见的燕子。吞燕卵而怀孕生子，成为一代的开国
之祖，这传说，以今日的历史家直觉眼光看来，乃是一种胡说，一种无稽
的神话，一种荒唐的不可靠的谵语。但事实并没有这样的简单，古代的传
说并不全是荒唐无稽的，并不全是无根据的谵语，并不全是后人的作伪的结

---

[*] 原载 1937 年"古史新辨"系列，《郑振铎全集》第 3 卷，花山文艺出版社 1998
年版，第 604 页。

果。我们要知道，人类的文化是逐渐进步的。有许多野蛮社会的信仰和传说，决不能以现代人的直觉的见解去纠正，去否定的。有许多野蛮的荒唐的传说，在当时是并不以为作伪的，他们确切的相信着那是不假的。

愈是荒唐无稽的传说，愈足见其确是在野蛮社会里产生出来的，换一句话，便是可确实相信其由来的古远。

这种野蛮社会的遗留和信仰在今日也还在文明社会里无意中保存着——虽然略略地换了样子。

玄鸟的传说便是如此。

二

玄鸟的传说，我们可以做两方面来分析。

第一玄鸟的传说是产生于一个确实相信"食物"和人类的产生有相关联的因果的。

一个女子有意的或无意的食了或吞了某一种东西、而能怀了孕，这是野蛮社会的普遍的信仰。在野蛮社会里，怀孕生子的事是被视作超自然的神秘的。人的力量和怀孕关系很少。食了某种东西，可以怀孕。魔术也可以帮助怀孕。他们相信，怀孕的事实，人的力量是很少的。故处女往往会生子。鱼和果子，常被视作怀孕的工具。斯拉夫系的故事，以"鱼"为怀孕之因者甚多。Leskien 和 Brugman 在他们的"Litauische Narchen"的附注里举了好几个例子。在一个故事里说，有一个渔夫，把一条鱼切成了三段，分给他的妻，他的牝马和他的母狗吃，而将鱼鳞挂在烟囱上。他的妻和动物们都各生了双生。在一个捷克的故事里说，一个国王，捕得一条金鳍的鱼和一条银鳍的鱼，他和他的王后各吃其一。她生了两个孩子。在其前额，各有一个金星和银星。Afanasief 的俄罗斯故事说，有一个无子的国王，建了一座桥以利行人。桥成时，他命一仆躲藏着听过往行人的话。有两个乞丐

走过。一个赞颂着国王。一个说，我们应该祝他有子有孙。他便命在夜里
鸡鸣以前织成一个丝的渔网。这网要是抛在海中，便会捕起一条金色的鱼。
王后吃了这条金色鱼，便会产生一个王子。一个波兰的故事说，一个吉普
赛的妇人劝一个无子的贵族妇人在海中捕一条满腹是鱼子的鱼。她在月半
的黄昏吃了那鱼子，便产生了一个儿子。她的侍婢也吃了些这鱼子，也像
她的主妇一样，也产了一子。

在 Eskimo 人里，也有一个传说，说，一个女人见到她丈夫。她在她
的袋里取出两条小鱼干，一条雄的，一条雌的。如果需要一个男孩，那女
人便吃了雄的；如果需要一个女孩，她便吃了那条雌的。男人不愿意要一
个女孩，所以他自己便把雌鱼吃了，而不意他自己却生了一个女孩。

在安南，有一个故事流传着，说有一个懒人有一天躲在他的小划子上，
一条鱼跃到划子里来。他捉住了这条鱼，去了它的鳞。他懒得把鱼在水里
洗干净，便把它抛在划子上晒干。一只乌鸦把这条鱼衔到王宫里去。宫女
把它煮熟了，送给公主吃。公主便怀了孕。她生了一个男孩子。国王召集
了国中男子，要为她选一个驸马。那个懒人乘划子到了宫前，公主之子远
远地见了他，便叫他为爸爸。国王命懒人到面前来，将公主嫁给他。

在印度，因吃了果子而怀孕生子的故事异常的多。在 Somadeva 所说的
故事里，Indivarasena 和他的兄弟是因为他们母亲吃了两只仙果而出生的。
在著名的《故事海》（*Kathasarit-Sagara*）里说，有名的英雄 Vikramaditya 的
出生，是因为他母亲在梦中见到 Siva；Siva 给他一个果子，她吞了下去，
便生出 Vikramaditya 来的。

满族的祖先，也是由仙女吞食了朱果而生的：

> 山下有池，曰布尔湖里。相传有天女三；长恩古伦，次正古伦，
> 季佛库伦。浴于池。浴毕，有神鹊衔朱果置季女衣。季女含口中，忽
> 已入腹，遂有身。告二姐曰：吾身重，不能飞升，奈何？二姐曰：吾

等列仙籍，无他虞也。此天授尔娠。俟免身，来未晚。言已，别去。佛库伦寻产一男。生而能言，体貌奇异。及长，母告以吞朱果有身之故，因命之曰：汝以爱新觉罗为姓。（《东华录·天命》）

也有仅喝了泉水便能怀孕生子的。在一个 Tjame 的故事里，一个女郎经过了一座森林，觉得口渴，她看见岩石上有水流滴下来，成为一泉。她在泉中喝着水，沐浴了一会。但当她回到她在附近做工的父亲那里，他问她泉水在哪里，他也想去喝些水时，那道泉水却已经干了。她因此怀了孕，后来，她便生出一个男孩子来。

在匈牙利南部住的吉普赛人，流传着一个故事，说，有一个无子的妇人，受一个女巫的指导，吞食了某一种流液，便怀了孕，生出一子。

在中国的古代流传的故事里，不仅吞了玄鸟的卵而能怀孕，禹母是吞珠而生禹的。

《路史》云："初鲧纳有莘氏，曰志，是为修己。年壮不字。获若后于石纽，服媚之而遂孕。"

《遁甲开山图》荣氏注云："女狄莫，及石纽山下泉中，得月精如鸡子，爱而吞之，遂孕，十四月生夏禹。"又《蜀本纪》云："禹生石纽。禹母吞珠，孕之，拆副而生。"

禹母所吞的到底是月精，是珠，在我们的研究上都没有关系。许多的传说，所吃的是卵，是鱼，是果子，乃至是泉水，也都没有关系。

但这些传说，却都有一个共同的信仰，就是相信怀孕这件事是可以用口上的服食方法得到的。在那野蛮的时代，野蛮人对于自然的现象，几无一不以为神奇，对于自身的生理变化也是一无所知的。他们受伤受病，从口里服药便可痊愈。他们便同样的相信着，从口中的服食里，也可以得到怀孕的结果。

这不是妄人的荒唐言，这是野蛮人的或半文化人的真实的信仰。不仅如此，即在今日文化社会里，也还有人抱着这种的信仰呢。以"服食"为生子的秘法，在中国，向来相信的人不在少数。

<h1 style="text-align:center">三</h1>

不仅实际上的服食会有怀孕的效果，就是在梦中吞了什么，也会如此。《明史·太祖本纪》记载朱元璋的出生，便因其母在梦中吞了一丸药：

> 母陈氏方娠，夜梦神授药一丸。置掌中，有光。吞之，寤。口餘香气。及产，红光满室。自是，夜数有光起。邻里望见，惊以为火。辄奔救。至则无有。（《明史》一）

不仅服食会有怀孕的效果，就是仅仅的一种奇异的感应，也会产生同样的结果。

这一类"感生"的例子，在中国历史里实在太多了。最为人所知的便是后稷的故事：

> 周后稷，名弃。其母，有邰氏女，曰姜原。姜原为帝喾元妃。姜原出野，见巨人迹。心忻然悦，欲践之。践之而身动如孕者，居期而生子。（《史记》四）

《诗·大雅·生民》云："履帝武敏歆，攸介攸止，载震载夙，载生载育，时维后稷。"（武，迹也；敏，疾也。）即咏其事。

因母践巨人足迹而感生者，后稷不是唯一的人，还有庖牺氏，也是因母履巨人迹而生的：

> 太皞庖牺氏，风姓，代燧人氏继天而王。母曰华胥，履大人迹于雷泽，而生庖牺于成纪。（司马贞《补史记·三皇本纪》）

此传说亦见于《帝王世纪》。《诗含神雾》云："巨迹出雷泽，华胥履之。"《孝经钩命决》云："华胥履迹，怪生皇羲。"

感神龙而生的故事在古史里很不少。

炎帝神农氏，姜姓。母日女登，有娲氏之女，为少典妃。感神龙
而生炎帝。（司马贞《补史记·三皇本纪》）

司马贞的话是根据《春秋元命苞》的：

《春秋元命苞》云："少典妃安登，游于华阳，有神龙首感之于常羊，
生神子，人面龙颜，好耕，是为神农。"

尧的出生，其故事的经过和神农几乎同出一个模型。

《路史》引《帝尧碑》云："其先出自块巍，翼火之精。有神龙首出于常
羊。庆都交之，生伊尧。不与凡等，龙颜日角。"

古人把龙颜作为神秘的高贵的帝王的象征，谶纬家宣传尤力。故感龙
而生的故事，在帝王的感生里，几乎成为普遍的现象。感龙而生和"履帝
武敏"是没有什么不同的。

在关于刘邦的许多传说里，他的出生，也有一个异迹：

刘媪尝息大泽之陂，梦与神遇。是时雷电晦冥，太公往视，则见
蛟龙于其上。已而有身，遂产高祖。（《史记》七）

《汉书》的记载（卷一）与此相同。这和上述之神农、帝尧的出生故事也
是完全不殊的。

赤龙感女媪，刘季兴。（《诗含神雾》）

这便是谶纬家的附会了。

但感龙而生的事实，到了后来，觉得实在说不大过去，且更有背于伦
理。一个应天命而生的开国帝王，如何可以有母而无父呢？如何可以是异
物——神龙——之所生呢？于是这一型式的感生的故事便被后人加以不止
一次修正。

修正的结果是，帝王不复是龙与人交的儿子，而其本身都是龙的化身，
或帝王出生的时候，必有神龙出现，悬示祥瑞。

最有趣的是《隋书·高祖本纪》所记杨坚的诞生的情形。这故事是属

于修正的第一型的。杨坚自身是一条龙的转生：

> 姚吕氏以大统七年六月癸丑夜，生高祖于冯翊般若寺，紫气充庭。有尼自河东来，谓皇姚曰：此儿所从来甚异，不可于俗间处之。尼将高祖容于别馆，躬自抚养。后姚尝抱高祖，忽见头上角出，遍体鳞起。皇姚大骇，坠高祖于地。尼自外入，见曰：已惊我儿，致令晚得天下。（《隋书》一）

其子杨广的故事，恰好与此相应。他是不得其终的一个帝王，其预兆也早已先见：

> 炀帝生于仁寿二年。有红光竟天，宫中甚惊，是时牛马皆鸣。帝母先是梦龙出身中，飞高十余里。龙堕地，尾辄断。以其事奏于帝。帝沉吟默塞不答。（《青琐高议·隋炀帝海山记》上）

李世民出生时的灵奇，是属于修正的第二型的。并没有说他是龙的转生，却说有二龙戏于馆门之外。

> 隋，开皇十八年十二月戊年，生于武功之别馆。时有二龙，戏于馆门之外。三日而去。（《唐书》二）

这些故事转变下去，便有了无数的虎或其他兽类的转生的故事，这里不能一一地举例。

孔子出生的瑞应是属于修正的第二型的。

《家语》云："孔子母征在，祷于尼山而生孔子。"《孔圣全书》引《家传》云："孔子未生时，有麒麟吐玉书于阙里，其文曰：水精子继衰周而为素王。颜氏异之，以绣绂系麟角，信宿而去。"《祖庭广记》云："先圣诞生之夕，有二龙绕室，五老降庭，颜氏之房，闻钧天之乐。"

这里所谓"二龙绕室"，还不是和李世民故事里的"二龙戏于馆门之外"相同么？

四

梦日出室中或堕怀中而怀孕的故事和受神感而生的故事是很相同的。这已比吞或吃某种食物而怀孕的故事进步多了。太阳是帝王的象征之一，故梦日而生也是帝王的瑞应之一。

在希腊神话里，太阳神阿波罗（Apollo）他自身的恋爱故事是很多的。但在中国，同类的故事却极少。我们只在《魏书》和《辽史》里见到二则梦日而生的故事。我们要知道魏和辽都是少数民族。这些传说在他们族里流传着是无足讶怪的。

魏太祖的出生是因为他母亲贺皇后寝息时，梦日出室中，有感而怀孕的：

> 太祖道武皇帝，讳珪，昭成皇帝之嫡孙，献明皇帝之子也。母曰献明贺皇后。初因迁徙，游于云泽。既而寝息，梦日出室内。寤而见光自牖属天，歘然有感。以建国三十四年七月七日生太祖于参合陂北。其夜，复有光明。（《魏书》二）

辽祖的出生，也是同样的神奇；他母亲是梦见日堕怀中而有娠的。

> 初，母梦日堕怀中，有娠。及生，室有神光异香。（《辽史》一）

在《周书》便转变成“夜梦抱子升天”了。其意义和梦日是相同的：

> 太祖，德皇帝之少子也。母曰王氏。孕五月，夜梦抱子升天。才不至而止。寤而告德皇帝。德皇帝喜曰：虽不至天，贵亦极矣。（《周书》一）

也有仅见到光明，见到星象而便感而生子的。像黄帝母附宝便是“见电绕斗轩，星照郊野”感而生他的。

《河图握拒》云：“附宝之郊，见电绕斗轩，星照郊野，感而生轩（即黄帝）。”《帝王世纪》云：“神农之末，少典娶附宝，见电光绕北斗，枢星照郊野，感附宝而孕。二十月生黄帝于寿丘。"在元代始祖孛端义儿的出生的故事里，可以看出更有趣、更进步的说明来：

> 既而夫亡。阿兰寡居。夜寝帐中，梦白光自天窗中入，化为金色神人，来趁卧榻。阿兰惊觉，遂有娠。产一子，即孛端义儿也。（《元史》一）

这故事和希腊神话里波修士（Perseus）的出生的故事十分相同。波修士母狄娜被其父国王亚克里修士囚于塔中，和人世隔绝。因亚克里修士相信预言者的话，说，狄娜所生之子，将要杀死了他。他囚狄娜于塔，使她无缘与世人见面，便可以无从有子了。不料有一天晚上，天帝裘彼得化了一阵金光到塔中来和她相见。她怀了孕，生了一子，便是波修士。亚克里修士闻之，大恐。连忙将狄娜和她的儿子都装在箱中，抛入海里去。但狄娜和波修士终于得救。波修士长大了，果然无意中杀害了他的外祖。

像这一类受神的光顾而生子的故事，在希腊神话里最多。

在希伯来民族的故事里，耶稣的母亲马利亚也是以处女而"从圣灵怀了孕"的：

> 耶稣基督怎样生的？记在下面。他母亲马利亚已经许配了约瑟。他们还没有成亲，马利亚就从圣灵怀了孕。她丈夫约瑟本是个义人，不愿意明明的羞辱她，想要暗暗地把她休了。正思念这事的时候，不料有主的一个使者在梦中向他显现，说：大卫的子孙约瑟，不要怕，只管娶过你的妻子马利亚来，因为她要怀的孕，是从圣灵来的。她将要生一个儿子。你要给他起名叫耶稣。因为他要将他的百姓从罪恶里救出来。这一切的事实就是要应验主借着先知所说的话说，有一个童女，要怀孕生子，人要称她的名为以马内利。约瑟醒了起来，就遵着主的使者所吩咐的，把他的妻子娶过来，只是没有和她同房。等她生了儿子，就给他起名叫耶稣。（《新约·马太福音》第一章）

耶稣生出时，预言家便宣言道：救世主已出生于世了。东方博士们因了星光的指导而寻到马利亚所在的地方，见到了孩提的耶稣，赞叹礼拜而去。而国王却惧怕得异常，命令将全国初生的孩子都杀害了。而马利亚夫妇因先得了上帝使者的指示，预先带了耶稣躲避过了这场大难。

魏代始祖的母亲是天女。这故事和"从圣灵怀了孕"也是不殊的；

> 初，圣武帝尝率数万骑田于山泽，欻见辒辌自天而下。既至，见美妇人，侍卫甚盛。帝异而问之。对曰：我天女也。受命相偶。遂同寝宿。旦，请还，曰：明年周时，复会此处，言终而别，去如风雪。及期，帝至先所田处，果复相见。天女以所生男授帝曰：此君之子也，若养视之。子孙相承，当世为帝王。语讫而去，子即始祖也。（《魏书》一）

《拾遗记》等书所记皇娥白帝子事，也是"从圣灵怀了孕"的故事型之一。

《路史》引《拾遗》《宝椟》等记曰：星娥一作皇娥，处于璇宫。夜织，抚绷桐梓琴，与神童更倡。"乐而忘归。震而生质白帝子也。"（《路史》语）

董永行孝的故事也可归入这一型中。董永卖身葬父，感得天女下凡，和他为夫妇，生了一子董仲。后来董仲寻到了母亲，见了一面，复回到凡间来。敦煌石室发见的《董永行孝》歌曲便是叙述这个故事的。

但"从圣灵怀了孕"和感龙而孕的一类故事一样，在后代看来，究竟都是有悖礼教，有悖伦常的，故从唐以来，便修正而成为仅仅出生时有"赤气上腾"或"虹光烛室，白气充庭"的瑞征了。

朱温出生时，所居庐舍之上，有赤气上腾。

> 母曰文惠王皇后，以唐大中六年岁在壬申十月二十一日夜，生于砀山县午沟里。是夕，所居庐舍之上，有赤气上腾。里人望之，皆惊奔而来，曰：朱家大发矣。乃至，则庐舍俨然。既入，邻人以诞孩告。众咸异之。（《旧五代史》一）

李克用的出生，和一般人也不同。他母亲在难产，闻击钲鼓声始产。产时，虹光烛室，白气充庭。

> 在妊十三月。载诞之际，母艰危者竟夕。族人忧骇，市药于雁门。遇神叟告曰：非巫医所及。可驰归，尽率部人，披甲持旄，击钲鼓，跃马大噪。环所居三周而止。族人如其教，果无恙而生。是时，红光烛室，白气充庭，井水暴溢。(《旧五代史》二十五)

石敬瑭出生时，也有白气充庭：

> 以唐景福元年二月二十八日生于太原派阳里。时有白气充庭。人甚异焉。(《旧五代史》七十五)

后周太祖郭威的出生，也是有异征的：

> 以唐天祐元年甲子岁七月二十八日生帝于尧山之旧宅。载诞之夕，赤光照室，有声如炉炭之裂，星火四迸。(《旧五代史》一一〇)

宋太祖赵匡胤的出生其瑞征也相同：

> 母杜氏。后唐天成二年生于洛阳夹马营。赤光绕室，异香经宿不散。体有金色，三日不变。(《宋史》一)

故匡胤有香孩儿之称。

不仅帝王的出生有异征奇迹，即大奸大恶者的出生也有怪兆可见。像安禄山便是一例：

> 安禄山母阿德氏，为突厥巫。无子，祷轧荦山，神应而生焉。是夜，赤光旁照，群兽四鸣，望气者见妖星芒炽，落其穹庐。时张韩公使人搜其庐，不获。长幼并杀之。禄山为人藏匿，得免。(姚汝能《安禄山事迹》卷上)

《水浒传》第一回《洪太尉误走妖魔》，叙洪太尉打开了伏魔殿，放倒了石碑，掘开了石板，石板底下，却是一个万丈深的地穴。"只见穴内刮喇喇一声响亮。那响非同小可！……那一声响亮过处，只见一道黑气，从穴里滚将起来，掀塌了半个殿角。那道黑气直冲到半天里空中，散作百十道金光，往四面八方去了。"那百十道金光所投处便出生了三十六员天罡星，七十二座地煞星在世上。

《三国志演义》所记《孔明秋夜祭北斗》（卷二十一）事，恰好为这一类感生的故事作一个注脚。

> 是夜，孔明逐扶疾出帐，仰观天文，大慌失色。入帐，乃与姜维曰：吾命在旦夕矣！维乃泣曰：丞相何故出此言也？孔明曰：吾见三台星中，客星倍明，主星幽隐，相辅列曜以变其色，足知吾命矣。维曰：昔闻能禳者，惟丞相善为之。今何不祈禳也？

孔明遂于帐中祈禳。祭祀到第六夜了，见主灯明灿，心中暗喜。不料魏延入帐报曰：魏兵至矣。延脚步走急，将主灯扑灭。孔明弃剑而叹曰：死生有命，富贵在天，主灯已灭，吾岂能存乎！不可得而禳也！不久，他便病亡。

这足以反证，凡名将名相都是有本命星在天的，或都是天上星宿投生的，或可以说，"凡有名的人物都具有来历的"之信仰，是传统的在民间流行着的。

五

"帝王自有真"这一句话，在中国民间，在很久的时期中被坚定的信仰着。相传罗隐本来有做帝王之分，但后来被换了一身的穷骨，只有"口"部还没有换过。所以他的说话最有应验。"罗隐皇帝口"这个俗语是流传得很久、很广的。冯梦龙编的《醒世恒言》里，有一篇《郑节使立功神臂弓》的话本；那话本说，郑信在命中有若干时天子之分，同时也有一生诸侯之命。当他出生时，地府主者问他：要做若干日的天子还是要做一生的诸侯？他坚执着要做天子。但主者敲打他很厉害，强迫他做诸侯。最后，他叹了一口气，道：还是认做了诸侯吧。

望气的事，在很早的历史里便记载着。《史记·高祖本纪》（卷八）说：

> 秦始皇帝常曰：东南有天子气。于是因东游以厌之。高祖即自疑，亡匿，隐于芒砀山泽岩石之间。吕后与人俱求，常得之。高祖怪问之。吕后曰：季所居，上常有云气。故从往，常得季。高祖心喜。

同类的故事，在史书里不少概见。在小说里所叙述的更多。

唐杜光庭的《虬髯客传》所述于望气外，兼及看相。

虬髯客要李靖介绍见李世民。李靖问他何为。他道："望气者言太原有奇气，使访之。"后来到了太原，虬髯看道士和刘文静对弈。世民到来看棋。道士一见惨然下棋子道："此局全输矣，于此失却局哉！救无路矣！复奚言！"罢弈而请去。既出，谓虬髯曰："此世界非公世界，他方可也。勉之，勿以为念！"

看相的事，在《史记·高祖本纪》里也有之。宋太祖和郑恩同去看相时，相者相郑恩以为诸侯之命，相太祖，则大惊，说，恩之所以贵者全为太祖之故。

这一类的故事在中国历史里是举之不尽的。这里只能略述其一二耳。读者殆无不能举一反三，随时添加了无数材料进去的。

以上是"玄鸟"故事研究里的第二个主题，就是说：凡帝王将相，教主名人，乃至大奸大恶之徒，其出生都是有感应的，有瑞征，有怪兆的。换言之，也就是都有来历的。

这个信仰也是普遍于各民族，各时代的；同类的故事在别的民族里也往往流行着。

六

这并不是一种方士的空中楼阁，妄人们的"篝火狐鸣"的伎俩。我们与其说这是一种英雄作伪的欺人的举动，无宁说是英雄们、方士们利用着古老的遗传的信仰。

这种古老的遗传的信仰，曾在很久的时期中坚固地存在于民间。大多数的农民们，一直相信着"真命天子"的救世的使命。许多次的农民大起义，主使者所以能够鼓动了和善的农民们的理由之一，便是说，某朝的气数已尽，真命天子已经出来了。

著者童年时，那时已经是在民国初元了——曾有一个时期居住在农民之间。农民们常苦于横征暴赋，叹息于兵戈的扰乱不息。当夏天，夕阳下了山，群星熠熠的明灭于天空，农民们吃过了晚饭，端了木凳，坐在谷场上，嘴里衔着旱烟管，眼望在茫茫无际的天空时，他们便往往若有所思的指点着格外明亮的一颗星道："喏喏，皇帝星出来了，听说落在西方呢。真命天子出来，天下便有救了。"

这不是感于妖言。这是传统的信仰在作祟。不知有多少年，多少年了，这信仰还是很坚固的保存在农民们的心上。

许多妄人们，方士们，所谓英雄们便利用了这传统的信仰，创造自己的地位，诱惑和善的农民们加入他们的队伍里去。

七

对于这种现象，这种信仰，最老实的解释，是一般儒生们的见解。

明人蔡复赏著的《孔圣全书》（卷二十七）于记述孔子诞生的瑞应时，加以解释道：

> 按五老降庭，玉书天乐，事不经见，先儒皆以为异，疑而不载。噫，傅说自星生，山甫自岳降，古昔贤哲之生，皆有瑞应，而况天之笃生孔圣乎？张子曰：麒麟之生，异于犬羊，蛟龙之生，异于鱼鳖，圣人之生，而有以异于人，何足怪哉！

这是根据了传统的信仰来解释的；其见解和农民们之相信"真命天子"无异。

这种信仰的来源，远在佛教的轮回说输入之前。凡一切的原始人，都曾相信过，人的出生，是有来历的；不过是一种易形而已，其前是已有一种人、神或星宿存在的，人的诞生不过是易一新形，或从天上降生于凡间而已。这信仰是普遍于各地域的，自埃及到北欧，自希伯来到印度，到中国，都曾这样的相信过。许多变形的故事是更广泛的更普遍的流行于古代诸民族之间的。

但近代的学者们却以另一种眼光来看这些信仰，这些传说。他们以文明社会的直觉来否定这种古老的信仰。这里有一个最好的例子。

章太炎氏对于这种感生的传说，解释得最简单。他说：

> 《诗经》记后稷底诞生，颇似可怪。因据《尔雅》所释"履帝武敏"，说是他的母亲，足蹈了上帝的拇指得孕的。但经毛公注释，训帝为皇帝，就等于平常的事实了。（章太炎讲《国学概论》曹聚仁记，页三）

又说：

> 《史记·高祖本纪》说高祖之父太公，雷雨中至大泽。见神龙附其母之身，遂生高祖。这不知是太公捏造这话来骗人，还是高祖自造。即使太公真正看见如此，我想其中也可假托。记得湖北曾有一件奸杀案。一个奸夫和奸妇密议，得一巧法，在雷雨当中，奸夫装成雷公怪形，从屋脊而下，活活地把本夫打杀。高祖底事，也许是如此。他母亲和人私通，奸夫饰做龙怪的样儿，太公自然不敢进去了。（同上）

章太炎是不相信经史里有神话存在的。他说，"虽在极小部分中还含神秘的意味，大体并没神奇怪离的论调。并且，这极小部分底神秘记载，也许使我们得有理的解释。"他的解释，粗视之，似颇有理。我们在别的地方还可以替他找到不少像湖北奸杀案那样的例子。最有趣的是，在《醒世恒言》里有一篇《勘皮靴单证二郎神》话本，说，宋徽宗的后宫韩夫人到二郎神庙进香，有感于神的美貌，祷告道：愿来生嫁一个像二郎神似的丈夫。那一夜，她烧夜香时，二郎神果然出现于她的前面。以后，差不多天天到她房里来。最后，这秘密被揭破了，原来，所谓二郎神，却是孙庙官的冒充。

但后代的实例，如何可以应用到远古的传说上呢？"帝履武敏"的故事，或者便可以照章氏的解释，所谓"帝"，是"皇帝"，不是"天帝"，但又何以解于同一部《诗经》里的"天命玄鸟"的故事呢？

我们还能说，后来的作伪，是利用了古老的传说及信仰来欺人，却不能以后来的作伪，来推翻古老的传说及信仰。

我们要知道古老的传说、神话都是产生于相信奇迹，相信自然的现象的原始时代的。他们自有其产生的原因和背景的。单凭直觉绝对不能去否定他们，误解他们。

而且，这些古老的信仰，即在今日的文明社会的文化人里实际上也还不能完全消失了去。

中国古典文学中的诗歌传统 [*]

一、什么是诗？它与散文有何区别？

诗是最年轻的，人类在儿童时代就会口中念念有词，任何一个民族在它还没有文字记载的时候就有诗。在文学中诗又是最成熟的、最高级的形式，它是最自然的、脱口成章的东西。如刘邦向来不会写文章，但当他心中有感便脱口唱出"大风起兮云飞扬 ……"，项羽临死也能唱出"虞兮！虞兮！奈若何？……"抗美援朝志愿军战士就有许多枪杆诗，农村的老百姓也能做快板诗。诗不是分行写的散文，它是最精练毫不拖沓的，感情更集中，更洗练，更提高，有音节，有起伏有音律的东西。它是人民喜欢的文学形式，是人人都能欣赏的东西。诗都是有韵的，韵还可以顿挫，最早的诗都能唱。采取了韵文形式就容易记忆，容易传达感情，所以古代散文也多是有韵的。

诗一般可分两种：一种是徒歌，是不带音乐唱的，叫吟诗，和戏曲中的干唱干念类似。吟诗也叫唱诗，调子抑扬，富有音韵节奏之美，即在现在南方广东、福建、四川等地还很流行，如唱《木兰词》，李白、杜甫等诗。另一种是乐歌（乐曲），是配合音乐唱的，随着音乐的调子有许多衬字和虚字。古乐府调（如六朝乐府），唐诗、宋词、元曲等都是合乐而唱的。总之，不管徒歌还是乐歌，都是音节非常调和，本身就包括很高的音乐的美。

从诗的性质讲，一般也分两类：一是抒情诗，一是叙事诗（史诗为其中一种）。抒情诗是直接表达感情，是最精练的，其中没有故事，是藉音乐

---

* 　原为 1953 年在文学讲习所授课讲义，《郑振铎全集》第 6 卷，花山文艺出版社 1998 年版，第 95 页。

和诗表现出来的。叙事诗是有故事的，是表现民族传统、民族历史、命运、生活的；史诗是叙事诗发展的最高形式，它可以说是民族的百科全书，表现出很多可歌可泣的事迹，如希腊荷马史诗《奥德赛》《伊利亚特》；印度古代的两部史诗《马哈巴拉泰》(Mahabharata)、《拉马耶那》(Ramayana)，其中表现了为人民服务的英雄人物，他们是该民族的光明与正义的化身。中国古代可以说没有史诗，在《诗经》中虽有几篇类似的东西，但和印度、希腊的史诗还很不相同。中国叙事诗的产生是比较晚的，像《离骚》只是叙事诗和抒情诗的结合。抒情诗在中国是最发达的，也是产生最早的，是我们民族最精练最高的诗歌形式。

诗人所歌唱的是人民的希望与要求，人民的快乐与悲伤，人民的痛苦与不幸，清楚地表现出人民拥护的是什么，反对的是什么，人民喜欢什么，怨恨什么，表现得最深刻，最有力，而且也最能够击中敌人要害。因此，诗和散文肯定是不同的。诗比散文形式更高，更加洗练，更加集中，作为一个诗人要有更高、更丰富、更集中的感情和更好的艺术修养。

中国诗的形式到现在还是一个没解决的问题，是否可以五七言诗为主要形式呢？它是否最适合中国语言的特点和习惯呢？用古代形式写新的情绪是不是合适？枪杆诗、快板诗是诗中的最高形式，还是模拟外国形式？现在尚无定论（但抄袭外国诗的排列方式——豆腐块式，没问题是否定的）。我们的诗人们都正在创造自己的诗的形式。至于继承古代诗五七言传统，这样是否容易使诗变成不严肃的，流入油腔滑调？这是一个问题，到现在为止，诗的形式还正在一个摸索阶段。中国诗的传统是伟大的，丰富的，是有很高的成就的，可是现在还没产生一首令人一念永远不忘的好诗，可见新诗创作中还是存在一些问题的。

二、《诗经》

中国诗比任何文学形式都产生得早，它是我们民族文学创作中最年轻的。《诗经》是中国最早的诗集，它的编成约在纪元前五世纪（孔子死于纪元前 479 年）。据说，古代有采风官到各地采诗，孔子再加以选择编删，差不多把纪元前五世纪以前的诗都编到里面了，其中包括的诗，最早的有纪元前八百七十年以前的作品。

《诗经》共有三百零五篇。按其内容可分三种，即风、雅、颂。其中"风"是民间歌谣，占一百六十篇；"雅"是文人创作，有一百零五篇；"颂"是祭祀宗庙歌曲，共有四十篇。若编辑《诗经》的真是孔子，看来孔子倒不是一个狭隘的人。《诗经》中包罗万象，把两千五百年到两千八百年间社会生活的整个情况都反映了出来。要研究春秋时代的社会性质的话，《诗经》给我们提供了大量的可靠的材料。《诗经》包括的范围很广，从民间歌谣直至祭祀歌曲等。但所反映的地域很小，集中在河南、河北、山东、山西，大部分在黄河以北，小部分在黄河以南，长江流域的则完全没接触到。

《诗经》中主要的是民间歌谣，它是无穷的最可宝贵的材料，把我们初期封建社会的祖先在黄河流域所歌唱的，所反对的，所希望的，所要求的，以及快乐忧伤与不幸等感情都表现出来。在《诗经》中还有占很大成分的恋歌，写得很好（不下于现在好的情歌），是非常活泼新鲜的东西。其中更重要的一种是反映农民生活的歌曲，很明确地表现了农民和地主的关系，反映了地主的残酷剥削以及农民的痛苦，把农民的憎恨与反抗，表现得非常深刻。如《伐檀》就是农民很尖锐地讽刺地主，再如《小雅·七月》反映农民生活非常生动具体。还有反映入门女婿之苦的如《黄鸟》写得也很好。

"雅"分《大雅》《小雅》两个部分，据说《小雅》是讽刺，《大雅》是歌颂，但实际上《大雅》也有讽刺的，揭发当时社会的黑暗情况的。这些作者虽出身于统治阶级，但他们站出了自己的阶级，不满意贵族的统治，深刻地揭发了当时贵族统治阶级的黑暗腐化。

"颂"是祭祀文章，其中《公刘》有史诗的意味，描写初期封建社会周民族的迁移，怎样搬家，怎样定居（定居一定要背山面水），怎样选择地方、条件盖房子，写得很好。这种描写法在"颂"中很多，还有其他宗庙祭祀诗等，反映了我国古代初期农业社会生活。

三、《楚辞》

《楚辞》是两千三百年前的著作，《楚辞》弥补了《诗经》的缺陷，收集了长江以南的民间歌曲。在春秋时代（《诗经》采诗时代），楚民族被认为是蛮夷，受中原人士的排斥，同时语言不通，民歌很不好搜集，所以《诗经》中没包括这一部分。《楚辞》表现了南方文学的成就，他的特点是想象力更丰富，表现自己的感情更流畅，更充沛，更大胆地勇敢地反抗当时的黑暗统治，讽刺当时朝廷的腐败。这些特点主要集中在屈原的二十五篇作品中，其中以《离骚》为主。《离骚》是我国古代最长的一首抒情诗，它反复地表示了自己的政治情感。《九章》中也有几篇很好的东西。《天问》也很好。其中与民歌关系最密切的，或是在民歌中提炼出来的如《九歌》和《招魂》。《九歌》是写楚国的神话，用最漂亮的句子，改写民间的祭神歌，写出民间最崇拜的是什么，最畏惧的是什么，这可以表现两千三百年以前，长江以南的祖先是怎样歌颂祭祀神鬼的。中国古代宗教一直停留在多神教、拜物教的阶段，天堂地狱不分明，就是分人间和人间以外的世界。《招魂》中反映了人间是最快乐的，人间以外的地方，天上、地下、东、南、西、北，都是可怕的，这是根据当时民间风俗习惯写的，影响非常之大。

屈原的著作一向是采用民间文学形式加以提高加工而成的。而他之所以伟大，是因为他的反抗情绪代表了当时人民对贵族统治的反抗情绪；他通过自己的悲愤表现人民的悲愤；通过他自己的感情，表现人民的感情。屈原是否有统一中国的野心，现在还不可考，但屈原却是一个爱国诗人，他爱他的乡土、乡人，他极力想保护他的诸侯王国不受外族的欺凌和压迫。

宋玉在屈原之后，是否是屈原的学生，却是问题。宋玉赋有十六篇，年代约在纪元前三世纪，现在在《文选》《古文苑》等书中，又有署名宋玉的作品，如《大言赋》《小言赋》，写得很漂亮，《大言赋》就尽量说大话，越大越好，《小言赋》就尽量说小事，说一个蚊子肝九族人吃还没吃了。这可以表现出两千多年以前我们祖先想象力的丰富。但是今日看来，肯定不是宋玉所作。还有《风赋》《高唐赋》《神女赋》，写得都很好，但是否写成于战国时代也成问题。宋玉作品选入《楚辞》中的有《九辩》。《九辩》潇洒之气过于《离骚》《九章》，不满当时统治的情绪是和《离骚》相同的。看《九辩》可知宋玉的人格很高（决不像《屈原》剧里那样）。在《高唐赋》《神女赋》中说宋玉是楚王的弄臣，但是不是这样也很难说。

《楚辞》的影响很大，其内容多不满意统治阶级，代老百姓发牢骚，表达了人民的情绪。后来的汉赋就是受《楚辞》影响而产生的。中国古代六百到七百年的时代，赋的产量很多，司马相如、枚乘、贾谊，甚至张衡、班固等人，皆未可厚非。其中也有很好的作品，反映了当代人民的生活。

四、五言诗

五言诗的产生约在纪元前一世纪，汉成帝时代，据考证《李陵答苏武书》并非李陵所作，而是纪元前两世纪的作品。当时五言诗大部分是民歌民谣，古诗十九首、《孔雀东南飞》是五言诗的代表作，也是产生于民间的最好的作品。到第三世纪初期，建安时代（196—220），五言诗才掌握在有天才的诗人手里，并加以提高。当时最主要的诗人是曹氏父子三人（曹操、曹丕、曹植），他们最先掌握并提高了民间形式。曹操多写四言。其子曹植最重要，写得最好，他是统治阶级的游离分子，由于自己境遇的不幸很受压迫，所以也比较能够了解人民的痛苦，同情人民。五言诗的最盛时代到六朝为止，当时作者很多，重要作品如嵇康的幽愤诗、阮籍的咏怀诗、郭璞的游仙诗及左思的咏史诗等都充满了自己的感慨悲愤的感情。最重要的诗人是陶渊明（第四—第五世纪，六朝初期），现在对他的评价一般人还不大敢下断语。他是田园诗人，歌颂自然，表现农村生活，但他不仅像苏东坡所说的那样表面平淡无奇，实际上他是很热情的人，他还是一个伟大的现实主义者，《桃花源记》表现了他理想的社会，代表了他的政治理想，他并不是远离人间、脱离政治的。

六朝诗人很多，我们再举陶渊明以后的两个重要诗人，即鲍照、庾信。鲍照的诗充满了不幸时代的悲痛的情绪，其内容极其丰富，他的诗虽多拟古，但他却用很丰富的感情表现了当时的时代。庾信也反映了当时不幸的、动乱的、被压迫的、沉痛的时代，杜甫曾说"清新庾开府，俊逸鲍参军"，庾信的《哀江南赋》（当时北方游牧民族侵入，庾信被俘未回）写得非常沉痛。他们的诗都是言之有物的作品，他们本身也绝不是貌为诗人，就脱离人民而飘飘然了，而是生根于人民中，一直与人民有密切的联系。

六朝时南北方的民间歌曲都是五言的，江南流行的民歌叫"徒歌"，分两种：一种是流行于太湖流域的叫"吴歌"，如《大子夜歌》《小子夜歌》《四时子夜歌》《读曲歌》等。其中有很重要的东西。言词清新，不下于《诗经》中的恋歌。一种是流行于湖南、湖北、长江流域的叫"荆楚西声"（也统在《乐府诗集》中），是南方码头水路上的人吟的，调子软绵绵的。北方的乐歌，如游牧民族的"梁鼓角横吹曲"（胡乐），其中虽也有很漂亮的恋歌，但调子不像南方那样软绵绵的，而是大刀阔斧，高头大马，气魄很大。这时不但有大量的出自民间的歌曲，还有文人学士受民间歌曲的影响，而发挥其天才创造出的许许多多的重要作品，它们是和现实紧密结合在一起的。

五、李白与杜甫

诗到唐朝发生了很大的变化，不仅用五言，又运用了更适合的七言。诗歌大盛，形式很多，譬如有不限句数的可长可短的古诗（又称古风），八句的律诗，四句的绝句和从律诗发展起来的排律。唐诗有这些体裁，所以说唐朝是诗歌全盛时代。《全唐诗》有九百卷，有作品流传下来的诗人约两千人，作品在一万首以上。

唐朝诗人很多，在李白、杜甫以前，值得注意的有初唐四杰中的卢照邻，他的诗很有特别情调，他终年生病，在待死的情况中，写了很多诗，专描写自己病中的痛苦。还有骆宾王，他所描写的当时社会及个人的悲愤的长诗，写得很好，以写骂武则天的文章而著名。此外陈子昂的感遇诗，风格很高。再是王梵志，他的诗影响很大，但在宋以后便不为人所知。直到很长时间以后，才在敦煌石室中发现他的诗，他做了许多格言诗、哲理诗、教训诗等，写得很自然，风格很通俗。

到了第八世纪开元、天宝时代，李白、杜甫产生。他们所以重要，是因为他们表现了那个时代——中国历史上一个繁荣富庶的时期，在文化艺术上是最发达的时候。当时长安变成繁华的国际大都市，日本、朝鲜等五十多个国家都来入贡，而且各国都派留学生到中国来。中国的文化普遍传到东西南北四方，音乐、舞蹈、美术等都极其发达（西藏今日的舞蹈、音乐还保留着唐朝的风味）。这时唐朝已达到全盛时代。当时以诗取仕，是两级考试制度，先举进士，后考诗赋，没有学问、不会作诗的人就不能受举，永远不能做官，所以作诗的风气越来越盛。李白、杜甫就是在社会最繁盛和诗的气息特别浓厚的情况下出现的，他们又继承了古代诗歌最优秀的传统，而且使它更加发展起来。

李白在一般人的印象中是浪漫诗人，整天醉醺醺的，似乎离人间很远，而对杜甫的估价比李白高得多。其实这种看法是不对的，杜甫的脾气也很大，好喝酒，生活并不很规矩，不像一般人想象的那么谨慎。他们之间有其共同点，就是他们都真实地表现了那时的时代，但表现形式不同，李白是比喻或反面描写，如《蜀道难》，杜甫则是正面地老老实实地表现人民的痛苦，反抗那个时代，如"三吏""三别"。

与杜甫、李白同时代的还有王维与孟浩然，都是描写自然风景极好的田园诗人。王维是静的描写，客观的描写，不加一点自己的见解。孟浩然是动的描写，把自然人格化了，喜欢用许许多多的人的行为描写自然，或是把人参加到自然中去，写得很好。这种田园诗或风景诗和宋代的画很相似，表现得非常细腻。

李白、杜甫之后，主要有顾况、白居易、皮日休、聂夷中，后二人是最近才被提出来的，因为他们是的的确确地真切地表现了当时社会，表现了自己的不满，替人民说了话，反映了当时社会的黑暗与悲痛。如聂夷中的"花下一禾生，去之为恶草"，他把人民的需要和希望都写出来，他大概是受了王梵志的影响，多是格言诗。再有唐末的罗隐、杜荀鹤，他们把人民生活的痛苦都用诗反映出来，句句是格言，现在流传着的格言还有许多是罗隐的诗。

六、词

唐诗限制很严，不适合于配合音乐唱，配合音乐唱需掺杂很多虚字，这就产生了另一种体裁，名为词。最早的词产生在第八世纪，它完全是配合音乐唱的，范围很广，其中一部分是能唱的诗，一部分是民歌，一部分是外国传来的音乐调子（如有一部曲调即是从印度传来的调子），再一部分是文人创作。其中最重要的是民歌。

词到五代时大盛，产生了许多写词的人，如《花间集》选了十八个词人的作品，其中以四川的作品为主，并包括中原、长江上游、黄河流域一带作家的作品，而把长江下游、江南一带作家的词都漏掉了（当时江南词人是南唐二主，他们的作品今尚流传一小部分）。再有《阳春集》（冯延巳编），这是真正唱的词，这些词也正是表现了词人的感情。

到了宋朝，词成了与人民生活不可分的东西，在游戏场中说书的都要先唱一段词给大家听。原来词都是很短的，在五代时，词叫"小令"，唐代词也很短，到了宋朝发展成为"慢词"（长篇，约在百字以上）。慢词又可分为两派，一派以柳永最著名，其词流传遍天下，所谓"凡有井水处，皆歌柳词"，他的词多写离情别绪悲伤之情，但入情入理，非常通俗。还有一派是苏轼，他完全是为自己而写，发泄个人感情，不一定能唱，爱怎样写就怎样写，作风很豪爽，与柳永恰恰相反。

宋朝变乱很多，北宋末南宋初，许多作家在作品中表现了自己的痛苦和人民的痛苦。如赵佶（宋徽宗）他在政治上是失败了，但在学术上则有很大的成功，他的词作得很好，描写他被俘的生活，非常沉痛，和庾信类似。还有女作家李清照，她经过很多流离的痛苦，能相当大胆地写出个人的感情。

南宋末，局面比较稳定，产生两个比较好的爱国词人，即辛弃疾和陆游。辛弃疾的作品慷慨激昂。陆游的作品里，表现了迫切希望恢复中原的心情。从他们的作品里都可以看到局面稳定后的情况及人民对恢复中原的要求。

到宋朝末年有两个大诗人，即文天祥和汪元量，他们本身是大政治家。文天祥的作品反映出人民的痛苦及个人的痛苦，沉痛异常。汪元量诗写得也很沉痛，他们的词也都写得很好。

宋时的叙事歌曲很流行，开头只是把几篇词连在一起唱，如用《蝶恋花》的调子唱《西厢记》的故事等等，这叫"鼓子词"。在宋仁宗时很快就发展成为很伟大的叙事歌曲，叫"诸宫调"。其创造者是孔三传（民间诗人）。诸宫调中最有名的是董解元的《西厢记》，写得非常漂亮。再是帝俄时的考古学家在甘肃发现的《刘知远诸宫调》，写得好极了，把民间生活表现得非常好。当时唱诸宫调的有男班，有女班（《风月紫云亭》就是描写女班唱诸宫调的情形），但这些长篇叙事歌曲，今天还流传的已经不多。到了南宋末年，词的调子已经不像从前那样被人欢迎，而又产生了一种新的体裁来代替了它。

七、散　曲

词调俗了以后，就出现了散曲。过去有人称词是诗余，曲是词余，这是瞧不起词曲的论调。其实词、曲是诗中更加重要的，它表现了元、明两朝带音乐的诗的主体。在戏台上唱的叫"剧曲"，清唱叫散曲，他的形式是多种多样的，包括的成分很多，收集了大批的民歌，并吸收了蒙古、色目人的调子，以及文人创作等。它是元、明两朝能唱的曲子的总称。

散曲分"南曲""北曲"两大派。南曲多是描写恋爱生活为主，写得柔软。北曲虽有的也描写恋爱，但和南曲不同，很健壮豪放，这些都是由民歌而来。元朝散曲以北曲为主。

当时散曲家兼戏曲家有关汉卿、马致远、乔梦符（乔吉）、白仁甫（白朴）等人，还有一个专写散曲的叫刘致（刘时中），他把元朝社会的黑暗，在两篇散曲中都表现出来，如描写钞票制度的害人等等。

明朝的散曲家很多，但值得提出来的却不多，明朝主要是以南曲为主。这时有一个特点，即凡是真正好的作家都产生于民间，好的作品都是从民间吸取营养的。例如金銮，他抓住了民间新鲜的调子来加工改编。还有刘效祖也写了很多民间歌曲。凌濛初则在理论上公开提出，说文人的作品没有能赶得上民间的《打枣竿》《吴歌》等的。冯梦龙收集了许多北方的《挂枝儿》、南方的《山歌》刻印出来，流传遍天下，现存的还有一百多首。再一个是赵南星，他更进一步利用民间歌谣，模仿民歌写了不少的东西。还有一个相当伟大的作家施绍莘，他在当时是受排斥的，他不用民歌，只用旧调来创作，如《花影集》是很好的东西，今尚流传。

八、清代的诗、词、曲

清朝的诗是古代诗歌传统的总结时期，凡是古代用过的形式，都好像回光返照似的重现一遍，各种形式都有人运用，而且作得还很好，如吴伟业便是一个很有天才的诗人。

乾隆时重要作者有袁枚、赵翼（他的讽刺诗写得很好），还有一个专写散曲的蒋士铨，后来较重要的有黄遵宪，他整理提炼了广东梅县的山歌。

满族有两个大词人，即纳兰性德和西林太清君，他们都有很大的成就，纳兰性德的《饮水词》写得非常好，很流行。女词人西林太清君的《渔歌》甚著名，虽写的有很多不合规格的地方，但很新鲜，后来她和大诗人龚自珍恋爱，两个人都写了许多恋歌。

在曲中发现新生命的是"道情"，这时南方如福建、广东、长江、九江以及北方的民间歌曲都复活起来，很多文人作家们将它整理提高。如招子庸收集整理广东的《粤讴》。还有满族作家戴全德（在九江浔阳做官）曾用满语与汉语混起来写了不少的诗，有的内容是很好的，如《浔阳诗稿》，其中就有很好的小调。

当时有两部比较重要的曲选，即收集北方民歌的《霓裳续谱》，及收集长江流域的民歌的《白雪遗音》，都有极好的内容。

总之，中国诗的传统是民间歌谣的传统。中国各种形式风格的诗，都首先产生于民间，为老百姓所喜好，而后才为文人所掌握。文人只有从民间吸取养料，他才能有所成就，只有掌握住并提高了民间形式的诗人，他的诗才一定是新鲜活泼而又富于生命力的。诗的形式的发展既是来自民间，生长于民间，它当然是与广大人民密切结合的。据说《楚辞》中的《九歌》，在湖南等地现在还有人唱。所以民间文学是非常重要的，他有优良的传统，我们学习诗歌传统，不仅要向古代大诗人学习，而且更要向民间作品学习，这样我们才能够得到更好的成绩。

第三编

小说研究

中国小说的分类及其演化的趋势 *

一

中国小说向无明了的分类，中国小说史更无明了的分期。最古的中国小说，足当"小说"二字之称的中国小说，其启源究在何时，也颇不易知道。即所谓中国小说的范围，也是历来为学者争论点之一，"小说者，有别于大言，有别于正语的著作也"，他们往往这样的说；所以一切无当于大雅的，一切琐碎无足归类的著作，皆可谓之为小说。《四库全书》"子部小说家"一门所录的小说，凡分杂事、异闻、琐语三种，与史部的杂史和子部的杂家并无若何严密的分别，且其中是当小说之名的，实寥寥无几，真正的小说如《水浒传》《三国志》《西游记》等等却反被摈斥而不得预于其列。所谓《说郛》《说海》《五朝小说》《顾氏文房小说》之类号称小说丛书的东西，其中所收录者，实在庞杂不堪。《杨太真外传》《虬髯客传》之类，固见收录，而《古今注》（崔豹）、《洛阳名园记》（李格非）、《诗品》（钟嵘）之类，乃亦俨然占重要的几席。如果我们要明白中国小说的内容，真非彻底将他们所包含的东西澄清一下不可。今姑不列举前人的非理的分类与其主张，只将我个人的意见列下。据我个人的主张，依了自然的确切的内容，中国的小说，可分为下列的五类：

二

第一类是所谓"笔记小说"。这个笔记小说的名称，系指《搜神记》（干

* 原载 1930 年《学生杂志》第 17 卷第 1 号，《郑振铎全集》第 6 卷，花山文艺出版社 1998 年版，第 226 页。

宝）、《续齐谐记》（吴均）、《博异志》（谷神子）以至《阅微草堂笔记》（纪昀）一类比较具有多量的琐杂的或神异的"故事"总集而言；范围固不能过于狭小，内容的审查，固不能过于严格，然也不能如前之滥，将一切"杂事""异闻""琐语"都包括了进去，有如近日出版的通俗本的《笔记小说大观》。我们应该将他们限于"故事集"的一个标准之下，或至少必须是具有大多数的故事的。所谓"琐语"之类的东西，像《计然万物录》《博物记》（汉·唐蒙）、《博物志》（晋·张华）、《清异录》（宋·陶穀）、《杂纂》（唐·李商隐）、《幽梦影》（清·张潮）、《板桥杂记》（清·余怀）；所谓"异闻"之类中的《山海经》《海内十洲记》《神异经》；所谓"杂事"之类中的《摭言》（唐·王定保）、《云溪友议》（唐·范摅）、《北梦琐言》（宋·孙光宪）、《归田录》（宋·欧阳修）、《侯鲭录》（宋·赵德麟）等等，都是不能算作"笔记小说"的。即在真正的笔记小说中，像《搜神记》《虞初新志》之类，也不能算真正的小说，不过具体而微的琐碎的故事集而已。其中亦有很好的小说资料，亦不过仅仅是资料而已，其本身始终未入小说的途径。

三

第二类是"传奇小说"。这里所谓"传奇"，并非长篇剧本的别名，如《荆钗记》《还魂记》《琵琶记》《拜月亭》之类，其所指的乃是我们所称的唐人传奇一类的作品，如《霍小玉传》《李娃传》《灵应传》，以至《聊斋志异》（清·蒲松龄）等。这一类的小说，始足以当"小说"的称号。这一类的小说的作者，始有意于写小说，有意于布局、结构与经营。笔记小说往往是朴实无文的，只是记载一件古事，报告一件新闻，或追忆种种的往事。传奇小说则于记载、报告、追忆之外，还着意于叙写与描状，不仅使之成为一篇动人听闻的故事，且还使之为辞采焕发神情宛肖有不朽的名作的价值。且其中尽有些富于近代"短篇小说"的趣味的。其本身，在艺术上，实是一种小说，不能与泛泛的笔记小说一类的作品视同一类，虽然二者大概都是用文言写的。二者又大都是混合在一册之中，或合于一个总集，或一个选集之中。

四

第三类是"评话小说"。这也是短篇的小说，与传奇小说相类。惟后者写以文言，前者写以白话而已。即在题材上，二者相同之点也很多。但在来历上，评话小说和传奇小说却完全不同。传奇是由笔记小说脱胎而来的，作者以著作为志，以"传奇"为意，或当他们为古人一类的不朽的作品中的一文，或当他们为一种娱悦人生的东西，或为了维道，为了愤懑而去抒写那些作品，用以寓意寄怀的；一点也没有实用的目的；他们只是文坛上的流行物而已，从不曾想到了通俗。评话则不然，他们最早的作品，系出之于说书先生之手。说书先生们为了要娱悦大多数的听众，便编造了敷演了那些新闻与故事出来。他们的重要，乃在讲述而不在于著作（虽然后来讲述短篇故事的风气已经消灭了），所谓《错斩崔宁》《西山一窟鬼》一类的东西，原来只不过是讲述的底本而已。所以评话的口气，全都是以第一身的讲述口气出之的。这是评话的一个特色。这种特色，直到评话已成了文士的著作，而不复是说书先生们讲述的底本时，还维持着不变。这乃是很早的所谓"通俗小说"。在短篇中，所谓"通俗小说"便是评话。笔记与传奇却不是能够通俗的。但评话虽能通俗，在文坛上历来的影响却不甚大。可以说，在文坛上影响最小的，要算评话体的小说了。且其历史也极为短促。她们在不知不觉之中生长着，自南宋以至明初。等到文士们觉察到他们的价值而搜集刊印、模拟著作着时，评话的末运却不久便到了。且连一般的作品也都沉沦于纸堆书角，绝少为人所注意。虽然《今古奇观》和《十二楼》为我们所熟知，但最古的几部总集《京本通俗小说》《清平山堂》与所谓"三言"的《警世通言》《喻世明言》《醒世恒言》的三部大选集，与乎《拍案惊奇》的初二刻、《醉醒石》《石点头》《照世杯》等等的总集，却至今才有人在谈着。

以上三类都是短篇的作品；所谓短篇，盖即指篇幅简短、大都每篇能够独立成为一册的作品而言。一切的短篇小说，不管是笔记也好，传奇也好（评话是例外），全都是总合同样的许多东西成为一册或混杂于别的东西或诗文集之中而成为一书的。单独刊行的，在笔记与传奇中可以说是绝无仅有；但在评话中，却间亦有之。像《京本通俗小说》中的好几篇小说《错斩崔宁》《冯玉梅团圆》等，钱曾的《也是园书目》（卷十）皆曾著录之，且都当作单独的作品，与四卷本的《宣和遗事》、四卷本的《烟粉小说》、十卷本的《奇闻类记》等并列，这可见这些评话在当时原是有过单刻本的，像今日的小唱本小剧本一样。但单篇另刻，卷帙过薄，每易散失，所以后人便有汇刻之举，像《京本通俗小说》《清平山堂》之类都是。以篇幅而论，在短篇之中，评话是最长的了，所以原来能够别刻单行。评话的内容，大都是每篇不分回的，但间有分为二回至四回的。最多的不出五六回以外。所以我们可以说，短篇小说的篇幅是在六回以内的。

五

第四类是"中篇小说"。中篇小说之名，在中国颇为新鲜。其实像中篇小说一流的作品，我们是"早已有之"的了。中篇小说盖即短的长篇小说（novelette）。他们是介于长篇小说（novel）与短篇小说（short story）之间的一种不长不短的小说；其篇幅，长到能够自成一册，单独刊行，短到可以半日或数时的时间读完了它。或切实地说一句话，中国的中篇小说，其篇幅大都是在八回到三十二回之间（但也有不分回的，那是例外）。其册数大都自一册到四册，而以大型的一册，中型的四册为最多。中篇小说的代表作，便是所谓"才子书"，如二才子《风月传》、三才子《玉娇梨》、四才子《平山冷燕》、八才子《白圭志》、九才子《平鬼传》、十才子《驻春园》等等皆是。又明代的许多秽亵的中篇，如《玉蒲团》之类也都是中篇的。最早的中篇，或可以说是最短的中篇，乃是唐张鷟所著的《游仙窟》。这是单本刊行的传奇体小说的第一种。这一个体裁在后来乃成了一个派别。《燕山外史》等便是变本加厉的这一体。又明人的《娇红传》（这些作品却往往见收于明人的小说杂文集如《艳异编》《国色天香》等等，单行者不多）、《钟情丽集》等等，也都是篇幅较长，可以独立的《游仙窟》一体的作品。一般的传记体的东西，如《南海观世音出身修行传》《闺孝烈传》（叙木兰事）、《许真君传》等等，也都是中篇的。大都中篇小说，其内容以所谓"艳情"的故事为最多。其文字则以文言写成者为最多，以白话写成者较少。仔细分之，亦可分析为"传奇"及"评话"二体；而传奇体的作品，其数量远胜于评话体的。大抵中篇小说的性质，本为很短的长篇小说，而非较长的短篇小说。在中国小说的作品，本不便袭用严格的近代小说的分类。所谓短篇、中篇、长篇者，往往只是篇幅上的分别而非内容与性质上的分类。所以一切的中篇小说，我们可以当作较长的短篇小说，也可以当作较短的长篇小说。短篇、中篇、长篇除了极少数的例外，都只是一个形式的东西的放大或缩小而已。所以很多同一的材料，乃被不同的作者写成不同的短篇、中篇或长篇的；最好的例子，便是白蛇的故事，由《太平广记》中的一般短故事，变成了《西湖佳话》中的《雷峰怪迹》（此作原名《西湖三塔》，为宋人评话之一，见《也是园书目》卷十），又成为中篇小说的《雷峰塔》，更成为长篇巨制的《义妖前后传》（此为弹词，并非小说）。其发展的历程是很显明的，但其故事的骨架与形式则始终未之一变。

六

第五类是"长篇小说"，包括一切的长篇著作，如《西游记》《红楼梦》之类。这一类即是所谓 Novel 或 Romance，篇页都是很长的，有长至一百回、一百二十回，亦有多至二十册、三四十册的。在中国文学名著中，除了弹词外，便要算这一类的长篇小说的篇页为最浩瀚的了。这一类的小说，大都是以白话写成的，绝少有文言的著作，更少有骈四俪六的体裁。此盖大半因篇幅过长，不易写成文言之故。以《三宝太监西洋记》（明罗懋登）及《蟫史》（清屠绅）之喜舞文弄墨，其结果却也不能不用了白话，更不必说别的了。《三国志演义》的文字原是半文半白的，《南北史演义》（皆清杜纲著）之类更为全袭史书原文，未加改作，故文言的气氛较多（十几年前的《玉梨魂》诸通俗小说之用文言写成却是一个例外）。但有一半也因长篇巨制，每多描写细腻，对话逼真之处，如用文言，则神情尽失。这一类的小说，又可以分为好几类，而依据于真实的历史而写的演文，如《三国演义》《隋唐演义》《五代残唐传》，却是其中最原始的、最占一个大地位的一类。中篇小说，名作最少，短篇小说，间有情文并茂之作，长篇小说则为中国小说中最大的光荣。所谓小说中的四大奇书，《三国》《水浒》《西游》《金瓶梅》，即列于世界名作之中，亦未为愧。而《红楼梦》《绿野仙踪》《封神传》《海上花列传》《镜花缘》之类，也都是卓卓的巨著，未必有逊于沙克莱、司考脱、大仲马诸人的最好的作品的。

七

综上所言，中国小说的分类，可列为下表：

八

一种文学形式或种别的产生，其原动力不外两点，一是外来的影响，一是民间的创始。着眼在中国文学史的人，至少可以明白：这两点乃是中国文学中许多歧繁的种别所以产生的原因。"词"是这样产出的，"杂剧""传奇"是这样产出的，"弹词""宝卷"是这样产出的，"小说"也便是这样产出的。当外来的影响到来时，以古有的传统的文学名著自豪或作为自己的模式的知识分子，是决不肯低首于其前的；他们反抗着，鄙夷着蔑视着他们（例如，光、宣间作者对于欧洲小说的蔑视，便是一个显证，而林纾氏因为译了《茶花女》之类的许多小说之故，桐城派的文人们至不以他为同类，虽然林氏是自附于桐城的）。这乃是民间的无成见的无名作者第一次深受到他们的影响；及后这个影响渐渐地扩大了，终于文人学士也不得不从风而靡了。又，对于民间的创作品，知识分子也是极端貌视的。但这些创作品，却有根深蒂固的势力。他们能在不知不觉之中造成一种风气。于是最早受到这种风气的熏染的，便是一部分放浪不羁的、不上正统派的台盘的所谓"才子"（这些"才子"们最好例子，如罗贯中、冯梦龙等皆是）。然后过了一些时候，便连正统派的文人也不由自主地被传染了。词曲小说之逐渐地成为文坛上的主体，其进展的程序，都不外于此。我们在小说史上，对于这个进展，看得尤为明显些。

九

根据这样的自然的进展途径，中国小说史，可分为以下五个时期：

第一期，从原始的古代到唐的开元、天宝时代。这一期是中国小说的胚胎期。一切真正的小说体裁都不曾成立；所有的不过是具有小说的影子的琐杂的笔记中的许多故事，或性质邻于史书传记而略带有夸饰的描写荒诞的记载的作品，或神异不经的许多近于异域描写的地理书。这些都不是什么小说；我们可以说，至多不过是小说的资料，或邻近于小说是什么区域的东西而已。在这一期中，并没有什么杰作。我们有的是：《山海经》《穆天子传》《燕丹子》《神异经》《十洲记》《汉武帝故事》《汉武帝内传》《汉武洞冥记》《西京杂记》《博物志》《搜神记》《灵鬼志》《异苑》《续齐谐记》《冤魂志》《冥祥记》《世说新语》《拾遗记》之类。这期也可以说是笔记小说的时代。其大部分的作品，皆非正则的"小说"，其小部分的作品则为故事的总集。在这一个时期里，有两个很可以注意的事实：

（一）是佛教影响的输入。如颜之推的《冤魂志》、王琰的《冥祥记》，完全是为佛教张目的，可不必论。即如其他各书，如《续齐谐记》之类，也是很受佛教的影响的；至少有许多材料，是从佛教故事中得来的。大约佛教的影响，在这一时期，可分为两方面：一是供给许多材料给笔记的作者；二是引导他们向一条因果报应的故事路上走去。其影响的进展，大约有三个阶级：第一阶级，是佛教的宣传者，采取了印度的因果报应的传说来宣讲；第二阶级，是宣传者创造了许多中国的因果报应的故事，或将印度原来的这许多故事，换了中国的地名人名而将他们变做了中国的故事；第三阶级，是文人学士采用了这些传教的故事，而铲去了宗教的色彩，纯然的作为他们自己的著作的资料。或尚留着些外来的痕迹，或竟将这些痕迹完全泯灭了。

（二）是传奇小说及中篇小说的萌芽。这一期的最后，已有了几篇传奇小说及中篇小说的产生，如王度的《古镜记》、张鷟的《游仙窟》之类。但在许多的笔记小说，竟有许多故事已具有传奇小说的影子，有一部分居然竟为可独立的传奇小说。这开辟了第二期的传奇小说时代的先路。

十

第二期，从开元、天宝时代到北宋的灭亡。这一期是中国小说的发育期，又可谓"传奇小说"时代。第一期的作者，都是无意于写小说的，他们写笔记时，或者为了宣扬宗教，或者不过是掇拾新奇的遗闻逸事，惊人的神怪故事而已，他们不注意描写的艺术，他们的作品都不过是片段的记载，零星的叙述，干枯无味的故事概略。到了这一期，却不然了。传奇小说作者乃是有意于写小说的，乃是为写小说而写小说，而并无其他目的的；他们很着意于描写，他们很着意于布局结构，他们不欲使他们的作品仅成为干燥的故事，片段的记录；他们有意的使他们肉体丰腴了，使他们的精彩焕发动人，使他们的艺术精深莹洁。小说到了这一期，才是一种独立的东西，才是一篇独立的艺术杰作，而不是故事或琐事总集中的几段比较隽妙的片段。在这时期里，佛教仍有影响，在题材一方面，仍从佛经故事中挹取了不少。这一期的杰作很不少：《莺莺传》（元稹）、《李娃传》（白行简）、《霍小玉传》（蒋防）、《南柯太守传》（李公佐）、《柳毅传》（李朝威）、《非烟传》（皇甫枚）、《枕中记》（沈既济）、《无双传》（薛调）、《虬髯客传》（杜光庭）等都已成为后来戏曲的资料，而其本身也是很好的杰作。这一期的小说，更有一点是对于后来的作品很有影响的，即在鬼神的怪迹、域外的异闻、传教的故事、帝王名人的言行之外，他们却还着意于人间情绪的抒写；他们写社会上新发生的故事，他们写恋爱之遇合，他们写妓院的情景，他们写当时的日常生活，总之他们描写人情世故，他们描写当代生活；这便是较之第一期一个最大的进展之点。在这时期，民间暗地里已产生不少的白话小说，如《唐太宗入冥记》《秋胡小说》之类，皆为敦煌石室发现的唐、五代钞本。他们虽不为当代文人学士所注意；他们虽不是什么杰作，然在第三期里，却渐渐地显出他们绝大的影响来。长篇小说在这时代似乎已露萌芽，我们虽没有得到什么遗文，然《三国志》的故事，当时是有说唱着的（据苏轼《志林》）。又敦煌石室的文库中，有所谓《隋唐故事》，有所谓《列国志残卷》，虽不尽是小说，然实可见当时历代故事的如何流行。历史小说，即所谓演义者的发端，也已可于此得到其消息了。中篇小说，在这时绝少产生。或者想象中许多的历史小说，便都是中篇的吧（这由元刊本的五种平话及传为宋刊本的《五代史平话》之皆为中篇的，可知）。

<h1 style="text-align:center">十一</h1>

第三期，从南宋到明弘治。这一期是中国小说的成长期。所谓笔记小说，仍在流行着，其内容似更为庞杂；所谓传奇小说，也仍在流行着，其结构与题材似也渐见硬化。长篇小说在这时却露出了崭然的头角。《宣和遗事》一类的杂书可以不提。《五代史平话》是最早的历史小说的遗物。当时，"讲史"的说书先生们，原有专说"五代史"的一科。在日本的内阁文库里，又藏有元刊本小说五种，每种三卷，皆新安虞氏之所刊，上半页为图画，下半页为文字，都甚精美。这五种是：《全相武王伐纣平话》（吕望兴周）、《全相平话乐毅图齐七国春秋后集》《全相秦并六国平话》（秦始皇传）、《全相续前汉书平话》（吕后斩韩信）及《全相三国志平话》。这五种的发现，是中国小说史上的一个绝大的消息。我们有了这些书，方知道所谓《十七史演义》的著作盖远在演义的始祖罗贯中之前。既然有《七国春秋后集》，当然必有《七国春秋前集》；既然有《续前汉书平话》，当然必有

《前汉书平话》，又必有《后汉书平话》以至《续后汉书平话》；又继于《武王伐纣平话》当然必有《春秋列国平话》之类的著作。所以这五种尚系未全的一种全史平话的零种。即不是什么《十七史演义》之类，一定不只有这五种的。这可见历代的长篇小说在当时如何的流行，又可见长篇小说之始于"历史的小说"是一个如何自然的趋势。在小说艺术未臻完美之前，长篇著作是很难着手的，只有跟了历史的自然演进的事实写去，才可得到了长篇。在此期的最后，则有今本《三国志演义》的出现，其作者为罗贯中；又有《忠义水浒传》的创作，其作者亦为罗贯中。《忠义水浒传》的出现，乃见长篇小说的技术更进一步；由仅仅叙述史事的正史的翻本，一变而成为着意于叙写极短时间的一部分在历史上若有若无的英雄豪杰的Romance。这时长篇小说的叙述描写，已由历史的拘束解放出来而入于自由抒笔挥写的程度，真不能不说是一个大进步。虽然《忠义水浒传》的今本，其完成乃在于第四期之中，然这个原始的本子，已种下了一种浩雄奔荡的气势了。评话小说，在这一期开始产生出来，有所谓"词话""诗话"之名，词话者，例如《京本通俗小说》中的七篇，诗话者，例如《唐三藏取经诗话》。这些评话，叙述占事者少而描状现代者多。对于人间世态的描写，是极尽了真切活泼之至的。将他们与《武王伐纣》《三国志演义》一类的历史小说较之，我们将见二者在艺术上相差得如何的远。京本一类的评话小说，其技术已臻成熟之境，而《武王伐纣》之类的历史小说，真不过是粗制品而已。中篇小说在这时候也产生了好几部，如《风月相思》及邱濬的《钟情丽集》，便是一个代表。但文笔殊为庸腐，意境也极熟套，并无多大的成功。

十二

第四期，从明的嘉靖时代到清乾隆、嘉庆时代。这一期是中国小说的全盛期。凡一切孕育于第一至第三期间的一切形式，无不在此期内达到了他们的最成熟、最发达之境。未入流的笔记小说不必去提它。传奇小说，颇现出中兴的情形来，这从《聊斋志异》等作里颇可看得出。评话小说也到了极盛的时代，《古今小说》及《警世》《喻世》《醒世》的三言之外，又有《拍案惊奇》的二刻、《清平山堂》的十余种、《石点头》《醉醒石》《西湖二集》《十二楼》以及向来不为人所知的《幻影》等几部总集或选集。合而计之，总在三百种以上。将来大约还有继续被发现的可能。他们的题材已由现代的描状而扩充到了古代名作及集事的重述。因为发达得太快了，题材乃骤现枯窘之态。自此以后，因了种种的关系，特别是政治的压力，这一个文体却突然的消灭了，不再见于第五期之中了。只剩下抱瓮老人所选的包括四十种评话的一部选本《今古奇观》当作了鲁灵光殿而已。中篇小说也骤然的大批生产出来；除了许许多多的"佳人才子书"的《平山冷燕》《玉娇梨》等等之外，更有讽刺意味颇为浓厚的《平鬼传》《常言道》等等的出现。《许真君传》《南游记》《北游记》等等也都出现于这个时代之中。中篇小说的黄金时代，大约也即在这个时代吧。长篇小说在这时更显出了长足的进步。《水浒传》被润改为极完美的一部长篇的英雄 Romance（非金圣叹的七十回删本）、《武王伐纣》被扩大为《封神传》（许仲琳作）、《唐三藏取经诗话》也被取做宏伟的《西游记》（吴承恩作）的张本。又《隋炀艳史》《红楼梦》《西游记》《金瓶梅》《镜花缘》《绿野仙踪》的许多名作。长篇小说的取材，其范围是一步步的广大了。即由历史小说进而为英雄传奇，即由短篇评话进而成宏伟的长篇小说，其技术的进展，便自然而然的一天天的精深了，纯莹了；一方面又由英雄的传奇进而写社会的生活，宫廷的故事，以及家庭的日常消息，文人学士的行动言谈，一方面更进而利用旧材料，旧思想，而作为发挥自己才学及理想的工具（此如《野叟曝言》《镜花缘》等）。到了以小说为工具而装载着学术及理想的炫耀时，大约长篇小说的发达，也已到了登峰造极的止境了。

十三

第五期，从清的乾、嘉以后到现代。这一期是中国小说的衰落期。一切小说的形式，在第四期之内过于发达了的，到了这个时代，便无不呈现着疲乏及模拟的情态。评话小说绝了踪影，连模拟的人也没有。传奇小说乃由隽美的《聊斋志异》一变而后入于原始的笔记体的著作。中篇小说也寥寥的绝少出现。独有长篇小说，除了引申了英雄传奇（如《三侠五义》），历史小说（如种种演义）之途径，以及人情世态的模拟的描状之外，却另外开辟了一条特殊的路。这便是对于社会黑暗面的布露与攻击。始于《蜃楼志》诸作，而以《二十年目睹之怪现状》《官场现形记》为全盛期的代表作。其末途，便至于以攻击有恩怨关系的私人为目的，利用一般人的爱听闲话的心理，而图畅售其著作的目的，而写着的黑幕小说的盛行。这种堕落的心理与行为，正足以见中国的小说面已迫近于末日。更有，描写妓寮生活与不自然的性生活，也是此时长篇小说的特征之一。其作品，如《品花宝鉴》《海上花列传》之类。又方言文学，在这时大为发达，这也是极可注意之点。北方的方言文学既充分的发展在《儿女英雄传》上，而南方的方言文学，除了传奇、弹词之外，便充分的发展在《海上花列传》及《九尾龟》诸书上。

十四

将以上的叙述总括一下，更可以列成一个表，这个表的横线为时代，纵线为小说的种类。（表见下图）

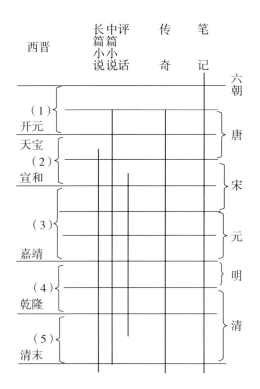

十五

　　印度的及民间的影响，给中国小说以极灿烂光荣的五个史期者，到了现代，已经是"再而衰，三而竭"了。笔记、传奇、评话等的短篇，以及"佳人才子书"的中篇小说固已没有重兴的可能，即章回体的长篇，也已到了它的末运，不再有复活的机会。正在这个恹恹一息的当儿，却有另一种的外来影响，西欧的影响，以较印度影响更为雄大的气势，排闼直入，给中国小说以一种新的不可抵御的推动力，而使之向另一方面走去，使之不再徘徊于笔记、传奇、评话及章回体的长篇的破旧的故垒之中。现在这种外来影响虽只有很短的历史，却已使中国的小说另换一个不同的面目，中国小说史另增了一个崭新的篇章了。无论在长篇的小说上、中篇小说上或短篇的小说上，这个影响的所及的范围，都是一样的大。我们可以判定：中国小说在这个第二次的外来影响之下，一定是，将有一个更光明的前途与历史的。这个光明的前途与历史，究竟有如何的发展，将来于我们的创作家的努力与否卜之。

本文为著者在上海光华大学的讲演稿，其初稿一度曾发表于某周刊上。但近一年来，意见与前又略有不同。故再加以修改，刊于本志。

谈金瓶梅词话 *

一、《金瓶梅》所表现的社会

《金瓶梅》是一部不名誉的小说；历来读者们都公认她为"秽书"的代表。没有人肯公然地说，他在读《金瓶梅》。有一位在北平的著名学者，尝对人说，他有一部《金瓶梅》，但始终不曾翻过；为的是客人们来往太多，不敢放在书房里。相传刻《金瓶梅》者，每罹家破人亡，天火烧店的惨祸。沈德符的《顾曲杂言》里有一段关于《金瓶梅》的话：

> 袁中郎《觞政》，以《金瓶梅》配《水浒传》为外典，余恨未得见。丙午遇中郎京邸，问曾有全帙否？曰：第睹数卷，甚奇怪。今惟麻城刘延伯承禧家有全本，盖从其妻家徐文贞录得者。又三年，小修上公车，已携有其书，因与借钞挈归。吴友冯犹龙见之惊喜，怂恿书坊以重价购刻。马仲良时榷吴关，亦劝余应梓人之求，可以疗饥。余曰：此等书必遂有人板行，但一出则家传户到，坏人心术。他日阎罗究诘始祸，何辞以对？吾岂以刀锥博泥犁哉！仲良大以为然，遂固箧之。未几时而吴中悬之国门矣。

此书刚流行时，已有人小心翼翼地不欲"以刀锥博泥犁"。而张竹坡评刻时，也必冠以苦孝说，以示这部书是孝子的有所为而作的东西。他道：

> 作者之心其有余痛乎！则《金瓶梅》当名之奇酸志、苦孝说，呜呼，孝子，孝子，有苦如是！

他要持此以掩护刻此"秽书"的罪过。其实《金瓶梅》岂仅仅为一部"秽

* 原载上海《文学》月刊 1933 年创刊号，《郑振铎全集》第 4 卷，花山文艺出版社 1998 年版，第 223 页。

书"！如果除净了一切的秽亵的章节，她仍不失为一部一流的小说，其伟大似更过于《水浒》，《西游》《三国》更不足和她相提并论。在《金瓶梅》里所反映的是一个真实的中国的社会。这社会到了现在，似还不曾成为过去。要在文学里看出中国社会的潜伏的黑暗面来，《金瓶梅》是一部最可靠的研究资料。

近来有些人，都要在《三国》《水浒》里找出些中国社会的实况来。但《三国志演义》离开现在实在太辽远了；那些英雄们实在是传说中的英雄们，有如荷马的 Achilles、Odysseus、《圣经》里的圣乔治，英国传说里的 Round Table 上的英雄们似的带着充分的神秘性，充分的超人的气氛。如果要寻找刘、关、张式的结义的事实，小说里真是俯拾皆是，却恰恰以《三国志演义》所写的为最驽下。《说唐传》里的瓦岗寨故事；《说岳精忠传》的牛皋、汤怀、岳飞的结义；《三侠五义》的五鼠聚义，徐三哭弟；够多么活跃！他们也许可以反映出一些民间的"血兄弟"的精神出来吧。至于《水浒传》，比《三国志演义》是高明得多了。但其所描写的政治上的黑暗（千篇一律的"官逼民反"），于今读之，有时类乎"隔靴搔痒"。

赤日炎炎似火烧，田中禾黍半枯焦。

农夫心内如汤煮，公子王孙把扇摇。

《水浒传》的基础，似就是建筑在这四句诗之上的。水泊梁山上的英雄们，并不完全是"农民"。他们的首领们大都是"绅"，是"官"，是"吏"，甚至是："土豪"，是"恶霸"。而《水浒传》把那些英雄们也写得有些半想象的超人间的人物。

表现真实的中国社会的形形色色者，舍《金瓶梅》恐怕找不到更重要的一部小说了。

不要怕她是一部"秽书"。《金瓶梅》的重要，并不建筑在那些秽亵的描写上。

她是一部很伟大的写实小说，赤裸裸地毫无忌惮地表现着中国社会的病态，表现着"世纪末"的最荒唐的一个堕落的社会的景象。而这个充满了罪恶的畸形的社会，虽经过了好几次的血潮的洗荡，至今还是像陈年的肺病患者似的，在恹恹一息地挣扎着生存在那里呢。

于不断记载着拐、骗、奸、淫、掳、杀的日报上的社会新闻里，谁能不嗅出些《金瓶梅》的气息来。

郓哥般的小人物，王婆般的"牵头"，在大都市里是不是天天可以见到？

西门庆般的恶霸土豪，武大郎、花子虚般的被侮辱者，应伯爵般的帮闲者，是不是已绝迹于今日的社会上？

杨姑娘的气骂张四舅，西门庆的谋财娶妇，吴月娘的听宣卷，是不是至今还如闻其声，如见其形？

那西门庆式的黑暗的家庭，是不是至今到处都还像春草似的滋生蔓殖着？

《金瓶梅》的社会是并不曾僵死的，《金瓶梅》的人物们是至今还活跃于人间的，《金瓶梅》的时代，是至今还顽强地在生存着。

我们读了这部被号为"秽书"的《金瓶梅》，将有怎样的感想与刺激？

　　正乱着，只见姑娘拄拐，自后而出。众人便道："姑娘出来。"都齐声唱喏。姑娘还了万福，陪众人坐下。姑娘开口："列位高邻在上。我是他的亲姑娘，又不隔从，莫不没我说去。死了的也是侄儿，活着的也是侄儿，十个指头，咬着都疼。如今休说他男子汉手里没钱，他就是有十万两银子，你只好看他一眼罢了。他身边又无出，少女嫩妇的，你拦着，不教他嫁人，留着他做什么！"众街邻高声道；"姑娘见得有理！"婆子道："难道他娘家陪的东西也留下他的不成！他背地又不曾私自与我什么，说我护他！也要公道。不瞒列位说，我这侄儿平日有仁义，老身舍不得他好温存性儿。不然老身也不管着他。"那张四在傍，把婆子瞅了一眼，说道："你好失心儿！凤凰无宝处不落。"只这一句话，道着了这婆子真病，须臾怒起，紫涨了面皮，扯定张四大骂道："张四，你休胡言乱语，我虽不能不才，是杨家正头香主。你这老油嘴，是杨家那膫子舍的？"张四道："我虽是异姓，两个外甥是我姐姐养的。你这老咬虫，女生外向行，放火又一头放水。"姑娘道："贱没廉耻，老狗骨头，他少女嫩妇的，留着他在屋里，有何算计！既不是图色欲，便欲起谋心，将钱肥己。"张四道："我不是图钱，争奈是我姐姐养的。有差迟，多是我；过不得日子，不是你。这老杀才，搬着大，引着小，黄猫儿，黑尾！"姑娘道："张四，你这老花根，老奴才，老粉嘴，你恁骗口张舌的，好淡扯！到明日死了时，不使了绳子扛子！"张四道："你这嚼舌头老淫妇，挣将钱来，焦尾靶，怪不的恁无儿无女！"姑娘急了，骂道："张四贼老苍根，老猪狗！我无儿无女，强似你家妈妈子，穿寺院，养和尚，合道士，你还在睡里梦里！"当下两个差些儿不曾打起来。

（《金瓶梅词话》第七回）

这骂街的泼妇口吻，还不是活泼泼的如今日所听闻到的么？应伯爵的随声附和，潘金莲的指桑骂槐，……还不都是活泼泼的如今日所听闻到的么？

然而这书是三百五六十年前的著作！

到底是中国社会演化得太迟钝呢？还是《金瓶梅》的作者的描写，太把这个民族性刻画得入骨三分，洗涤不去？

谁能明白的下个判断？

像这样的堕落的古老的社会，实在不值得再生存下去了。难道便不会有一个时候的到来，用青年们的红血把那些最醒醒的陈年的积垢，洗涤得干干净净？

二、西门庆的一生

西门庆一生发迹的历程，代表了中国社会——古与今里的——一般流氓，或土豪阶级的发迹的历程。

表面上看来，《金瓶梅》似在描写潘金莲、李瓶儿和春梅那些个妇人们的一生，其实却是以西门庆的一生的历史为全书的骨干与脉络的。

我们且看西门庆是怎样的"发迹变泰"的。

> 西门庆是清河县一个破落户财主。就县门前，开着个生药铺。从小儿也是个好浮浪子弟。使得些好拳棒，又会赌博，双陆象棋，抹牌道字，无不通晓。近来发迹有钱，专在县里，管些公事，与人把揽说事过钱，交通官吏。因此满县人都惧怕他。

（《金瓶梅词话》第二回）

他是这样的一位由破落户而进展到"专在县里，管些公事，与人把揽说事过钱，交通官吏"的人物。他的名称，遂由西门大郎而被抬高到西门大官人，成了一位十足的土豪。

但他的名还未出乡里，只能在县衙门里上下其手，吓吓小县城里的平民们。

西门庆谋杀了武大，即去请仵作团头何九喝酒，送了他十两银子，说道："只是如今殓武大的尸首，凡百事周旋，一床锦被遮盖则个。"何九自来惧西门庆是个把持官府的人，只得收了银子，代他遮盖。（《词话》第六回）他已能指挥得动地方上的吏役。

依靠了"交通官吏"的神通，西门庆在清河县里实行并吞寡妇孤儿的财产。他骗娶了孟玉楼，为了她的嫁妆："南京拔步床也有两张，四季衣服，插不下手去，也有四五只箱子，金镯，银钏不消说，手里现银子也有上千两，好三梭布也有三二百筒。"（《词话》第七回）他把孟玉楼骗到手，便将她的东西都压榨出来。

他娶了潘金莲来家，还设法把武松充配到孟州道去。

他进一步在转隔壁的邻居花子虚的念头。花子虚有一个千娇百媚的娘子李瓶儿，他手里还有不少的钱。西门庆想方设法勾引上了李瓶儿；把花子虚气得病死。为了谋财，西门庆又在谋娶李瓶儿。不料因了西门庆为官事所牵引，和她冷淡了下来，在其间，瓶儿却招赘了一个医生蒋竹山。终于被西门庆使了一个妙计，叫几个无赖打了蒋竹山一顿，还把他告到官府。瓶儿因此和他离开，而再嫁给西门庆。(《词话》第十二回到第十九回)

在这个时候，西门庆已熬到了和本地官府们平起平坐的资格。在周守备生日的时候，他"骑匹大白马，四个小厮跟随，往他家拜寿。席间也有夏提刑、张团练、荆千户、贺千户"。

京都里杨戬被宇文虚中所参倒，其党羽皆发边卫充军。西门庆的女婿陈敬济的父亲陈洪，原是杨党，便急急地打发儿子带许多箱笼床帐躲避到西门庆家里来，另外送他银五百两。他却毫不客气地"把箱笼细软，都收拾月娘上房来"。(《词话》第十七回)他是那样地巧于乘机掠夺在苦难中的戚友的财产。但他心中也不能不慌、因了他亲家陈洪的关系，他也已成了杨戬的党中人物。他便使来保、来旺二人，上东京打点。先送白米五百石给蔡京府中，然后再以五百两金银送给李邦彦，请他设法将案卷中西门庆的名字除去。邦彦果然把他的名字改作贾廉。(《词话》第十八回)西门庆至此，一块石头方才落地，安心享用着他亲家陈洪的财物。(后来西门庆死后，陈敬济常以此事为口实来骂吴月娘，见《词话》第八十六回)

他是这样的以他人的财物与名义，作为自己的使用的方便。而他之所以能够以一品大百姓而和地方官吏们平起平坐，原来靠的还是和杨戬勾结的因缘。

杨戬倒了，他更用金钱勾结上蔡太师。先走蔡宅的管家翟谦的路。蔡太师便是利用着这些家奴和破落户，来肥饱私囊的。彼有所奉，此有所求。破落户西门庆的势力因得了这位更大的靠山而日增。他居然可以为大商人们说份上。

蔡京生辰时，他送了"生辰担"，一份重重的礼去。翟谦还需索他，要他买送个漂亮的女郎给他。

蔡太师为报答他的厚礼，竟把他由"一介乡民"，提拔起来，在那山东提刑所，做个理刑副千户。西门庆如今是一个正式的官僚了。这当是古今来由"土豪"高升到"劣绅"的一条大路。正是：

> 富贵必因奸巧得，功名全仗邓通成。

有了功名官职，他的气势更自不同。多少人来逢迎，来趋奉，来投托！连太监们也都来贺喜。（《词话》第三十回到三十一回）

他是那么慷慨好客，那么轻财仗义！吴典恩向他借了一百两银子，文契上写着每月利行五分。"西门庆取笔把利钱抹了。说道，既道应二哥作保，你明日只还我一百两本钱就是了。"（《词话》第三十一回）凡要做"土劣"，这种该撒漫钱财处便撒漫些，正是他们的处世秘诀之一。

他一方面兼并，诈取，搜括老百姓的钱财；譬如以贱价购得若干的绒线，他便设计开张了一家绒线铺，一天也卖个五十两银子。同时其他方面，他也成了京中宰官们的外府，不得不时时应酬些。连管家翟谦也介绍新状元蔡一泉（"乃老爷之假子"），因奉敕回籍省视之便，道经清河县，到他那里去，"仍望留之一饭，彼亦不敢有忘也"。下书人却毫不客气地说道："翟爹说，只怕蔡老爹回乡，一时缺少盘缠，烦老爹这里，多少共顾借与他。写信去翟爹那里，如数补还。"西门庆道："你多上复翟爹，随他要多少，我这里无不奉命。"

蔡状元来了，西门庆是那么殷勤地招待着他。结局是，送他金缎一端，领绢二端，合香五百，白金一百两。（《词话》第三十六回）

"土劣"之够得上交通官吏，手段便在此！官吏之乐于结识"土劣"，为"土劣"作蔽护，其作用也便在此。其实仍是由老百姓们身上辗转搜刮而来的——羊毛出在羊身上。而这一转手之间，"土劣"便"名利双收"。

不久，西门庆又把他的初生的儿子和县中乔大户结了亲，这也不是没有什么作用在其间的。他得意之下，装腔作态地说道：

> 既做亲也罢了，只是有些不般配些。乔家虽如今有这个家事，他只是个县中大户，白衣人。你我如今见居着这官，又在衙门中管着事。到明日会亲，酒席间，他戴着小帽，与俺这官户，怎生相处？甚不雅相！

（《词话》第四十一回）

"士别三日，便当刮目相待"，纱帽一上了头，他如今便是另一番气象，而以和戴小帽的"白衣人"会亲为耻了！

西门庆做了提刑官，胆大妄为，到处显露出无赖的本色。苗员外的家人苗青，串通强盗，杀了家主。他得到苗青的一千两银子，买放了他，只把强盗杀掉。这事闹得太大了，被曾御史参了一本。他只得赶快打点礼物，"差人上东京，央及老爷那里去"。养兵千日，用在一时。翟谦以至蔡京，果然为他设法开脱。"吩咐兵部余尚书，把他的本只不复上来。交你老爹只顾放心，管情一些事儿没有。"

结果是："见今巡按也满了，另点新巡按下来了。"新巡按宋盘，就是学士蔡攸之妇兄。那一批裙带官儿，自然是一鼻孔出气的。所以西门庆不仅从此安吉，反更多了一个靠山。那蔡状元也点了御史，西门庆竟托他转请宋巡按到他家宴饮。

> 宋御史令左右取递的手本来，看见西门庆与夏提刑名字，说道："此莫非与翟云峰有亲者？"蔡御史道："就是他。如今在外面伺候，要央学生奉陪年兄，到他家一饮。未审年兄尊意若何？"宋御史道："学

生初到此处，不好去得。"蔡御史道："年兄怕怎的！既是云峰分上，你我走走何害。"于是吩咐看轿，就一同起行。

这一顿饭，把西门庆的地位又抬高了许多。他还向蔡御史请托了一个人情："商人来保、崔本，旧派淮盐三万引，乞到日早掣。"蔡御史道："这个甚么打紧！"又对来保道："我到扬州，你等径来察院见我。我比别的商人，早掣取你盐一个月。"（《词话》第四十九回）

"土劣"做买卖，也还有这通天的手段，自然可以打倒一般的竞争者，而获得厚利了。

蔡太师的生辰到了，西门庆亲自进京拜寿，又厚厚地送了二十扛金银缎匹，而且托了翟管家，说明拜太师为干爷。这是平地一声雷，又把西门庆的地位、身份增高了不少。（《词话》第五十五回）

他如今不仅可以公然的欺压平民们，而且也可以不怕巡按之类的上官了，而且还可以为小官僚们说份上，通关节了。

正是："时来风送滕王阁。"他的家产便也因地位日高而日增了；商店也开张得更多了；买卖也做得更大了。他是可以和宋巡按们平起平坐的人物了。

西门庆不久便升为正千户提刑官，进京陛见，和朝中执政的官僚们，都勾结着，很说得来。（《词话》第七十回到七十一回）

在这富贵逼人来的时候，西门庆因为纵欲太过，终于舍弃了一切而死去。

以上便是这个破落户西门庆的一生！

腐败的政治，黑暗的社会，竟把这样的一个无赖，一帆风顺地"日日高升"，居然在不久，便成一县的要人，社会的柱石。这个国家如何会不整个的崩坏？不必等金兵的南下，这个放纵、陈腐的社会已是到处都现着裂罅的了。

在西门庆的宴饮作乐，"夜夜元宵"的当儿，有多少的被压迫、被侮辱者在饮泣着，在诅咒着！

他用"活人"作阶梯，一步步踏上了"名"与"利"的园地里。他以欺凌、奸诈、硬敲、软骗的手段，榨取了不知数的老百姓们的利益！然而老百姓们确实是被压迫得太久了，竟眼睁睁地无法奈这破落户何！等到武松回来为他哥哥报仇时，可惜西门庆是尸骨已寒了。（《水浒传》上说，西门庆为武松所杀。但《金瓶梅》则说，死于武松手下者仅为潘金莲，西门庆已先病卒）

三、《金瓶梅》为什么成为一部"秽书"？

除了秽亵的描写以外，《金瓶梅》实是一部了不起的好书，我们可以说，她是那样淋漓尽致地把那个"世纪末"的社会，整个地表现出来。她所表现的社会是那么根深蒂固地生活着，这几乎是每一县都可以见得到一个普遍的社会的缩影。但仅仅为了其中夹杂着好些秽亵的描写之故，这部该受盛大的欢迎，与精密的研究的伟大的名著，三百五十年来却反而受到种种的歧视与冷遇，甚至毁弃、责骂。我们该责备那位《金瓶梅》作者的不自重与放荡吧？

诚然的，在这部伟大的名著里，不干净的描写是那么多；简直像夏天的苍蝇似的，驱拂不尽。这些描写常是那么有力，足够使青年们荡魂动魄地受诱惑。一个健全、清新的社会，实在容不了这种"秽书"，正如眼瞳中容不了一根针似的。

但我们要为那位伟大的天才，设身处地地想一想：他为什么要那样的夹杂着许多秽亵的描写？

人是逃不出环境的支配的；已腐败了的放纵的社会里很难保持得了一个"独善其身"的人物。《金瓶梅》的作者是生活在不断地产生出《金主亮荒淫》《如意君传》《绣榻野史》等等"秽书"的时代的。连《水浒传》也被污染上些不干净的描写；连戏曲上也往往都充满了龌龊的对话。（陆采的《南西厢记》、屠隆的《修文记》、沈璟的《博笑记》、徐渭的《四声猿》等等，不洁的描写与对话是常可见到的）。笑谈一类的书，是以关于"性"的玩笑为中心的（像万历版《谑浪》和许多附刊于《诸书法海》《绣谷春容》诸书里的笑谈集都是如此）。春画的流行，成为空前的盛况。万历版的《风流绝畅图》和《素娥篇》是刊刻得那么精美（《风流绝畅图》是以彩色套印的；当是今知的世界最早的一部彩印的书）。据说，那时，刊版流传的春画集，市面上公开流行的至少有二十多种。

在这淫荡的"世纪末"的社会里，《金瓶梅》的作者，如何会自拔呢？随心而出，随笔而写；他又怎会有什么道德利害的观念在着呢？大抵他自己也当是一位变态的性欲的患者吧，所以是那么着力地在写那些"秽事"。

当罗马帝国的崩坏的时代，淫风炽极一时；连饭厅上的壁画，据说也有绘着春画的。今日那泊里（Nable）的博物院里尚保存了不少从庞贝古城发掘来的古春画。明代中叶以后的社会的情形，正有类于罗马的末年。一般饱食终日，无所用心的士大夫，乃至破落户，只知道追欢求乐，寻找出人意外的最刺激的东西，而平民们却被压迫得连呻吟的机会都没有。这个"世纪末"的堕落的帝国怎么能不崩坏呢？

说起"秽书"来，比《金瓶梅》更荒唐，更不近理性的，在这时代更还产生得不少。以《金瓶梅》去比什么《绣榻野史》《弁而钗》《宜春香质》之流，《金瓶梅》还可算是"高雅"的。

对于这个作者，我们似乎不能不有恕辞，正如我们之不能不宽恕了曹雪芹《红楼梦》里的贾宝玉初试云雨情，李百川《绿野仙踪》里的温如玉嫖妓、周琏偷情的几段文字一样。这和专门描写性的动作的色情狂者，像吕天成、李渔等，自是罪有等差的。

好在我们如果除去了那些秽亵的描写，《金瓶梅》仍是不失为一部最伟大的名著的，也许"瑕"去而"瑜"更显。我们很希望有那样的一部删节本的《金瓶梅》出来。什么《真本金瓶梅》《古本金瓶梅》，其用意也有类于此。然而却非我们所希望有的。

四、《真本金瓶梅》《金瓶梅词话》及其他

上海卿云书局出版，用穆安素律师名义保护着的所谓《古本金瓶梅》，其实只是那部存宝斋铅印《真本金瓶梅》的翻版。存宝斋本，今已罕见。故书贾遂得以"孤本""古本"相号召。

存宝斋印行《绘图真本金瓶梅》的时候，是在民国二年。卷首有同治三年蒋敦良的序和乾隆五十九年王昙的《金瓶梅考证》。王昙的"考证"，一望而知其为伪作，也许便是出于蒋敦良辈之手吧。蒋序道："曩游禾郡，见书肆架上有钞本《金瓶梅》一书，读之与'俗本'迥异。为小玲珑山馆藏本，赠大兴舒铁云，因以赠其妻甥王仲瞿者。有考证四则。其妻金氏，加以旁注。"王氏（？）的考证道：

> 原本与俗本有雅郑之别。原本之发行，投鼠忌器，断不在东楼生前。书出，传诵一时。陈眉公《狂夫丛谈》极叹赏之，以为才人之作。
> 则非今之俗本可知。……安得举今本而一一摧烧之！

这都是一片的胡言乱道。其实，当是蒋敦良辈（或更后的一位不肯署名的作者）把流行本《金瓶梅》乱改乱删一气，而作成这个"真本"的。

"真本"所依据而加以删改的原本，必定是张竹坡评本的《第一奇书》；这是显然可知的，只要对读了一下。其"目录"之以二字为题，像：

第一回　热结　冷遇

第二回　详梦　赠言

也都直袭之于《第一奇书》的。在这个《真本金瓶梅》里果然把秽亵的描写，删去净尽；但不仅删，还要改，不仅改，还要增。以此，便成了一部"佛

头着粪"的东西了。

为了那位删改者不肯自承删改，偏要居于"伪作者"之列，所以便不得不处处加以联缝，加以补充。

我们所希望的并不是那么一部"作伪"的冒牌的东西，而是保存了古作、名著的面目，删去的地方并不补充，而只是说明删去若干字、若干行的一部忠实的删本。

英国译本的 Ovid 之《爱经》，凡遇不雅驯的地方，皆删去不译，或竟写拉丁原文，不译出来。日本翻印的《支那珍籍丛刊》，凡遇原书秽亵的地方，也都像他们的新闻杂志上所常见的被删去的一句一节相同，用××××来代替原文。这倒不失为一法。

当然，删改本如有，也不过为便利一般读者计。原本的完全的面目的保全，为专门研究者计，也是必要的。好在"原本"并不难得。今所知的，已数不清有多少种的翻版。

张竹坡本《第一奇书》也有妄改处，删节处。那一个评本，并不是一部好的可据的版本。

在十多年前，如果得到一部明末刊本的《金瓶梅》，附图的，或不附图的，每页中缝不写"第一奇书"而写"金瓶梅"三字的，便要算是"珍秘"之至。那部附插图的明末版《金瓶梅》，确是比《第一奇书》高明得多。《第一奇书》即由彼而出。明末版的插图，凡一百页，都是出于当时新安名手。图中署名的有刘应祖、刘启先（疑为一人）、洪国良、黄子立、黄汝耀诸人。他们都是为杭州各书店刻图的，《吴骚合编》便出于他们之手。黄子立又曾为陈老莲刻《九歌图》和《叶子格》。这可见这部《金瓶梅》也当是杭州版。其刊行的时代，则当为崇祯年间。

半年以前，在北平忽又发见了一部《金瓶梅词话》，那部书当是最近于原本的面目的。北平古佚小说刊行会的诸君，尝集资影印了百部，并不发售。我很有幸的，也得到了一部。和崇祯版对读了一遍之后，觉得其间颇有些出入、异同。这是万历间的北方刻本，白绵纸印。（古佚小说刊行会的影印的一本，保全着原本的面目，惟附上了崇祯本的插图一册，却又不加声明，未免张冠李戴）当是今知的最早的一部《金瓶梅》，但沈德符所见的"吴中悬之国门"的一本，惜今已绝不可得见。

《金瓶梅词话》比崇祯本《金瓶梅》多了一篇欣欣子的序，那是很重要的一个文献。又多了三页的开场词。她也载着一篇"万历丁巳（四十五年）季冬东吴弄珠客漫书于金阊道中"的序文，这是和崇祯本相同的。可见她的刊行，最早不得过于公元一六一七年（即万历丁巳）；而其所依据的原本，便当是万历丁巳东吴弄珠客序的一本。（沈氏所谓"吴中"本，指的当便是弄珠客序的一本）

这部《词话》和崇祯版《金瓶梅》有两个地方大不相同：

（一）第一回的回目，崇祯本作：

　　西门庆热结十兄弟　武二郎冷遇亲哥嫂

《词话》本则作：

　　景阳冈武松打虎　潘金莲嫌夫卖风月

这一回的前半，二本几乎全异。《词话》所有的武松打虎事，崇祯本只从应伯爵口中淡淡地提起。而崇祯本的铺张扬厉的西门庆"热结"十兄弟事，《词话》却又无之。这"热结"事，当是崇祯本"编"刻者所加入的吧。戏文必须"生""旦"并重。第一出是"生"出，第二出必是"旦"出。崇祯本之删去武松打虎事而着重于西门庆的"热结十兄弟"，当是受此影响的。

（二）第八十四回，词话本是：

　　吴月娘大闹碧霞宫　宋公明义释清风寨

崇祯本则作：

　　吴月娘大闹碧霞宫　普静师化缘雪涧洞

把吴月娘清风寨被掳，矮脚虎王英强迫成婚，宋公明义释的一段事，整个的删去了。这一段事突如其来，颇可怪。崇祯本的"编"刻者，便老实不客气地将这赘瘤割掉。这也可见，《金瓶梅词话》的作者，原未脱净《水浒传》的拘束，处处还想牵连着些。

其他小小的异同之点，那是指不胜屈的。词话本的回目，就保存浑朴的古风，每回二句，并不对偶，字数也不等，像：

来保押送生辰担　西门庆生子嘉官（第三十四回）

为失金西门骂金莲　因结亲月娘会乔太太（第四十三回）

西门庆迎请宋巡按　永福寺饯行遇胡僧（第四十九回）

月娘识破金莲奸情　薛嫂月下卖春梅（第八十五回）

崇祯本便大不相同了，相当于上面的四回的回目已被改作：

蔡太师擅恩赐爵　西门庆生子加官

争宠爱金莲惹气　卖富贵吴月攀亲

请巡按屈体求荣　遇胡僧现身施药

吴月娘识破奸情　春梅姐不垂别泪

骈偶相称，面目一新，崇祯本的"编"刻者是那样的大胆地在改作着。

有许多山东土话，南方人不大懂得的，崇祯本也都已易以浅显的国语。

我们可以断定地说，崇祯本确是经过一位不知名的杭州（？）文人的大大笔削过的。（而这个笔削本，便是一个"定本"，成为今知的一切《金瓶梅》之祖。）《金瓶梅词话》才是原本的本来面目。

五、《金瓶梅词话》作者及时代的推测

关于《金瓶梅词话》的作者及其产生的时代问题，至今尚未有定论。许多的记载都说，这部《词话》是嘉靖间大名士王世贞所作的。这当由于沈德符的"闻此为嘉靖间大名士手笔"一语而来，因此遂造作出那些《清

明上河图》一类的苦孝说的故事。或以为系王世贞作以毒害严世蕃的，或以为系他作以毒害唐顺之的。这都是后来的附会，绝不可靠。王昙（？）的《金瓶梅考证》说：

> 《金瓶梅》一书，相传明王元美所撰。元美父忏以滦河失事，为奸嵩搆死，其子东楼实赞成之。东楼喜观小说，元美撰此，以毒药傅纸，冀使传染入口而毙。东楼烛其计，令家人洗去其药而后翻阅，此书遂以外传。

蒋瑞藻的《小说考证》及《小说考证拾遗》，引证《寒花盦随笔》、缺名笔记、《秋水轩笔记》《茶香室丛钞》《销夏闲记》等书，也断定《金瓶梅》为王世贞作。其实，《清明上河图》的传说显然是从李玉《一捧雪传奇》的故事附会而来的。《清华周刊》曾载吴晗君的一篇《金瓶梅与清明上河图的传说》，辨证得极为明白，可证王世贞作之说的无根。

王昙的《金瓶梅考证》又道："或云李卓吾所作。卓吾即无行，何至留此秽言！"这话和沈德符的"今惟麻城刘延伯承禧家有全本"语对照起来，颇使人有"或是李卓吾之作吧"之感。但我们只要读《金瓶梅》一遍，便知其必出于山东人之手。那末许多的山东土白，绝不是江南人所得措手于其间的。其作风的横恣、泼辣，正和山东人所作的《醒世姻缘传》《绿野仙踪》同出一科。

一个更有力的证据出现了。《金瓶梅词话》欣欣子序说道："窃谓兰陵笑笑生作《金瓶梅传》，寄意于时俗，盖有谓也。"兰陵即今峄县，正是山东的地方。笑笑生之非王世贞，殆不必再加辩论。

欣欣子为笑笑生的朋友；其序说道："吾友笑笑生为此，爰罄平日所蕴者著斯传，凡一百回。"也许这位欣欣子便是所谓"笑笑生"他自己的化身吧。这是其命名的相类而可知的。

曾经仔细地翻阅过《峄县志》，终于找不到一丝一毫的关于笑笑生或欣欣子或《金瓶梅》的消息来。

《金瓶梅》的作者兰陵笑笑生到底是什么时候的人呢？是嘉靖年间？是万历年间？

沈德符以为《金瓶梅》出于嘉靖年间，但他在万历末方才见到。他见到不久，吴中便有了刻本。东吴弄珠客的序，署万历丁巳（四十五年）。则此书最早不能在万历三十年以前流行于世。此书如果作于嘉靖年间，则当早已"悬之国门"，不待万历之末。盖此等书非可终秘者。而那个淫纵的时代，又是那样的需要这一类的小说。所以，此书的著作时代，与其说在嘉靖年间，不如说是在万历年间为更合理些。

《金瓶梅词话》里引到《韩湘子升仙记》（有富春堂刊本），引到许多南北散曲，在其间，更可窥出不是嘉靖作的消息来。欣欣子的序说道：

> 吾尝观前代骚人，如卢景晖之《剪灯新话》，元微之之《莺莺传》，赵君弼之《效颦集》，罗贯中之《水浒传》，丘琼山之《钟情丽集》，卢梅湖之《怀春雅集》，周静轩之《秉烛清谈》，其后《如意传》《于湖记》，其间语句文确，读者往往不能畅怀，不至终篇而掩弃之矣。

按《效颦集》《怀春雅集》《秉烛清谈》等书，皆著录于《百川书志》，都只是成、弘间之作。丘琼山卒于弘治八年。插入周静轩诗的《三国志演义》，万历间方才流行，嘉靖本里尚未收入。称成、弘间的人物为"前代骚人"而和元微之同类并举，嘉靖间人，当不会是如此的。盖嘉靖离弘治不过二十多年，离成化不过五十多年，欣欣子何得以"前代骚人"称丘濬、周礼（静轩）辈！如果把欣欣子、笑笑生的时代，放在万历间（假定《金瓶梅》是作于万历三十年左右的吧），则丘濬辈离开他们已有一百多年，确是很辽远的够得上称为"前代骚人"的了。又序中所引《如意传》、当即《如意君传》；《于湖记》当即《张于湖误宿女贞观记》，盖都是在万历间而始盛传于世的。

我们如果把《金瓶梅词话》产生的时代放在明万历间，当不会是很错误的。

嘉靖间的小说作者们刚刚发展到修改《水浒传》，写作《西游记》的程度。伟大的写实小说《金瓶梅》，恰便是由《西游记》《水浒传》更向前进展几步的结果。

中国古典文学中的小说传统 *

一、小说的类别

中国小说与世界小说分类相同，分三种：一、短篇小说，二、中篇小说，三、长篇小说。

中国短篇小说又分两种，一是传奇文，一是评话或叫词话（宋朝叫小说，明朝叫词话或评话），前者是文言文，后者是白话文。中篇小说出现的最晚，宋朝的小说只有短篇和长篇。长篇最初是讲史，后发展成演义，多是一百回到一百二十回。中篇小说到明末清初才出现，多是四本或六本书，有十二回到二十四回的篇幅，其中主要是佳人才子书，没有一部好东西，在当时却很流行，并且很早就翻译成法文、英文、德文了，但它不能代表中国的小说，而是中国小说中最坏的东西。

长篇小说是从讲史发展来的，因为讲历史是天然的长篇，愿意拉多长就多长，甚至可以讲半年。而说词话的人则很精简，因为词话较短，一讲就完，有头有尾，人们听起来也方便、感兴趣，所以比讲长篇的人容易吸引群众。讲长篇的人为了兜揽生意，便想办法在每回前面把先前的事简略的叙述一番，这样听起来就不至于无头无尾了；说长篇的又"卖关子"，说到最紧要的关头则要"且听下回分解"，这样使人们放心不下，第二天就一定要来听。

---

　　*　1953 年为文学讲习所授课讲义，《郑振铎全集》第 6 卷，花山文艺出版社 1998 年版，第 187 页。

二、中国小说的特质

中国小说与别国小说不大相同，有它自己的特点：

（一）是口头的传说写下来的。它一开头就不是由几个有才能的文人创作出来的，而是从民间来的，是口头流传的，它最早是群众文娱活动的一种，它能表现人民的喜怒哀乐的情绪，是和人民群众密切相结合，为人民大众所喜爱的形式。

小说起源于唐朝和尚庙里讲唱的变文（变文又叫摩诘），就是由有才气的和尚讲唱佛经故事，并有音乐配合。当时大多是讲释迦牟尼的故事，这故事很长，有五百多段，分作两部，叫《佛本生经》和《佛本行经》。《佛本生经》讲他一生的事，写他本是太子，如何看到人民的生老病死而觉悟出家。《佛本行经》则讲他如何舍身救人救虎和做鹿王的故事，是讲前生的（鲁迅先生所提倡的《百喻经》就是从这里来的）。当时写得最漂亮的宣传佛教的故事叫《有相夫人升天曲》，写有相夫人留恋人间，感情委婉哀怨，最后认识到死后更幸福，就愉快地死去，写得非常好，像希腊著名悲剧家沙福克里士（Sophocles）和阿斯齐洛士（Aeschylus）的作品。

经过一段时间以后佛经故事已不能满足人民的需要，和尚们就开始讲人间的故事和历史的故事。如《伍子胥过昭关》《王昭君和番》等都是很吸引人的。到了宋时，皇帝感到和尚庙里竟至说起恋爱故事来，便加以禁止，其实是借口没收了庙产，以解救国库的空虚。当时和尚不能在庙里说故事，但老百姓又喜欢听，同时又由于生活关系，于是和尚就搬到游戏场所的"瓦子"里去说唱。文人们看见和尚的买卖好，也到瓦子里去说唱，是谓之说书。说长篇的就叫讲史，说短篇的就叫小说。

（二）小说既是口头传说写下来的，所以保留了许多口语，并且是第二人称的，句句都针对听众来说，对群众不断地交代情节和问题，中间还常常夹杂一些议论。

（三）许多小说是讲唱的，讲完一段就由歌伴唱一段，形容一种东西或人物的时候，也唱一段，所以中国小说的特点就有了"有诗为证"或"有词为证"的形式。

（四）因为是讲唱的，所以保留许多说书的样式，开头时总要说一篇闲话，作为引子，在弹词中称"开篇"，说书的称"得胜头回"。这是因为说书时听众没有来齐，就在未正式开讲以前，先讲一段可有可无的小故事作为调剂（据说过去讲《水浒传》每回前头都有一篇"致语"的）。

（五）长篇小说为了掌握住听众，故多卖关子。到紧张之时就说"欲知后事如何，且听下回分解"，所以中国小说常有惊险之处。

这些特征都是指宋以后的白话小说而言，宋代以前只是小说的雏形，还未发展成为真正的小说。

三、汉魏六朝的故事

周秦诸子的寓言是最早的小说形式，这些寓言不单在《庄子》《韩非子》里有，在《孟子》中也有，其中有许多已经发展成为有趣的故事，很曲折，已有了小说的意味。如在《列女传》《韩诗外传》中也有许多生动的故事。

到了六朝时，佛教输入，佛教故事也随之传到中国来，许多印度故事都改头换面变成中国的故事了。这同时也刺激了中国故事的发展，产生了许多笑话和讽刺故事，及劝人信佛的宗教宣传故事。在鲁迅的《古小说钩沉》及《小说史略》中收集了很多。

四、唐朝的传奇文

唐朝的传奇文已发展成了小说。武则天时，张鷟写了《游仙窟》及《龙筋凤髓判》，这是最早的文人创造的小说，完全是用骈文写的，用了许多双关语，可惜这类东西流传下来的很少。

传奇文从开元、天宝、韩愈出现以后，才发展起来，韩愈提倡古文，所以当时古文很流行，突破了骈文风格，虽然来往公事及一切应用文章则仍用骈文，但有许多人用古文写了很多漂亮的故事（鲁迅先生搜集校刊、编成《唐宋传奇集》）。

传奇文与过去的故事不同，其重要之处是不仅脱离了宗教的影响，也不再讲神秘、空想的东西，而是真正的面对生活，现实主义地表现了那个时代，描写了那个时代的生活情况。内容可分三类：

（一）老老实实地写自己听到的或见到的当时人民现实生活中漂亮的故事，如白行简的《李娃传》、元稹的《莺莺传》、陈鸿的《长恨歌传》、蒋防的《霍小玉传》，这些都代表了当时传奇文的最高成就，从这里可以看出当时社会的许多矛盾情况和生活情况。唐代传奇中虽然都只写了一些小事情，但却写得很生动，使人永远不能忘记，这是因为它反映了社会的现实生活。

（二）描写空想的生活的：在描写空想的传奇文中仍可以看出那个时代的社会生活，如沈既济的《枕中记》、李公佐的《南柯太守传》，这些虽是写虚无缥缈的梦，但却也真实地反映了现实。其梦中的喜怒哀乐的生活，正是唐朝每一个文人的喜怒哀乐的生活。这些文章的风行一时，同时也由于唐朝的科举制度是十分特别的，凡拟投考之人，必先要得到有权势人的举荐，然后才能考。这时就有许多文人拿了自己的文章到处送人求荐，这些文章就叫"行卷"，最流行的是诗，后来渐有人以传奇文作"行卷"，送给刺史和达官贵人，以此求得进身之阶。

（三）到了唐末又产生了新的一派，如段成式的《酉阳杂俎》和裴铏的《传奇》。这大部分是写当时最流行的武侠故事，这种武侠小说的盛行是有它的原因的，那时许多节度使分封割据，互兼互并，有的却专横无理、残害老百姓。如朱温他要文人为他写歌功颂德的文章，但文人不肯颠倒事实，自喻为"清流"，不参与政治，朱温就恼羞成怒，把这些文人投到黄河中说："偏要把清流投之于浊流。"老百姓对军阀这种随便杀人以及横征暴敛的事情恨之切齿，但自己又没有能力反抗，于是就幻想着希望着有一种超人的力量出现，铲除这些恶霸，替他们报仇。所以这种故事最初还是合乎人情的，但后来故事中的人物渐渐变成半人半神，而再后则完全变成神仙了。这虽然神奇古怪不合乎情理，但也表现出老百姓的悲愤，他们想用超人力的神仙来制服恶人，这些看起来好像离现实很远，但实际它还是现实主义的。

这三种不管他们描写什么，都反映了当时的社会生活和社会的矛盾。

五、宋代的小说与讲史

宋朝的小说是市民文学，是在瓦子里讲唱的，是真正出于民间为广大市民所喜欢的东西，不同于唐朝的传奇。瓦子好像现在的庙会，是个易聚易散的地方，以讲史、小说为主要演唱的东西，这些都是第二人称的。相传小说讲史以宋仁宗喜欢听而大盛，实际上，是起于民间，为老百姓所喜爱而流行。北宋时民间已流行两个人一组，一个人讲、一个人唱的形式。唱的地方用词写成的称"词话"，用诗写成的叫"诗话"，还有一种称"评话"。"评"就是夹叙夹议的意思，说书人在说书中间夹杂主观见解在里面，有宣传鼓动的作用。评话、词话、诗话三者结构大体上差不多，开头都有一段"入话"，后称"开篇"或"得胜头回"，是以一段小故事或描写景致的文章引出正文，有以正面故事引起反面正文的，有以反面的引起正面的，还有的以正面的引出正面的。基本上是这三种形式。

小说是短篇的东西，它虽也讲历史上的故事，但大部分是讲当时社会上发生的事情，好像今日的快板，很受老百姓欢迎。如当时有一个和尚巧计夺人妻，后为官府所杀，这事轰动一时，说书者就以此为题材编成《简帖和尚》，大家非常愿意听。还有许多讲神怪故事的，如《西山一窟鬼》，虽是写神怪，听起来令人毛骨悚然，但却很近人情，表现出当时人民的生活。表现阶级压迫的如：《碾玉观音》是写韩世忠强买平民家的女孩子，后来因为这女孩子和别人恋爱，他就要杀她，从这里反映了宋朝社会的黑暗，官吏的迫害与人民的痛苦。《杨温拦路虎》中的英雄写得很合乎情理，他很有本领，但只能战胜一个敌人，若是两个人他就打不赢。还有一本非常好的叫《快嘴李翠莲》，大部分是用快板写的，生活气氛非常浓厚，描写了封建社会里一个个性很强的女孩子的悲惨结局。宋代小说除"三言"外，大部分收集在《京本通俗小说》与《清平山堂话本》里边，在《永乐大典》中还收集了六十六种，但现在一本都不存在了。明朝冯梦龙收集了许多，但还是不全。从今日流传下来的那些小说看，可知说书人的技巧很高，他们能把普通的故事，讲得非常生动活泼，变成故事性很强的东西。可是听众并不满足于听短篇故事，于是他们也讲长篇故事，长篇都是历史故事，还未接触到现实生活。这类长篇故事在苏东坡时已有，甚至在唐末就已有人讲三国的故事了，宋代也讲"三国"和"五代史"，都是很曲折动人的故事（现在宋本已经不存在了，只有元代的《三国志平话》《五代史平话》还流传了下来。当时福建建安是出版中心，所以把这些东西都刻印出来了）。除此以外，还讲当代的历史故事。南宋时金兵侵入，人民念念不忘中原，希望有民族英雄出现，收复失地，所以讲唱宋室南迁的故事的很多，如：《中兴名将传》《复华篇》等，这些东西一定是民族感情非常浓厚的，所以在后代异族统治时期被毁，现在都已失传。

讲唱称平话，印出来就称话本，所以也就是说话人的底本，如《碾玉观音》《快嘴李翠莲》及《简帖和尚》都是小册子，到明朝才被收集起来。

六、元朝的小说

元朝说小说的风气还很盛，在《清平山堂话本》及《京本通俗小说》中可能保存有元人的东西，但现在还未得到证实。今保存元代讲史很多，一三二一年到一三三一年福建建安虞氏刻的话本《至治新刊》，在日本发现五部，第一部是《武王伐纣书》，写得很好。第二部是《乐毅图齐》（又称《七国春秋后集》，可见还有前集，据估计前集可能是《孙庞斗智》），第三部是《秦始皇传》，写得最坏，完全抄袭历史，小说趣味不浓厚。第四部是《吕后斩韩信》（又称《前汉书续集》，正集可能是楚汉相争，写楚霸王死的事情），写得很活泼。第五部是《三国志平话》，内容是与第四部紧接下来的，可见它们是出于一人之手。后来罗贯中把《三国志平话》改编成《三国演义》，删掉刘邦、吕后等人转世的部分，但原来故事尽管离开历史很远，却很有趣味，很受老百姓欢迎，所以至今还流传于山西一带。罗贯中是在元朝末年出现的，名本，是一个典型的以出卖自己的著作为生的人。他除了写小说之外，也写戏曲。当时有两个出版中心，一是杭州，一是大都（北京）。罗贯中虽是中州河南开封府人，但却一直住在杭州。罗贯中写了很多小说，相传他曾写过《十七史演义》，现已不全，其中最著名的是《三国志演义》。他的才能很高，漂流于江湖之上，生活面很广，他的历史知识也很丰富，在这样的基础上他改编了《三国志平话》。《三国志平话》原只有骨骼，经罗贯中加以血肉，把故事描写得更好，组织技术也很高，如"刘备三请诸葛"一段写得非常好，同样的事情，用不同的方式写出，就一层深似一层，这中间还衬托出张飞性格的鲁莽以及诸葛亮的清高，同时把主角在出场前的气氛布置得很雄壮，衬得很好。《三国志》的文字虽是半文半白，但还不失为一部好作品。罗贯中有他独特的风格，实在是未可厚非的作家。另外能确定是罗贯中所作的还有《平妖传》（原二十回本，现流传的四十回本为冯梦龙后来改编的），笔法也是半文不白的。

《水浒传》号称也是罗贯中写的，但笔法与《三国志》《平妖传》完全不同，已没有之乎者也之类的东西，完全是流畅的白话文，在写作技巧上也远远超过了前二书，所以可以肯定《水浒传》与《三国志》并非出于一人之手。原本水浒上有"施耐庵的本，罗贯中编辑"之语，可知原作者是施耐庵，而罗贯中只是后来加以编辑而已。

《水浒传》是超出讲史的第一部伟大的作品。作者的身世现在在调查中，今已肯定历史上是有施耐庵这样一个人，不过他的生平材料，现在发现的还很少（江苏淮安的施耐庵传以及墓志铭等都不十分可靠，因水浒中的语言不是杭州的就是开封的，其中并无淮安语），有人说他是《录鬼簿》中的施惠（君美），是《拜月亭》的作者，本是杭州的一个做买卖的。这种推论很没有根据。罗贯中常到当时的出版中心——杭州，可能见到施耐庵的本子，就加以改编了。因罗贯中只是《水浒》的编辑者，故还保存了施耐庵的本色。《水浒传》最早既不是七十回，也不是一百回、一百二十回，而是不分回目连接写下去的，只分几则，中间有非常醒目的小题目，故事结构非常严密。最初的梁山泊故事只有征方腊。平辽、平田虎、平王庆都是后加进去的。作者在征方腊以前已把一百零八将的结局、发展情况都布置好了，所以在平辽、平田虎、王庆中所死的人，都是一百零八将之外的后来投降的人，这三次大战中一百零八将一人也没死，但到了征方腊只一次就死了那么多人，这是不合情理的，所以很明显是后人加上去的。平辽可能是明嘉靖年间郭勋加进去的。平田虎是明末编小说的人加进去的。平王庆是明万历年间加进去的。七十回本是金圣叹删改的。宋江等受招安被害是农民起义的悲惨结果，是历史发展的必然规律，所以不应该删去后一段，强行使它现代化。我们用现代的标准，去要求水浒中的英雄，是不合乎事实的。因此看《水浒》应看一百二十回本的。水浒是一个完整的故事，直到宋江被害为止，写得很沉痛，也很好。在李逵乔断案中描写李逵的个性很深刻。

《水浒》是在宋元讲史的基础上更进一步的东西，是把人民所喜欢的英雄写在文字上并给以灵魂血肉，形成一部具有现代意义的小说。《水浒》在中国小说史上是一个划时代的著作，其人物刻画，生动活泼。十四世纪在世界各国还都在写故事的时候，我们的祖先就能创作出这样不朽的作品，实在是我国的光荣与骄傲。

七、明朝的小说

在《三国志》《水浒传》、宋朝的评话及元朝的话本的基础上发展起来的明朝小说也是相当重要的。明朝的小说虽然很多，可是流传下来的很少，这是因为当时越流行的东西，越没有人注意保存，所以大部分被毁掉了，现在只有山西老财家或孔庙中还可找到一些。其中流传的较重要的有：

（一）《西游记》：作者吴承恩，是淮安人，他有他自己的政治理想与宗教系统、神话组织，但既非佛教也非道教，是他自己的哲学思想、也是原始的最幼稚的儒家思想，信阴阳五行之说。在《西游记》这本小说中，作者通过具体故事，有组织有联系地表达他的理想，所以写得丝毫也不概念。

《西游记》从头到尾是一部讽刺的借题发挥嬉笑怒骂的小说，其中每段故事都表现了作者的无限机警智慧以及不满于当时黑暗社会的情绪。书中所写的孙悟空是智慧的化身，通过猪八戒的形象描写人间的欲望，其中最受人欢迎的一段是孙悟空大闹天宫，"八十一难"虽然为了凑数有些重复，其中有的也写得比较粗浅，但大部分写得很好。总之《西游记》虽然表面上是一个神怪故事，但本质上却是一部讽刺的现实主义作品，用象征的比喻的神怪的外衣，刻画和暴露了当时社会的黑暗。

（二）《南游记》（《华光天王传》）：作者余象斗。写玉皇大帝的外甥华光天王反抗玉皇大帝的故事，其中最主要的是大闹天宫一段，作者用尽方法来表现华光天王的反抗精神，气势非常雄壮，可惜笔法很幼稚，还停留在原始阶段上。所以尽管故事非常生动，但因文章写得太坏，当时不大被人注意。

此外还有两部不大重要的：《东游记》写八仙过海的故事。《北游记》写玄武大帝出身的故事。这四部合在一起称《四游记》。其中有许多很好的故事，但未得到发展，还停留在原始阶段。

（三）《封神传》：和西游记一样，牛鬼蛇神无所不有，但它并不是提倡迷信的，而是以道教做掩护，反抗统治阶级的。它也是一部比较原始的东西，论写作技巧还远不如《西游记》。作者不详，明万历本子上有"许仲琳编"的字样，但不太可靠，或者可能经这人编过。《封神传》从头到尾不仅反抗封建统治，而更重要的是它又反抗了封建的传统的道德。如武王伐纣是臣伐君，首先反对了五伦中最重要的君臣之伦；父子之伦也被打倒，如纣之子反抗其父；再如托塔天王之子哪吒杀死小龙王，天王欲将其献出以赎罪，哪吒大怒，把身上之肉割掉还给父母，从此脱离关系。这段故事也充分表现了反父子之伦的意识。总之这部作品，虽然因为写作方法的幼稚，全篇都充满了惨淡的气氛，但气派却很大，富于幻想，是一部反抗性很强的作品。还有人称它为寓言书。

（四）《三宝太监下西洋记》：完全是文人为作文章而作，写得很不好，笔法很别扭，同人民离得很远。作者罗懋登（也同书坊联系甚密，还写了一些戏曲）故意把现实变成神怪，没有多大意思。

此外还有几部比较重要的历史小说如《列国志》《隋唐演义》《东西汉演义》《两晋演义》《南北宋演义》《岳传》（《精忠传》）《英烈传》等。按照历史的发展来说，每一朝代都有了演义小说，只缺少一部讲开天辟地的，于是又有人写了《开辟传》。这些作品经书坊里刻来刻去，作者到底也不知是谁。至明末冯梦龙改编了《平妖传》称《新平妖传》，改编了《列国志》称《新列国志》，但新本反而没有旧本好，新本固然把不合历史的地方都去掉了，可是把生龙活虎的地方也删掉了，显得很枯燥。明朝当代的故事马上就写成小说的，如写白莲教的《后平妖传》。

另外还有一部很重要的描写得生动活泼的现实主义作品，就是《金瓶梅词话》，把其中猥亵之处去掉，就是一部极好的以现实生活作中心的小说。这部书是把《水浒传》中武松的故事放大到一百倍以上发展起来的。在小说本身技巧上说有了很大的发展，写的很细腻，很有人情味，不像以前的作品只是粗枝大叶的描写打仗或英雄。像《水浒》中虽然把李逵、鲁智深、武松、林冲等人的性格表现得很突出，但对像卢俊义这些人就没写出什么个性来，尤其是女性，好像是一个模子印出来的，根本没有个性。

《金瓶梅词话》出于一六一七年，作者是徐州（兰陵）人，名笑笑生。"画鬼容易画人难"，写一个神仙鬼怪的小说，怎样写都可以，谁也无法对证，但真正描写起人间的人就难了。《金瓶梅》完全是一部描写现实生活中的普通人的小说，不但把每个人都写出个性来，而且场面也非常大，从皇帝宰相的家庭一直到最下层的小市民的生活，写得都非常逼真，把封建社会黑暗矛盾刻画得极其细致，入骨三分。在十七世纪的初期出现这样一部描写现实社会生活的大书是很不简单的。由此可见中国小说的发展是非常快的。

中篇小说大部分是写才子佳人，数量虽很多，但在中国小说发展的历史上并不重要（对才子佳人书《红楼梦》的楔子早有批判，我们不再多讲）。不过其中有几部讽刺小说还值得提出来，如《捉鬼传》《常言道》《何典》。但讽刺得并不好，远不如《西游记》。

明末的短篇评话很多，是模仿宋朝的，但好的很少。冯梦龙的"三言"写得很生硬，并不好。最坏的是凌濛初的"二拍"，文笔非常生硬，七十多篇中很少有好的。

八、清朝的小说

到了清朝出现了几部比较重要的作品：

（一）《红楼梦》：是在《水浒》《金瓶梅》的基础上发展起来的，它包罗万象，不仅描写了一个大观园，也表现了整个封建社会的各个方面，上至朝廷，下至最下层的小市民都写到了。作者曹霑（雪芹）可以说是高级家庭的浪子，他是汉军旗人，其祖父曾做江南织造，很阔气，后来破落了，曹雪芹只得住在北京一个破庙里，连干饭也吃不上。在这样情况下，他写出了《红楼梦》，据说他只写了八十回就穷死了，后四十回是高鹗续的。它是一部未可厚非的现实主义的作品，笔法细腻，描写深刻，能由小看大，由近看远，由浅看深，从一件很小的事情就能表现出一个时代的生活。《金瓶梅》主要是描写粗暴的恶霸，这还是好写的；而《红楼梦》却描写了许多女人，作者把这些同一阶级出身，同一社会的人物的个性都表现出来，尽管人物很多，但面貌性格各有不同。在创作技巧上说，《红楼梦》是非常重要的一部作品，它产生于十八世纪，这时西欧的大作家如萨克莱（Thackeray）、菲尔丁（Fielding）等才刚刚开始写长篇故事小说，而中国就产生了这样伟大的作品，它不仅在中国小说史上很重要，就是在世界上也是非常有价值的。

（二）《儒林外史》：作者吴敬梓，安徽人，这是一部自传式的讽刺小说，但其中充满了矛盾。一面反抗封建社会，一面又拥护封建道德，这说明作者本身就充满了矛盾。他是站在封建道德的一方面的，但他又讽刺、谩骂、斥责封建社会腐败的、没落的现象，暴露封建社会的矛盾，他反对新兴的商人，而对一些儒腐的穷极无聊的老先生倒很崇拜。他理想有一种全盛的美满的封建社会，但这种社会是不存在的。

（三）《镜花缘》：产生于十八世纪，作者李汝珍，北京人。过去有人认为它是一部夸耀自己才能的才情小说，其实不然，它是一部反对封建制度、讽刺性很强的小说。它很尖锐地深刻地借神仙鬼怪的事情讽刺当时的社会，比《儒林外史》更有现实意义。如女儿国、君子国等段都讽刺了当时封建社会的虚伪和黑暗。其中也写了很多女子，但技术上远不如《红楼梦》。

这三部小说可以代表十八世纪中国文学的最大成就。从这里可以看出十八世纪封建社会没落时在文学中的反映。

至清末有许多小说出来，只举几部重要的：

（一）《老残游记》：作者刘鹗（他喜欢考古，是第一个研究甲骨文的人，又懂水利、懂医术，曾做医生）。这部小说把清末的社会完全反映出来，表现了长期的封建社会衰落下来，而新的即将到来的时代的情况。他的政治理想完全是改良主义者，对革命军、义和团都不满意。

（二）《孽海花》：作者曾朴，文笔很好，此书是描写没落社会文人学士的生活情况的，所写的都是现实的人物。写出所谓清流到底是怎样回事，揭露他们完全是虚假的，只能空谈，一碰到具体问题就垮台。如刘大成自告奋勇要去打仗，但刚一出山海关，还没到战场，听到炮声就跑回来了。

（三）《官场现形记》：作者李宝嘉（称南亭亭长）。和《儒林外史》一样，一方面拥护封建道德，但又暴露了封建社会末期的各种矛盾与黑暗现象，表现了初期的半封建半殖民地社会的人民的生活，描写了帝国主义的侵略与压迫，以及老百姓如何反抗洋人，说明了真正反抗帝国主义的是老百姓。

（四）《二十年目睹之怪现状》：作者吴沃尧（称我佛山人）。这也是一面暴露封建社会的没落与衰亡，而对封建道德又有些留恋不舍的小说。

以上这些书，很像契诃夫的《樱桃园》，作者虽然很留恋封建社会，但事实上，封建社会的死亡已是不可避免的了。

由于这些作品暴露了没落社会的各种腐败、黑暗以及卑鄙无耻的官吏、统治者的丑态，所以对社会改革起到了一定的作用。

| 第四编 |

戏曲研究

论北剧的楔子 *

一

北剧的组织，以一剧四折，即四幕，为定则，亦间有五折者，如纪君祥的《赵氏孤儿大报仇》，朱有燉的《李亚仙诗酒曲江池》，《黑旋风仗义疏财》等皆是，然不多见 ① 。四折或五折之外，更有所谓楔子者，或置于四折或五折之首，或置于四折或五折之间。在《元人百种曲》中，有楔子者凡六十九种，无楔子者凡三十一种，即有楔子之剧本，占全数三分之二以上。又，王实甫的《西厢五剧》 ② ，亦每剧皆有一楔子。在杂剧《十段锦》中，有楔子者凡五种，无楔子者亦为五种。即有楔子之剧本占全数二分之一。此可见北剧作者之应用楔子于他们的剧本中，乃常见的一个现象，虽然它并不是每剧所必须具有的组织之一部分。

到了明代中叶，作者之使用楔子者乃渐见减少，且竟至于渐见消灭。在《盛明杂剧初集》的三十种剧本中，有楔子的剧本，乃仅有《团花凤》《花舫缘》《春波影》《男王后》四种，即仅占全数的十五分之二。然到了此时，北剧的一切严格的规律，原已早为许多作家所忽视，所破坏。楔子当然也跟了许多别的东西而同在淘汰之列，同成为过去的遗物了。

---

　　*　原题为《北剧的楔子》，载《留欧学生季报》1928 年第 1 期，《郑振铎全集》第 4 卷，花山文艺出版社 1998 年版，第 551 页。

　　①　在北剧的一切规则已被明代作家所破坏之后，即在北剧实际上已不大流行于剧场里的时候，其组织每不以四折或五折为限；间有多至六七出者，少至仅一折者。

　　②　《西厢记》本为五个剧本。每剧各有四折和一个楔子，明人所刊的《西厢记》往往将五剧合并为一本，将五个四折并为二十出（或四卷或五卷或二卷），于是《西厢五剧》的真相乃不复为一般未见古本的人所知。

楔子是个什么性质的东西呢？它与正则的"折"有什么样的区别呢？在什么情形之下才应用到楔子呢？

这些问题，乃是本文所要逐一答复的。一般北剧研究者对于北剧楔子的性质与使用，似乎始终是很含混的。没有过确切的界说，没有过明白的分析。我们乃不得不撇开从前的一切的含混的解释，到现存的许多北剧中，直接地寻找出楔子的真实面目来。

二

楔音屑。《尔雅》：楔，柣也。门两旁木柱。引申此文，则楔有位置在前之义。《西厢笺疑》：垫卓小木谓之楔。木器笋松而以木砧之，亦谓之楔。吴音读如撒。引申此二文，则楔有支撑他物及连接他物之意。楔子的最初取名之故，或用第一义，取其位置在剧首之意，或用第二义，取其能支撑各"折"之意，或用第三义，取其能连接各"折"之意，或兼采此三义，或兼采三义中之任何二义，或竟至于另有他文，我们已无从知道，我们现在所知道的，即：

第一，楔子是全剧中的一部分，其内容与性质和一个"折"无大区别。

第二，楔子却又不竟是一个"折"，他们的功用有几点不同的地方。

第三，楔子的位置并不固定，或在剧首，或在"折"间，然其性质与结构则无两样。

第四，楔子的使用有一定的几个规律。

第四点将在下面详细论到。假定我们已完全明了了上举的四点，则我们必知：楔子并不完全是"位置在前"之意，因有许多楔子，其位置不在"前"面在"折"间的；也不完全是"支撑他物"或"连接他物"之意，因楔子的本身即是全剧的一部分，和其余的"折"是打成一片，瞬结成一块，如一粒圆润的珠，如一方晶莹的玉，不能拆分，不可离解的，当然无所谓

"连接"或"支撑"的意思。有许多"名词",经了长久的使用之后,其原意往往模糊不可追究,即其原义已为后人所忘记,或最初取名时并不曾仔细地精确地考虑过而随意乱用。如必要一一的将他们的"字原"追究出,研究出,不惟是不可能的,即勉强去搜寻找抓,得有一点结果,而其结果也多半是牵强的、附会的。所以我们在此研究北剧的楔子,不如放过了这一种徒劳无功的"字原"的探求,而直接进到楔子的本身去考察出它的性质来之为愈。

三

现在要讨论第一点。我们在此,要再三地说明:楔子是全剧情节中的一部分,其在全剧中的地位与"折"是毫无两样的。它与"折"是锻炼成一片了的,不能分开了的。换一句话,它的本身便是一"折",除了几点不同之外。在这一点上,误会的人最多。如果我们明白了这一点,那末,一切的误解便都可扫除了。

第一个误解:是将北剧的楔子与南戏的楔子相混。此二者名虽同而实大异。南戏的楔子或谓之"家门始终",或谓之"副末开场",其位置必在全剧之首。其情节与全剧之组织无关。非全剧的一部分,而为全剧的提纲或撮要(即全剧可离开楔子而独立的),其登场人物,则亦为一个与剧情全无关系的"副末"。他的责任,在于首先登场,将全剧的大概情节,对听众略述一遍。北剧的"楔子",则全无此种性质,故二者决不能相混①。此种分别,是凡读过几本北剧和南戏的人都会明白的,我可以不必详说。

第二个误解是:将北剧的楔子与小说的楔子相混。盐谷温引《辞源》:

---

① 明汪道昆的《高唐梦》《五湖游》《远山戏》《洛水悲》四剧,在剧首用"副末开场",全仿"南戏",与北剧的楔子不同(此四剧见《盛明杂剧初集》)。

"小说之引端曰楔子，以物出物之义，谓以此事楔出彼事也稳见金圣叹小说评"①。数语来解释北剧的楔子，此实大错。不仅未明白北剧楔子的性质，亦且未明白小说楔子的内容。按小说的楔子，或谓之"致语"，或谓之"得胜头回"。其位置必在小说的开端，或小说每章的开端。其性质，不惟与北剧的楔子不同，亦且与南戏的楔子有异。周亮工《书影》卷一：

> 故老传闻罗氏为《水浒传》一百回，各以妖异语引其首。嘉靖时，郭武定重刻其书，削其致语，独存本传。金坛王氏《小品》中亦云：此书每回前各有楔子。今俱不传。

然《水浒传》的楔子虽已不传，我们在短篇小说集的残本《京本通俗小说》《醒世恒言》以及最流行的《今古奇观》里，尚可见到不少这种小说的楔子，而在这些楔子里，我们更可以充分地看出小说的楔子的性质与内容。它不是正文的一部分，它的内容与正文无关，它又不是正文的提纲或撮要。它大都是正文外自成篇章的一段小故事，或一段谈话。此种故事或谈话，其内容或与正文类似，或与本文恰是反面，或与本文一无关系，只不过漫然牵涉，以引其端。完全是"以此事楔出彼事"的一种方法，完全是"说书人"的一种故弄波澜的伎俩。当然这种楔子与北剧之原为全剧的一部分的楔子完全不同了。

第三个误解是《西厢笺疑》说："元曲本止四折，其有余情难入四折者，另为楔子。"我们在这里要注意"余情难入四折者"这几个字。我们在前面已经说过，北剧的楔子与剧中的"折"是打成一片，凝结成一块，分拆不开的。它在本文中，其地位与正则的"折"是并无差别的，其所叙述的情节，其所包含的内容，不仅不是余情，有时且为全剧的关键，全剧的顶点，全剧的主脑，至少也是全剧中不可缺少的一段情事。试举数例：

---

① 见盐谷温：《支那文学概论》，第三一三页。

杨显之的《郑孔目风雪酷寒亭》，其楔子叙的是：郑孔目救了杀人犯宋彬，同时，又娶了告从良之妓女萧娥；作者在这里已安置好下面萧娥陷害郑孔目与宋彬解救他的因由。换句话，这个楔子，便是全剧的关键。王仲文的《救孝子贤母不认尸》，其楔子叙的是：杨母之长媳欲回母家，无人伴送，杨母乃命她次子谢祖伴送她去，且命他送至半途即回。她与他分别后，却遇见了赛卢医逼她同逃，且将她的衣服脱下穿在他的因难产而死的妻身上。作者在这里，又已将全剧的要点都布置下了。

此种例子，举不胜举。总括一句话，即楔子并非四折外或难入四折之余情。我们如果仔细地研究北剧的楔子，而详察其内容，及其与诸"折"的关系，我们便可知北剧作者之使用楔子，绝不是漫然的下一着空棋，落一个闲子的，更不是将难入四折之余情收拾了来，便使之成为一个"楔子"的。楔子之要惨淡经营，苦心结构，决不下于正则的"折"的。用不到楔子的地方，决不能滥用。要用到楔子的地方，决不能不用。有时一个楔子不够用时，便不得不用两个。楔子里的东西不能归并于"四折"或"五折"之内，更不能将它扩大而成为一折。总之，北剧之有楔子，乃是北剧本身结构上很重要的一个技术。留心北剧作家使用楔子的妥切与否，便足以见其技巧的精劣。

四

底下论及第二点，即楔子与"折"的差别。严格地讲起来，"折"与楔子在实质上并没有多大差别。这二者之间，绝无崭若鸿沟的界线。其最大的差别，则大抵在形式上而不在实质上。

第一，楔子里所用的曲，只是一二小令，不用长套，而"折"里的曲，则非用长套不可。"折"里的长套，通常用的是《仙吕点绛唇》《正宫端正好》《黄钟醉花阴》《商调集贤宾》《越调斗鹌鹑》《双调新水令》之类，每套多者十余曲，少者亦六七曲。楔子所用的一二小令，则大都为：

仙吕赏花时 仙吕端正好 仙吕忆王孙 越调金蕉叶 正宫普天乐 后庭花带过柳叶儿之类。

但《仙吕忆王孙》以下数种，不过偶一见之，其在楔子中最常使用者则为《仙吕赏花时》《仙吕端正好》二曲，而《仙吕赏花时》用得尤多。试举《元人百种曲》为例。百种曲中，有楔子的剧本凡六十九种，其中有三种具有两个楔子的，故实际上共有楔子七十二个。在这七十二个楔子中，所用的小令名目可列为下表：

用《仙吕赏花时》者……五三 ⎫
用《仙吕端正好》者……一七 ⎬ 共七十二
用《仙吕忆王孙》者……一 ⎪
用《越调金蕉叶》者……一 ⎭

此外，《西厢五剧》、杂剧《十段锦》《盛明杂剧》诸书中的有楔子的剧本，也都用的是《仙吕赏花时》《仙吕端正好》二曲。只有两个例外，一个是《十段锦》中的《关云长义勇辞金》，其楔子里的曲，用的是《后庭花带过柳叶儿》，再一个是《盛明杂剧》中的《团花凤》，其楔子里的曲，用的是《普天乐》。更有一个例外之例外，是《西厢五剧》中的第二剧《崔莺莺夜听琴》，其楔子竟用《正宫端正好》套数全套。这实是一个例外。

除了《崔莺莺夜听琴》的一个"例外"之外，其他各种正则的楔子，所用零曲的数目，至多不出三个，而以用一个者为最多；用两个者次之；用三个者最少。如用两个三个的零曲，则其第二曲，第三曲必为前曲的幺篇，即同腔，并不另换一个曲调。其式可分为三种：

第一式《赏花时》或《端正好》等本曲

第二式《赏花时》等本曲 幺

第三式《赏花时》等本曲 幺 幺

第三式用者绝少，仅在《十段锦》中《兰红叶从良烟花梦》一剧的第一楔子中一见之而已，其"曲"则别名为"三转赏花时"。

这乃是楔子与"折"的最显著的一个差别，是我们一见便分辨得出的差别。

由此，又引出第二个"折"与"楔子"的差别来。原来北剧构成的元素为"曲""白""科"三种。曲由主角来唱，是抒情的。"白"则为对话。"科"则表示动作。"曲"虽有时亦作为问或答之用，然十之九皆是抒唱主角情绪的。因此，在"折"里，因曲是一个长套，便可用来充分地抒写主角的情绪的。在楔子里，因所唱的曲只是一二小令，故唱者便未能十分地抒叙他的情绪。换一句话，在"楔子"里，主角唱的人只唱一二小令，不必充分发挥他的情绪。在"折"里，则主唱的人所唱者为一个长套，有尽量倾泻他或她的紧张或激昂心绪的可能。

"折"与楔子更有第三个差别。"折"里的唱者，严格的只限于"主唱角"之正末或者正旦[1]，有时主唱角以外的角色，亦在折中唱一二零曲[2]。然此种零曲，却并不算在套数之内。在楔子里，则唱曲者不限于"主唱角"之正末或正旦，别的角色，如副末及别的角色，亦可在楔子里主唱。此种主唱角，可以别名之为"临时主唱角"。

在《元人百种曲》的七十二楔子中，以"临时主唱角"唱曲者，共有八个，即占十分之一以上。临时主唱角以冲末为最多，此外则为末、净，还有一个不注明用何角色扮演的张飞。兹列表如下：

---

[1] 主唱角的正旦、正末，大都独唱到底，虽然有时正旦或正末，在一剧里可以改扮两个或两个以上的人物。（例如：《赵氏孤儿》正末在第一折扮韩厥，第二第三折扮公孙杵臼，第四第五折扮程勃）

[2] 例如：在《连环计》中，旦儿唱《双调折桂令》一曲。（全剧本为正末主唱者）

剧　　名	剧中主唱角	临时主唱角
窦娥冤	正旦（窦娥）	冲末（窦天章）
曲江池	正旦（李亚仙）	末（郑元和）
竹叶舟	正末（吕洞宾）	冲末（陈秀卿）
赵氏孤儿	正末（韩厥，公孙杵白，程勃）	冲末（赵朔）
隔江斗智	正旦（孙安小姐）	张飞＊
谢金吾	正旦（佘太君，皇姑）	净（王钦）
抱妆盒	正末（陈琳）	冲末（殿头官）
陈州粜米	正末（包拯）	冲末（范仲淹）

注：＊未注明何角所扮。

五

现在论第三点。北剧的楔子，其位置初无定则，或在折间，或在剧首，大抵以在剧首者为最多。在折间之楔子，则其位置更可分数种，或在第一折与第二折间，或在第二折与第三折间，或在第三折与第四折间，更有在第四折与第五折间者。今将《元人百种曲》中七十二楔子的位置，列举于下：

（甲）在剧首者凡五十二：《汉宫秋》《谢天香》《金线池》《窦娥冤》《蝴蝶梦》《鲁斋郎》《梧桐雨》《谇范叔》《忍字记》《看钱奴》《冤家债主》《燕青博鱼》《老生儿》《生金阁》《度柳翠》《柳毅传书》《单鞭夺槊》《曲江池》《潇湘雨》《酷寒亭》《赵氏孤儿》《竹坞听琴》《魔合罗》《薛仁贵》《罗李郎》《灰阑记》《范张鸡黍》《㑇梅香》《王粲登楼》《倩女离魂》《留鞋记》《扬州梦》《东堂老》《杀狗劝夫》《还牢末》《城南柳》《儿女团圆》《马陵道》《冻苏秦》《谢金吾》《抱妆盒》《盆儿鬼》《陈州粜米》《合同文字》《朱砂担》《争报恩》《鸳鸯被》《梧桐叶》《碧桃花》《来生债》《竹叶舟》《桃花女》

（乙）在折间者凡二十：

（一）在第一折与第二折间者凡十二：《青衫泪》《荐福碑》《黄粱梦》《黑旋风》《玉壶春》《救孝子》《勘头巾》《罗李郎》《对玉梳》《马陵道》《神奴儿》《百花亭》

（二）在第二折与第三折间者凡六：《岳阳楼》《张天师》《铁拐李》《误入桃源》《渔樵记》《抱妆盒》

（三）在第三折与第四折间者凡二：《伍员吹箫》《隔江斗智》

（*《罗李郎》《抱妆盒》《马陵道》三种，各有两个楔子，一在剧首，一在折间）。

在杂剧《十段锦》中，则《黑旋风仗义疏财》一种，其楔子在第四折与第五折间，《李亚仙诗酒曲江池》一种，其两个楔子皆在剧首，此乃不常见之例子。其他《赵贞姬死后团圆》一种，其楔子则在剧首。《兰红叶从良烟花梦》一种，则有两个楔子，一在剧首，一在第一折与第二折间。《关云长义勇辞金》一种，其楔子在第三折与第四折间。又《盛明杂剧》中的四个楔子，则皆在剧首。

据此，可知北剧作家对于楔子的使用是很自由的，几乎全剧中无论什么地方都可以安置一个楔子，只要他认定这个地方有安置一个楔子的必要。同时，一剧中还可以安置两个楔子，而这两个楔子的位置也是可以随作家的意思而布置的，或一在折间，一在剧首；或两个皆在剧首。

我们复看上表一遍，更可以知道楔子位置之无一定的所在，在北剧的最早期便已是如此的了。如马致远，其《汉宫秋》之楔子，则在剧首；其《青衫泪》及《荐福碑》之楔子则在第一折与第二折间；其《岳阳楼》则在第二折与第三折间。关汉卿的诸剧，其楔子皆在剧首。吴昌龄的《张天师》，其楔子则在第二折与第三折间。高文秀的《谇范叔》，其楔子则在剧首，其《黑旋风》的楔子，则在第一折与第二折间。

至于在剧首与在折间的楔子，虽然其位置不同，其性质却一点也没有两样。同是全剧的一部分，同是全剧中主唱角不必尽量抒唱其情绪的一部分，同是只以一二小令或零曲所构成，且同时可用临时主唱角来代替了主唱角而歌唱着的。总之，楔子的性质与内容只是一个样子，至于其位置之如何，则全由作家自由安置。无论安置在全剧中之何处，皆不足以影响或变更其性质与内容。

六

最后，要说道：在什么一个情形之下，才使用到楔子呢？北剧作家之使用楔子都是很谨慎的，很费经营的。经了一番的考察之后，更知"楔子"之使用，似有几个一定的规律。虽然这种规律并不曾明文规定，一般北剧作家却很少违背了他们。这些规律，换一句话，便是使用楔子的几个必要的条件。除了在这些条件或情形之下，楔子是不能浪用的。

这些使用楔子的规律，即必要使用楔子的情形，可归纳为下列的五种：

第一，全剧的情节须一一暗伏于前，全剧的人物也须大多数出现于这个时候，这些"前事"头绪烦多，却又都未达到需要充分抒写的地位。在这个情形之下，便不得不用到楔子。这样使用着的楔子，其位置大都在剧首。使用到这样的一个楔子的剧本，其性质多半属于"因果系""英雄报恩系"或"包公系"。郑廷玉的《崔府君断冤家债主》，其楔子叙的是：张善友家在夜间被窃贼赵廷玉盗去五个银子。第二天，有一个和尚来寄存十个银子，却为张妻所吞没。善判阴府事的崔子玉见到了他们夫妻，便知他们有失财得财的事。在这里，已伏下下文窃贼、和尚各投生张家为子。窃贼善居积，以偿所盗之财。和尚喜浪费，以报"吞没"之冤，以及崔府君断明了冤家债主的一切事。又，同一作家的《布袋和尚忍字记》，其楔子叙的是：刘均佐原为上天贪狼星下凡。如来怕他迷了本性，便命弥勒去引度他。同

时，又叙他收留下一个乞儿刘均佑与他结拜为兄弟的事。这些事都是暗伏
下文的。又，李寿卿的《月明和尚度柳翠》，其楔子叙的是：柳翠降生之故，
以及月明和尚奉命去引度她，她为亡父追荐诸事。这些也都是暗伏下文的。
以上几个都是"因果系"的好例。李致远的《都孔目风雨还牢末》，其楔子
叙的是：宋江要招安史进、刘唐二人，命李逵下山去办这事，他因杀伤人
命被捕，赖李孔目救了他。同时，刘唐因违限遭杖，又恨李孔目不肯救全
他。在这里，已将下文李逵救护李孔目，刘唐却下手陷害他，最后，他们
数人又同救了他的一切故事埋伏下。这是"英雄报恩系"的好例。无名氏
的《包龙图智赚合同文字》，其楔子叙的是：刘天瑞因荒年别兄天祥，借了
一家三口，到外郡去赶熟。因家私未分，乃立合同文字，各执一纸，以亲
家李社长为证。在这里，已将下文天祥妻吞赖合同文字，李社长帮助刘子
去控告她，以及包公智赚合同文字的一切事伏下。这是"包公系"的好例。

第二，剧中正角，即主唱角未出场，或虽出场而地位不显重要者，在
这时不得不用到"临时主唱角"，即不得不用到楔子。关汉卿的《感天动地
窦娥冤》，其楔子叙的是窦天章向蔡婆借钱，上京应举，而将他女儿端云送
给她做儿媳妇。这时窦娥虽已出场，其地位却极不重要，故这时的正角非
她而为窦天章。又纪君祥的《赵氏孤儿大报仇》，其楔子叙的是：屠岸贾杀
了赵氏全家，赵朔妻有孕在身。他在临死时叮嘱她善抚孤儿，预备将来报
仇。在这时，剧中的主唱角韩厥、公孙杵臼及程勃（即赵氏孤儿）俱未出场，
故这时的主唱角便落在冲末扮的赵朔的身上。又范子安的《陈季卿误上竹
叶舟》，其楔子叙的是：陈季卿因功名未就，贫困无以自存，乃寄居于一个
相识的僧寺中。在这时，正角吕洞宾尚未出场，故临时主唱角便落在陈季
卿身上。又无名氏的《两军师隔江斗智》，其楔子叙的是：刘备与孙安小姐
因诸葛孔明的智计，得回荆州。周瑜知道了，连忙领兵追赶。孔明却请孙
安小姐先行进城，使张飞坐在孙安小姐的轿中。周瑜跪在轿前禀说，不料

轿中坐的却是张飞。于是他乃一气而倒。在这时，主唱角孙安小姐虽出场，而其地位极不重要，故张飞便成了临时主唱角。其他在上文关于临时主唱角的一个表中所列的诸剧，其情形皆系如此。

第三，全剧的最前一部分情事，虽不暗伏下文；同时，正角又已登场，且其地位又是主要的；然而在这时，他或她却未至情绪紧张的时候。如将这一部分情事，铺张成为一"折"，用一个"长套"来抒写他或她这种未到紧张之境的情绪，则反觉无可抒写。楔子的一二零曲，在这时恰得其用。故楔子用在这个情形之下者最多。姑举数例。关汉卿的《包待制智斩鲁斋郎》，其楔子叙的是鲁斋郎在许州抢了银匠李四的妻。李四追到郑州，要去控告他，忽犯急心疼病倒在街上。都孔目张珪经过那里，抬他回家，救活了他，并劝他立刻回家，不要惹事。在这时，主唱角张珪的境地，尚是一个旁观者，其情绪尚未到激昂之时，故只抒唱一二零曲便已足够了。又同一作家的《包待制三勘蝴蝶梦》，在楔子里叙的是：王老和王母共生了三子，皆以读书为业，只是家计贫寒。王大、王二皆奋志求名，王三却是一个愚鲁无识的人。这时，所叙的乃是家庭琐事，主唱角王母并没有可抒唱的一个长套的紧张的情绪，故也只抒唱一二零曲便已足够了。又白仁甫的《唐明皇秋夜梧桐雨》，其楔子叙的是：安禄山丧师当斩，明皇却赦了他的罪，给予贵妃为儿，后宫大开洗儿会。后因杨国忠之劝，乃出他为渔阳节度使。这里所叙的并不是本剧的主题，主唱角唐明皇在这时也毫无抒唱一个长套的必要与可能，故也只抒唱一二零曲便已足够了。

第四，剧中有一段事，自成一个局面或段落，或与前后事是平行的叙述，同等的地位，不能归并到上一"折"或下一"折"里去的。同时，这一段事如果铺张成了一"折"，却又嫌其情调与上折或下折的情调重复，主唱角所欲抒唱的情绪，不是已在上折里充分发挥过，便是要储蓄在下一折里尽量发挥一下。因此在这时，使用到具有一二零曲的楔子，恰是"使得其时"，"使得其当"。例如：马致远的《吕洞宾三醉岳阳楼》，其楔子叙的是：吕洞宾第二次去度郭马儿，与了他一口剑，叫他杀了媳妇出家去。在上二折里，主唱角吕洞宾已尽量抒唱过出家的好处，仙国的快乐，以及种种劝说他的话了，在这时，当然不必再复述一遍了。又同一作家的《半夜雷轰荐福碑》，其楔子叙的是：张镐久困未遇，便带了范仲淹给他的三封信，先到洛阳，将第一封信投给黄员外。不料黄员外在当夜便得了暴病而亡。在这时，张镐本可充分地抒唱他的不遇之感与对自己连遭厄运的悲叹。然而作者却要将这段动人的抒诉，留在下折里写出，使他的力量更伟大些，故在这里反只要用一二零曲匆匆地提过便够了。黄德祥的《杨氏女杀狗劝夫》，其楔子叙的是：孙大与兄弟孙二不和，把他赶出外面居住。一天，孙大生日，孙二来拜寿，却无端的受了他哥哥的一顿打。在这时，孙二原也可以充分地抒唱他的不幸与愤慨了，然而在下面的第一折叙的却是：第二天是清明节，孙大带了妻和朋友去上坟，孙二也去了，却又无端地被他哥哥打了一顿。这一段和上面一段事全相仿佛，故作者既不能使这两段事都尽量抒写，以自陷于重复，便宁着重于后一段事，而将前一段事轻轻地用一二个零曲放过去。

第五，若剧中情节突生了转变，或由愉乐而突变为悲戚，或由欢会而突变为别离，或由流离颠沛而突变为得志者，则也常用楔子来叙这个"转变"。例如：马致远的《江州司马青衫泪》，其楔子叙的是，白乐天与上厅行首裴兴奴，正相伴欢洽，他却被贬为江州司马，不得不突离了他的热恋着的情人而去。王子一的《刘晨阮肇误入桃源》，其楔子叙的是：刘阮二人，在桃源洞住了一年之后，却起了思归之心，于是仙女们便不得已而送他们下山。贾仲名的《荆楚臣重对玉梳记》，其楔子叙的是：荆楚臣与上厅行首顾玉英同居了数年，却因功名事重，不得不别她而上京应举去。这几个例子都是叙写离别之顷的情事的，他们在上面既已极写欢愉之情，在后面又要极写别离之苦，故在别离之顷，反而无可抒写，不得不用一个楔子以了之。

在这个地方，我可以顺便举出一件很有趣的事来。有许多北剧，虽不在剧情转变之点，也常用楔子来叙写"别离"的事，仿佛楔子与"别离"常若相关联着似的。例如无名氏的《朱太守风雪渔樵记》《朱砂担滴水浮沤记》《庞涓夜走马陵道》（指《马陵道》中第一个楔子而言）、《冻苏秦衣锦还乡》《李云英风送梧桐叶》以及郑德辉的《醉思乡王粲登楼》，宫大用的《死生交范张鸡黍》的楔子，无不如此。此外，尚有不少例子，也不必尽举了。

写由流离颠沛而突变为得志的"转变点"的楔子，其例却很少。马致远诸人合作的《邯郸道省悟黄粱梦》，其楔子叙的是：吕岩不听钟离之劝去求仙，却要享受人间富贵，于是钟离乃使他大睡一觉，使他由一个贫寒的书生，一变而为天下兵马大元帅，手掌兵权，娶高太尉之女，生二子。李寿卿的《说专诸伍员吹箫》，其楔子叙的是：伍子胥借到十万兵马，一战入郢，捉住费无忌，发平王之坟而鞭其尸。这些都是好例。他们之所以在这个地方使用楔子，也不是没有充足的理由。所叙原非本剧之主要点，此其一。头绪纷繁，如详叙则非一二折所能写尽，此其二。故不如仅以一楔子将这些事草草叙了之为当。

附言：本文匆匆写成，且在这里找参考书极难。有一部分应行加入的材料，因此也只好暂缺了。本文只能算是一种"初稿"。一切不完备的地方都待以后再修正或重写。

元代"公案剧"产生的原因及其特质 *

一、何谓"公案剧"？

"公案剧"是什么？就近日所传的《蓝公案》《施公案》《彭公案》《包公案》《海公案》一类书的性质而观之，则知其必当为摘奸发覆，洗冤雪枉的故事剧无疑。吴自牧《梦粱录》所载说"小说"的内容，有烟粉灵怪，传奇公案，朴刀赶棒，发迹变泰的分别。那时，传奇公案，已列为专门的一科，和"烟粉灵怪"的故事，像《洛阳三怪记》《西山一窟鬼》《碾玉观音》等话本，同为人们所爱听的小说的一类了。宋人话本里的"公案传奇"，以摘奸发覆者为最多。情节有极为离奇变幻的，像：

> 简帖和尚（见《清平山堂话本》及《古今小说》）
>
> 宋四公大闹禁魂张（见《古今小说》）
>
> 错斩崔宁（见《京本通俗小说》及《醒世恒言》）
>
> 勘皮靴单证二郎神（见《醒世恒言》）
>
> 合同文字记（见《清平山堂话本》）

等等，尽有是和近代的侦探小说相颉颃的。《宋四公大闹禁魂张》和《勘皮靴单证二郎神》二篇，其结构尤饶迷离惝恍之致。

清平山堂刊的《简帖和尚》，其题目之下，别注一行道：

> 公案传奇。

是知"公案传奇"这个名目，在很早的时候便已成为一个很流行的称谓。而这一类"摘奸发覆，洗冤雪枉"的故事，当是很博得到京瓦市中去听小说

---

* 原载《文学》月刊 1934 年第 2 卷第 6 期"中国文学研究专号"，《郑振铎全集》第 4 卷，花山文艺出版社 1998 年版，第 488 页。

的人们的喝彩的。他们把她们当作了新闻听；同时，也把她们当作了故事听。

这一类的故事，其根源大多数自然是从口头或文告、判牍中来的。经了说话人一烘染，自会格外的有生趣，格外的活泼动人。

到了元代，杂剧及戏文里，很早的便已染受到这种故事的影响，而将它们取来作为题材。

观于元戏文和杂剧里"公案剧"数量之夥多，可知"公案剧"在当时也必定是很受听众欢迎的。

二、元代的"公案剧"

钟嗣成的《录鬼簿》记录元杂剧四百余本，其中以"公案"故事作为题材的总在十之一以上。即就存于今者而计之，其数量也还可以裒然成为数帙。且列其目于下：

包待制三勘蝴蝶梦

感天动地窦娥冤

包待制智斩鲁斋郎（以上关汉卿作）

包待制智勘后庭花（郑廷玉作）

包待制智赚生金阁（武汉臣作）

救孝子烈母不认尸（王仲文作）

张鼎智勘魔合罗（孟汉卿作）

包待制智勘灰阑记（李行道作）

河南府张鼎勘头巾（孙仲章作）

王翛然断杀狗劝夫（萧德祥作）

包待制陈州粜米

朱砂担滴水浮沤记

包待制智赚合同文字

　　　　神奴儿大闹开封府

　　　　玎玎珰珰盆儿鬼（以上无名氏作）

若并《王月英元夜留鞋记》（曾瑞作）、《郑孔目风雪酷寒亭》（杨显之作）一类性质的剧本而并计之，则当在二十几种以上。

　　元戏文里，也有不少这一类题材的曲本，像：

　　　　杀狗劝夫

　　　　何推官错勘尸

　　　　曹伯明错勘赃

　　　　包待制判断盆儿鬼

　　　　小孙屠没兴遭盆吊

　　　　神奴儿大闹开封府

等等皆是。惜存于今者并不多耳（仅存《杀狗劝夫》及《小孙屠没兴遭盆吊》）。

　　最有趣的是，公案剧不仅是新闻剧，而且为了不忿于正义的被埋没，沉冤的久不得伸，一部分人却也竟借之作为工具，以哗动世人的耳目，而要达到其"雪枉理冤"的目的。周密的《癸辛杂识》（别集上，照旷阁本）曾载有祖杰的一则，其文云：

　　　　温州乐清县僧祖杰，自号斗崖，杨髡之党也。无义之财极丰。遂
　　　　结托北人，住永嘉之江心寺，大刹也。为退居，号春雨庵，华丽之甚。
　　　　有富民俞生，充里正，不堪科役，投之为僧，名如思。有三子，其二
　　　　亦为僧于雁荡。本州总管者，与之至密，托其访寻美人。杰既得之，
　　　　以其有色，遂留而蓄之。未几，有孕。众口籍之，遂令如思之长子在
　　　　家者娶之为妻，然亦时往寻盟。俞生者，不堪邻人嘲诮，遂挈其妻往
　　　　玉环以避之。杰闻之，大怒，遂俾人伐其坟木以寻衅。俞讼于官，反
　　　　受杖。遂诉之廉司，杰又遣人以弓刀置其家而首其藏军器，俞又受杖。
　　　　遂诉之行省，杰复行赂，押下本县，遂得甘心焉，复受杖。意将往北

求直，杰知之。遗悍仆数十，擒其一家以来，二子为僧者，亦不免。用舟载之僻处，尽溺之，至刳妇人之孕以观男女，于是其家无遗焉。雁荡主首真藏叟者不平，又越境擒二僧杀之。遂发其事于官，州县皆受其赂，莫敢谁何。有印僧录者，素与杰有隙，详知其事，遂挺身出告，官司则以不干己却之。既而遗印钞二十锭，令寝其事，而印遂以赂首，于是官始疑焉。忽平江录事司移文至永嘉云：据俞如思一家七人，经本司陈告事。官事益疑，以为其人未尝死矣。然平江与永嘉无相干，而录事司无牒他州之理。益疑之。及遣人会问于平江，则元无此牒。此杰所为，欲覆而彰耳。姑移文巡检司追捕一行人。巡检乃色目人也，夜梦数十人皆带血诉泣，及晓而移文已至，为之悚然。即欲出门，而杰之党已至，把盏而赂之。甫开樽，而瓶忽有声如裂帛，巡检恐而却之。及至地所，寂无一人。邻里恐累，而皆逃去，独有一犬在焉。诸卒拟烹之，而犬无惊惧之状，遂共逐之，至一破屋，嗥吠不止。屋山有草数束，试探之，则三子在焉，皆恶党也。擒问，不待捶楚，皆一招即伏辜。始设计招杰，凡两月馀，始到官，悍然不伏供对。盖其中有僧普通及陈轿番者，未出官。普已赍重货入燕求援，以此未能成狱。凡数月，印僧日夕号诉不已，方自县中取上州狱。是日，解囚上州之际，陈轿番出现，于是成擒，问之即承。及引出对，则尚悍拒。及呼陈证之，杰面色如土。陈曰："此事我已供了，奈何推托！"于是始伏。自书供招，极其详悉，若有附而书者。其事虽得其情，已行申省。而受其赂者，尚玩视不忍行。旁观不平惟恐其漏网也，及撰为戏文以广其事。后众言难掩，遂毙之于狱。越五日而赦至。（夏若水时为路官，其弟若木备言其事。）

在这里，我们可以明白，公案剧之所以产生，不仅仅为给故事的娱悦于听众而已，不仅仅是报告一段惊人的新闻给听众而已，其中实孕蓄着很深刻的当代的社会的不平与黑暗的现状的暴露。

平民们去观听公案剧，不仅仅是去求得故事的怡悦，实在也是去求快意，去舞台上求法律的公平与清白的！

三、元代公案剧产生的原因

元代公案剧多量的产生，实自有其严重的社会的意义在着的。我们不要忘记了元代是蒙古人统治中国的一个时代。他们把居住于中国的人民分别为下列的四个等级：

（一）蒙古人，那是天之骄子，贵族，最高的统治者；

（二）色目人，他们被征服较早，所以蒙古人也利用之，作为统治中国的爪牙；

（三）汉人，包括北方的人民，连金人也在内；

（四）南人，即江南的人民，最后臣服于他们的。

南人是最倒霉的一个阶级，是听任蒙古人、色目人的践踏、蹂躏而不敢开口喊冤的一个被统治、被压迫的阶级。

而蒙古人、色目人，又是怎样的不懂得被征服者们的风俗、习惯，不明了他们的文化，甚至大多数的统治者，都是不明白中国的语言文字的。

叫那大批的虎狼般的言语不通的官僚们，高高在上的统治着各地的民众，怎样的不会构成一个黑暗、恐怖的时代呢？

即有比较贤明些的官吏们，想维持法律的尊严，然而他们却不能不依靠着为其爪牙的翻译或胥吏的。那一大批的翻译和胥吏，其作恶的程度，其欺凌压迫平民们的手段，是常要较官僚们厉害数倍，增加数倍的。

这样的情形，即以翻译吏支配着法庭的重要地位的情形，是我们以今日之租借地的法庭的情形一对证便可明白其可怖的程度的。

下面的一段故事，已不记得哪一部笔记里读到了，但印象却深刻到至今不曾暗淡了下来!

在元代，僧侣们的势力是很大的。有一部分不肖的奸僧们便常常地欺压良民。某寺的住持某某，庙产不少，收入颇丰，便以放债为业。到期不还的，往往被其凌迫不堪。有一天，许多债户到他那里请求宽限。但他坚执不允，必求到官理诉。众人便不得已地和他同上官衙。其中有几个黠者，却去求计于相识的翻译。翻译吏想了一会之后，便告诉他们以一个妙策：每个债户都手执香枝，一个空场上预先搭好了一个火葬堆。众人拥了那位住持到衙门里去。问官是不懂汉话的，全恃翻译吏为之转译。那位住持向他诉说众债户赖债不还的情形，并求追理。那个翻译吏却把他的话全都搁了下去，另外自己编造了一段神谈，说：那位住持是自知涅槃之期，特来请求允许他归天的，所以众人都执香跟随了他来。问官听了这，立刻很敬重地允许其所求。于是，不由那位住持的分说，争辩，众人直拥他向火葬场走去，还导之以鼓乐，生生地把这位债主烧死了。而那位问官，还被蒙在鼓里，以为他管下真的出了一位圣僧!

这故事未免太残忍，但可见翻译吏所能做的是怎样的倒黑为白的手段!

在这种黑无天日的法庭里，是没有什么法律和公理可讲的。势力和金钱，便是法律的自身。

所以，一般的平民们便不自禁地会产生出几种异样的心理出来，编造出几个型式的公案故事。

第一型是清官断案，不畏势要权豪；小民受枉，终得于直。这是向往于公平的法律，清白的法官的心理的表现。正像唐末之产生侠士剑客的故事，清初遗民之向慕梁山水浒的诸位英雄们的事迹的情形一般无二。这是聊且快意的一种举动。

第二型是有明白守正的吏目，肯不辞艰苦，将含冤负屈的平民救了出来。这也许在当时曾经有过这一类的事实。饥者易为食，渴者易为饮。他们便夸大张皇其事而加以烘染、描写。这也正是以反证出那一班官僚们是怎样的"葫芦提",而平民们所向往的竟是那样的一种精明强干的小吏目们!

基于这两点,元代的公案剧,其内容、其情调,便和宋代话本里的公案故事有些不同,也便和明以来的许多"公案集"像《廉明公案》《海刚峰公案》《包公案》等等,有所不同。

四、与宋代"公案传奇"的不同

宋代的"公案传奇"只不过是一种新闻,只不过是说来满足听众的好奇心的。至多,也只是说来作为一种教训的工具的。在其间,我们只见到情节的变幻,结构的离奇,犯罪者的狡猾,公差们的精细。除了《错斩崔宁》的少数故事之外,很少是含冤负屈,沉冤不伸的。

像《简帖和尚》,这和尚是那末奸狡,然而终于伏了法。当日推出这和尚来,一个书会先生看见,就法场上做了一支曲儿,唤做《南乡子》:

> 怎见一僧人、犯滥铺模受典刑。案款已成招状了,遭刑,棒杀髡囚示万民。沿路众人听,尤念高王观世音。护法喜神齐合掌,低声,果谓金刚不坏身。

《勘皮靴单证二郎神》写道士孙神通冒充二郎神,奸污了内宫韩夫人。后来,因了一只皮靴,生出许多波折,终于被破获伏法而死。"正是:但存夫子三分礼,不犯萧何六尺条。自古奸淫应横死,神通纵有不相饶。"

说书者们是持着那样的教训的态度。

便是包公的故事,像《合同文字记》,也并不怎样的"神奇",也不是什么专和"权豪势要"之家作对的情节,只是平平淡淡地审问一桩家产纠纷的案件。"包相公问刘添祥:这刘安德是你侄儿不是。老刘言不是。刘婆亦言不是。既是亲侄儿,缘何多年不知有无。包相公取两纸合同一看,大怒，将老刘收监问罪。"

这些，都是常见的案件，都是社会上所有的真实的新闻，都是保存于判牍、公文里的故事，而被说话人取来加以烘染而成为小说的。除了说新闻，或给听众以故事的怡悦之外，很少有别的目的，很少有别的动机。说话人之讲说这些故事，正和他们之讲说"烟粉灵怪""朴刀赶棒"一类的故事一样，只是瞎聊天，只是为故事而说故事。

五、元代公案剧的特质

但元代公案剧的作者们却不同了。他们不是无目的的写作，他们是带着一腔悲愤，要借古人的酒杯，以浇自己的块垒的。所以，往往把古人的公案故事写得更为有声有色，加入了不少的幻想的成分进去。包待制在宋人话本里，只是一位精明强干的官僚。在明、清人的小说里，只是一位聪明的裁判官。但在元代杂剧里，他却成了一位超乎聪明的裁判官以上的一位不畏强悍而专和"权豪势要"之家作对头的伟大的政治家及法官了。他甚至于连皇帝家庭里的官司，也敢审问（像《金水桥陈琳抱妆盒》）。

〔双调新水令〕钦承圣敕坐南衙，掌刑名纠察奸诈。衣轻裘，乘骏马，列祗候，摆头踏。凭着我懒劣村沙，谁敢道侥幸奸猾！莫说百姓人家，便是官宦贤达，绰见了包龙图影儿也怕！

——《包待制智勘后庭花》

一般平民们是怎样地想望这位铁面无私，不畏强悍的包龙图复生于世呀！然而，他是属于宋的那一代的，他是只能在舞台上显现其身手的！

这，便把包龙图式的故事越抬举得越崇高，而描写便也更趋于理想化的了。

元代有许多的"权豪势要"之家，他们是不怕法律的，不畏人言的，他们要做什么便做什么，用不着顾忌，用不着踌躇。像杨髡，说发掘宋陵，他便动手发掘，谁也不敢多说一句话。虽然后来曾造作了许多因果报应的神话，以发泄人民的愤激。而杨髡的一个党羽，僧祖杰，竟敢灭人的全家，而坦然地不畏法律的制裁。要不是别一个和尚和他作对，硬出头来举发，恐怕他是永远不会服辜的。要不是有一部分官僚受舆论的压迫而毙之于狱，他是更可以坦然地被宣告无罪而逍遥自在的。（他死后五日而赦至！）

《包待制智斩鲁斋郎》所写的鲁斋郎，是哪样的一个人？且听他的自述。"花花太岁为第一，浪子丧门再没双。街市小民闻吾怕，我是权豪势要鲁斋郎。……小官嫌官小不做，嫌马瘦不骑。但行处引的是花腿闲汉，弹弓粘竿，皂鸟小鹞。每日价飞鹰走犬，街市闲行。但见人家好的玩器，怎么他倒有，我倒无。我则借三日，玩看了，第四日便还他，也不坏了他的。人家有那骏马雕鞍，我使人牵来，则骑三日，第四日便还他，也不坏了他的。我是个本分的人！"这样的一个本分的人，便活是蒙古或色目人的一个象征。他仗着特殊的地位，虽不做官，不骑马，却可以欺压良民，掠夺他们之所有。所以，一个公正的郑州人，"幼习儒业，后进身为吏"的张珪，在地方上是"谁不知我张珪的名儿"，然而一听说鲁斋郎，便连忙掩了口：

> 〔仙吕端正好〕被论人有势权，原告人无门下。你便不良会，可跳塔轮铡，那一个官司，敢把勾头押。题起他名儿也怕！（幺篇）你不如休和他争，忍气吞声罢，别寻个家中宝，省力的浑家。说那个鲁斋郎，胆有天来大。他为臣不守法，将官府敢欺压，将妻女敢夺拿，将百姓敢蹿踏，赤紧的他官职大的忒稀诧！

总是说他"官职大的忒稀诧"，却始终说不明白他究竟是个什么官。后来他见了张珪的妻子，便也悄悄地对他说，要他把他的妻在第二天送了去。张珪不敢反抗，只好诺诺连声地将他的妻骗到鲁斋郎家中去。直到十五年之后，包待制审明了这案，方才出了一条妙计，将鲁斋郎斩了。然这最后的一个结局，恐怕也只是但求快意，实无其事的吧。

《包待制智赚生金阁杂剧》里的庞衙内，也便是鲁斋郎的一个化身。他是"权豪势要之家，累代簪缨之子"。嫌官小不做，马瘦不骑，打死人不偿命。若打死一个人，如同捏杀个苍蝇相似。他"姓庞名勋，官封衙内之职"。然而这"衙内"是何等官名？还不是什么"浪人"之流的恶汉、暴徒么？他夺了郭成的"生金阁"，抢了郭成的妻，还杀死了郭成。他家里的老奶娘，知道了这事，不过在背地里咒骂了他几句，他却也立即将她杀死。他不怕什么人对他复仇。直到郭成的鬼魂，提了头颅，出现在大街上，遇到了包拯，方才把这场残杀平民的案件破获了。然而鬼魂提了自己的头颅而去喊冤的事是可能的么？以不可能的结局来平息了过分的悲愤，只有见其更可痛的忍气吞声的状相而已！

> 便捉赴云阳，向市曹，将那厮高杆上挑，把脊筋来吊。我着那横亡人便得生天，众百姓把咱来可兀的称赞到老。

这只是快意的"咒诅"而已。包拯除去了一个庞衙内，便被众百姓"称赞到老"，可见这值得被众百姓"称赞到老"的官儿在元代是如何的缺乏，也许便压根儿不曾出现过。所以只好借重了宋的那一代的裁判官包拯来作为"称赞"的对象了。

《包待制陈州粜米杂剧》里的刘衙内也便是鲁斋郎、庞衙内同类的人物。朝廷要差清廉的官到陈州去粜米，刘衙内却举荐了他的一个女婿杨金吾，一个小衙内（他的儿子）刘得中去。这一人到了陈州倚势横行，无恶不作。他们粜米，"本是五两银子一石，改做十两银子一石；斗里插上泥土糠秕，则还他个数儿。斗是八升小斗，秤是加三大秤。如若百姓们不服，可也不怕。放着有那钦赐的紫金锤呢"。

所谓"钦赐的紫金锤"，便是那可怕的统治者的权力的符记吧。一个正直的老头儿，说了几句闲话，他却吃了大苦：

> 〔仙吕点绛唇〕则这官吏知情，外合里应，将穷民并。点纸连名，

我可便直告到中书省。

〔混江龙〕做的个上梁不正,只待要损人利己惹人憎。他若是将咱刁蹬。休道我不敢掀腾!柔软莫过溪涧水,到了不平地上也高声。他也故违了皇宣命,都是些吃仓廒的鼠耗,咂脓血的苍蝇。

〔油葫芦〕则这等攒典?哥哥休强挺,你可敢教我亲自秤。今世人那个不聪明,我这里转一转,如上思乡岭,我这里步一步,似入琉璃井。秤银子秤得高,哎,量米又量的不平。元来是八升喂小斗儿加三秤,只俺这银子短二两,怎不和他争!

〔天下乐〕你比那开封府包龙图少四星,卖弄你那官清法正行,多要些也不到的担罪名。这壁厢去了半斗,那壁厢流了几升。做的一个轻人来还自轻。

〔金盏儿〕你道你奉官行,我道你奉私行。俺看承的一合米,关着八九个人的命。又不比山麇野鹿众人争,你正是饿狼口里夺脆骨,乞儿碗底觅残羹。我能可折升不折斗,你怎也图利不图名。

他这样的争着,却被小衙内命手下人用紫金锤将他打得死去活来:

〔村里迓鼓〕只见他金锤落处,恰便似轰雷着顶。打的来满身血迸,教我呵怎生扎挣!也不知打着的是脊梁,是脑袋,是肩井。但觉的刺牙般酸,剜心般痛,剔骨般疼。哎啾,天那!兀的不送了我也这条老命!

〔元和令〕则俺个籴米的有甚罪名,和你这粜米的也不干净!现放着徒流笞杖,做下严刑,却不道家家门外千丈坑,则他这得填平处且填平,你可也被人推更不轻!

〔上马娇〕哎,你个萝卜精头上青,坐着个爱钞的寿官厅,面糊盆里专磨镜。哎,还道你清,清赛玉壶冰!

〔胜葫芦〕都只待遥指空中雁做羹,那个肯为朝廷。有一日受法餐刀正典刑，恁时节钱财使罄，人亡家破，方悔道不廉能。

〔后庭花〕你道穷民是眼内疔，佳人是颏下瘿，便容你酒肉摊场吃，谁许你金银上秤秤。儿也，你快去告不须惊，只指着紫金锤专为照证。投词院直至省，将冤屈叫几声。诉出咱这实情，怕没有公与卿，必然的要准行。任从他贼丑生百般家着智能，遍衙门告不成，也还要上登闻将怨鼓鸣。

这老头子，张憋古，是咒骂得痛快，但他却牺牲了他的性命。"柔软莫过溪涧水，到了不平地上也高声"，他们是那末可怜的呼吁和哀鸣呀！然而便这"高声"的不平鸣，也成了罪状而被紫金锤所打死。

后来，包待制到陈州来查，张憋古的儿子小憋古方才得报他父亲之仇。包待制将张金吾杀死，还命小憋古亲自用紫金锤将刘小衙内打死。刘衙内将了皇帝的赦书来到时，却发见了他的子和婿的尸身。包待制不留情地连他也捉下。

这当然是最痛快的场面。然而，这是可能的事么？

总是以不可能的结局来作为收场，还不是像唐末人似的惯好写侠士剑客的雪不平的故事的情形相同么？

六、糊涂的官

写包待制是在写他们的理想中的贤明正直的裁判官的最崇高的型式。同时却有许多糊涂的官府，毫不懂事，毫不管事，专靠着他们的爪牙（即吏役们）作为耳目。判案的关键竟完全被执握在那些吏目的手里。

蒙古官或色目官都是不认得汉字，不懂得汉语，更是不明白什么法律的。最本分的官府，是听任着他们的翻译和吏目们的播弄的；而刁钻些的，或凶暴些的，其为非作歹，自更不堪闻问了！

但有心于作恶的不良的官吏，总没有糊涂无知的多。而在糊涂无知的作为里，被牺牲的平民们也决不会比敢作敢为的恶官僚少些。大抵做官糊涂的，总有一个特征，什么都颠倒糊涂，任人播弄，但至少有点是不糊涂的：那便是贪污的好货的心！糊涂官大抵十有九个是贪赃的。

有许多的元代公案杂剧，都写的是官府的如何糊涂地断了案，被告们如何地被屈打成招。

关汉卿的那一部大悲剧《感天动地窦娥冤》，便写的是，张驴儿想以毒药杀死了蔡婆，却误杀了他自己的父亲；反诬窦娥为药死他老子的人，告到了官府。那糊涂的官府，却糊里糊涂地把窦娥判决了死刑。且看这戏里的官府：

> （净扮孤引祗候上，诗云）我做官人胜别人，告状来的要金银。若是上司当刷卷，在家推病不出门。下官楚州太守桃杌是也。今早升厅坐衙。左右，喝撺厢。
>
> （祗候吆喝科）
>
> （张驴儿拖正旦卜儿上，云）告状，告状！
>
> （祗候云）拿过来。
>
> （做跪见，孤亦跪科，云）请起！
>
> （祗候云）相公，他是告状的，怎生跪着他。
>
> （孤云）你不知道，但来告状的就是我衣食父母！

而这种以"告状的为衣食父母"的官府，除下毒手将被告屈打成招以外是没有第二个方法的：

> 〔骂玉郎〕这无情棍棒，教我捱不得，婆婆也，须是你自做下怨他谁！劝普天下前婚后嫁婆娘每，都看取我这般傍州例。
>
> 〔感皇恩〕呀，是谁人唱叫扬疾，不由我不魄散魂飞。恰消停，才苏醒，又昏迷。捱千般打拷，万种凌逼，一杖下，一道血，一层皮。
>
> 〔采茶歌〕打得我肉都飞血淋漓，腹中冤枉有谁知。则我这小妇人

　　毒药来从何处也，天那，怎么的覆盆不照太阳辉！

严刑之下，何求不得，窦娥便只得招了个："是我药死公公来。"

　　孟汉卿的《张孔目智勘魔合罗》里所写的南府的县令是这样的一个人物：

　　　　我做官人单爱钞，不问原被都只要。若是上司来刷卷，厅上打的

　　鸡儿叫。

而他的手下得用的吏目萧令史却又是这样的一个人物：

　　　　官人清如水，外郎白如面。水面打一和，糊涂成一片！

这几句话便是他们最好的供状！在这"糊涂成一片"的场面上，无辜的刘
玉娘便被迫着不得不供道："有小叔叔说，玉娘与奸夫同谋，合毒药药杀
丈夫"了！

　　王仲文的《救孝子贤母不认尸》里的官巩得中是："小官姓巩，诸般不
懂。虽然做官，吸利打哄。"他不会问案。诸事都靠着他的令史。

　　　　（令史云）相公不妨事，我自有主意。

　　　　（孤云）我则依着你。

　　这样，因了官的糊涂，便自然而然地把权力都放在吏的身上去了。

李行道的《包待制智勘灰阑记》里的糊涂官郑州太守苏顺，他的自述更是
逼真：

　　　　"虽则居官，律令不晓，但要白银，官事便了。可恶这郑州百姓

　　欺侮我罢软，与我起个绰号，都叫我做模棱手。因此我这苏模棱的名，

　　传播远近。"

他听了原告马员外妻的诉词却是不大明白：

　　　　"这妇人会说话，想是个久惯打官司的。口里必力不剌说上许多，

　　我一些也不懂的。快去请外郎出来。"

这"外郎"便正是播弄官府的吏目。

　　这种糊涂的官府，在别一个时代是不会大量产生的，只有在这元代，

才会产生了这许多怪事奇案！

七、横暴的吏目

随着官的糊涂，便渐渐地形成了吏的专横。官所依靠于吏者愈甚，吏之作奸犯科，上下其手的故事便愈多。

为汉奸的翻译吏，往往其凶暴的程度是更甚于本官的。官如梳，吏则如篦。其剥削百姓们的手段，是因了他熟悉当地的情形而更为高明的。

吏的故事，因此，在元代的公案剧里便成为了一个特殊的东西。几乎在任何糊涂官的故事里，总有一个毒辣狠恶的吏目在其中衬托着，而其地位也较本官更为重要。

他们惯于蒙蔽上官，私受请托，把一场屈官司，硬生生地判决了下来。无理的强扭作有理，有理的却反被判为有罪。而其关键则都在狡猾的罪人知道如何地送礼。

无名氏的《神奴儿大闹开封府杂剧》，叙李德义妻王腊梅杀死了他的侄儿神奴儿，却反诬神奴儿的寡女陈氏，因奸气杀了他哥哥，谋害了他侄儿。因了李德义的私下送钱给"外郎"，"外郎"便将陈氏屈打成招了。

〔尧民歌〕呀，他是个好人家，平白地指着奸夫。哎，你一个水晶塔官人忒胡突，便待要罗织就这文书，全不问实和虚。则管你招也波伏，外郎呵，自窨付兀良，可是他做来也那不曾做。

〔要孩儿〕你可甚平生正直无私曲，我道您纯面搅则是一盆糊。若无钱怎挝得你这登闻鼓。便做道受官厅党太尉能察雁，那里也昌平县狄梁公敢断虎。一个个都吞声儿就牢狱。一任俺冤仇似海，怎当的官法如炉。

这两段话，把这"外郎"骂得够痛快了，但还不足以尽其罪状的百一！《灰阑记》里的赵令史，又《救孝子》里的"令史"，又《勘头巾》里的赵令史等等，也没有一个不是这样的人物。

〔滚绣球〕人命事，多有假，未必真。要问时，则宜慢，不可紧。为甚的审缘因再三磨问，也则是恐其中暗昧难分。休倚恃你这牙爪威，休调弄你这笔力狠，你那笔尖儿快如刀刃，杀人呵须再不还魂！可不道闻钟始慌山藏寺，到岸方知水隔村，休屈勘平人！

——《救孝子》

〔牧羊关〕我跟前休胡讳，那其间必受私。既不沙怎无个放舍悲慈。常言道饱食伤心，忠言逆耳。且休说受芭苴是穷民血，便那请俸禄也是瘦民脂。咱则合分解民冤枉，怎下的将平人去刀下死。

〔隔尾〕这的是南衙见掌刑名事，东岳新添速报司，怎禁那街市上闲人厮讥刺。见放着豹子的令史，则被你这探爪儿的额人将我来带累死！

虽然是有人在这样的劝告着，拦阻着，然而那狼恶的史是作恶如故。这还是受贿而被金钱的脂膏污腻了心肠的。更可怕的是，那史的本身便是一个罪犯，也凭借着特殊的势力为非作歹；那案情便更为复杂、更为残酷了。

《包待制智勘灰阑记》叙马员外妻和赵令史有奸，她便串通了赵令史，把丈夫的妾张海棠屈打成招，说她药杀丈夫。又把她所生的一个孩子夺了过来。要不是包待制勘出了真情，张海棠便非死在他的刀笔之下不可。

元戏文《遭盆吊没兴小孙屠》写的是：一个令史朱邦杰，恋爱孙必达妻李琼梅，却设计去害必达和他的弟弟必贵（因他冲破了他们的秘密）。必贵在狱中被盆吊死。要不是东岳泰山府君下了一场大雨，救醒了必贵，他已是成了一个含冤负屈的鬼魂了。虽是贤明的官府，却也发觉不了他们的诡计。为了他们杀死了一个梅香，冒作琼梅，说是必达杀妻（其实琼梅是乘机跟随了邦杰走了）。梅香的鬼，虽死而不甘心，其鬼魂老是跟随着他们，因此始得破了案。

把鬼魂报冤的事，当作了全剧的最要紧的关头，明显的可见当时对于这一类作奸犯科的令史们，用人力是无法加以制裁的。故不得不用了人力以外的力量。

八、贤明的张鼎的故事

在横暴的吏目的对面，也不是没有少数的贤明的人物。像元剧所歌颂的张鼎，便是其一。从元剧作者们的特殊的歌颂、赞许那贤明的吏张鼎的事实上看来，我们可以知道，肯行方便的虚心而精明的吏目，在这黑暗的时代，也尽有可以展布其裁判的天才的机会。换一句话，便是：可见这黑暗时代，操纵那审判的大权的，倒不是官而是吏。吏的贤恶，是主宰着法律的公平与否的。只可惜贤吏太少而恶吏太多，"漫漫长夜何时旦"的局面，只是继续了下去。

在张鼎的故事里，正反映出百姓们的可悲痛的最低度的求公平的希望的微光。

以张鼎为中心人物的故事剧，有《魔合罗》和《勘头巾》。这二故事，都是已被糊涂的官府判了死刑的案子。他为了不忍，为了公平，为了正义，才挺身而出，想要求得真情实相。

他是个谨慎小心的人，好行方便，不肯随和着他人而为非作歹。他是个勤恳的贤吏的模范：

〔集贤宾〕这些时曹司里有些勾当，我这里因金押离了司房。我如今身耽受公私利害，笔尖注生死存亡。详察这生分女作歹为非，更和这忤逆男随波逐浪。我可又奉官人委付，将六案掌，有公事怎敢仓皇。则听的冬冬传击鼓，偌偌报擂箱。

在《魔合罗》里，他见到受刑的刘玉娘眼中流下泪来，便去审问她，请求堂上的相公给他复审。他是一个都孔目，素有能吏之名，相公便允许了他的请求。那受了贿的萧令史所编造的判牍，毕竟瞒不过张鼎的精明的眼光。刘玉娘的丈夫李德昌外出为商，病了回家。到家后便死了。他的兄弟李文道告她药杀亲夫。然而没有奸夫，那服毒药也没有下落，究竟在谁家合来，也不知道。

> 早是这为官的性忒刚，则你这为吏的见不长，则这一桩公事总荒唐。那寄信人怎好不细访，更少这奸夫招状。可怎生葫芦推拥他上云阳！

后来他寻到那寄信人，知道他在送信给玉娘之前，曾遇到李文道，通知过他。由此线索，才把这案情弄明白了：原是李文道合毒药杀死了他哥哥的。

《勘头巾》的故事，似更为复杂。王小二和刘平远有隙，当众声言：要杀死他。他的妻逼小二立了保辜文书。不料刘平远果然被杀，因此王小二遂被嫌疑，逮捕到官，受不过打而屈招。但张鼎却挺身为他辨枉，审问出：道士王知观和刘妻有奸，杀死了他而嫁祸于王小二。其关键在赃物芝麻罗头巾的发现上。得了这头巾，小二的嫌疑乃大白。

张鼎判案时，并不是没有遇到阻力。恶的吏目，总在挑拨着。他们要挑拨本官和张鼎发生意见。果然本官大怒，而要张鼎在三日内审明此案，否则便有罪。（二剧皆如此）张鼎是自怨自艾着："没来由惹这场闲是非，亲自问杀人贼。全不论清廉正直，倒不如懵懂愚痴。为别人受怕耽惊，没来由废寝忘食……则为我一言容易出，今日个驷马却难追！"（《勘头巾》）然而他却终于为了正义而忘身。"则要你那万法皆明，出脱的众人无事，全在你寸心不昧！"（《魔合罗》）不昧的寸心，永远要为正义和公平争斗着。这便是百姓们所仰望着的公正贤明的吏目！这样故事的产生，当然也不会是偶然的。

九、鬼神与英雄

但可痛的是，在实际的黑暗社会里，贤明的吏目像张鼎者是罕有，而不糊涂的官府，像包拯者却又只是属于宋的那一代的，百姓们在无可控诉的状态下，便又造作了许多鬼与神与英雄的故事。那些故事又占着元杂剧的坫坛上的大部分的地位。《生金阁》是鬼的控诉的故事。《窦娥冤》《神奴儿》也是如此。无名氏的《玎玎珰珰盆儿鬼》剧更是鬼气森森的逼人。《朱砂担滴水浮沤记》也是由鬼魂出来控诉、报冤的。《小孙屠》戏文，其顶点也在被杀的梅香的鬼的作祟。假如鬼魂无灵的话，那些案件是永远不会被破获的。而神在其中，也是活跃着。《小孙屠》是由东岳泰山府君出场。而《朱砂担》则更惨，王文用被杀的冤魂，在人间是无可控诉的，只是由太尉神领着鬼力，捉住了杀人贼，施行其最后的审判。

英雄替人报仇雪恨的故事更是多。就见存的杂剧算来，有：

（一）黑旋风双献功（高文秀作）

（二）同乐院燕青博鱼（李文蔚作）

（三）郑孔目风雪酷寒亭（杨显之作）

（四）都孔目风雨还牢末（李致远作）

（五）争报恩三虎下山（无名氏作）

等数本，其情节差不多都是相同的。有权力的人，诱走了某人的妻。他到大衙门里去告状，不料遇到的官，却便是那诱走他的妻的那个人。于是不问情由的，将他判罪。这场冤枉是没法从法律上求伸的。于是，一群的英雄们便出现了。（李逵，或燕青，或宋彬等等）他们以武力来代行士师的权与刑罚。他们痛快地将无恶不作的"衙内"之流的人物执行了死刑。那些"衙内"大约也便是"嫌官小不做，嫌马瘦不骑"的元代的特殊阶级吧。这些水浒英雄们的故事，当时或不免实有其例——天然的，在法律上不能伸的仇冤总会横决而用到武力来代行审判的。

　　但就上文看来，不能无所感。被统治的或被征服的民族，其生活于黑暗中的状况是无可控诉的。为奴为婢的被践踏、被蹂躏、被掠夺、被欺凌的一生，是在口说笔述以上的可怖的。"嫌官小不做，嫌马瘦不骑"的那些"衙内"是在到处横行着，每个人都便是"权豪势要"的人物。法律不是为他们而设的。不得已，百姓们只好在包拯（甚至降格以求之，在张鼎）那些人的身上去，求得法律上的公平；然而不知包拯却只是属于宋的那一代的！更空虚些的，却找到了鬼与神。那自然益发可悲！

　　倒还是求直于英雄们的武力的，来得痛快！其实，在黑暗的时代，也只有"此"势力足以敌"彼"黑暗的势力耳。然而恐怕连这也只是空想！

中国古典文学中的戏曲传统 *

一、戏曲的形式与其类别

（一）形式

戏曲是舞蹈与歌曲融会起来的东西；是人类感情的自然流露，是表现人类欢欣鼓舞的情绪的。最早起源于古希腊，当时人民为了庆贺葡萄熟了而载歌载舞，内容主要是歌唱古代英雄的故事，模仿古人的动作，后来演变为歌唱史诗。如荷马的史诗就是唱出来的。在唱时难免有动作，于是史诗就戏剧化了，后来又逐渐发展成为舞台上正式演出的戏剧。

戏剧是一种高度发展的复杂的综合艺术。古代的歌、舞是分家的，即所谓歌者不舞，舞者不歌。如西洋歌剧只唱，不带动作；再一种是舞剧（芭蕾舞）只舞不唱；近代的话剧则是只有对白、动作，不唱也不舞；近来在资本主义国家里又有一种音乐喜剧，把歌唱、动作、说白、舞蹈合在一起，很流行，苏联也有。其实这种形式在中国早就出现过了，如京戏就是说白、动作、歌唱、舞蹈连在一起的形式。

中国戏曲发展较晚，最古的歌舞（如日本的剑舞，就是唐朝时传去的，至今还保留着中国最早的戏曲形式）舞的人不唱，另外有一批人在旁边唱歌。如元曲中的《刀会》是：关羽主唱，而由周仓随着关羽的唱词来舞刀。这就说明中国的歌、舞最早也是分家的。而后中国的戏曲多是属于乡下草台戏，由于舞台场面的限制，所以象征性的动作很浓厚，但是这种形式已经把歌、舞、白、科连在一起是很不容易的。歌、舞、白、科连在一起是

---

* 原为 1953 年在文学讲习所授课讲义，《郑振铎全集》第 6 卷，花山文艺出版社 1998 年版，第 374 页。

中国戏曲的特点，也是戏剧中的最高形式。

（二）类别有三

1. 戏文：是南方的戏曲，或叫南戏，也就是后来的传奇。如《琵琶记》《杀狗记》等是。始自永嘉（温州），曾称"温州杂剧"。永嘉戏曲风气现在仍很盛行，当时经常有几个戏班同时表演，进行比赛。南戏的组织规格很严，开头有戏提调，称副末登场，介绍戏的内容，戏文很长，每部要二三十出戏，普通要演一昼夜，唱戏的人吃不消，因此每出戏就要有重点，角色要分配得均匀，不便主角偏劳。如第一出是生唱。第二出就是旦唱，第三出再生旦混唱……只有这样轮流唱，才能使主角支撑得住。

2. 杂剧：是北方的戏曲，用北方的调子唱的，因北方的曲调声音高亢，唱起来很累，不能太长，所以一般都是四折，偶尔也有五折。它是从诸宫调演变来的，诸宫调是一种说唱的弹词形式，有男班，有女班，因此杂剧则分末本、旦本两种，前者为男主角唱的，后者为女主角唱的，一个人连唱到底。如《风雨还牢末》便是由男主角唱的。配角只能说白不能唱。如果戏中的主角很多，就由一个人在每折中扮演不同的角色，只换衣服，唱的却还是他一个。如《关大王单刀赴会》一折是乔国老唱，二折是司马德操唱，三、四折是关羽唱，但实际上还是一个演员唱的。杂剧中还有不是一个人唱到底的，如《西厢记》，很长，分五本，第一本是张生唱，第二本莺莺唱，第三本是红娘唱，第四本是张生唱，第五本是合唱，这样旦末轮唱劳逸比较平均。杂剧的另一个特点是叙述成分很浓厚，这仍带有诸宫调的遗风。北曲现在舞台上还可以看见，如《林冲夜奔》《刀会》等是。

3. 地方戏：有的已失传，尚流传至今的有弋阳腔，亦即所谓高腔，四川、湖南的地方戏属于此类，今日演唱的《秋江》便是。明时有所谓潮州戏，亦曾盛行一时，现在已变成古典戏，不能演唱了。

再是梆子调，有各种形式，在明末清初乾隆年间非常流行，在《缀白裳》中十一册全是梆子调，梆子调亦称秦腔或秦歌调，多为单出，现在仍到处流行。还有曾流行一时的"时剧"如《尼姑思凡》《贵妃醉酒》等，也包括梆子调、弋阳调等。

（三）角色的典型化

中国戏曲的另一个特点是角色的典型化，这表示了广大人民的爱憎分明，分生、旦、净、丑、末各有不同，用脸谱来表现人物的性格，表现好人坏人，青衣一出来就是正派人，而花旦一出来就知道是不正派的，红脸的就是好人如关羽等，而白脸的就是坏人，如曹操、严嵩。

古时称"粉墨登场"，当时化妆用品比较简单，明末清初的脸谱都是极其简单的，这种典型化有它的好处，教育鼓舞作用很大。但到乾隆年间，宫廷之间演唱连续十天十夜的大本戏，因登场人物多了，所以脸谱也就千变万化起来，变得古怪复杂了。到今天更加复杂，如孙悟空登场，脸上就画一个桃子，还带一个叶子，太无聊，我是非常反对的。这种过于典型化是有很大毛病的，它减弱了或失去了原来戏曲画脸谱的教育、鼓舞的意义和作用。

画脸谱是最原始社会中的一种习惯，在战国吴越时代，不仅画脸，而且还要"纹身"，在外国如非洲红印第安人，也画脸画得很厉害，这是原始社会野蛮的表现；再如澳洲有晒人头的习惯（把人头晾干，用药使缩得很小），拿来当作装饰品，放到手杖上，这是非常野蛮的，不人道的。因此，今日画的古里古怪的脸谱我认为是蛮性的复现。

二、中国最早的戏剧——宋朝的戏曲

宋时已有"杂剧"，是歌舞剧，还不能算是一种戏曲，称"宋金杂剧词"。中国很早就有穿古人衣服、模仿古人动作的形式，如《史记》所载优孟说楚庄王的故事。王国维的《优语录》中也记载了许多这样的事情，这些都不是真正的戏曲。

真正的戏曲是从宋之戏文开始（始于温州戏），时间约在十一世纪与十二世纪，即北宋末南宋初。其原因可能是受到外来的影响。当时中印交通非常频繁，印度的戏曲很发达，随之传入中国，故受其影响。有人说中国戏很像希腊古典戏剧，这可能因印度戏受希腊戏剧影响，而我们又受印度影响之故。

宋朝的戏文，现在没有流传下来，但我们知道《王魁负桂英》《赵贞女蔡二郎》等在当时是很盛行的。在明《永乐大典》中有《张协状元》，内容歌词都很古，作者是温州人，可能是元代最早的作品。内容类似《琵琶记》，写得很沉痛。其中还有一篇为《宦门子弟错立身》，称"古杭才人编"（古杭是元人称谓），由此可见是元人的作品。其内容活泼、生动，情节曲折，艺术价值很高。再一篇是《小孙屠》，称"古杭书会编"（书会是专给演员编剧本的组织），可知也是元人的东西。情节也是非常复杂的。从这些作品里可以看出我国最早戏曲的情况。

《永乐大典》中戏文有三十三种之多，现只存三种。

戏文是南戏。这时在北方又有另外一派戏剧产生出来，这就是杂剧。

三、元人杂剧（元曲）

现存有一百六十多种，有目录可查的有五百多种，是十三世纪到十四世纪产生的东西，比莎士比亚的出现还早一百多年，当时的作家、作品非常之多。

研究元曲应该注意的几点：1.元曲一般有一个特点，即曲子极好，而说白极其庸俗、重复。这是因为原来只有曲子，而说白是明人后加的。《元刊杂剧三十种》中就只有曲无白，白只是"云云了"，这是让演员自己根据当时的情节自由发挥的。2.要了解元曲产生的时代背景，才能更进一步了解元曲的现实意义。当时，中国的封建经济基础已发展到最高峰，还是游牧民族的蒙古族的入主中原，引起了翻天覆地的变化。（1）蒙古人贵族，在各处随便作威作福，掠夺杀伤汉人。元曲中写了很多无恶不作，无所不为的"衙内"，他们是"嫌官小不做，嫌马瘦不骑"（见关汉卿的《鲁斋郎》），但却抢别人的马，夺别的财物，霸占别人妻子的，这就是指蒙古贵族的行为。（2）元朝做官的大都是不懂汉语的蒙古人，当时便有一批不能中举的丧尽天良的汉人，在衙内做翻译，他们也操生杀予夺之权，到处胡作非为，无恶不作。在元曲中所谓的"吏"就是指这些人。在元曲中有许多公案剧，专写官怎样糊涂，吏怎样恶劣，人民寄望于清官，向往以清官的力量铲除一切恶霸。当时对包公就抬举得非常高，这一方面反映了社会的黑暗，同时也反映了人民的愿望。清官不可得，则求其次，把希望寄托在比较有正义感的吏身上，碰到较好的吏也歌颂不已。官不好，吏不好，便把希望寄托在梁山泊好汉身上，或其他路见不平拔刀相助的草莽英雄身上（元曲中黑旋风李逵的戏极多，当时就有描写李逵的专家出现）。

这时统治者排斥汉人，又曾废科举多年，许多文人不得官做，无出路（当时做官的多是蒙古人或不识字的汉人，文人只可做一个马官），就产生了退隐求仙的思想，因此元曲中神仙佛教的故事很多。以上是社会黑暗的一面。另外好的一面，即传统的封建道德被打破了，反映在作品中就有许多反抗封建观念的东西产生。当时经济繁荣，版图很大，国外交通发达，同欧洲意大利等国来往密切，贸易繁盛，商人市民生活富庶，农产品销售量大，农民生活也提高，许多大城市如苏州、杭州、大都（北京）等都非常繁荣。人民生活提高，便要求文娱活动，看戏的人特别多，戏曲因而发达；同时有许多文人求官不成便专门给剧团写剧本，如关汉卿、郑德辉等人，这也更加促成了戏曲的迅速发展。

现在讲几个重要作家：

1. 关汉卿：他的年代大概是一二一〇年到一二八〇年左右，是最早的戏剧作家，其作品最多也最好，可能是创造杂剧体裁的人。他原是做医生的，因为医生接触社会面广泛，所以他的作品内容也非常广泛。一共写了六十五本戏曲，最能深刻地描写和反映社会生活，所写的人物表现了不屈的反抗精神，他还擅长描写女子的性格。如《窦娥冤》是关汉卿一个最成功的作品，一面极深刻地暴露了当时社会的黑暗；一面将窦娥的强烈的反抗意志描写得非常沉痛动人。在元朝社会中像这样冤枉死去的人是很多的（此戏后人改编成《金锁记》，价值就大不相同了）。再如《玉镜台》一剧也描写了一个个性很强的女性。《救风尘》中的女主角赵盼儿，不但个性很强，而且很有斗争性，智慧很高。《诈妮子调风月》一戏中的女主角燕燕，也是一个很有才智、很明朗爽快、很泼辣倔强而且反抗性很强的封建时代的丫环。《蝴蝶梦》是公案传奇，把一个老太婆的感情矛盾描写得好极了。此外如《谢天香》《望江亭》《金线池》等也都是以女主角为中心的，人物也都写得有血有肉。

关汉卿不仅善于写女性，同时也善于写英雄，《鲁斋郎》是写包公怎样运用智慧铲除恶霸，他把衙内鲁斋郎的名字改成鱼齐即，骗过皇帝杀掉了。另外还写了很多"三国"戏，如《单刀会》《西蜀梦》，把关羽、张飞的英雄气概都写得非常好。他的六十五种戏中，流传下的只有十八种，把当时翻天覆地的社会，表现得非常深刻。

2. 王实甫：也是反映了当时社会的作家。《西厢记》是他的代表作（金圣叹把他的地位提得很高，而贬低了关汉卿是不妥当的）。《王西厢》是从《董西厢》来的，它表现了反抗封建道德的情绪，写得很好。除此以外他还写了《丽春堂》《破窑记》，但都不大重要。

3. 武汉臣：是一个不大被人注意的作家，他的作品不仅写作技巧和结构都非常高超，而且还描写了当时社会的真情实况，他所写的《老生儿》是公认的杰作。此外《玉壶春》《生金阁》等亦都写得很好。

4.康进之：他的《李逵负荆》是个很优秀的作品，深刻地表现出李逵耿直的有正义感的个性。

四、明朝初年的戏曲

戏文在南方流行着。在明初有四大传奇："荆（《荆钗记》）、刘（《刘知远》也叫《白兔记》）、拜（《拜月亭》）、杀（《杀狗记》）"。《荆钗记》描写了恶霸如何坏，好人如何得救获团圆，把穷书生王十朋流浪的痛苦写得很生动。《刘知远》写李三娘的困苦沉痛的生活，"磨房产子"一段写得很凄惨。《拜月亭》是描写蒋世隆、王瑞兰的悲欢离合的故事，写得委婉动人。《杀狗记》即《杀狗劝夫》，描写封建社会中普遍存在的事情，情节复杂，为老百姓所欢迎。

再有当时流行最广的是《琵琶记》，描写赵五娘如何忍痛忍苦地去找她的丈夫，每段都写得很沉痛，"琵琶上路"一段写得最好，现在全部的都能唱。不过其唱法、动作都较机械，是一个比较初期的剧本的典型。

明朝写杂剧的人很多，最著名的是周宪王朱有燉（朱元璋的孙子），所写戏曲三十一种，今全部存在，说白也都存在，比关汉卿的作品流传下来的还多，但恐怕不是他自己作的，而是他的门客替他写的。其中大部分是王家的供奉戏，但里面也有些真正好的东西，如《豹子和尚自还俗》，描写鲁智深的故事，写他当过强盗、小偷，也当过英雄，与《水浒传》的内容很不相同，由此也可看出当时《水浒传》还未定本。

明朝中叶王九思、康海两人都写了中山狼的故事，写得都非常好。康海以亲身经历过的事情写了人救狼，反为狼所食的故事，来表现他的社会经验。

明朝以后杂剧、戏文很多。当时剧本的特点就是多写古代的故事，和现实联系很少，多表现为写戏曲而写戏曲的倾向。

明朝初期的戏文如"荆、刘、拜、杀"本是句句通俗，人人可懂的，但到明中叶以后则越来越文雅，曲词讲究对偶，句句用典故，老百姓出场也是四书五经，谁也听不懂，不知唱了些什么。直到十六世纪明万历年间，沈璟才大胆地提出戏曲是要人懂，否则就失其作用的改革意见，提倡戏曲的"本色"，说不应用太多的典故和对偶文章。他写了十七种戏曲，现存五、六本。与此同时，受他影响很深的是汤显祖，他出身很苦，做过小官，满腹牢骚。但文才很高，进一步提倡"本色"，纠正了过去用典故过多的毛病，每一剧本都像诗一样，写得很漂亮，《牡丹亭》就是他的名著。

总之，明朝的剧本多写历史故事，表现时代不够，技巧方面有少数好的。

五、清朝的戏曲

清初戏曲非常发达，一个人写几十部东西不算稀奇，他们不仅写故事；而且还多是影射当时社会的，写作范围既广、魄力又大，许多戏曲家产品之多不下于莎士比亚。如李玉写了二十九种戏，都是为演出而写的，有的至今还能演，传说李玉是家人出身，是苏州申相国家里的奴隶（弹词《玉蜻蜓》就是叙述申家的故事，相国的母亲原是尼姑）。在明朝家人不能应试科举，永远做不了官，主人有生杀予夺之权，即使是家人赎身以后发了财，见了旧主人，也还要毕恭毕敬。李玉的才能不能发挥，便集中到戏曲上来。当时在苏州正是昆腔全盛的时代，清初之时昆曲遍于天下，代替了明朝的弋阳腔。昆腔班多是苏州人，编剧本的也是苏州人，李玉既在苏州，当然也很受影响，也就专为剧团的演出而写剧本。他的四部著名剧作是"一（《一捧雪》）人（《人兽关》）永（《永团圆》）占（《占花魁》）"，他不但能写喜剧而且也能写悲剧，这充分表现作者的才能是多方面的。《一捧雪》是悲剧,描写封建社会统治阶级的黑暗情况,情节非常沉痛。《占花魁》则是喜剧,表现恋爱的曲折故事,写得很漂亮。再还有《千钟禄》(亦叫《千钟会》),也是清末最流行的戏,其中一段称"八阳"(又叫"惨睹"八段,每段都以阳字为结尾),学昆曲的人首先就要学这一段,声调异常高亢,流利,其中还有"搜山""打车"两段写得也不错,不但情节紧张,而且很沉痛感人。还有《秦琼卖马》《麒麟阁》,写得也都极好。其《眉山秀》虽写得不太好,但从这里也可以看到李玉的写作范围是非常广泛的。

朱佐朝写了三十三种戏。其《渔家乐》等都充分地反映了社会的黑暗。

朱素臣写了十九种戏。最有名的叫《十五贯》(取材于《醒世恒言》),它是以明朝故事为题材,影射了清朝政治的腐败情况,描写人民怎样受压迫,写得相当好。

到了乾隆时,戏曲有很大的变化,唱全本戏不能满足观众的需要,于是就分成两派:一派专演"零出"戏,因为全本戏常连演几天几夜,老百姓没有那么多时间去看,于是便挑出些精彩的段落来演,如把水浒故事分成"武十回"(武松的故事)、"石十回"(翠屏山故事)、"宋十回"(宋江的故事)等分别演出。又有的在一夜中把文戏、武戏、生戏、旦戏夹杂起来演(在鲁迅的《社戏》中可看出这种情况),以满足观众的各方面要求,当时这种形式非常流行,《纳书楹》与《缀白裘》等零出戏的集子就随之而出现了。

再一派是唱大本戏的,清朝王公贵族不满足于一天演一出戏,要求看更长的戏,于是连演十天十夜的大本戏就出现了。如张照,他就专编供应皇帝看的大本戏。最著名的是《目莲救母》,又叫《劝善金科》。剧中牛头马面能下台表演,演员和观众混合在一起。把所有《三国演义》的故事凑在一起,成一大本称《鼎峙春秋》;把所有杨家将的故事凑成一大本叫《昭代箫韶》；把所有《水浒传》的故事凑成一大本叫《忠义璇图》；把所有《西游记》的故事凑成一大本叫《莲花宝筏》。这五大本戏在当时是最流行的。但其中只有《劝善金科》及《昭代箫韶》刻出来了。这种大戏在技术上是有创造的，如戏台是转台，戏台又分三层楼，神仙可以从空中降下来，这样演戏需要很大的经费，所以此种技术就不能流传到民间去。

张照只是改编、整理别人的作品，所以他不是创造而是编纂。作为一个戏曲作家是不够的，只有在《劝善金科》中还有一点创造。至今民间还流传着的如《尼姑思凡》《和尚下山》等就是大本戏中的一段。

大本戏规模很大，需要几十甚至一百多人一起出场，仅是简单的"粉墨登场"就无法分别各个人物的面貌，于是各式各样的脸谱就出现了。而且越画越稀奇古怪。这其实正表现了想象力的贫乏。大本戏只适合在宫廷内演出，不能在民间流传，只有打脸谱流传到民间来了。可见这个改革是有头无尾的。

昆曲在清乾隆年间非常流行。有几个很重要的作家，如杨潮观，是一个很著名的讽刺家，写了三十二个小戏，其中有些是非常好的，充分表现了他的高度的天才。如《吟风阁传奇》中的"偷桃"一段最著名，是写东方朔偷王母娘娘桃子吃的故事。不但对话很有风趣，而且表现了反抗黑暗统治的意识。

同一时期的作家还有唐英，写了"古柏堂传奇"共十七种，他是汉军旗人，家中很有钱，养了许多戏班子，他的作品可能是由这些戏班子里的人替他写的，但其戏曲有一个特点，就是能够收集民间故事与歌曲加以改编运用，如把梆子腔改成昆曲，最著名的是《面缸笑》，故事性强趣味浓厚，对封建统治者讽刺得很厉害。

再有蒋士铨写了十三种戏曲，都是讲忠、孝、节、义维持封建道德的东西，不过其中《冬青树》一出，还有爱国主义思想。

昆曲的唱词老百姓都听不懂，不能为老百姓所欢迎，于是戏曲就分成了两派，即"花部""雅部"。"雅部"多演昆曲和古典戏。"花部"则演地方戏，范围非常广，包括梆子腔、四平调，还有其他各种调子，在《纳书楹》中选了二十三种（其中多四平调），称之为"时剧"，如梅兰芳唱的《贵妃醉酒》，就是时剧中最流行的一种，它是梆子调，又称秧调（或秧歌调），由此可见与民间关系很密切，《缀白裘》第十一集全部收集梆子调，这是因为人民不愿意再看那些古典文雅的昆曲，所以才使梆子调获得这样的发展。同时川调、汉调、徽调等在民间也都流行起来。到了清末逐渐产生了皮簧戏（即京戏），它是汉调、徽调的混合物，其中还夹杂了北曲甚至昆曲等东西。那时"花部"又称"乱弹"，爱唱什么就唱什么，随着演唱者的嗓子，高调、低调可以混合唱，没有一定的曲谱和调子。这在昆曲就不成，昆曲调子有一定的高低。

清末戏曲改良风气很盛，余治是改革戏曲的创始人，他主张戏曲应传忠传孝，尽力维护封建道德，曾写"庶几堂今乐"共二十八种（他预定要写三十二种，但只写了二十八种就死了），内容虽不可取，但有的技巧还好，完全是皮簧戏。现在还流传的一部叫《朱砂痣》，其余多是陈腐不堪的东西。

由此我们可以看出戏曲发展的大概倾向，就是任何一种戏曲如果不是从民间来的，或不是生根于人民的土地中就一定会失传，凡不是与人民密切结合而群众所喜闻乐见的就一定被淘汰，昆曲中初期的"荆、刘、拜、杀"所以流行得很广，主要是因为广大人民所喜爱，但后来一般文人专在戏曲中发牢骚，如尤侗因为做不了官，就写了一部戏来泄愤，这些不能代表人民说话、不是反映人民喜怒哀乐的东西，老百姓是不感兴趣、不愿意看的。所以也就不能流传下来。再如皮簧戏开始产生于民间，经文人改编，老百姓还爱好，但后来变成文人玩弄笔墨的东西，逐渐离开了人民，就开始衰落下去。不但戏曲如此，任何一种文学形式都如此。如果它离开了人民就变成了无本之木，无源之水。像《五伦全备记》这样脱离人民迂腐不堪的东西，不能演出不能流传是很自然的。

补充：杂剧（元曲）是北曲，戏文是南曲。昆曲是从戏文中来的，当然是南曲，它同元曲是有分别的。北曲是以弦乐为主体，南曲是以管乐（笛）为主体。但昆曲是管弦合奏，这在音乐上是一个很大的发展，昆山魏良辅是很伟大的作曲家，管乐合奏就是他创造的。北曲是老老实实地唱，而昆曲则花腔很多，声调缓慢，一字可唱几个音，故又称"水磨腔"。

| 第五编 |

序跋及自述

中国通俗小说书目序*

孙子书先生著录今日所知所见的中国通俗小说书为《中国通俗小说提要》若干卷，先以其简目别写为《中国通俗小说书目》九卷刊行于世，并要我为它写一篇序。他告诉我道："即此区区，搜辑采访颇费工力，稿本斟酌再三，凡经数易，其中甘苦，亦唯同道者知之。"他编著此书的甘苦，我确是颇为知道的。他最初利用着马隅卿先生和孔德学校的所藏，后复遍阅北平图书馆的所藏，更乃东渡日本，天天到日本内阁文库及其他各藏书家、各书店专读小说，归途经大连，又到满铁图书馆恣读着所谓大谷本的一部分藏书。他告诉过我，在大连的几天，差不多早晨九时到下午八九时，除了匆匆地吞咽下了早午饭之外，便无时无刻不是"笔不停挥"的。今年暑间从日本归后，又到丁在君先生家、燕京大学图书馆和我家里看所藏小说。我住在西郊，轻易不大有城里的客人来。但子书先生却专为了看小说而耗了三个下午在我的书房里。只见他匆匆地在翻书，在钞录，其热忱有如一位中世纪的传道士，有如最好奇的明清藏书家们在传录着罕见的秘籍。结果，遂产生了这部《中国通俗小说书目》。写这样的一位诚朴的访书者的所著书的序，诚是我所最高兴的事。

对于中国小说的研究，乃是最近十余年来的事。商务版的《小说丛考》和《小说考证》为最早的两部专著。但其中材料甚为凌杂。名为"小说"，而所著录者乃大半为戏曲。鲁迅先生的《中国小说史略》出，方才廓清了一切谬误的见解，为中国小说的研究打定了最稳固的基础。马隅卿诸先生的提倡和传布的工作，也给学者们以多少的冲动。在离今六七年的时候，

---

* 原载 1933 年孙楷第《中国通俗小说书目》，国立北平图书馆出版，《郑振铎全集》第 4 卷，花山文艺出版社 1998 年版，第 455 页。

我也尝发愿要写作一部《中国小说提要》，并在上海《鉴赏周刊》上连续地刊布二十几部小说的提要。但连写了五六个星期之后，便觉得有些头痛，写不下去。那些无穷尽的浅薄无聊的小说，实在使我不能感得兴趣，便搁下来一直到现在。想不到这个需要过人的坚忍和精力以成之者的工作，却为子书先生所独力肩负以底于成了。对于他的这个辛勤，我只有钦佩与惭愧！他的这个工作，至少可为中国小说的研究者们解决了好些问题，增大了许多的知识的范围，执子书先生的这部书和我的未完成的《中国小说提要》一比较，便知道其间的差别；也可以显示出这六七年来中国小说的研究是走在如何进步的一条道路上。我们想起十年前汪原放所标点的几部中国小说的时代，《三国志演义》用的是《第一才子书》本，《水浒传》用的是为金圣叹所腰斩的七十回本。那时欲求得一部明刊的比较近于原本的面目的《三国》《水浒》竟不可得。如今却把这个初期的幼稚时代，远远地抛却在后面了。几部伟大的明人小说，都已有了很好的明刊本出现。《三国志演义》有了不止十五六种的明本；《水浒传》也有了《京本忠义水浒传》《水浒志传评林》、一百回《水浒传》、一百二十回《水浒传》等等。《西游记》有了明世德堂刊本、明福建余氏编刊本、明羊城刘氏刊本。《永乐大典》卷一三一三九"一送"里，更发现有《西游记》梦斩泾河龙一段。《金瓶梅》也有了万历间名为《金瓶梅词话》的一本、崇祯间的名为《金瓶梅》的一本。于今而要谈起中国小说的演进来，是有了比臆说更确切的根据的了！子书先生的此书，便是记载这若干年来的发见的最完备的一部书。所著录的著者姓名，以及各种刊本皆有甚多新颖的发见。有了此书，学者们的摸索寻途之苦，当可减少到最低度了。

最后，我更有一个提议：此书著录中国小说，既甚美备，但专载以国语文写成的"通俗小说"而不录"传奇文"和文言的小说，似仍留有一个缺憾在。不知子书先生有扩充此书成为更完备的"中国小说书目"之意否？又，

"天下之大，何地无才。"此书所著录者皆为北平、大连、东京数地的收藏。但像上海、苏州、杭州、宁波、福州、厦门、广州、太原、济南诸地，当也必有收藏中国小说的人们在。子书先生当必愿意更去博访广搜之也。我们且等着子书先生的一部比此书更为美备的"中国小说书目"的出现！

清代燕都梨园史料序 *

近二十年来，中国戏曲史的研究，有了空前的进步。王国维先生的《曲录》和《宋元戏曲史》，奠定了研究的基础。而最近三五年来，被视为已轶的剧本和研究的资料，发现尤多。中国戏曲史的写作，见有全易面目之概。较之从前仅能有《元曲选》《六十种曲》寥寥数书作为研究之资者，诚不能不说我辈是幸福不浅。惟一般的研究者往往只知着眼于剧本和剧作家的探讨，而完全忽略了舞台史或演剧史的一面。不知舞台上的技术的演变和剧本的写作是有极密切的关系的。如果要充分明了或欣赏某一作家的剧本，非对于那个时代的一般舞台情形先有些了解不可。我们研究希腊悲剧，能不知道那个时代的剧场情形么？清初《劝善金科》《莲花宝筏》《昭代箫韶》《剑锋春秋》等大本宫廷戏的演出，是非需要有比较进步的舞台技术不可的。故舞台方面的种种限制，常支配着各时代的剧本之形式上的变迁。同时，演员们的活动，也常是主宰着戏曲技术的发展。演员是传播、发扬戏曲文学之最有力者。读剧本者少，而看演戏者多。往往有因一二演员的关系而变更了听众的嗜好与风尚的。《卖马》《捉放曹》《四郎探母》诸剧的流行，程、谭辈是有大力的。惜元、明二代的演戏史，未有专书。零星史料见于《青楼集》及诸家曲话、笔记中者诸待整理。且时代已远，亦多模糊影响之处，未能为我们所深详。清代二百数十年来的演剧史，却比较地还能使我们明了。惟研究资料亦至不易得。往常所见者不过《燕兰小谱》《京尘杂录》《菊部群英》等寥寥数种耳。张先生的《清代燕都梨园史料》，却一旦将所辛勤搜辑的三十种罕见之书全部刊布于世，诚是一大快事。研究演剧史者

---

* 原载张次溪：《清代燕都梨园史料》，北平邃雅斋 1934 年铅印本，《郑振铎全集》第 4 卷，花山文艺出版社 1998 年版，第 749 页。

得之，当可有左右逢源之乐。友人王芷章先生正在编辑《升平署演剧史料》。合之此书，近代剧的演变，始能言矣。抑尚有感者：清禁官吏狎妓，彼辈乃转其柔情，以向于伶人。史料里不乏对此类变态性欲的描写与歌颂。此实近代演剧史上一件可痛心的污点。惟对于研究变态心理者，也许也还足以作为参考之资。

《中国新文学大系·文学论争集》导言[*]

一

编就了这部"伟大的十年间"的《文学论争集》之后，不自禁地百感交集。刘半农先生序他的《初期白话诗稿》云：

> 这十五年中，国内文艺界已经有了显著的变动和相当的进步，就把我们当初努力于文艺革新的人，一挤挤成了三代以上的古人，这是我们应当于惭愧之余感觉到十二分的喜悦与安慰的。

这是半农先生极坦白的自觉的告白。但一般被"挤成了三代以上的古人"的人物，在那几年，当他们努力于文艺革新的时候，他们却显出那样的活跃与勇敢，使我们于今日读了，还"感觉到十二分的喜悦与安慰"的！这不仅仅是因为憧憬于他们的时代，迷恋于历史上的伟大的事业的成就，当然，那些"五四"人物的活动，确可使我们心折的。在那样的黑暗的环境里，由寂寞的呼号，到猛烈的迫害的到来，几乎无时无刻不在兴奋与苦斗之中生活着。他们的言论和主张，是一步步地随着反对者们的突起而更为进步，更为坚定；他们扎硬寨，打死战，一点也不肯表示退让。他们是不妥协的！

这样的先驱者们的勇敢与坚定，正象征了一个时代的"前夜"的光景。

当陈独秀主持的《青年杂志》于一九一五年左右，在上海出版时，——那时我已是一个读者——只是无殊于一般杂志用文言写作的提倡"德智体"三育的青年读物。

---

　*　原载 1935 年《中国新文学大系第二集：文学论争集》，上海良友图书印刷公司出版，《郑振铎全集》第 3 卷，花山文艺出版社 1998 年版，第 518 页。

后来改成了《新青年》，也还是文言文为主体的，虽然在思想和主张上有了一个激烈的变异。胡适的《文学改良刍议》，在一九一七年发表。这诚是一个"发难"的信号。可是也只是一种"改良主义"的主张而已。他所谓文学改良，只"须从八事入手。八事者何？"

一曰，须言之有物。

二曰，不摹仿古人。

三曰，须讲求文法。

四曰，不作无病之呻吟。

五曰，务去烂调套语。

六曰，不用典。

七曰，不讲对仗。

八曰，不避俗字俗语。

他所主张的只是浅近平易的文字，只是"不避俗字俗语"的文字。但他"以施耐庵、曹雪芹、吴趼人为文学正宗"，且以为"以今世历史进化的眼光观之，则白话文学，为中国文学之正宗，又为将来文学必用之利器，可断言也"。不过他还持着商榷的态度，还不敢断然地主张着非写作白话文不可。

陈独秀继之而作《文学革命论》，主张便鲜明确定得多了。他以"明之前后七子及八家文派之归方刘姚"为"十八妖魔辈"，而断然地加以排斥。"凡属贵族文学，古典文学，山林文学，均在排斥之列"。他高张着"文学革命军"大旗，"旗上大书特书吾革命军三大主义：曰，推倒雕琢的阿谀的贵族文学，建设平易的抒情的国民文学；曰，推倒陈腐的铺张的古典文学，建设新鲜的立诚的写实文学；曰，推倒迂晦的艰涩的山林文学，建设明了的通俗的社会文学。"

他答胡适的信道："改良中国文学当以白话为文学正宗之说，其是非甚明，必不容反对者有讨论之余地。"

他是这样的具着烈火般的熊熊的热诚，在做着打先锋的事业。他是不动摇，不退缩，也不容别人的动摇与退缩的！

革命事业乃在这样的彻头彻尾的不妥协的态度里告了成功。

他们的影响渐渐的大了。陈独秀受北京大学校长蔡元培聘为文科学长。胡适刚由美国回来，也在北大教书。同事的教授们还有钱玄同、沈尹默、刘复、李大钊、周作人，鲁迅等和他们互相呼应，互相讨论。北大的学生傅斯年等也起而和之。

他们的主张因了互相讨论的结果，更是确定鲜明了，且也进步了不少。钱玄同说："语录以白话说理，词曲以白话为美文，此为文章之进化。实今后言文一致之起点。此等白话文章，其价值远在所谓'桐城派之文'，'江西派之诗'之上。此蒙所深信而不疑者也。"（《与陈独秀书》）刘半农的《我之文学改良观》，也是一篇有力的文章。钱玄同不大赞成旧小说，尤恶旧剧，刘半农也以为"余赞成小说为文学之大主脑，向不认今日流行之红男绿女之小说为文学"。这都是一种具有很大的进步的言论。他们已经不单注重到形式的，且也注重到内容的问题了。

一九一八年出版的第四卷第一号的《新青年》，便实行他们自己的主张，完全用白话做文章。在这一卷里，胡适有一篇《建设的文学革命论》：

> 我的建设新文学论的唯一宗旨只有十个大字："国语的文学，文学的国语。"……死文字决不能产出活文学。……简单说来，自从《三百篇》到于今，中国的文学凡是有一些儿价值，有一些儿生命的，都是白话的，或是近于白话的。……中国若想有活文学，必须用白话，必须用国语，必须做国语的文学。

这一篇可算是他们讨论了两年的一篇总结论，也可以说是一篇文学革命的最堂皇的宣言。

二

当他们在初期的二三年间讨论着文学革命的问题的时候，同情者们固然是一天天的增多了，反对的人却也不少。不过都不是很有力量的。当时有一班类乎附和的人们在《新青年》上发表了不少的言论，却往往是趋于凡庸的折中论。曾毅说道：

"昔之人欲售其主张，恒借其选本以树之鹄，非如现在坊间选本之无甚深义也。仆以为足下既张革命之军，突使一般青年观之，茫然莫得其标准之所在。则莫妙于取古今忙人之诗文，与吾宗旨稍近者，诗如李陵、陶潜及《古诗十九首》之类，文如黄太冲《原君》、王守仁《祭瘞旅文》之类，选为课本，使人知有宗向。由是以趋于改进，似更易为功也。不知高明以为何如。"

余元俳说道：

由是观之。鄙意对于胡先生之说，既不敢取绝对的服从。则有折中之论在乎：曰有，即分授之说是也。对于小学生，则授以普通之应用文字，文理与白话二者可精酌而并取。中等以上之学者，则取纯一文理，而示以深邃精奥之所在。如此则庶几无人不识应用之文字而所谓邃奥文理者。亦自有一般专门之学者探讨。而使古来本有之经理艺术，不因是而火其传也。胡先生其首肯乎。

方孝岳的见解，尤为可笑：

吾人既认白话文学为将来中国文学之正宗。则言改良之术，不可不依此趋向而行。然使今日即以白话为各种文字。以予观之，恐矫枉过正，反贻人之唾弃，急进反缓，不如姑缓其行。历代文字，虽以互相摹仿为能。然比较观之，其由简入繁，由深入浅，由隐入显之迹，亦颇可寻。秦汉文学异于三代文学，魏晋文学异于秦汉文学。隋唐文

> 学异于魏晋文学。宋以后文学，异于隋唐文学。苟无时时复古之声，
> 则顺日进之势。言文相距日近，国民文学必发达而无疑。故吾人今日
> 一面急宜改良道德学术，一面顺此日进之势。作极通俗易解之文字，
> 不必全用俗字俗语。而将来合于国语可操预券。（白话小说诗曲自是
> 急务）

他们都是"改良派""恐矫枉过正，反贻人之唾弃。急进反缓。不如姑缓其行"的人物。这些折中派的言论，实最足以阻碍文学革命运动的发展。

好在陈独秀们是始终抱着不退让、不妥协的态度的，对于自己的主张是绝对的信守着，"不容反对者有讨论之余地"。遂不至上了折中派的大当。

一九一八年的十二月，陈独秀们又办了一个白话文的周刊，名为《每周评论》。紧接着，北京大学的学生傅斯年、罗家伦等也办了一个白话的月刊，名为《新潮》。他们都和《新青年》相应和着。

他们的势力是一天天的更大，更充实；他们的影响是一天天的更深入于内地，他们的主张是一天天地更为无数的青年们所信从、所执持着了。

白话文的势力更扩充到日报里去。不久的时候，北京的《国民公报》，蓝公武主持着的一个研究系的机关报，也起而响应之。以后，同系的一个日报，即在上海的《时事新报》，也便出来拥护他们的主张。

三

这面"文学革命"的大旗的竖立是完全地出于旧文人们的意料之外的。他们始而漠然若无睹，继而鄙夷若不屑与辩，终而却不能不愤怒而咒诅着了。

在《新青年》的四卷三号上同时刊出了王敬轩的给《新青年》编者的一封信，和刘复的《复王敬轩书》。王敬轩原是亡是公乌有先生一流人物。托为王敬轩写的那一封信乃是《新青年》社的同人钱玄同的手笔。

为什么他们要演这一出"苦肉计"呢?

从他们打起了"文学革命"的大旗以来，始终不曾遇到过一个有力的敌人。他们"目桐城为谬种，选学为妖孽"。而所谓"桐城、选学"者却始终置之不理。因之，有许多见解他们便不能发挥尽致。旧文人们的反抗言论既然竟是寂寂无闻，他们便好像是尽在空中挥拳，不能不有寂寞之感。

所谓王敬轩的那一封信，便是要把旧文人们的许多见解归纳在一起，而给以痛痛快快的致命的一击的。

可是，不久，真正有力的反抗运动也便来了。

古文家林纾来放反对的第一炮。他写了一篇《论古文白话之相消长》，重要的主张是："即谓古文者白话之根柢。无古文安有白话!""实则此种教法，万无能成之理，吾辈已老，不能为正其非。悠悠百年，自有能辩之者。"

其实不必等到"百年"，林纾他自己已迫不及待地亲自出马来"正其非"了。他写了一封书给蔡元培：

　　　　天下唯有真学术真道德始足独树一帜，使人景从。若尽废古书，行用土语为文字，则都下引车卖浆之徒所操之语，按之皆有文法，不类闽广人为无文法之啁啾。据此，则凡京津之稗贩，均可用为教授矣。若《水浒》《红楼》皆白话之圣，并足为教科之书。不知《水浒》中辞吻多采岳珂之《金陀萃篇》,《红楼》亦不止为一人手笔。作者均博极群书之人。总之，非读破万卷不能为古文，亦并不能为白话。若化孔子之言，为白话演说，亦未尝不是。按《说文》，演长流也，亦有延之广之之义法。当以短演长，不能以古子之长，演为白话之短。且使人读古子者，须读其原节耶？抑凭讲师之一二语即算为古子？若读原书，则又不能全废古文矣。矧于古子之外，尚以《说文》讲授。《说文》之学，非俗书也。当参以古籀，证以钟鼎之文。试思用籀篆可化为白话耶？果以篆籀之文杂之白话之中，是引汉唐之环燕与村妇谈心，陈商周之俎豆为野老聚饮，类乎不类？弟闽人也，南蛮鴃舌，亦愿习中原之语言。脱授我者以中原之语言，仍令我为鴃舌之闽语可乎？盖存国粹而授《说文》可也，以《说文》为客，以白话为主不可也！……

大凡为士林表率，须圆通广大，据中而立，方能率由无弊。若凭位分势利而施趋怪走奇之教育，则惟穆默德左执刀而右传教始可如其愿望。今全国父老，以子弟托公，愿公留意，以守常为是！

他的论点是很错乱的。蔡元培的复信，辞正义严，分剖事理，至为明白。他是没有话可以反驳的。

但他卫道"正"文的热情，又在另一个方向找到出路了。他连续地在报纸上写了两篇小说：一篇是《荆生》，一篇是《妖梦》，两篇的意思很相同；不过一望之侠士，一托之鬼神罢了；而他希望有一种"外力"来制裁，来压伏这个新的运动却是两篇一致的精神。谩骂之不已，且继之以诅咒了！

同时，北京大学里也另有一派守旧的学生们，则出版了一个月刊《国故》，作拥护古典文学的运动。

当时是安福系当权执政。谣言异常的多。时常有人在散布着有政治势力来干涉北京大学的话，并不时的有陈胡被驱逐出京之说。也许那谣言竟有实现的可能，假如不是"五四运动"的发生。

林纾热烈地反攻《新青年》同人们乃是一九一九的二三月间的事。而过了几月，便是"五四"运动发生的时候，安福系不久便坍了台，自然更没有力量来对新文学运动实施压迫了。

"五四"运动是跟着外交的失败而来的学生的爱国运动，而其实也便是这几年来革新运动所蕴积的火山的一个总爆发。这一块石片抛在静水里，立刻便波及全国。上海先来了一个猛烈的响应，总罢市、罢学，以为北京学生的应援。被认为攻击目标的曹汝霖辈遂竟被罢免了，各地的学生运动，自此奠定了基础。说是政治运动、爱国运动，其实也便是文化运动。

白话文运动的势力在这一年里突飞地发展着。反对者的口完全地沉寂下去了。"有人估计，这一年之中，至少出了四百种白话报。"（胡适：《五十年来中国之文学》）文学研究会在这一年的冬天成立于北京。《小说月报》也在这时候改由沈雁冰编辑，完全把内容改革了过来，成为新文学运动中最重要的一个机关杂志，新文学运动在这个时候方才和一般的革新运动分离了开来，而自有其更精深的进展与活跃。

《文学旬刊》，文学研究会的一个机关刊物，也附在《时事新报》里开始发行。在第二期的新文学运动里尽了很大的力。

日本留学生郭沫若、郁达夫等，也组织了一个文艺团体，名为创造社，刊行《创造季刊》。

这一个时期可以说是新青年社的白话文运动发展到最高的顶点。以后，这个运动便转变了方向，成为纯粹的新文学运动。同时，新青年社便也转变而成为一个急进的政治的集团。

而初期的为白话文运动而争斗的勇士们，像钱玄同们，便都也转向的转向，沉默的沉默了。

只有鲁迅、周作人还是不断地努力着，成为新文坛的双柱。他们刊行着《语丝》和《莽原》，组织未名社，在新文学运动里继续地尽着力，且更勇猛地和一切反动的势力在争斗着。

一方面我们感觉得新勇士们的那末容易衰老，像大部分的《新青年》的社员们，同时却也见到有不老的不妥协不退却的勇士们在做青年们的指导者。

四

文学研究会活跃的时期的开始是一九二〇年的春天。这时候，《小说月报》，一个已经有了十几年的历史的文学刊物，在文学研究会的会员们的支持之下，全部革新了；几乎变成了另一种全新的面目。和《小说月报》相呼应着的有附刊在上海《时事新报》的《文学旬刊》，这旬刊由郑振铎主编，后来刊行到四百余期方才停刊。这两个刊物都是鼓吹着为人生的艺术，标示着写实主义的文学的；他们反抗无病呻吟的旧文学；反抗以文学为游戏的鸳鸯蝴蝶派的"海派"文人们。他们是比《新青年》派更进一步地揭起了写实主义的文学革命的旗帜的。他们不仅推翻传统的恶习，也力拯青年们于流俗的陷溺与沉迷之中，而使之走上纯正的文学大道。

他们排斥旧诗旧词，他们打倒鸳鸯蝴蝶派的代表"礼拜六"派的文士们。

他们翻译俄国、法国及北欧的名著，他们介绍托尔斯泰、屠格涅夫、高尔基、安特列夫、易卜生以及莫泊桑等人的作品。

他们提倡血与泪的文学，主张文人们必须和时代的呼号相应答，必须敏感着苦难的社会而为之写作。文人们不是住在象牙塔里面的，他们乃是人世间的"人物"，更较一般人深切地感到国家社会的苦痛与灾难的。

关于这一类的言论，他们在《文学旬刊》以及后来的《文学周报》（即《旬刊》的后身）上发表得最多。可惜这几种初期的刊物，经过了"一·二八"的战役，几已散失无遗，很难得在这里把他们搜集起来。

沈雁冰在《什么是文学》里把他们的主张说明了一部分：

> 名士派重疏狂脱略，愈随便愈见得他的名士风流；他们更蔑视写真，譬如见人家做一篇咏陶然亭的诗，自己便以诗和之，名胜古迹，如苏小小墓，岳武穆墓，虽未至其地，也喜欢空浮的写几句，如比干之坟，实在并没有的，而偏要胡说，这真所谓有其文，不必有其事了（这两句便是他们不注重真的供词）。所以他们诗文中所引用的禽鸟草木之名，更加可以只顾行文之便，不必核实了。新文学的写实主义，于材料上最注重精密严肃，描写一定要忠实；譬如讲佘山必须至少去

过一次，必不能放无的之矢。

名士派毫不注意文学于社会的价值，他们的作品，重个人而不重社会；所以拿消遣来做目的，假文学骂人，假文学媚人，发自己的牢骚。新文学的作品，大都是社会的；即使有抒写个人情感的作品，那一定是全人类共有的真情感的一部分，一定能和人共鸣的，决不像名士派之一味无病呻吟可比。新文学作品重在读者所受的影响，对于社会的影响，不将个人意见显出自己文才。新文学中也有主张表现个性，但和名士派的绝对不同，名士派只是些假情感或是无病呻吟，新文学是普遍的真感情，和社会同情不悖的。新文学和名士派中还有很不同的地方，新文学是积极的，名士派是消极的。新文学描写社会黑暗，用分析的方法来解决问题；诗中多抒个人情感，其效用使人读后，得社会的同情，安慰和烦闷。名士派呢，面上看来，确似达观，把人间一切事务，都看得无足轻重，其实这种达观不过是懒的结晶而已。

所谓"描写社会黑暗，用分析的方法来解决问题"便正是写实主义者的描写的手法。沈雁冰又有一篇《大转变时期何时来呢》，对于文学的"积极性"尤加以发挥：

所以近来论坛上对于那些吟风弄月的，"醉罢美呀"的所谓唯美文学的攻击，是物腐虫生的自然的趋势。这种攻击的论调，并不单单是消极的；他们有他们的积极的主张：提倡激励民气的文艺。

我自然不赞成托尔斯泰所主张的极端的"人生的艺术"，但是我们决然对那些全然脱离人生的而且滥调的中国式的唯美的文学作品。我们相信文学不仅是供给烦闷的人们去解闷，逃避现实的人们去陶醉；文学是有激励人心的积极性的。尤其在我们这时代，我们希望文学能够担当唤醒民众而给他们力量的重大责任，我们希望国内的文艺的青年，再不要闭了眼睛冥想他们梦中的七宝楼台，而忘记了自身实在是住在猪圈里，我们尤其决然反对青年们闭了眼睛忘记自己身上戴着镣锁，而又肆意讥笑别的努力想脱除镣锁的人们，阿Q式的"精神上胜利"的方法是可耻的！

巴比塞说："和现实人生脱离关系的悬空的文学，现在已经成为死的东西；现代的活文学一定是附着于现实人生的，以促进眼前的人生为目的了。"国内文艺的青年呀，我请你们再三的忖量巴比塞这句话！我希望从此以后就是国内文坛的大转变时期。

沈雁冰又在《小说月报》上发表了《自然主义与中国现代小说》及《社会背景与创作》把那主张更阐发得明白。

"文学是时代的反映"，这是他们的共同的见解。"我觉得表现社会生活的文学是真文学，是于人类有关系的文学，在被迫害的国里更应该注意这社会背景"（《社会背景与创作》），"注意社会问题，爱被损害者与被侮辱者"（《自然主义与中国现代小说》），这便是他们的宣言。

他们曾在《小说月报》上出过《俄国文学专号》及《被压迫民族文学专号》。并且他们在创作上也曾多少地实现过他们的主张。

不久，北平的一部分文学研究会会员也在《晨报》上附刊一种《文学旬刊》，广州的一部分文学研究会会员也出版一种广州《文学旬刊》，叶绍钧、俞平伯、朱自清等又在上海创办《诗》杂志及《我们》。但他们的主张便没有那末鲜明了。

和文学研究会立于反对地位的是创造社。创造社在一九二〇年的五月，刊行《创造季刊》，后又刊行《创造周刊》，又在上海《中华日报》附刊《创造日》。

创造社所树立的是浪漫主义的旗帜；而其批评主张，且纯然是持着唯美派的一种见解的。成仿吾在《新文学之使命》里说道：

所谓艺术的艺术派便是这般。他们以为文学自有它内在的意义，不能长把它打在功利主义的算盘里，它的对象不论是美的追求，或是极端的享乐，我们专诚去追从它，总不是叫我们后悔无益之事……

艺术派的主张不必皆对，然而至少总有一部分的真理。不是对于艺术有兴趣的人，决不能理解为什么一个画家肯在酷热严寒里工作，为什么一个诗人肯废寝忘餐去冥想。我们对于艺术派不能理解，也许与一般对于艺术没有兴趣的人不能理解艺术家同是一辙。

至少我觉得除去一切功利的打算，专求文学的全 Perfection 与美 Beauty 有值得我们终身从事的价值之可能性。而且一种美的文学，纵或它没有什么可以教我们，而它所给我们的美的快感与安慰，这些美的快感与安慰对于我们日常生活的更新的效果，我们是不能不承认的。

而且文学也不是对于我们没有一点积极的利益的。我们的时代对于我们的智与意的作用赋税太重了。我们的生活已经到了干燥的尽处。我们渴望着有美的文学来培养我们的优美的感情，把我们的生活洗刷了。文学是我们的精神生活的粮食，我们由文学可以感到多少生的欢喜！可以感到多少生的跳跃！

我们要追求文学的全！我们要实现文学的美！

他是反对文学的"功利主义"的。他以为文学对于我们的"一点积极的利益的"乃是由于这种"精神生活的粮食"使我们可以"感到多少生的欢喜，可以感到多少生的跳跃"。

但浪漫主义者究竟热情的，他们也往往便是旧社会的反抗者。在郭沫若的诗集《女神》里，这种反抗的精神是充分地表现着的。他有一篇《我们的文学新运动》：

中国的政治生涯几乎到了破产的地位。野兽般的武人之专横，没廉耻的政客之蠢动，贪婪的外来资本家之压迫，把我们中华民族的血泪排抑成黄河扬子江一样的赤流。

我们暴露于战乱的惨祸之下，我们受着资本主义这条毒龙的巨爪的踩弄。我们渴望着和平，我们景慕着理想，我们喘求着生命之泉。

但是，让自然做我们的先生吧！在霜害的严威之下新的生命发酵，一切草木，一切飞潜蠕蠕，不久便将齐唱凯旋之歌，欢迎阳春之归至。

"更让历史做我们的先生吧！凡受着物质的苦厄之民族必见惠于精神的富裕，产生但丁的意大利，产生歌德许雷的日耳曼，在当时是绝未曾膺受物质的惠恩。

所以我们浩叹，我们懊悔，但是我们决不悲观，决不失望！我们的眼泪会成新生命之流泉，我们的痛苦会成分娩时之产痛，我们的确信是如此。

我们现在于任何方面都要激起一种新的运动，我们于文学事业中也正是不能满足于现状，要打破从未因袭的样式而求新的生命之新的表现。"

这却是"血与泪的文学"的同群了。成仿吾在一九二四年也写了一篇《艺术之社会的意义》，已不复囿于"唯美"的主张；虽然也还是说道："既是真的艺术，必有它的社会的价值；它至少有给我们的美感。"但紧接着便自白道："我们自己知道我们是社会的一个分子，我们自己知道我们在热爱人类——绝不论他的善恶妍丑。我们以前是不是把人类社会忘记了，可不必说，我们以后只当更用了十二分的意识把我们的热爱表白一番"。这便是创造社后来转变为革命文学的集团的开始。

在这个时候，他们的主张和文学研究会的主张已是没有什么实质上的不同了。

五

文学研究会对复古派和鸳鸯蝴蝶派攻击得最厉害。当然也招致了他们的激烈的反攻。

复古派在南京，受了胡先骕、梅光迪们的影响，仿佛自有一个小天地；自在地写着"金陵王气暗沉销"一类的无病呻吟的诗。胡先骕们原是最反对新文学运动的。他对胡适的《尝试集》曾有极厉害的攻击。又写了一篇《中国文学改良论》。梅光迪也写了一篇《评提倡新文化者》。他们的同道吴宓，也写着《论新文化运动》一文。他们当时都在南京的东南大学教书。仿佛是要和北京大学形成对抗的局势。林琴南们对新文学的攻击，是纯然的出于卫道的热忱，是站在传统的立场上来说话的。但胡梅辈却站在"古典派"的立场来说话了。他们引致了好些西洋的文艺理论来做护身符。声势当然和林琴南、张厚载们有些不同。但终于"时势已非"，他们是来得太晚了一些。新文学运动已成了燎原之势，决非他们的书生的微力所能撼动其万一的了。

然而在南京的青年们竟也有一小部分是信从着他们的主张。

他们在一个刊物上，刊出一个《诗学专号》，所载的几全是旧诗。《文学旬刊》便给他们以极严正的攻击。这招致了好几个月的关于诗的论争。这场论争的结果便是扑灭了许多想做遗少的青年人们的"名士风流"的幻想。同时也更确切地建立了关于新诗的理论。

鸳鸯蝴蝶派的大本营是在上海。他们对于文学的态度，完全是抱着游戏的态度的。那时盛行着的"集锦小说"——一人写一段，集合十余人写成一篇的小说——便是最好的一个例子。他们对于人生也便是抱着这样的游戏态度的。他们对于国家大事乃至小小的琐故，全是以冷嘲的态度出之。他们没有一点的热情，没有一点的同情心。只是迎合着当时社会的一时的下流嗜好，在喋喋地闲谈着，在装小丑，说笑话，在写着大量的黑幕小说，以及鸳鸯蝴蝶派的小说来维持他们的"花天酒地"的颓废的生活。几有不知"人间何世"的样子。恰和林琴南辈的道貌俨然是相反。有人谥之曰"文丐"，实在不是委屈了他们。

但当《小说月报》初改革的时间，他们却也感觉到自己的危机的到临，曾夺其酒色淘空了的精神，作最后的挣扎。他们在他们势力所及的一个圈子里，对《小说月报》下总攻击令。冷嘲热骂，延长到好几个月还未已。可惜这一类的文字，现在也搜集不到，不能将他们重刊于此。《文学旬刊》对于他们也曾以全力对付过。几乎大部分的文字都是针对了他们而发的。却都是以严正的理论来对付不大上流的诬蔑的话。

但过了一时，他们便也自动地收了场。《礼拜六》《游戏杂志》一类的刊物，便也因读者们的逐渐减少而停刊了。然而在各日报的副刊上，他们的势力还相当的大。他们的精灵也还复活在所谓"海派"者的躯壳里，直到于今而未全灭。

六

在一九二五年的时候，章士钊主编的《甲寅周刊》出版了。在这个"老虎"报上，突然出现了好几篇的攻击新文化运动及新文学的文字。章士钊写了一篇《评新文化运动》，根本上否认白话文的价值。他说道："从社会方面观之，谓之社会运动，从文化方面观之，谓之文化运动。""要之，文化运动及社会改革之事而非标榜某种文学之事。"瞿宣颖也写了一篇《文体说》。他以为"欲求文体之活泼，乃莫善于用文言。世间难状之物，人心难写之情，类非日用语言所能足用，胥赖此柔韧繁复之言，以供喷薄。若泥于白话而反自矜活泼，是真好为捧心之妆，适以自翘其丑也"。

"甲寅派"这次的反攻，并不是突然的事，而是自有其社会的背景的。五四运动的狂潮过去之后，一般社会又陷于苦闷之中。外交上虽没有十分的失败，而军阀的内讧、官僚的误国之情状，却依然存在。局势是十分的混沌。一部分人是远远地向前走去了。抛下新文学运动的几个元勋们在北平养尊处优地住着；有几个人竟不自觉地挤到官僚堆里去。

新文学运动在这时候早已进入了第二个阶段，而"甲寅派"却只认识着几个元勋们，而懒洋洋地在向他们挑战。而这种反动的姿态却正是和军阀、官僚们所造成的浑沌的局势相拍合的。章士钊也便是那些官僚群中的重要的一员。

胡适写了一篇《老章又反叛了》，吴稚晖也写了一篇《友丧》也都是懒洋洋地在招架着他的。根本上不以他为心腹之患。倒是《国语周刊》的几位作者却在大喊着"打倒这只拦路虎！"

这一场辩论，表面上看来是很起劲，其实双方都是懒洋洋的，无甚精彩的见解，有许多话都是从前已经说过了的。

终于他们是联合成了同一群。在这时候，白话文言的问题，已不成其为问题了。成问题的乃是别一种更新的运动。这新运动的出现威胁着官僚军阀们乃至准官僚们，知识分子们联合成为新的一个集团。故对于白话，文言之争的事立刻也便浑然地忘怀了，不再提起了。

这可见这一场的争斗，双方都不是十分有诚意的，都只是勉强的招架着的。

真实的冲突，却是语丝社和章士钊及现代评论社的争斗。那倒是货真价实的思想上的一种争斗。不过已不是纯然的关于文学方面的问题了，故这里也便不提。

这以后，便进入另一个时期了——从文学革命到革命文学的一个时期。

五卅运动在上海的爆发，把整个中国历史涂上了另一种颜色，文学运动也便转变了另一个方面。

以另一方式来攻击，来破坏传统的文学乃至新的绅士文学的运动产生了。又恢复了五四运动初期的口号式的比较粗枝大叶的一种新文学运动的情态。新文学运动的"第一个十年"，便终止于这样的一个"革命时代"里。

七

在这"伟大的十年间"，我们看出了不很迟缓的进步的情形来。这很乐观。在这短短的十年间，无论在诗、小说、戏曲以及散文方面都有了长足的进步。朱自清的《踪迹》是远远地超过《尝试集》里的任何最好的一首。功力的深厚，已绝不是"尝试"之作，而是用了全力来写着的。周作人的《小河》却终于不易超越！在戏曲方面，像胡适《终身大事》那样的淡泊无味的"喜剧"也已经无人再问津了。徐志摩在北平《晨报》上发刊了《诗刊》和《剧刊》，虽没有多大的成就，却颇鼓动了一时的写作的空气。

散文和小说更显着极快的极明白的发展，尤其是小说，技巧更见精密了，《新潮》上所刊登的初期的短篇小说，幼稚的居多数。但立刻便有了极大的进步。冰心女士、落华生、叶绍钧、郁达夫、淦女士的创作都远远地向前迈进而去。也还只有鲁迅的诸作是终于还没有人追越过去过！

长篇小说在这时期颇不发达，只有王统照、张资平在试写着。杨振声的《玉君》却是旧气息过重的一部东西。

关于旧文学的整理也逐渐地有着更深刻的成绩表现出来。惟对于旧文学的重新估定价值，有时未免偏于一鳞一爪的着力。伟大的东西被遗漏了，而"沙砾"也有时不免被作为"黄金"而受着重视。到了"国学书目"两次三番地开列出来，这"估定价值"运动便更入了一个歧途。许多"妄人们"也趁火打劫地在开列书目，在标点古书。其结果，《古文观止》和《古文辞类纂》的新式标点本，也竟煌煌然算作是"新文化"书之列之内的东西了！

然而有识者却仍具着"有理性的裁判"的。对于小说、戏曲和词曲的新研究，曾有过相当完美的成绩。鲁迅的《中国小说史略》乃是这时期最大的收获之一，奠定了中国小说研究的基础。

但这"伟大的十年间"的一切文坛上的造就，究竟不能不归功于许多勇士们的争斗和指示，他们在荆棘丛中，开辟了一条大路，给后人舒坦地走去。虽然有的人很早地便已经沉默下去了，有的人竟还成了进步的阻力，但留在这一节历史的书页之上的却仍是很可崇敬的勇敢的苦斗的功绩。

若把这"伟大的十年间"的论争的大势察看一下，我们便知道，那运动是可以划分为两期的。第一期是新文化运动和白话文运动。一方面对于旧的文化，传统的道德，反抗，破坏，否认，打倒；一方面树立起言文合一的大旗，要求以国语文为文学的正宗。就文学上说来，这初期运动者所要求的只是"文学"的形式上的改革。虽然也曾提到过黑幕小说等等的问题，却未遑立刻和他们作殊死战。这时所全力攻击着的乃是顽固的守旧党和所谓正统派的古文家。讨论得最热闹的只是旧戏剧的问题，他们对于旧式戏剧的种种不合理的地方，曾极不客气加以指摘。钱玄同答张厚载道：

> 我所谓"离奇"者，即指此"一定之脸谱"而言；脸而有谱，且又一定，实在觉得离奇得很。若云"隐寓褒贬"，则尤为可笑。朱熹做《纲目》学孔老爹的笔削《春秋》，已为通人所讥讪：旧戏索性把这种"阳秋笔法"画到脸上来了：这真和张家猪肆记画形于猪鬣，李家马坊烙圆印于马蹄一样的办法。哈哈！此即所谓中国旧戏之"真精神"乎？

他还有一个更彻底的主张，主张"要建设平民的"戏剧，便非要把"中国现在的戏馆全数封闭不可"。

> 吾友某君常说道："要中国的真戏，非把中国现在戏馆全数封闭不可"。我说这话真是不错——有人不懂，问我"这话怎讲？"我说，一点也不难懂。譬如要建设共和政府，自然该推翻君主政府；要建设平民的通俗文学，自然该推翻贵族的艰深文学。那么，如其要中国有真戏，这真戏自然是西洋派的戏，绝不是那"脸谱"派的戏。要不把那扮不像人的人，说不像话的话全数扫除，尽情推翻，真戏怎样能推行呢？如其因为"脸谱"派的戏，其名叫做"戏"，西洋派的戏，其名也

叫做"戏",所以讲求西洋派的戏的人,不可推翻"脸谱"派的戏。那我要请问:假如有人说,君主政府叫做"政府",共和政府也叫做"政府",既然其名都叫"政府",则组织共和政府的人,便不该推翻君主政府。这句话通不通?(钱玄同:《杂感》)

这样痛快的话,后来是很少人说的了。在《今之所谓评剧家》一文里,钱氏尤有明确的主张:

中国的戏,本来算不得什么东西。我常说,这不过是《周礼》里"方相氏"的变相罢了,与文艺美术,不但是相去正远,简直是"南辕北辙"。若以此我辈所谓"通俗文学",则无异"指鹿为马";适之前次答张傻子信中有,"君以评戏见称于时,为研究通信文学之一人;其赞成本社改良文学之主张,固意中事"。这几句话,我与适之的意见却有点反对。我们做《新青年》的文章,是给纯洁的青年看的,决不求此辈"赞成"。此辈既欲保存"脸谱",保存"对唱""乱打"等等,"百兽率舞"的怪相,一天到晚,什么"老谭""梅郎"的说个不了。听见人家讲了一句戏剧要改良,于是断断致辩,说"废唱而归于说白乃绝对的不可能"。什么"脸谱分别甚精,隐寓褒贬",此实与一班非做奴才不可的遗老要保存辫发,不拿女人当人的贱丈夫要保存小脚同是一种心理。简单说明之,即必须保存野蛮人之品物,断不肯进化为文明人而已。我记得十年前上海某旬报中有一篇文章,题目叫做《尊屁篇》,文章的内容,我是忘记了。但就这题目断章取义,实在可以概括一班"鹦鹉派读书人"的大见识大学问。

他是要打倒"脸谱""对唱""乱打"等等的怪相的。却想不到几年之后,《新青年》社中人也便有一变而成为公然拥护"梅郎"的!周作人论《中国旧戏之应废》一文,直以"中国戏"为"野蛮"的,"凡中国戏上的精华,在野蛮民族的戏中,无不全备"。但更重要的,旧戏应废的第二理由是:

有害于"世道人心"。我因为不懂旧戏，举不出详细的例。但约略计算，内中有害分子，可分作下列四类。淫，杀，皇帝，鬼神（这四种，可称作儒道二派思想的结晶，用别一名称，发现在现今社会上的，就是：一，"房中"，二，"武力"，三，"复辟"，四，"灵学"）。在中国民间传布有害思想的，本有"下等小说"及各种说书，但民间不识字不听过说书的人，却没有不曾看过戏的人，所以还要算戏的势力最大。希望真命天子，归依玉皇大帝（及《道教搢绅录》上的人物），想做"好汉"，这宗民间思想，全从戏上得来；至于传布淫的思想，方面虽多，终以戏为最甚；唱说之外，加以扮演，据个人所见，已很有奇怪的实例。皇帝与鬼神的思想，中国或尚有不以为非的人；淫杀二事，当然非"精神文明最好"的中国所应有，其为"世道人心"之害，毫无可疑，当在应禁之列了。中国向来固然也曾禁止，却有什么效果呢？固为这两件，——皇帝与鬼神的两件，也是如此，——是根本的野蛮思想，也就是野蛮戏的根本精神：做了这种戏，自然不能缺这两件——或四件；要除这两件也只有不做那种戏。

这些话对于当时的青年人都是极大的刺激，惊醒了他们的迷梦，使他们把眼光从"皮簧戏"和"昆剧"的舞台离开而去寻求一种新的更合理的戏曲。后来，爱美的剧团曾有一时在大学校里纷纷成立，竞演着易卜生、王尔德、梅德林克、郭哥里诸人的戏曲。打先锋的人们是已经尽了他们的责任了。

第二个时期是新文学的建设时代，也便是文学研究会和创造社的时代。不完全是攻击旧的，而且也在建设新的。不完全是在反抗，破坏，打倒，而也在介绍创作，整理。白话文的讨论已经是成了过去的问题，在这时候所讨论的乃是更进一层的如何建设新文学，或新文学向哪里去的问题。于是便有写实主义和浪漫主义的歧向。这便是一种明显的进步的现象。已知道所走的路线是决不能笼统地用"欧化"两个字来代表一切的新的倾向的了，正像不能以"新文化运动"这个笼统的名词来代表这时期的"文化"活动一般，新青年社和少年中国学会等团体之不能不分裂、不瓦解，也便是受这个必然律的支配的。

但新文学运动究竟还不能完全和一般的文化运动分离开去。文人们是更敏捷地感到社会的黑暗与各处的被压迫的地位的危险的。无论写实主义者和浪漫主义者对于当时的黑暗的环境和混沌、沉闷的政局，以及无耻的官僚、专横的军阀，都是一致地抱着"深诛痛恶"的态度的。

这便开启了第二次的革命运动的门钥。当那革命运动发动的时候，曾有无数的文学青年是忠实于他们之所信，而"投笔从戎"，而"杀身成仁"的。

八

叙述着这"伟大的十年间"的文学运动，却也有不能不有些惆怅、凄楚之感！

当时在黑暗的迷霉里挣扎着，表现着充分的勇敢和坚定的斗士们，在这虽只是短短的不到二十年间，他们大多数便都已成了古旧的人物，被"挤成了三代以上的古人"了。扎硬寨，打死战的精神一点也没有了，他们只在"妥协"里讨生活，甚而至于连最低限度的最初的白话文运动的主张也都支持不住。他们反而成了进步的阻碍。无数青年们的呐喊的热忱，只是形成了他们的"高高在上"的地位，他们践踏着青年们的牺牲的躯体，一级一级地爬了上去。当他们在社会上有了稳固的地位时，便抛开了青年人而开始"反叛"。

最好的现象还算是表现着拿老的状态的人物呢！所谓"三代以上的古人"者的人物，还是最忠实的人物；也还有更不堪的"退化"的，乃至"反叛"的人物呢。他们不仅和旧的统治阶级、旧的人物妥协，且还挤入他们的群中，成为他们里面最有力的分子，公然宣传着和最初的白话文运动的主张正挑战的主张的。

只有少数人还维持斗士的风姿，没有随波逐流地被古老的旧势力所迷恋住，所牵引而去。

更可痛的是，现在离开"五四运动"时代，已经将近二十年了，离开那"伟大的十年间"的结束也将近十年了，然而白话文等等的问题也仍还成为问题而讨论着。仿佛他们从不曾读过初期的《新青年》的文章或后期的《国语周刊》的一类文字似的。许多的精力浪费在反复申述的理由上。连初期的新文化运动的信仰似乎也还有些在动摇着——这当然和反抗白话文运动有连带的关系的——读经说的跳梁，祀孔修庙运动的活跃以及其他种种，处处都表现着有一部分的人是想走回到清末西太后的路上去，乃至要走到明初、清初的复古的路上去。假如这些活动有"时代的价值"和需要的话，那末五四运动乃至戊戌维新、辛亥革命，诚都是"多此一举"的了！也究竟只是一场"白日梦"。一觉醒来时，还不是"花香鸟语"的一个清朗的世界！

然而话实在是浪费得多了。那许多浪费的话大部分是不必重说一遍的，只要叫他们去查查这"伟大的十年间"的许多旧案便够了的——只可惜他们是未必肯去查。

把这"伟大的十年间"的"论争"的文字，重新集合在一处，印为一集，并不是没有意义的；至少是有许多话省得我们再重说一遍！

懒得去翻检旧案的人，在这里也可以不费力地多见到些相反或相同的意见。有许多话，也竟可以使主张复古运动的人们省得重说一遍的。——有许多话，过去的复古运动者们曾是说得那末透彻，那末明白过。

所以，再番重印旧文，诚不是没有意义，不是没有用处的。

我们相信，在革新运动里，没有不遇到阻力的；阻力愈大，愈足以坚定斗士的勇气，扎硬寨，打死战，不退让，不妥协，便都是斗士们的精神的表现。不要怕"反动"。"反动"却正是某一种必然情势的表现，而正是以更正确表示我们的主张的机会。

三番两次的对于白话文学的"反攻"，乃正是白话文运动里所必然要经历过的途程。这只有更鼓励了我们的勇气，多一个扎硬寨、打死战的机会，却绝对不会撼惑军心，摇动阵线的。所以像章士钊乃至最近汪懋祖辈的反攻，白话文运动者们是大可不必过分地忧虑的——但却不能轻轻地放过了这争斗的机会！有时候不愿意重说一遍的话，却也竟不能不说。

在本集里，有许多旧文搜罗得不大完全，特别是《文学旬刊》等等，一时不能全部搜集到，竟空缺了一段很重要的"论争"的经过，这是无任抱歉的事。——将来或可以另行重印出来。

最后该谢谢阿英先生，本集里有许多材料都是他供给我的。没有他的帮助，这一集也许要编不成。

中国小说史料序[*]

　　研究中国小说的方向，不外乎"史"的探讨与"内容"的考索。但在开始研究的时候，必须先打定了一种基础；那便是关于小说本身的种种版本的与故事的变迁。不明白这种版本的与故事的变迁，对于小说之"史"的及内容的探讨上是有多少的不方便与不正确的。记得有人论《水浒传》的社会，而所据的版本，却是金圣叹腰斩的七十回本，于是便纵谈到"作者"为什么要把卢俊义的梦境作为结束的原因。这岂不是"一着错全盘都错"了么？又有人真的相信陈忱的《后水浒传》乃是明人作的，因为"序"上有万历字样，又有人相信它是元人的东西，因为首页的中缝，有"元人遗本"四字。这岂不也是颠倒了历史的事实了么？所以"版本""目录"的研究，虽不就是"学问"的本身，却是弄"学问"的门径。未有升堂入室而不由门循径者，也未有研究某种学问而不明了产于某种学问的书籍之"目录""版本"的。而于初学者，这种"版本""目录"，尤为导路之南针、照迷的明灯。有了一部良好的关于某种学问的书籍目录，可以省掉许多人的暗中摸索之苦。我们都是经过了"摸索"的境界，吃尽了苦的，故对于"版本""目录"的编著者，往往是抱着很大的敬意的。这一种为人而不为己的吃力的工作，略知学问的门径的人，都得拥护他们，帮忙他们，敬重他们。所以，关于某种专门学问的"目录"，较之摆起了"导师"之而目的什么"国学书目"之类的不伦不类的东西，自然是高明有用得多的。

　　而种种故事的变迁的研究，对于中国小说的探讨，也有了很重要的价值。中国的小说，以讲史为最多，即非讲史，而所取的"题材"往往是"古

---

　　* 原载 1936 年孔另境编：《中国小说史料》，中华书局印行，《郑振铎全集》第 6 卷，花山文艺出版社 1998 年版，第 730 页。

已有之"的。在当代的日常生活里取材的实在是寥寥无几。故研究其故事的来源和变迁，也和"版本""目录"之研究，有了同样的重要性。但可惜这一类的材料，零星散在诸家笔记里的最多。搜集起来，最为困难。蒋瑞藻氏的《小说考证》用力殊勤，而内容芜杂。鲁迅先生的《小说旧闻钞》取材最为可靠，但所收的"小说"不多。现在孔另境先生的这部《中国小说史料》，是就鲁迅先生的《旧闻钞》而加以扩充的。费了好几年的功夫，所得已不在少。可以省掉我们许许多多的翻书的时间。这是我们所不得不感谢他的。

在孙楷第先生的《中国通俗小说书目》之后，继之以孔先生这类《中国小说史料》的出版，对于中国小说之版本的和故事的变迁的痕迹，我们已可以很明了的了。而初学者也可以不至有迷途之苦。想起了我们从前的暗中"摸索"之苦，实在不能不羡慕现在初学者们的幸运！

求书日录[*]

序

如果能够尽一分力，必会有一分的成功。我十分相信这粗浅的哲学。只要肯尽力，天下没有不能成功的事。我梦想着要读到钱遵王（《也是园书目》）里所载许多元明杂剧。我相信这些古剧决不会泯没不见于人间。他们一定会传下来，保存在某一个地方，某一个藏家手里。他们的精光，若隐若现地直冲斗牛之间。不可能为水、为火、为兵所毁灭。我有辑古剧本为《古剧钩沉》之举，积稿已盈尺许。惟因有此信念，未敢将此"辑逸"之作问世。后来读到丁芝孙先生在《北平图书馆月刊》里发表的《也是园所藏元明杂剧跋》，我惊喜得发狂！我的信念被证明是确切不移的了！这些剧本果然尚在人间！我发狂似的追逐于这些剧本之后。但丁氏的跋文，辞颇隐约，说是读过了之后，便已归还于原主旧山楼主人。我托人向常熟打听，但没有一丝一毫的踪影。又托人向丁氏询访，也是不得要领。难道这些剧本果然像神龙一现似的竟见首不见尾了么？"八·一三"战役之后，江南文献，遭劫最甚。丁氏亦已作古。但我还不死心，曾托一个学生向丁氏及赵氏后人访求。而赵不骞先生亦已于此役殉难而死。二家后人俱不知其究竟。不料失望之余，无意中却于来青阁书庄杨寿祺君那里，知道这些剧本已于苏州地摊上发现。我极力托他购致。虽然那时，我绝对地没有购书的能力，但相信总会有办法的。隔了几天，杨君告诉我说，这部书凡订三十余册，首半部为唐某所得，后半部为孙伯渊所得，都可以由他设

* 原载1945年11月1日上海《大公报》，《郑振铎全集》第17卷，花山文艺出版社1998年版，第128页。

法得到。我再三地重托他。我喜欢得几夜不能好好地睡眠。这恐怕是近百年来关于古剧的最大最重要的一个发现吧。杨君说，大约唐君的一部分，有一千五百金便可以购致，购得后，再向孙君商议，想来也不过只要此数。我立刻作书给袁守和先生，告诉他有这么一回事，且告诉他只要三千金。他和我同样的高兴，立刻复信说，他决定要购致。我立刻再到来青阁去，问他确信时，他却说，有了变卦了。我心里沉了下去。他说，唐君的半部，已经谈得差不多，却为孙伯渊所夺去。现在全书俱归于孙，他却要"待价而沽"，不肯说数目。说时，十分的懊丧。我也十分的懊丧。但仍托他向孙君商洽，也还另托他人向他商洽。孙说，非万金不谈。我觉得即万金也还不算贵。这些东西如何能够以金钱的价值来估计之呢！立刻跑到袁君的代表人孙洪芬先生那里去说明这事。他似乎很有点误会，说道：书价如此之昂，只好望洋兴叹矣。我一面托人向孙君继续商谈，一面打电报到教育部去。在这个国家多难、政府内迁之际，谁还会留意到文献的保全呢？然而教育部立刻有了回电，说教育部决定要购致。这电文使我从失望里苏生。我自己去和孙君接洽，结果，以九千金成交。然而款呢？还是没有着落。而孙君却非在十几天以内交割不可。我且喜且惧地答应了下来。打了好几个电报去。款的汇来，还是遥遥无期。离约定的日子只有两三天了！我焦急得有三夜不曾好好地睡得安稳。只有一条路，向程瑞霖①先生告贷。他一口答应了下来，笑着说道：看你几天没有好睡的情形，我借给你此款吧。我拿了支票，和翁率平先生坐了车同到孙君处付款取书。当时，取到书的时候，简直比攻下了一个名城，得到了一个国家还要得意！我翻

---

① 程瑞霖（1900—1943），1935年任上海国立暨南大学教授，次年任教务长。不久，任暨南大学商学院院长兼国际贸易系主任。1937年上海沦陷，暨南大学迁入公共租界，任代理校长。郑振铎在多处言及其购买古籍曾得到暨南大学何炳松校长和程瑞霖代理校长的借款。（编者注）

了又翻，看了又看，慎重地把这书捧回家来。把帽子和大衣都丢了，还不知道。至今还不知是丢在车上呢，还是丢在孙家。这书放在我的书房里有半年，我为它写了一篇长文，还和商务印书馆订了合同，委托他们出版。现在印行的《孤本元明杂剧》一百余剧，便是其中的精华。我为此事费尽了心力，受尽了气，担尽了心事，也受尽了冤枉，然而，一切都很圆满。在这样的一个动乱不安的时代，我竟发现了、而且保全了这么重要、伟大的一部名著，不能不自以为踌躇满志的了！中国文学史上平添了一百多本从来未见的元明名剧，实在不是一件小事！我们政府的魄力也实在可佩服！在这么军事倥偬的时候还能够有力及此，可见我民族力量之惊人！但也可见"有志者事竟成"，实在不是一句假话。但此书款到了半年之后方才汇来，程先生竟不曾催促过一声，我至今还感谢他！他今日墓木已拱，不知究竟有见到这书的印行与否。应该以此书致献于他的灵前，以告慰于他！呜呼！季札挂剑，范张鸡黍，千金一诺，岂足以比程先生之为国家民族保存国宝乎！

这是我为国家购致古书的开始。虽然曾经过若干的波折、若干的苦痛，受过若干的诬蔑者的无端造谣，但我尽了这一份力，这力量并没有白费；这部不朽的宏伟的书，隐晦了近三百年，在三百年后的今日，终于重现于世，且经过了那么大的浩劫，竟能保全不失，不仅仅保全不失，且还能印出问世，这不是一个奇迹么！回想起来，还有些"传奇"的意味，然而在做着的时候，却是平淡无奇的。尽了一份力，为国家民族做些什么，当然不能预知有没有成绩。然而那成绩，或多或少，总会有的，有时且出于意外的好。我这件事便是一个例子。

"但管耕耘，莫问收获。"

我今日看到这一堆的书，摩挲着，心里还十分的温暖，把什么痛苦、什么诬蔑的话都忘记得干干净净。为了这么一部书吃些苦，难道不值得么？

"狂胪文献耗中年"，龚定庵的这一句话，对于我是足够吟味的。从"八·一三"以后，足足的八年间，我为什么老留居在上海，不走向自由区去呢？时时刻刻都有危险，时时刻刻都在恐怖中，时时刻刻都在敌人的魔手的巨影里生活着，然而我不能走。许多朋友们都走了，许多人都劝我走，我心里也想走，而想走不止一次，然而我不能走。我不能逃避我的责任。我有我的自信力。我自信会躲过一切灾难的。我自信对于"狂胪文献"的事稍有一日之长。前四年，我耗心力于罗致、访求文献，后四年——"一·二八"以后，我尽力于保全、整理那些已经得到的文献。我不能把这事告诉别人。有一个时期，我家里堆满了书，连楼梯旁全都堆得满满的。我闭上了门，一个客人都不见。竟引起不少人的误会与不满。但我不能对他们说出理由来。我所接见的全是些书贾们。从绝早的早晨到上了灯的晚间，除了到暨大授课的时间以外，我的时间全耗于接待他们，和他们应付着，周旋着。我还不曾早餐，他们已经来了。他们带了消息来，他们带了"头本"来，他们来借款，他们来算账。我为了求书，不能不一一地款待他们。有的来自杭州，有的来自苏州，有的来自徽州，有的来自绍兴、宁波，有的来自平、津，最多的当然是本地的人。我有时简直来不及梳洗。我从心底里欢迎他们的帮助。就是没有铺子的掮包的书客，我也一律地招待着。我深受黄丕烈收书的方法的影响。他曾经说过，他对于书船到的时候，即使没有自己想要的东西，也要选购几部，不使他们失望，以后自会于无意中有惊奇的发现的。这是千金买马骨的意思。我实行了这方法，果然有奇效。什么样的书都有送来。但在许多坏书、许多平常书里，往往夹杂着一二种好书、奇书。有时十天八天，没有见到什么，但有时，在一天里却见到十部八部乃至数十百部的奇书，足以偿数十百日的辛勤而有余。我不知道别的人有没有这种经验：摩挲着一部久佚的古书，一部欲见不得的名著，一部重要的未刻的稿本，心里是那么温热，那么兴奋，那么紧张，那么喜悦。这喜悦简直把心腔都塞满了，再也容纳不下别的东西。我觉得饱饱的，饭都吃不下去。有点陶醉之感。感到亲切，感到胜利，感到成功。我是办好了一件事了！我是得到并且保存一部好书了！更兴奋的是，我从劫灰里救全了它，从敌人手里夺下了它！我们的民族文献，历千百劫而不灭失的，这一次也不会灭失。我要把这保全民族文献的一部分担子挑在自己的肩上，一息尚存，决不放下。我做了许多别人认为傻的傻事。但我不灰心，不畏难地做着，默默地躲藏的做着。我在躲藏里所做的事，也许要比公开的访求者更多更重要。每天这样地忙碌着，说句笑话，简直有点像周公的一饭三吐哺，一沐三握发。有时也觉得倦，觉得劳苦，想要安静地休息一下，然而一见到书贾们的上门，便又兴奋起来、高兴起来。这兴奋、这高兴，也许是一场空，他们所携来的是那么无用、无价值的东西，不免感到失望，而且失望的时候是那么多，然而总打不断我的兴趣。我是那么顽强而自信地做着这事。整整的四个年头，天天过着这样的生活。这紧张的生活使我忘记了危险，忘记了威胁，忘记了敌人的魔手的巨影时时有罩笼下来的可能。为了保全这些费尽心力搜罗访求而来的民族文献，又有四个年头，我东躲西避着，离开了家，蛰居在友人们的家里，庆吊不问，与人世几乎不相往来。我绝早地起来，自己生火，自己烧水、烧饭，起初是吃着罐头食物，后来，买不起了，只好自己买菜来烧。在这四年里，我养成了一个人的独立生活的能力，学会了生火、烧饭、做菜的能力。假如有人问我：你这许多年躲避在上海究竟做了些什么事？我可以不含糊地回答他说：为了抢救并保存若干民族的文献工作，没有人来做，我只好来做，而且做来并不含糊。我尽了我的一份力，我也得到了这一份力的成果。在头四年里，以我的力量和热忱吸引住南北的书贾们，救全了北自山西、平津，南至广东，西至汉口的许多古书与文献。没有一部重要的东西曾逃过我的注意。我所必须求得的，我都能得到。那时，伪满的人在购书，敌人在购书，陈群、梁鸿志在购书，但我所要的东西决不会跑到他们那里去。我所拣剩下来的，他们才可以有机会拣选。我十分感谢南北书贾们的合作。但这不是我个人的力量，这乃是国家民族的力量。书贾们的爱国绝不敢后人。他们也知道民族文献的重要，所以不必责之以大义，他们自会自动地替我搜访罗致的。只要大公无私，自能奔走天下。这教训不单用在访求古书这一件事上面的吧。

我的好事和自信力使我走上了这"狂胪文献"的特殊的工作的路上去。

我对于书，本来有特癖。最初，我收的是西洋文学一类的书；后来搜集些词曲和小说，因为这些都是我自己所喜爱的；以后，更罗致了不少关于古代版画的书册。但收书范围究竟很窄小，且因限于资力，有许多自己喜爱的东西，非研究所必需的，便往往割爱不收。"非不为也，是不能也"。

现在，有了比自己所有的超过千倍万倍的力量，自可"指挥如意"地收书了。兴趣渐渐地广赜，更广赜了；眼界也渐渐地阔大，更阔大了。从近代刊本到宋元旧本，到敦煌写经卷子，到古代石刻，到钟鼎文字，到甲骨文字，都感到有关联。对于抄校本的好处和黄顾（黄荛圃、顾千里）细心校勘的特点，也渐渐地加以认识和尊重。我们曾经有一颗长方印："不薄今人爱古人"，预备作为我们收来的古书、新书的暗记。这是适用于任何图籍上的，也表明了我们的态度："不薄今人爱古人。"对于一个经营图书馆的人，所有的图书，都是有用的资材；一本小册子，一篇最顽固、反动的论文，也都是"竹头木屑"，用到的时候，全都能发挥价值。大概在这一点上，我们与专门考究收藏古本善本的，专门收藏抄校本，或宋元本，或明刊白绵纸本，或清殿板，或清开花纸书的人有所不同。他们是收藏家。我们替国家图书馆收书却须有更广大，更宽恕，更切用的眼光，图书馆的收藏是为了大众的及各种专家们的。但收藏家却只是追求个人的癖好。所以我为自己买书的时候，也只是顾到自己的癖好，不旁骛，不杂取，不兼收并蓄，但为图书馆收书时，情形和性质便完全不同了。

这使我学习到不少好的习惯和广大的见解；也使我对于过去从未注意到或不欲加以研究的古代书册，开始得到些经验和知识。

若干雕镂精工的宋刊本，所谓纸白如玉，墨若点漆的，曾使我沉醉过；即所谓麻沙本，在今日也是珍重异常，飘逸可爱。元刊本，用赵松雪体写的，或使用了不少简笔字、破体字的民间通俗本，也同样的使我觉得可爱或有用。

明刊本所见最多，异本奇书的发见也最多。嘉靖以前刊本，固然古朴可喜，即万历以下，特别是天启、崇祯间的刊本，曾被列入清代禁书目录的，哪一部不是国之瑰宝，哪一部不是有关民族文献或一代史料的东西！

清初刊本，在禁书目录里的，固然可宝贵，即嘉道刊本，经洪杨之乱，流传绝罕的，得其一帙，也足以拍案大叫，浮白称快！

即民国成立以来，许多有时间性的报章、杂志，我也并不歧视之。其间有不少东西至今对于我们还可以有参考的价值。

至于柳大中以下的许多明抄校本，钱遵王、陆勑先辈之批校本，为先民贤哲精力之所寄的，却更足以使我摩挲不已，宝爱不忍释手了。

可惜收书的时间太短促，从二十九年的春天开始，到了三十年的冬初，即"十二月八日"太平洋战争爆发后，即告结束，前后不过两年的工夫，但在这两年里，我们却抢救了、搜罗了很不少的重要文献。在这两年里，我们创立了整个的国家图书馆。虽然不能说"应有尽有"，但在"量"与"质"两方面却是同样的惊人，连自己也不能相信竟会有这么好的成绩！

说是"抢救"，那并不是虚假的话。如果不是为了"抢救"，在这国家存亡危急的时候，我们如何能够再向国家要求分出一部分——虽然是极小的一部分——作战的力量来作此"不急之务"呢？

我替国家收到也是园旧藏元明杂剧，是偶然的事，但这"抢救"民族文献的工作，却是有计划的，有组织的。为什么在这时候非"抢救"不可呢？

"八·一三"事变以后，江南藏书家多有烬于兵火者。但更多的是，要出售其所藏，以赡救其家属。常熟瞿氏"铁琴铜剑楼"燹矣，楼中普通书籍，均荡然一空，然其历劫仅存之善本，固巍然犹存于上海。苏州"滂喜斋"的善本，也迁藏于沪，得不散失。然其普通书也常被劫盗。南浔刘氏嘉业堂、张氏适园之所藏，均未及迁出，岌岌可危。常熟赵氏旧山楼及翁氏、丁氏之所藏，时有在古书摊肆上发现。其价极奇廉，其书时有绝佳者。南陵徐氏书，亦有一部分出而易米，一时上海书市，颇有可观。而那时购书的人是那么少！谢光甫君是一个最热忱的收藏家，每天下午必到中国书店和来青阁去坐坐，几乎是风雨无阻。他所得到的东西似乎最多且精。虽然他已于数年前归道山，但他的所藏至今还完好不缺。这是一个很重要的书库，值得骄傲的。我也常常到书店里去，但所得都为"奇零"，且囿于小说、戏曲的一隅。张尧伦、程守中诸位也略有所得，但所得最多者却是平贾们。他们辇载北去，获利无算。闻风而至者日以多。几乎每一家北平书肆都有人南下收书。在那个时候，他们有纵横如意、垄断南方书市之概。他们往往以中国书店为集中的地点。一包包的邮件，堆得像小山阜似的。我每次到了那里，总是紧蹙着双眉，很不高兴。他们说某人得到某书了。我连忙去追踪某人，却答道，已经寄平了，或已打了包了。寄平的，十之八九不能追得回来，打了包的有时还可以逼着他们拆包寻找。但以如此方法，得到的书实在寥寥可数，且也不胜其烦。他们压根儿不愿意在南方售去。一则南方书价不高，不易得大利；二则我们往往知道其来价，不易"虎"人，索取高价；三则他们究竟以平肆为主，有好书去，易于招揽北方主顾。于是江南的图籍，便浩浩荡荡地车载北去。我一见到他们，便觉得有些触目伤心。虽然我所要的书，他们往往代为留下，但我的力量是那么薄弱，我所要的范围，又是那么窄小，实在有类于以杯水救车薪，全不济事。而那两年之间，江南散出去的古籍，又是那么多，那么齐整，那么精好，而且十分的廉价。徐积余先生的数十箱清人文集，其间罕见本不少，为平贾扫数购去，打包寄走。常熟翁氏的书，没有一部不是难得之物，他们也陆续以低价得之。忆有《四库底本》一大堆，高及尺许，均单本者，为修绠堂孙助廉购去。后由余设法追回，仅追得其"糟粕"十数本而已。沈氏粹芳阁的书散出，他们也几乎网罗其全部精英，我仅得其中明刊本《皇明英烈传》等数种耳。又有红格抄本《庆元条法事例》，甚是罕见，亦为他们得去。他们眼明手快，人又众多，终日蟠踞汉口路一带，有好书必为其所夺去。常常觉得懊恼异常。而他们所得售之何人呢？据他们的相互传说与告诉，大约十之六七是送到哈佛燕京学社和华北交通公司去，以可以得善价也。偶有特殊之书，乃送到北方的诸收藏家，像傅沅叔、董绥经、周叔弢〔弢〕那里去。殿板书和开花纸的书则大抵皆送到伪"满洲国"去。我觉得：这些兵燹之余的古籍如果全都落在美国人和日本人手里去，将来总有一天，研究中国古学的人也要到外国去留学。这使我异常的苦闷和愤慨！更重要的是，华北交通公司等机关，收购的书，都以府县志及有关史料文献者为主体，其居心大不可测。近言之，则资其调查物资，研究地方情形及行军路线；远言之，则足以控制我民族史料及文献于千百世。一念及此，忧心如捣！但又没有"挽狂澜"的力量。同时，某家某家的书要散出的消息，又天天在传播着。平贾们也天天钻门路，在百计营谋。我一听到这些消息，便日夜焦虑不安。亟思"抢救"之策。我和当时留沪的关心文献的人士，像张菊生、张咏霓、何柏丞、张凤举诸先生，商谈了好几次。我们对于这个"抢救"的工作，都觉得必须立刻要做！我们干脆地不忍见古籍为敌伪所得，或大量的"出口"。我们联名打了几个电报到重庆。我们要以政府的力量来阻止这个趋势，要以国家的力量来"抢救"民族的文献。

我们的要求，有了效果。我们开始以国家的力量来做这"抢救"的工作。

这工作做得很秘密，很成功，很顺利，当然也免不了有很多的阻碍与失望。其初，仅阻挡住平贾们不将江南藏书北运，但后来，北方的古书也倒流到南方来了。我们在敌伪和他国人的手里夺下了不少异书古本。

"八·一三"后的头两年，我以个人的力量来罗致我自己所需要的图书，但以后两年，却以国家的力量，来"抢救"许许多多的民族文献。

我们既以国家的力量，来做这"抢救"文献的工作，在当时敌伪的爪牙密布之下，势不能不十分的小心秘密，慎重将事。我们想用私人名义或尚可公开的几个学校，像暨大和光华大学的名义购书。我们并不想"求"书，我们只是"抢救"。原来的目的，注重在江南若干大藏书家。如果他们的收藏，有散出的消息，我们便设法为国家收购下来，不令其落于书贾们和敌伪们的手中。我们最初极力避免与书贾们接触。怕他们多话，也怕有什么麻烦。但书贾们的消息是最灵通的，他们的手段也十分的灵活。当我们购下苏州玉海堂刘氏的藏书，又购下群碧楼邓氏的收藏之后，他们开始骚动了。这些家的收藏，原来都是他们"逐鹿"之目标，久思染指而未得的。在这几年中，江南藏书散出者，尚未有像这两批那么量多质精的。他们知道力不足以敌我们，特别是平贾们，也知道在江南一带已经不能再得到什么，便开始到我家里走动，不时地携来些很好、很重要的"书样"。我不能不"见猎心喜"，有动于中。和咏霓、柏丞二先生商量了若干次，我们便决定也收留些书贾们的东西。

这一来，书贾们便天天的来得多，且来得更多了。我家里的"样本"堆得好几箱。时时刻刻要和咏霓、菊生、柏丞诸先生相商，往来的信札，叠起来总有一尺以上高。——这些信札，我在"一·二八"以后，全都毁去，大是可惜。惟我给咏霓先生的信札，他却为我保存起来。——我本来是一个

"好大喜功"的人，收书的范围越来越广。所收的书，越来越多。往往弄得拮据异常。我殚心竭力地在做这件事，几乎把别的什么全都放下了，忘记了。我甚至忘记了为自己收书。我的不收书，恐怕是二十年来所未有的事。但因为有大的目标在前，我便把"小我"完全忘得干干净净。我觉得为国家在购求搜罗着，和我们自己在购求搜罗没有什么不同。藏之于公和藏之于己，其结果也没有什么不同。我自己终究可以见到，读到的。更可喜悦的是，有那么多新奇的书，精美的书，未之前见的书，拥挤到一块来，我自己且有眼福，得以先睹为快。我是那么天真地高兴着，那么一股傻劲地在购求着，虽然忙得筋疲力尽也不顾。咏霓先生的好事和好书之心也不下于我。我们往往是高高兴兴地披阅着奇书异本，不时地一同拍案惊喜起来！在整整两年的合作里，我们水乳交融，从来没有一句违言，甚至没有一点不同的意见。咏霓先生不及看"升平"而长逝，我因为环境关系，竟不能抚棺一恸！抱憾终生！不忍见我们所得的"书"！谨以此"日录"奉献给咏霓先生，以为永念！

我们得到了玉海堂、群碧楼二藏书后，又续得嘉业堂明刊本一千二百余部。这是徐森玉先生和我，耗费了好几天工夫从刘氏所藏一千八百余部明刊本里拣选出来的。一举而获得一千二百部明本，确是空前未有之事。本来要将嘉业堂藏书全部收购，一以分量太多，庋藏不易；二则议价未谐，不如先撷取其精华。这些书最初放在我家里，简直无法清理，堆得"满坑满谷"的，从地上直堆到天花板，地上更无隙地可以容足。我们曾经把它们移迁到南京路科发药房堆栈楼上。因为怕不谨慎，又搬了回来。后来科发堆栈果被封闭，幸未受池鱼之殃。——虽然结果仍不免于被劫夺。

蕴辉斋张氏，风雨楼邓氏，海盐张氏和涉园陶氏的一部分残留在沪的藏书，也均先后入藏。从南北各地书贾们手中所得到的，也有不少的东西。

最后，南浔适园张氏藏书，亦几经商洽而得全部收归国有，除了一部分湖州的乡邦文献之外。这一批书，数量并不太多，只有一千余部，但精品极富，仅黄荛圃校跋的书就在一百种左右。

这时，已近于"一二·八"了，国际形势，一天天的紧张起来。上海的局面更一天天的变坏下去。我们实在不敢担保我们所收得的图书能够安全的庋藏。不能不作迁地为良之计。首先把可列入"国宝"之林的最珍贵古书八十多种，托徐森玉先生带到香港，再由香港用飞机运载到重庆去。这事，费尽了森玉先生的心与力，好容易才能安全地到了目的地。国立中央图书馆接得这批书之后，曾开了一次展览会，听说颇为耸动一时。其余的明刊本、抄校本等，凡三千二百余部，为我们二年来心力所瘁者，也都已陆续地从邮局寄到香港大学，由亡友许地山先生负责收下，再行装箱设法运到美国，暂行庋藏。这个打包邮寄的工作，整整地费了我们近两个月的时间。叶玉虎先生在香港方面也尽了很大的力量。他在港、粤所收得的书也加入其中。

不料刚刚装好箱，而珍珠港的炮声响了，这一大批重要的文献、图书，便被沦陷于香港了。至今还未寻找到它们的踪迹，存亡莫卜，所在不明。这是我最为疚心的事，也是我最为抱憾、不安的事！

我们费了那么多心力所搜集到的东西，难道竟被毁失或被劫夺了么？

我们两年间辛苦勤劳的所得难道竟亡于一旦么？

我们瘁心劳力从事于搜集、访求、抢救的结果，难道便是集合在一处，便于敌人的劫夺与烧毁么？

一念及此，便捶心痛恨，自怨多事。假如不寄到香港去，也许可以仍旧很安全地保全在此地吧？假如不搜集拢来，也许大部分的书仍可楚弓楚得，分藏于各地各收藏家手里吧？

这个"打击"实在太厉害了！太严重了！我们时时在打听着，在访问着；

然而毫无消息。日本投降，香港接收之后，经了好几次的打听、访问，依然毫无踪影。难道果真完全毁失了，沉没了么？但愿是依然无恙地保存在某一个地点！但愿不沉失于海洋中！但愿能够安全的空间站被保存于香港或日本的某一个地方，我不相信这大批的国之瑰宝便会这样的无影无踪地失去！我祷求它们的安全！

今日翻开了那寄港书的书目，厚厚的两册，每一部书都有一番收购的历史；每一部书都使我感到亲切，感到羞歉，感到痛心！他们使我伤心落泪，使我对之有莫名的不安与难过！为什么要自我得之，复自我失之呢？

虽然此地此时还保存着不少的足以骄傲的东西，还有无数的精品、善本乃至清代刊本、近代文献，然而总觉得失去的那一批实在太可惜太愧对之了！我们要竭全力以寻访之，要"上穷碧落下黄泉"的寻访之！

政府正在组织一个赴日调查文物的团体，我希望这团体能够把这一批书寻到一个下落——除非得到了他们的下落，我的心永远是不能安宁的！

"一二·八"后，我们的工作不能不停止。一则经济的来源断绝；二则敌伪的力量已经无孔不入，绝难允许像我们这样的一个组织有存在可能；三则为了书籍及个人的安全计，我不能不离开了家，我一离开，工作也不能不随之而停顿了。

那时我们还不知道香港的消息如何，我们还在希望香港的书已经运了出去，但又担心着中途的沉失与被扣留。而同时存沪的书却不能不作一番打算。"一二·八"后的一个星期内，我每天都在设法搬运我家里所藏的书。一部分运藏到设法租得之同弄堂的一个医生家里；一部分重要的宋、元刊本、抄校本，则分别寄藏到张乾若先生及王伯祥先生处。所有的帐册、书目等等，也都寄藏到张、王二先生处。比较不重要的帐目、书目，则寄藏于来薰阁书店。又有一小部分古书，则寄藏于张芹伯先生和张葱玉先生叔侄处。整整忙碌了七八天，动员我家里的全体的人，连孩子们也在内，还有几位书店里的伙友们，他们无时无刻不在忙碌地搬着运着，为了避免注意，不敢用搬场车子，只是一大包袱，一大包袱地运走。因此，搬运的时间更加拖长。我则无时无刻，不在担心着，生怕中途发生了什么阻碍。直等到那几个运送的人平安地归来了，方才放下心头上的一块石，这样，战战兢兢地好不容易把家里的书运空，方才无牵无挂地离开了家。

这时候，外面的空气越来越恐怖，越来越紧张，已有不少的友人被逮捕了去，我乃不能不走。我走的时候是十二月十六日。我没有确定的计划，我没有可住的地方，我没有敷余的款子。——我所有的款子只有一万元不到，而搬书已耗去二千多。——从前暂时躲避的几个戚友处，觉得都不大妥，也不愿牵连到他们，只随身携带着一包换洗的贴身衣衫和牙刷毛巾，茫茫地在街上走着。那时，爱多亚路、福煦路以南的旧法租界，似乎还比较的安静些，便无目的向南走去。这时候我颇有殉道者的感觉，心境惨惶，然而坚定异常。太阳很可爱地晒着，什么都显得光明可喜，房屋、街道、秃顶的树、虽经霜而还残存着绿色的小草，甚至街道上的行人、车辆，乃至蹲在人家门口的猫和狗，都觉得可以恋恋。谁知道明天或后天，能否再见到这些人物或什么的呢！

我走到金神父路，想到了张耀翔先生的家。我推门进去，他和他的夫人程俊英女士，十分殷勤地招待着；坚留着吃饭和住宿，我感动得几乎哭了出来。在他那里住了一宿。但张先生是我的同事，我不能牵惹到他。第二天一清早，便跑到张乾若先生处，和他商量。乾若先生一口气答应了下来，说，食宿的事，由他负责。约定黄昏的时候，再来一趟，由他找一个人带我去汝林路住下。我再到张宅，取了那个小包袱，还借了一部铅印的《杜工部诗集》，辞别了他们，他们还坚留着我多住若干时日。我不能不辞谢了。说不出什么感激的话。那天下午在乾若先生那里，和他商定了改姓易名的事，和将来的计划。他给我以许多肯定而明白的指示。到了薄暮的时候，汝林路的房主人邓芷灵先生和夫人来了。匆匆地介绍一下，他们便领我到寓所那里去。电灯已经亮了，我随着走了不少不熟悉的路，仿佛走得很久，方才到了他们那里。床铺和椅桌都已预先布置好。芷灵先生年龄已经很大，爽直而殷勤，在灯下谈了好些话，直到我连打了好几次的呵欠。那一夜，我做了不少可怕的梦，甚至连汽车经过街上，也为之惊慌起来。

第二天，我躲在房里读杜诗，并且摘录好几首出来。笔墨砚纸等也是向张家借得的。

过了几天，心里渐渐安定了下来，又到外面去走走，然而总不敢走到熟悉的人家去，只打了一个电话回家说是"平安"而已。这样的便和"庙弄"的家不相往来！直到我祖母故世的时候，方才匆匆地再回来一趟，又匆匆地走了，一直在外面住了近四年的时间。

在这四年之间，过的生活很苦，然而很有趣。我从没过这样的生活过。前几次也住到外面过，但只是短时期的，也没有这次那么觉得严重过。有时很惊恐，又有时觉得很坦然。有一天清晨，我走出大门，看见弄口有日本宪兵们持枪在站岗。我心里似被冰块所凝结，但又不能退回去，只好假装镇定地走了出去，他们并没有注意。原来他们在南头的一个弄堂里搜查着，并不注意到我们这一弄。又有一夜，听见街上有杂沓的沉重的皮鞋声，夹杂着兽吼似的叫骂声，仿佛是到了门口，但提神停息以听时，他们又渐渐地走过了，方才放心下来。有时，似觉得有人在后面跟着，简直不敢回过头去。有时，在电车或公共汽车上，有人注意着时，我也会连忙地在一个不相干的站头上跳了下去，我换了一身中装，有时还穿着从来不穿的马褂，眼镜的黑边也换了白边。不敢在公共地方出现，也不敢参与任何的婚、丧、寿宴。

我这样的小心地躲避着，四年来如一日，居然能够躲避得过去，而且在躲避的时候，还印行了两辑的《中国版画史图录》，有一百二十本的《玄览堂丛书》，十二本的《长乐郑氏影印传奇第一集》和十二本的《明季史料丛书》，这不能不说是"天幸"！

虽然把旧藏的明刊本书、清刊的文集以及《四部丛刊》等书，卖得干干净净，然而所最喜爱的许多版画书、词曲、小说、书目，都还没有卖了去，正想再要卖出一批版画书而在恋恋不舍的时候，"天亮"的时间却已经到了。如果再晚二三个月"天亮"的话，我的版画书却是非卖出不可的。

在这悠久的四个年头里，我也曾陆续地整理了不少的古书，写了好些跋尾。我并没有十分浪费这四年蛰居的时间。

在这悠久的四个年头里，我见到、听到多少可惊可愕可喜可怖的事。我所最觉得可骄傲者，便是到处都是温热的友情的款待，许多友人们，有的向来不曾见过面的，都是那么热忱地招呼着，爱护着，担当着很大的干系；有的代为庋藏许多的图书，占据了那么多可宝贵的房间，而且还担当着那么大的风险。

在这些友人们里，我应该个个地感谢他们，永远地不能忘记他们，特别是张乾若先生和夫人、王伯祥先生、张耀翔先生和夫人、王馨迪先生和夫人！有一个时候，那位医生有了危险，不能不把藏在那里的书全都搬到馨迪先生家里去！张叔平先生、张葱玉先生、章雪村先生等等，他们都是那么恳挚地帮助着我，几乎是带着"侠义"之气概。如果没有他们的有力的帮助，我也许便已冻馁而死，我所要保全的许许多多的书也许便都要出危险，发生问题。

我也以这部《日录》奉献给他们，作为一个患难中的纪念。

我这部《日录》，只是从"日记"中摘录出来的。无关于"求书"的事的，便不录出。虽然只是"书"的事，却也不少可惊可愕可喜可悲的若干故事在着。读者们对于古书没有什么兴趣的，也许对之也不会有什么兴趣。

且我只写着两年间的"求书"的经过，——从二十九年正月初到三十年十二月初——有事便记，无事不录。现在还不知道能写到多少。说不定自己觉得不必再写，或者读者们觉得不必再看下去了时，我便停止了写。

　　以上是序，下面是按目的日记体的记录。

蛰居散记 *

自　序

胜利！胜利！胜利！

我们在水深火热的沦陷区里，度日如岁，天天盼着胜利的到来，简直如大旱之望云霓。我们忍受着人类所不能忍受的痛苦；我们吞声饮泣地睁眼看着狼虎的择肥而啮，狐兔的横行，群鬼的跳梁；我们被密密的网罗覆罩着；我们的朋友们里，有的杀身成仁，为常山舌，为文氏头，以热血写了不朽的可泣可歌的故事；有的被捕受刑，历尽了非人道的酷暴的待遇，幸而未死，然已疮痍满身，永生不愈；最大多数的人民是受着不可言说的压迫与恐怖，日日在饥饿线上挣扎着；言之痛心，闻者酸鼻。

然而别一方面却是荒淫，奢靡，快乐无度；无耻与丧心病狂者流，统治了一切。敌人与勾结敌人之奸官、奸商，莫不致富万万；乃至数十百万万；人民求食所谓"文化粉"（北方以豆渣、花生壳、高粱、黍米等合磨为粉，称之为"文化粉"）而不可得，而彼等则食必珍馐，日掷百万而无吝；人民在黑暗中摸索着，而彼等则灯火辉煌，俾夜作昼；人民出无车，而彼等则汽车如虎，街头疾驰；人民住无室，而彼等则高楼巨厦，三宅四院而尚嫌不足；人民妻离子散，而彼等则娇妻艳妾，左拥右抱；人民衣裳褴褛，鞋穿袜破，而彼等则冠戴堂皇，靴光如漆。极度的荒淫无耻与极度的受压迫的呻吟，作着极鲜明的黑与白的对照，是地狱相，是鬼趣图。

而现在，胜利终于到来了！

---

* 原载 1945 年上海《周报》,《郑振铎全集》第 2 卷，花山文艺出版社 1998 年版，第 385 页。

但在这样的一个黑暗时期，一个悠久的"八年"的黑暗时期里，如果能有一部详细的记载，作为"千秋龟鉴"，实胜于徒然的歌颂胜利的欢呼。

我从"八·一三"事变后，便过了好几次的流离迁徙的生活；从"一二·八"后，便蛰居于一小楼上。杜绝人事往来。虽受着不少次的虚惊，幸而未作"楚囚"，未受刑迫。胜利的欢呼，使我从冬蛰里苏生。我没有受害，没有入狱，竟也没有饥饿而死，不可不谓为一个"奇迹"！我在这里以十万分恳挚的敬意，致谢于许多帮助我隐匿着，生活着的朋友们。如果没有他们的好意与有勇气的担当，我也许早已遭逢了不幸。

劫后余生，痛定思痛，把这几年来目睹耳闻的事实，写了下来，成为这本《蛰居散记》，也许可以使将来的史家们有些参考吧。是为序。

最后一课

口头上慷慨激昂的人，未见得便是杀身成仁的志士。无数的勇士，前仆后继地倒下去，默默无言。

好几个汉奸，都曾经做过抗日会的主席；首先变节的一个国文教师，却是好使酒骂座，惯出什么"富贵不能淫，威武不能屈"一类题目的东西；说是要在枪林弹雨里上课，绝对地宁为玉碎，不为瓦全的一个校长，却是第一个屈膝于敌伪的教育界之蟊贼。

然而默默无言的人们，却坚定地作着最后的打算，抛下了一切，千山万水的，千辛万苦地开始长征，绝不作什么为国家保存财产、文献一类的借口的话。

上海国军撤退后，头一批出来做汉奸的都是些无赖之徒，或悁不畏死的东西。其后，却有"我不入地狱谁入地狱"的维持地方的人物出来了。再其后，却有以"救民"为幌子，而喊着同文同种的合作者出来。到了珍珠港的袭击以后，自有一批最傻的傻子们相信着日本政策的改变，在作着"东亚人的东亚"的白日梦，吃尽了"独苦"，反以为"同甘"，被人家拖着"共死"，却糊涂到要挣扎着"同生"。其实，这一类的东西也不太多。自命为聪明的人物，是一贯的利用时机，作着升官发财的计划。其或早或迟的蜕变，乃是作恶的勇气够不够，或替自己打算得周到不周到的问题。

默默无言的坚定的人们，所想到的只是如何抗敌救国的问题，压根儿不曾梦想到"环境"的如何变更，或敌人对华政策的如何变动、改革。

所以他们也有一贯的计划，在最艰苦的情形之下奋斗着，绝对的不做"苟全"之梦；该牺牲的时机一到，便毫不踌躇地踏上应走的大道，义无反顾。

十二月八号是一块试金石。

这一天的清晨，天色还不曾大亮，我在睡梦里被电话的铃声惊醒。

"听到了炮声和机关枪声没有？"C在电话里说。

"没有听见。发生了什么事？"

"听说日本人占领租界，把英国兵缴了械，黄浦江上的一只英国炮舰被轰沉，一只美国炮舰投降了。"

接连的又来了几个电话，有的从报馆里的朋友打来的。事实渐渐地明白。

英国军舰被轰沉，官兵们凫水上岸，却遇到了岸上的机关枪的扫射，纷纷地死在水里。

日本兵依照着预定的计划，开始从虹口或郊外开进租界。

被认为孤岛的最后一块弹丸地，终于也沦陷于敌手。

我匆匆地跑到了康脑脱路的暨大。

校长和许多重要的负责者们都已经到了。立刻举行了一次会议，简短而悲壮的，立刻议决了：

"看到一个日本兵或一面日本旗经过校门时，立刻停课，将这大学关闭结束。"

太阳光很红亮地晒着，街上依然的熙来攘往，没有一点异样。

我们依旧的摇铃上课。

我授课的地方，在楼下临街的一个课室，站在讲台上可以望得见街。

学生们不到的人很少。

"今天的事，"我说道，"你们都已经知道了吧，"学生们都点点头。"我们已经议决，一看到一个日本兵或一面日本旗经过校门，立刻便停课，并且立即的将学校关闭结束。"

学生们的脸上都显现着坚毅的神色，坐得挺直的，但没有一句话。

"但是我这一门功课还要照常地讲下去，一分一秒钟也不停顿，直到看见了一个日本兵或一面日本旗为止。"

我不荒废一秒钟的工夫，开始照常的讲下去。学生们照常地笔记着，默默无声的。

这一课似乎讲得格外的亲切，格外的清朗，语音里自己觉得有点异样；似带着坚毅的决心，最后的沉着；像殉难者的最后的晚餐，像冲锋前的士兵们的上了刺刀，"引满待发"。

然而镇定、安详、没有一丝的紧张的神色。该来的事变，一定会来的。一切都已准备好。

谁都明白这"最后一课"的意义。我愿意讲得愈多愈好；学生们愿意笔记得愈多愈好。

讲下去，讲下去，讲下去。恨不得把所有的应该讲授的东西，统统在这一课里讲完了它；学生们也沙沙的不停地在抄记着。心无旁用，笔不停挥。

别的十几个课室里也都是这样的情形。

对于要"辞别"的，要"离开"的东西，觉得格外的恋恋。黑板显得格外的光亮，粉笔是分外的白而柔软适用，小小的课桌，觉得十分的可爱；学生们靠在课椅的扶手上，抚摩着，也觉得十分的难分难舍。那晨夕与共的椅子，曾经在扶手上面用钢笔、铅笔、或铅笔刀，有意识或无意识地涂写着，刻画着许多字或句的，如何舍得一旦离别了呢！

街上依然的平滑光鲜，小贩们不时地走过，太阳光很有精神的晒着。

我的表在衣袋里低低的嗒嗒地走着，那声音仿佛听得见。

没有伤感，没有悲哀，只有坚定的决心，沉毅异常的在等待着；等待着最后一刻的到来。

远远的有沉重的车轮辗地的声音可听到。

几分钟后，有几辆满载着日本兵的军用车，经过校门口，由东向西，徐徐地走过，当头一面旭日旗，血红的一个圆圈，在迎风飘荡着。

时间是上午十时三十分。

我一眼看见了这些车子走过去，立刻挺直了身体，作着立正的姿势，沉毅地阖上了书本，以坚决的口气宣布道：

"现在下课！"

学生们一致地立了起来，默默地不说一句话；有几个女生似在低低地啜泣着。

没有一个学生有什么要问的，没有迟疑、没有踌躇、没有彷徨、没有顾虑。个个人都已决定了应该怎么办，应该向哪一个方面走去。

赤热的心，像钢铁铸成似的坚固，像走着鹅步的仪仗队似的一致。

从来没有那末无纷纭的一致的坚决过，从校长到工役。

这样的，光荣的国立暨南大学在上海暂时结束了她的生命。默默地在忙着迁校的工作。

那些喧哗的慷慨激昂的东西们，却在忙碌地打算着怎样维持他们的学校，借口于学生们的学业，校产的保全与教职员们的生活问题。

烧书记

我们的历史上，有了好几次的大规模的"烧书"之举。秦始皇帝统一六国后，便来了一次烧书。"史官非《秦纪》，皆烧之。非博士官所职，天下敢有藏《诗》《书》百家语者，悉诣守尉杂烧之。有敢偶语《诗》《书》者弃市。以古非今者族。吏见知不举者与同罪。令下三十日，不烧，黥为城旦。所不去者，医药卜筮种树之书。若欲有学法令，以吏为师。"这是最彻底的烧书，最彻底的愚民之计，和一般殖民地政府，不设立大学而只开设些职业、工艺学校者，有异曲同工之妙。此后，烧书的事，无代无之。有的烧历史文献，以泯篡夺之迹；有的烧佛教、道教的书，以谋宗教上的统一；有的烧淫秽的书，以维持道德的纯洁。近三百年，则有清代诸帝的大举烧书。我们读了好几本的所谓"全毁""抽毁"书目，不禁凛然生畏；至今尚觉得在异族铁蹄下的文化生活的如何窒塞难堪！

"八·一三"后，古书、新书之被毁于兵火之劫者多矣。就我个人而论，我寄藏于虹口开明书店里的一百多箱古书，就在八月十四日那一天被烧，烧得片纸不存。我看见东边的天空，有紫黑色的烟云在突突地向上升，升得很高很高，然后随风而四散，随风而淡薄。被烧的东西的焦渣，到处的飘坠。其中就有许多有字迹的焦纸片。我曾经在天井里拾到好几张，一触手便粉碎；但还可以辨识得出些字迹，大约是教科书之类居多。我想，我的书能否捡得到一二张烧焦了的呢？——那时，我已经知道开明书店被烧的情形——当然，这想头是很可笑的。就捡得到了又有什么意义；还不是徒增忉怛与愤激么？

这是兵火之劫；未被劫的还安全地被保存着。所遭劫的还只是些不幸的一二隅之地。但到了"一·二八"敌兵占领了旧租界后，那情形却大是不同了。

我们听到要按家搜查的消息，听到为了一二本书报而逮捕人的消息，还听到无数的可怖的怪事、奇事、惨事。

许多人心里都很着急起来，特别是有"书"的人家。他们怕因"书"惹祸，却又舍不得割爱，又不敢卖出去——卖出去也没有人敢要。有好几个友人，天天对书发愁。

"这部书会有问题么？"

"这个杂志留下来不要紧么？"

"到底是什么该留的，什么不该留的？"

"被搜到了，有什么麻烦没有？"

个个人在互相的询问着，打听着。但有谁能够说明哪几部书是有问题的，或哪些东西是可留的呢？

我那时正忙于烧毁往来有关的信件，有关的记载和许多报纸、杂志及抗日的书籍——连地图也在内。

我硬了心肠在烧。自己在壁炉里生了火，一包包，一本本，撕碎了，扔进去，眼看它们烧成了灰，一蓬蓬的黑烟从烟道里冒出来，烧焦了的纸片，飞扬到四邻，连天井里也有了不少。

心头像什么梗塞着，说不出的难过。但为了特殊的原因，我不能不如此小心。

连秋白送给我的签了名的几部俄文书，我也不能不把它们送进壁炉里去。

我觉得自己实在太残忍了！我眼圈红了不止一次，有泪水在落。是被烟熏的吧？

实在舍不得烧的许多书，却也不能不烧。踌躇又踌躇，选择又选择。有的头一天留下了，到了第二三天又狠了心把它们烧了。有的，已经烧了，心里却还在惋惜着，觉得很懊悔，不该把它们烧去。

但有了第一次淞沪战争时虹口、闸北一带的经验——有《征倭论》一类的书而被杀，被捉的人不少——自然不能不小心。对于发了狂的兽类，有什么理可讲呢！

整整地烧了三天。我翻箱倒箧的搜查着，捧了出来，动员孩子们在撕在烧。

"爸爸，这本书很好玩，留下来给我吧。"孩子在恳求着。

我难过极了！我也何尝不想留下来呢？但只好摇摇头，说道："烧了吧，下回去买好一点的画给你。"

在这时候，就有好些住在附近的朋友们在问，什么书该烧，什么书不必烧。

我没法回答他们，领了他们到壁炉边去。

"你自己看吧。我在烧着呢。但我的情形不同。你自己斟酌着办吧。"

这一场烧书的大劫，想起来还有余栗与余憾！

不烧，不是至今还无恙么？

但谁能料得到呢？

把它们设法寄藏到别的地方去吧。

但为什么要"移祸"呢？这是我所绝对不肯做的事。

这是我不能不狠心动手烧的一个原因。

但也实在有些人把自认为"不安全"的书寄藏到别人家里去的。

这还是出于自动的烧。究竟自动烧书的人还不多。大量的"违碍"的书报还储藏在许多人家里。有许多人不肯烧，不想烧，也有人不知道烧，甚至有人压根儿没有想到这件事。

过了不久，敌人的文化统制的手腕加强了。他们通过了保甲的组织，挨户按家的通知，说：凡有关抗日的书籍、杂志、日报等等，必须在某天以前，自动烧毁或呈缴出来。否则严惩不贷。

同时，在各书店，各图书馆，搜查抗日书报，一车车地载运而去，不知运向何方，也不知它们的运命如何。

这一次烧书的规模大极了！差不多没有一家不在忙着烧书的。他们不耐烦呈缴出去，只有出于烧之一途。最近若干年来的报纸、杂志遭劫最甚。有许多人索性把报纸、杂志全都烧毁了，免得惹起什么麻烦。

外间谣传说，连包东西的报纸，上面有了什么抗日的记载，也要追究、捕捉的。

因之，旧报纸连包东西的资格也被取消了。

最可怜的是，有的朋友已经到了内地去，他们的书籍还藏在家里，或寄存在某友处。家里的人到处打听，问要紧不要紧，甚至去问保甲处的人。他们当然说要紧的，甚至还加上些恫吓的话。

于是，不分青红皂白的，他们把什么书全都付之一炬；只要是有字的，无不投到了火炉里去。

记得清初三令五申的搜求"禁书"的时候，有许多藏书家的后人，为了省得惹祸，也是将全部古书整批地烧了去。

这个书劫，实在比兵，比火，比水等等大劫更大得多，更普遍而深入得多了！

这样纷扰了近一个多月，始终不曾见敌伪方面有什么正式的文告。又有人说，这是出于误会，日本人方面并没有这个意思。

于是烧书的火渐渐地又灭了、冷了，终至不再有人提起这件事。

不烧的人，忘了烧的人，特地要小心保存这类抗日文献的人，当然也有。

许多抗日文献还保存得不少。像《文汇年刊》之类，我家里便还保存着，忘记了烧。

书如何能烧得尽呢？"野火烧不尽，春风吹又生。"以烧书为统制的手法，徒见其心劳日拙而已。

但愿这种书劫，以后不再有！

"废纸"劫

收集故纸废书之风，发端于数载之前，至去岁而大盛，至今春而益烈，迨春夏之交，则臻于全盛之境矣。初仅收及废报及期刊，作为所谓还魂纸之原料。继则渐殃及所谓违碍书，终则无书不收，无书不可投入纸商之大熔炉中矣。初仅负贩叫卖者为之，继则有一二小肆亦为之。后以利之溥而易获也，若修绠堂、修文堂、来青阁、上海旧书商店诸大古书肆亦为之矣。初仅收拾本肆中难销之书，残阙之本，论担称斤以售出，继则爪牙四布，搜括及于沪杭沪宁二铁路线之周围矣，又进而罗织至平津二市矣。于是舍正业而不为，日孳孳于惟废纸破书之是务。予尝数经来青阁、修文堂及上海旧书商店之门，其所堆积者，无非程纸之原料也。有教科书、有圣经、有杂志、有大部涩销之古书、有西书、有讲义，自洋装皮脊之过时百科全书、年鉴、人名录，以至石印之《十一朝东华录》《经策通纂》《九朝圣训》，以及铅印之《图书集成》残本，无不被囊括以去。每过肆，语价时，肆主人必曰：此书论斤时，亦须值若干若干，或曰：此书之值较论斤称出为尤廉，或曰：此书如不能售，必将召纸商来，论斤称付之。此或是实情实事。肆主人如急于求售，与其售之于难遇难求之购书者，诚不如贬值些许，售之于纸商之为愈也。商人重利，利之所在，趋之若鹜。岂有蝇蚋嗅得腥膻而不飞集者！于是古书之论值，除善本、孤本外，必以纸张之轻重黄白为别。轻者黄者廉，而重者白者昂，其为何等书则不问也。其不能即售者，则即举而付之纸商，其为何等书则不问也。其书之可留应留与否则亦不问也。尝过市，有中国书店旧存古书七十余扎，凡五千余本，正欲招纸商来称斤去。予尝见其目，多普通古书，且都为有用者，若江刻《五十唐人小集》《两浙輶轩录》《杨升庵全集》《十国春秋》《水道提纲》《艺海珠尘》等书，都凡七八百种。此类书而胥欲付之大熔炉中，诚可谓丧心病狂之至者矣！肆主人云：如欲留，则应立即决定，便可不至使之成废纸矣。予力劝其留售，肆主人不顾也。曰：至多留下二十许种市上好销者，余皆无用。并且指且言曰：某也不能销，某也无人顾问，不如论斤秤出之得利多而速也。予喟然无言。至他肆屡以此数十扎书为言，力劝其收下。彼辈皆不顾，皆以不值得，不易售为言。自晨至午，无成议，而某肆主急如星火，必欲速售去。予乃毅然曰：归予得之可也！遂以六千金付之，而救得此七八百种书。时予实窘困甚，罄其囊，仅足此数，竟以一家十口之数月粮，作此一掷救书之豪举，事后，每自诧少年之豪气未衰也。属有天幸，数日后，有友复济以数千金，乃得免于室人交谪，乃得免于不举火。每顾此一堆书，辄欣然以为乐，若救得若干古人之精魄也。且此类事为予所未知者多矣。即知之，然予力有限，岂又能尽救之乎？戚戚于心，何时可已！每在乱书堆中救得一二稍可存者，然实类愚公之移山也。天下滔滔，挽狂澜于既倒者复有谁人乎？悇然忧之，愤懑积中。尝遇某人，曰：家有清时外务部石印大本《图书集成》一部，欲售之，而无应者。以今日纸价论之，若作废纸称去，亦可得二万余金也。予俯而不答。呜呼，人间何世，浩劫未艾！今而后，若求得一普通古书，价廉帙巨，而尚为纸商大熔炉劫火未及者，恐戛乎其难矣。今而后，若搜集清代普通刊本，晚清石印、铅印本书，恐必将不易易矣。兵燹固可惧，然未必处处皆遭劫也，穷乡僻壤，必尚有未遭兵燹之处，通都大邑亦必尚有未遇浩劫之地。禁毁诚可痛，然亦未必网罗至尽也；千密一疏，必有漏网者在；有心人不在少数，疏忽无知者，尤不可胜计；此皆鲁壁也。而今则大利所在，竭泽而渔，凡兵燹所不及，禁毁所未烬者，胥一举而尽之。凡家有破书数架，故纸一篓者，负贩辈必百计出之。不必论何种书也；不必视书之完阙也；不必选剔书之破蛀与否也。无须泾泾议价，更无须专家之摩挲审定，但以大称一，论担称之足矣。于是千秋万世之名著，乃与朝生暮死之早报等类齐观矣；于是一切断烂朝报，乃借精心结构之钜作同作废纸入熔炉矣。文献之浩劫，盖莫甚于今日也！目击心伤，回天无力。惨痛之甚，几有不忍过市之感。彼堆积于市门者何物也？非已去硬面之西书，即重重叠叠之故纸旧书。剥肤敲脑，无所不至。（精明之贾，每截下一书空白之天头，以为旧纸，供修书之用。余谥之曰敲脑）予但能指而叹曰：造孽，造孽！而市人辈则嬉笑自若，充耳不闻也。经此大劫，大江南北以及冀鲁一带之文献乃垂垂尽矣！伤哉！

这是去年秋天我所写札记中的一部分。《周报》索《蛰居散记》续稿，不及改写，遂以此付之。于体例上殊不相类也。

售书记

> 嗟食何如售故书，疗饥分得蠹虫余。
>
> 丹黄一付绛云火，题跋空传士礼居。
>
> 展向晴窗胸次了，抛残午枕梦回初。
>
> 莫言自有屠龙技，剩作天涯稗贩徒。

以上是一个旧友的售书诗，这个旧友和我常在古书店里见到。从前，大家都买书，不免带点争夺的情形，彼此有些猜忌。劫中，我卖书，他也卖书，见了面，大家未免常常叹气，谈着从来不会上口的柴米油盐的问题。他先卖石印书，自印的书，然后卖明清刊本的书。后来，便不常在古书店见到他了。大约书已卖得差不多，不是改行做别的事，便是守在家里不出门。关于他，有种种的传说。我心里很难过，实在不愿意在这里再提起，这是一位在这个大时代里最可惜、残酷的牺牲者。但写下他抄给我的这首诗时，我不能不黯然！

说到售书，我的心境顿时要阴晦起来。谁想得到，从前高高兴兴，一部部、一本本，收集起来、每一部书，每一本书，都有它的被得到的经过和历史；这一本书是从哪一家书店里得到的，那一部书是如何地见到了，一时踌躇未取，失去了，不料无意中又获得之；那一部书又是如何地先得到一二本，后来，好容易方才从某书店的残书堆里找到几本，恰好配全，配全的时候，心里是如何的喜悦；也有永远配不全的，但就是那残帙也很可珍重，古宫的断垣残刻，不是也足以令人流连忘返么？那一本书虽是薄帙，却是孤本单行，极不易得；那一部书虽是同光间刊本，却很不多见；那一本书虽已收入某丛书中，这本却是单刻本，与丛书本异同甚多；那一部书见于禁书目录，虽为陋书，亦自可贵。至于明刊精本，黑口古装者，万历竹纸，传世绝罕者，与明清史料关系极钜者，稿本手迹，从无印本者，等等，则更是见之心暖，读之色舞。虽绝不巧取豪夺，却自有其争斗与购取之阅历。差不多每一本、每一部书于得之之时都有不同的心境，不同的作用。为什么舍彼取此，为什么前弃今取，在自己个人的经验上，也各自有其理由。譬如，二十年前，在中国书店见到一部明刊蓝印本《清明集》和一部道光刊本"小四梦"，价各百金，我那时候倾囊只有此数，那末，还是购"小四梦"吧，因为我弄中国戏曲史，"小四梦"是必收之书。然而在版本上，或在藏书家的眼光看来，那《清明集》，一部极罕见的古法律书，却是如何的珍奇啊！从前，我不大收清代的文集，但后来觉得有用，便又开始大量收购了。从前，对于词集有偏嗜，有见必收，后来，兴趣淡了些，便于无意中失收了不少好词集。凡此种种，皆寄托着个人的感情。如鱼饮水，冷暖自知。谁想得到，凡此种种，费尽心力以得之者，竟会出以易米么？谁更会想得到，从前一本本、一部部书零星收得，好容易集成一类，堆作数架者，竟会一捆捆地一箱箱的拿出去卖的么？我从来不肯好好地把自己的藏书编目，但在出卖的时候，卖书的要先看目录，便不能不咬紧牙关，硬了头皮去编。编目的时候，觉得部部书本本书都是可爱的，都是舍不得去的，都是对我有用的，然而又不能不割售。摩挲着，仔细地翻看着，有时又摘抄了要用的几节几段，终于舍不得，不愿意把它上目录。但经过了一会，究竟非卖钱不可，便又狠了狠心，把它写上。在劫中，像这样的"编目"，不止三两次了。特别在最近的两年中，光景更见困难了，差不多天天都在打"书"的主意，天天在忙于编目。假如天还不亮的话，我的出售书目又要从事编写了。总是先去其易得者，例如《四部丛刊》、百衲本《廿四史》之类。《四部丛刊》，连二三编，我在前年，只卖了伪币四万元，百衲本《廿四史》，只卖了伪币一万元。谁想得到，在今年今日，要想再得到一部，便非花了整年的薪水还不够么？只好从此不作收藏这一类大部书的念头了。最伤心的是，一部石印本《学海类编》，我不时要翻查，好几次书友们见到了，总要怂恿我出卖，我实在舍不得。但最后，却也不得不卖了。卖得的钱，还不够半个月花，然而如今再求得一部，却也已非易了。其后，卖了一大批明本书，再后来，又卖了八百多种清代文集，最后，又卖了好几百种清代总集文集及其他杂书。大凡可卖的，几乎都已卖尽了！所万万舍不得割弃的是若干目录书、词曲书、小说书和版画书。最后一批，拟目要去的便是一批版画书。天幸胜利来得恰如其时，方才保全了这一批万万舍不得去的东西。否则，再拖长了一年半载，恐怕连什么也都要售光了。但我虽然舍不得与书相别，而每当困难的时光，总要打它的主意，实在觉得有点对不起它！如果把积"书"当作了囤货——有些暴发户实在有如此的想头，而且也实在如此地做，听说，有一个人，所囤积的《四部丛刊》便有廿余部——那末，售去倒也没有什么伤心。不幸，我的书都是"有所谓"而收集起来的，这样的一大批一大批的"去"，怎么能不痛心呢？售去的不仅是"书"，同时也是我的"感情"，我的"研究工作"，我的"心的温暖"！当时所以硬了心肠要割舍它，实在是因为"别无长物"可去。不去它，便非饿死不可。在饿死与去书之间选择一种，当然只好去书。我也有我的打算，每售去一批书，总以为可以维持个半年或一年。但物价的飞涨，每每把我的计划全部推翻了。所以只好不断地在编目，在出售；不断地在伤心，有了眼泪，只好往肚里倒流下去。忍着，耐着，叹着气，不想写，然而又不能不一部部地编写下去。那时候，实在恨自己，为什么从前不藏点别的，随便什么都可以，偏要藏什么劳什子的书呢？曾想告诉世人说，凡是穷人，凡是生活不安定的人，没有恒产、资产的人，要想储蓄什么，随便什么都可以，只千万不要藏书。书是积藏来用，来读的，不是来卖的。卖书时的惨楚的心情实在受得够了！到了今天，我心上的创伤还没有愈好；凡是要用一部书，自己已经售了去的，想到书店里去再买一部，一问价，只好叹口气，现在的书已经不是我辈所能购致的了。这又是用手去剥疮疤的一个刺激。索性狠了心，不进书店，也决心不再去买什么书了。书兴阑珊，于今为最。但书生结习，扫荡不易，也许不久还会发什么收书的雅兴吧。

但究竟不能不感谢"书"，它竟使我能够度过这几年难度的关头。假如没有"书"，我简直只有饿死的一条路走！

劫中得书记 *

新　序

　　《劫中得书记》和《劫中得书续记》曾先后刊于开明书店的《文学集林》里。友人们多有希望得到单行本的。开明书店确曾排印成书，但不知何故，并没有出版。这次，到了上海，在旧寓的乱书堆里，见到这部书的纸型，也已经忘记了他们在什么时候将这副纸型送来的。殆因劫中有所讳，不能印出，遂将此纸型送到我家保存之耳。偶和刘哲民先生谈及。他说，何不在现在将它出版呢？遂将这副纸型托他送给上海古典文学出版社，看看可否印行。在我回到北京后不久，他们就来信说，想出版这部书，并将校样寄来。我仔细地把这个校样翻读了几遍，并校改了少数的"句子"和错字。像翻开了一本古老的照相簿子，惹起了不少酸辛的和欢愉的回忆。我曾经想刻两块图章，一块是"狂胪文献耗中年"，一块是"不薄今人爱古人"。虽然不曾刻成，实际上，我的确是，对于古人、今人的著作，凡稍有可取或可用的，都是"兼收博爱"的。而在我的中年时代，对于文献的确是十分热衷于搜罗、保护的。有时，常常做些"举鼎绝膑"的事。虽力所不及，也奋起为之。究竟存十一于千百，未必全无补也。我不是一个藏书家。我从来没有想到为藏书而藏书。我之所以收藏一些古书，完全是为了自己的研究方便和手头应用所需的。有时，连类而及，未免旁骛；也有时，兴之所及，便热衷于某一类的书的搜集。总之，是为了自己当时的和将来的研究工作和研究计划所需的。因之，常常有"人弃我取"之举。在三十多年前，

---

　　* 原载 1956 年《劫中得书记》，上海古典文学出版社，《郑振铎全集》第 6 卷，花山文艺出版社 1998 年版，第 776、780、842 页。

除了少数人之外，谁还注意到小说、戏曲的书呢？这一类"不登大雅之堂"的古书，在图书馆里是不大有的。我不得不自己去搜访。至于弹词、宝卷、大鼓词和明清版的插图书之类，则更是曲"低"和寡，非自己买便不能从任何地方借到的了。常常舍去大经大史和别处容易借到的书而搜访于冷摊古肆，以求得一本两本自己所需要的东西。常有藏书家们所必取的，我则望望然去而之他。像某年在上海中国书店，见到有一部明代蓝印本的《清明集》和一部清代梁廷柟的《小四梦》同时放在桌上，其价相同。《清明集》是古代的一部重要的有关法律的书，"四库"存目，外间流传极少，但我则毅然舍去之，而取了《小四梦》。以《小四梦》是我研究戏剧史所必需的资料，而《清明集》则非我的研究范围所及也。像这样舍熊掌而取鱼的例子还有不少。常与亡友马隅卿先生相见，他是在北方搜集小说、戏曲和弹词、鼓词等书的，取书共赏，相视而笑，莫逆于心，颇有"空谷足音"之感。其后，注意这类书者渐多，继且成为"时尚"，我便很少花时间再去搜集它们了。但也间有所得。坊友们往往留以待我，其情可感。遂也不时购获若干。

谁都明白：文献图书是进行科学研究的必需的工具之一。过去，图书文献散在私家，奇书异本，每每视为珍秘，不轻示人。访书之举，便成为学士大夫们的经常工作。王渔洋常到慈仁寺诸书店，盛伯希、傅沅叔诸君，几无日不坐在琉璃厂古书肆里。今非昔比，大大小小的公共图书馆，研究机关、学校、专业部门的图书馆，访书之勤，不下于从前的学者们。非自己购书不可的艰辛的日子，已经一去不复返了。今天从事于科学的研究者们是完全可以依靠各式各样的图书馆而进行工作的了。访书之举，便将从此不再是专家们所应该做的功夫之一了么？不，我以为不然！我有一个坏脾气，用图书馆的书，总觉得不大痛快，一来不能圈圈点点，涂涂抹抹，或者折角画线做记号；二来不能及时使用，"急中风遇到慢郎中"，碰巧那部书由别人借走了，就只好等待着，还有其他等等原因。宁可自己去买。不知别的人有没有和我有这个同样的癖习？我还以为，专家们除了手头必备的专门、专业的大量的参考书籍之外，如有购书的癖好，却也是一个很好的癖好。有的人玩邮票，有的人收碎瓷片，有的人爱打球，有的人好听戏，好拉拉小提琴或者胡琴。有的人就不该逛逛书摊么？夕阳将下，微飔吹衣，访得久觅方得之书，挟之而归，是人生一乐也！我知道，有这样癖好的人很不少。我这部《得书记》的出版，对于有访书的癖好的人，可能会有些"会心"之处。《得书记》所记的只是一时的、一地的且是一己的事。天下大矣，即就一时一地而论，所见的书，何止这些。只能说是，因小见大，可窥一斑而已。在两篇《得书记》之外，这次又新增入了"附录"三篇。《跋脉望馆抄校本古今杂剧》一文，在《得书记》之前写成，且也在《文学集林》上发表过。因为此文比较长，且非自己所购致的，故便不列入《得书记》里。其实，我在劫中所见、所得之书，实实在在应该以这部《古今杂剧》为最重要，且也是我得书的最高峰。想想看，一时而得到了二百多种从未见到过的元明二代的杂剧，这不该说是一种"发现"么？肯定的，是极重要的一个"发现"。不仅在中国戏剧史的和中国文学史的研究者们来说是一个极重要的消息，而且，在中国文学宝库里，或中国的历史文献资料里，也是一个太大的收获。这个收获，不下于"内阁大库"的打开，不下于安阳甲骨文字的出现，不下于敦煌千佛洞抄本的发现。对于我，它的发现乃是最大的喜悦。这喜悦克服了一言难尽的种种的艰辛与痛苦，战胜了坏蛋们的诬陷。苦难是过去了。若干"患得患失"的不寐的痛苦之夜是过去了。"喜悦"却永远存在着。又摩挲了这部书几遍，还感到无限愤喜交杂！故把这篇跋收入《得书记》里印出。一九四一年之后，我离开了家，隐姓埋名，避居在上海的"居尔典路"。每天不能不挟皮包入市，以示有工作。到哪里去呢？无非几家古书肆。买不起很好的书了。但那时对于清朝人的"文集"忽然感到兴趣。先以略高于称斤论担的价钱得到若干。以后，逐渐地得到的多了，也更精了，遂写成一个目录。那篇"序"和"跋"都是在编好目录后写成的，从没有机会印出。现在，是第一次在这个"附录"里和读者们相见。又在《得书记》里，有几则文字是应该改动的。因为用的是旧纸型，不便重写，故在这里改正一下：（一）《得书记》第五十三则"至大重修宣和博古图"里，说我所得的那部"残本"是"元刊本"。这话是错的。今天看来，恐仍是明嘉靖间蒋旸的翻刻本。向来的古书肆，每将蒋序撕去，冒充作元刊本。（二）《得书记》第八十六则"陈章侯水浒叶子"里，说起，我所得的那部水浒叶子是黄子立的原刻本。其实，它仍是清初的翻刻本。潘景郑先生所藏的那一部才是真正的原刻本。那个本子后来也归了我。曾仔细地对看了几遍，翻刻本虽有虎贲中郎之似，毕竟光彩大逊。（三）《得书续记》第十则"琅嬛文集"里，说：张宗子的许多著作，都无较古的刻本。其实不然。近来曾见到清初刻本的《西湖梦寻》，刻得极精。其他书，恐怕也会有较早的本子，只是没有见到耳。

序

凤凰从灰烬里新生

金赤的羽毛更光彩灿烂

——见 The Physiologus，及 Herodotus（ii.73），

Pliny（Nat hist.x.2）Tacitus（Ann .vi.28）

余聚书二十余载，所得近万种。搜访所至，近自沪滨，远逮巴黎、伦敦、爱丁堡。凡一书出，为余所欲得者，苟力所能及，无不竭力以赴之，必得乃已。典衣节食不顾也。故常囊无一文，而积书盈室充栋。每思编目备检。牵于他故，屡作屡辍。然一书之得，其中甘苦，如鱼饮水，冷暖自知。辄识诸书衣，或录载簿册，其体例略类黄荛圃藏书题跋。大抵余之收

书，不尚古本、善本，唯以应用与稀见为主。孤罕之本，虽零缣断简亦收之。通行刊本，反多不取。于诸藏家不甚经意之剧曲、小说，与夫宝卷、弹词，则余所得独多。诗词、版画之书，印度、波斯古典文学之译作，亦多入庋架。自审力薄，未敢旁骛。"一·二八"淞沪之役，失书数十箱，皆近人著作。"八·一三"大战爆发，则储于东区之书，胥付一炬。所藏去其半。于时，日听隆隆炮声，地震山崩，心肺为裂。机枪拍拍，若燃爆竹万万串于空瓮中，无瞬息停。午夜伫立小庭，辄睹光鞭掠空而过，炸裂声随即轰发，震耳为聋。昼时，天空营营若巨蝇者，盘旋顶上，此去彼来。每一弹下掷，窗户尽簌簌摇撼，移时方已，对语声为所暗哑不相闻。东北角终日夜火光熊熊。烬余焦纸，遍天空飞舞若墨蝶。数十百片随风堕庭前，拾之，犹微温，隐隐有字迹。此皆先民之文献也。余所藏竟亦同此蝶化矣。然处此凄厉之修罗场，直不知人间何世，亦未省何时更将有何变故突生。于所失，殆淡然置之。惟日抱残余书，祈其不复更罹劫运耳。收书之兴，为之顿减。实亦无心及此也。而诸肆亦皆作结束计，无书应市。通衢之间，残书布地，不择价而售。亦有以双篮盛书，肩挑而趋，沿街叫卖者。间或顾视，辄置之，无得之之意。经眼失收者多矣。书籍存亡，同于云烟聚散。唯祝其能楚弓楚得耳。战事西移，日月失光，公私藏本被劫者渐出于市。谢光甫氏搜求最力，所得独多。余迫处穷乡，栖身之地，日缩日小；置书之室，由四而三而二；梯旁榻前，皆积书堆。而检点残藏，亦有不翼而飞者，竟不知何时失去。然私念大劫之后，文献凌替，我辈苟不留意访求，将必有越俎代谋者。史在他邦，文归海外，奇耻大辱，百世莫涤。因复稍稍过市。果得丁氏所藏《脉望馆钞校本古今杂剧》六十四册，归之国库。复于来青阁得丁氏手钞零稿数册。友人陈乃乾先生先后持明刊《女范编》《盛明杂剧》及孙月峰朱订《西厢记》来。余竭阮囊，仅得《女范编》与《西厢记》。而于《盛明杂剧》虽酷爱之，却不果留矣。乃乾云：有李开先刊元人杂剧四种，售者索金六百。余力有未逮，竟听其他售。至今憾惜未已。中国书店收得明刊方册大字本《西厢记》，附图绝精，亦归谢氏。但于戊寅夏秋之交，余实亦得隽品不鲜。万历板《蓝桥玉杵记》，李玄玉撰《眉山秀》《清忠谱》，程穆衡《水浒传注略》，螺冠子《咏物选》，冯梦龙《山歌》，萧尺木《离骚图》以及《宣和谱》《芙蓉影》《乐府名词》等，皆小品中之最精者，综计不下三十种。于奇穷极窘中有此收获，亦殊自喜。然其间艰苦，绝非纨绮子弟、达官富贾辈，斤斤于全书完阙，及版本整洁与否者，所能梦见。及今追维，如嚼橄榄，犹有余味。每于静夜展书快读，每书几若皆能自诉其被收得之故事者，盖足偿苦辛有余焉。今岁合肥李氏书，沈氏粹芬阁书散出。余限于力，仅得《元人诗集》(潘是仁刊本)，《古诗类苑》《经济类编》《午梦堂集》《农政全书》与万历版《皇明英烈传》等二十余种。初，有明会通馆活字本诸臣奏议者，由传新书店售予平贾，得九百金。而平贾载之北去，得利几三数倍。以是南来者益众，日搜括市上。遇好书，必攫以去。诸肆宿藏，为之一空。沪滨好书而有力者，若潘明训、谢光甫诸氏皆于今岁相继下世。余好书者也，而无力。有力者皆不知好书。以是精刊善本日以北，辗转流海外，诚今古图书一大厄也。每一念及，寸心如焚。祸等秦火，惨过沦散。安得好事且有力者出而挽救劫运于万一乎？昔黄黎洲保护藏书于兵火之中，道虽穷而书则富。叶林宗遇乱，藏书尽失。后居虞山，益购书，倍多于前。今时非彼时，而将来建国之业必倍需文献之供应。故余不自量，遇书必救，大类愚公移山，且将举鼎绝膑。而夏秋之际，外境日艰。同于屈子孤吟，众醉独醒。且类曾参杀人，三人成虎。忧谗畏讥，不可终日。心烦意乱，孤愤莫诉。计惟洁身而退，咬菜根，读《离骚》耳。乃发愿欲斥售藏书之一部，供薪火之资。而先所质于某氏许之精刊善本百二十余种，复催赎甚力。计子母须三千余金。不欲失之，而实一贫如洗。彷徨失措，踌躇无策。秋末，乃以明清刊杂剧传奇七十种，明人集等十余种归之国家，得七千金。曲藏为之半空。书去之日，心意惘惘。大似某氏之别宋板《汉书》，李后主之挥泪对宫娥也。然归之分藏，相见有日，且均允录副，是失而未失也。为之稍慰戚戚。立持金取得质书。自晨至午，碌碌不已。然乐之不疲。若睹阔别之契友，秋窗剪烛，语娓娓不休。摩挲数日夜，喜而忘忧。而囊有余金，结习难忘，复动收书之兴。兹所收者乃着眼于民族文献。有见必收，收得必随作题记。至冬初，所得凡八九百种。而余金亦尽。不遑顾及今后之生计何若也。但恨金少，未能尽救诸沦落之图籍耳。每念此间非藏书福地。故前后所得，皆寄庋某地某君所。随得随寄，未知何日再得展读。因整理诸书题记，汇为数册，时一省览，姑慰相思。夫保存国家征献，民族文化，其苦辛固未足垺坚陷阵、舍生卫国之男儿，然以余之孤军与诸贾竞，得此千百种书，诚亦艰苦备尝矣。惟得之维艰，乃好之益切。虽所耗时力，不可以数字计，然实为民族效微劳，则亦无悔！是为序。

劫中得书续记·序

余于三月前辑劫中所得书诸题跋为《劫中得书记》，实未尽所得之十一也。友好见之，乃妄加策励；并有欲诱之使尽所言者。斗室孤灯，寂寂亡抃，乃复丛集诸书，钞录各跋。并续作新得各书之题语，汇为《续记》。夫余所得，较之天壤间因劫所失者何啻九牛之一毛，固不足以语于收拾劫灰之残余；即就余所已烬者言之，亦仅得十之二三耳，复何沾沾之不已邪？然私念古籍流落海外，于今为烈。平沪诸贾，搜括江南诸藏家殆尽；足迹复遍及晋鲁诸地。凡有所得，大抵以辇之美日为主。百川东流而莫之障，必有一日，论述我国文化，须赴海外游学。为后人计，中流砥柱之举其可已乎？顷见上海三月八日各报载：

（哈瓦斯社华盛顿航讯）美国国会图书馆东方部主任赫美尔博士，

昨就中国图书输入美国情形，发表谈片，略谓："中国珍贵图书，现正源源流入美国，举凡希世孤本，珍藏秘稿，文史遗著，品类毕备，国会图书馆暨全国各大学图书馆中，均有发现。凡此善本，输入美国者，月以千计，大都索价不昂，且有赠予美国各图书馆者，盖不甘为日人所攫，流入东土也。即以国会图书馆而论，所藏中国图书，已有二十万册。为数且与日俱增。由此种情形观之，该国时局今后数年内，无论若何变化，但其思想文化，必可绵延久远。稽之史乘，古罗马帝国瓦解后，陷于黑暗时期者，历四世纪之久，远东中国不虞其若此也。抑中国国有各藏书楼所藏书籍，想已安然运来美国，目下所运来者，多系私家藏书，其中大部分原属中国北方之名阀世家所有，盖其祖先往往告诫儿孙什袭珍护，永世弗替，故凡一经庋藏，便尔秘不示人，后之学者，虽求观摩而不可得也。曩者，余尝求见一珍本，主人欣允，然亦须征得其族人之全体同意，始得一睹，其难可知。惟因此类书籍之弥珍，故为任何学者所不获寓目，敢信其中必有丰富之宝藏。今既流入美国，尔后当予学者以机会，俾为探讨此种丰富之智识源泉，而大规模之编目工作，亦待着手进行。若干年前，北平有文化城之目，各方学者，荟萃于此，诚以中国四千余年以来之典章文物，集中北平各图书馆，应有尽有，自今而后，或将以华盛顿及美国各学府为研究所矣。抑中国伟大的典章文物之流入美国，对于美国思想界，亦必有相当重大的影响，盖中国文明，乃社会民主政治之极则，与美国文化，殊途同归，而美国教会儿童之生长中国者，原已将中国哲学气息，渗入美国生活之中，所望尔后美国全国学生，于本国永久贮存之中国伟大学术富源，多加研讨焉。"

（路透社七日华盛顿电）国会著名图书馆东方组主任赫墨尔顷称："极可珍贵之中国古书，从战火中保全者，现纷纷运入美国。中国藏书家将其世藏珍本，以贱价售之，半为避免被日人掠去，半为维持其难民生活。国会图书馆本有中国书籍二十万册，今在华购书之代表又购进数千册，尚有许多将分置于全国各大学之图书馆中，无论中国如何，然寄托于文字中之中国灵魂，将安然保全于美国，故中国局势，将与罗马陷落致欧洲发生四百年黑暗时代之情形相似"。渠预料将来研究中国史学与哲学者，将不往北平而至华盛顿，以求深造。中国藏书家之出售其书籍，实出于不得已，与其听令永远丧亡，不如由同情的外人收藏之为愈。渠以为中国古书之大批输入，当可补救泰西物质主义，盖中国文化实在社会民政与技术发展中代表人类之更大进步，可使人类安居无忧也。近已运抵美国之中国书籍中，有数千种系地方之史乘，如府志、县志之类，此种史乘中，对于女子事业记载颇多；其他为法律书及判例，此亦外人前所罕闻者也云。

　　赫美尔之言，虽未免邻于夸大，然涓涓不息，其所言必有实现之一日则可知也。美国哈佛及国会诸图书馆，对于"家谱""方志"尤为着意收购；所得已不在少数。尽有孤本秘笈入藏于其库中。余以一人之力欲挽狂澜，诚哉其为愚公移山之业也！杞人忧天，精卫填海，中夜彷徨，每不知涕之何从！虽近来收书，范围略广，然为力所限，每有见之而不能救者。且自开岁以来，生计日艰，余囊已罄，节衣缩食，所得不过寥寥数十种。余之苦心孤诣，索解人其可得乎！每劝友辈购书，而大抵亦皆清贫如洗，所入仅敷数口之食，竟亦不能从事于此也。而江南自经此次兵火劫掠之后，诸书院、书局及私家所存之版片，亦多残缺不全，或且全部会之劫灰。乱定后，即求光宣间所刊之普通图籍，恐亦有苦于难得之叹矣。闻南菁书院之《续经解》版片已烬于火；浙江书局之《九通》版片，广雅书局所镌诸书之版片，常熟、苏州各地私人所刊书之版片，亦均十九不存。或为兵丁持作爨具，或为平民攫去作薪柴。即有幸免于难者，亦往往残阙不全，修补为难。且今兵事方急，烽火未宁，即若干此时幸免于劫之版片，其运命亦尚在未可知之天。呜呼！文化之遗产，历劫而仅存者其能有几乎！故余不仅苦心婆口，敦勉藏家之网罗放失，且亦每每劝励书贾辈多储有用之书，以为将来建国之助。曾见一人持书单一纸，欲购《九通》或商务版之《十通》，开明版之《二十五史》，足迹遍此问坊肆，急切问竟不能得其一；即并任何版本《九通》或《二十四史》，亦并不能存一二部于架上。诚可哀已！余困居斗室，储书之所极窄小。于此等书竟亦未能收藏一部两部。有力者或将闻风兴起，有意于此乎？综余劫中所得于比较专门之书目、小说及词曲诸书外，以残书零帙为最多。竹头木屑，何莫非有用之材。且残书中尽有孤本秘笈，万难得其全者。得一二册，亦足"慰情"。藏书家每收宋元残帙，而于明清刊本之残阙者多弃之不顾。余则专收明刊残本，历年所得滋多。将别为《三记》一篇，专收残帙之题记焉。是为序。

最后一次讲话 *

　　今天是个难得和大家思想见面的好机会。在这里的王伯祥、俞平伯、潘家洵都是我四十年的老朋友。这次整风，有机会检查自己的缺点，对自己和别人都有好处。参加土改、"三反""五反"几次大的运动都和我们关系不大。这次检查比以前泛泛而谈好些。很多人觉得压力很大，这是有人类以来的最大的改变，在这基础上了解自己的过去比较清楚一些。

　　学术文化有时走在时代前面。中国新文化运动从"五四"开始就走在前面。左翼文化运动也如此。现在还应如此。学术研究应该接受大的时代潮流的影响，走在时代的前面。我自己思想感情就应该是共产主义的。我的立场基本上改变是不会成问题的。

　　今天主要谈过去的著作。我不能解释为那是二三十年前写的东西来原谅自己。过去总觉得自己很进步，这种包袱反而阻碍自己不断进步。

　　我是生长在浙江温州的福建人。祖父在那里做小官吏。家庭中没有固定的房地财产。有钱时很阔气，没钱时靠借钱度日。祖父死后家庭生活很困苦。叔叔在外交部做个小军官，全家靠他寄钱回家维持生活。母亲在端午节时还做些玩具出卖。我在北京念书时，住在叔叔家很清苦，每天中午饭不过吃十分钱。当时上的是北京铁路管理学校，培养成为全能的铁路工人；曾做过一个时期的练习生，因电报打不好就不做了。一九一九年时我兴趣是多方面的，就和瞿秋白、耿济之等在一起，想出版一个青年读物《新社会》，爱写什么就写什么。当时根本没想到什么稿费的问题。经费是靠一个美国的广告。"五四"时期出版的很多刊物都是如此。利是不考虑的，也

---

　　* 原为1958年10月8日在中国社会科学院文学研究所的发言摘录，《郑振铎全集》第3卷，花山文艺出版社1998年版，第374页。

无名可言，是用的笔名，当时风气很好。我负责《新社会》的校对。这个刊物巴金家还存有一份。那时张作霖在北京，他的门口架着机关枪，走过门口阴森森的挺可怕。后来因刊名叫"社会"，又加个"新"字，有社会主义倾向，就被封了。经理被捕，放出来后还出了一期《人道》（月刊）。上面登过《国际歌》，瞿秋白译意我写歌词。

"五四"运动前一天，五月三日开会；我们因是在小学校，没能参加。我家住在赵家楼附近，火烧赵家楼时我去看了，抓去很多学生。第二天开学生联席会，我也参加了。几千个学生被关在天安门中的两个门洞之间。我们就打算送吃的、送铺盖去。学校提前放暑假，免票送学生回家。而放假后全国的学校都动起来了。当时学生开会多在汇文中学。参加李大钊同志领导的"少年中国学会"，开会前，李大钊同志总在周围走一圈，参加的人各种派别的都有。那时北京学生很大部分受无政府主义思想影响，崇拜"三不主义"（不做官、不坐车、不娶妾），对军阀十分痛恨。这种观点的人现在还有不少，施复亮当时也是如此。因我没参加马克思主义小组，思想上仅有朦胧的社会主义思想。

北京铁路管理学校毕业后，分配在上海南站做铁路上的练习生，住在一个花园里，叫我挂钩。不想干。正好沈雁冰在商务印书馆做《小说月报》的编辑。因我爱好文学，他约我编小学教科书，把文言改为白话。我没答应，就编儿童读物《儿童世界》（周刊）。稿子几乎是我一个人写的，画配得很好，是许敦谷画的。

我们对《礼拜六》骂得很凶，他们也骂茅盾"老板"。一九二三年就把我调去主编《小说月报》。这时正是大革命到来的前夕。一九二五年五卅运动我没去，晚上去街上看，地上都是血，墙上的枪洞还是热的。对这样重大的政治运动，第二天所有上海报纸只有一条小消息。于是"上海学术团体对外联合会"决定主办《公理日报》，报头字是叶圣陶写的，标题是我写的，钱是捐来的。《公理日报》于六月三日出版，出了不到一个月，就被反动当局无理查禁了。王伯祥那时都去送报，影响很大。我们把稿子放在洋车的垫子下，有的军队来了很客气，问我们要不要帮助？要多少钱？我们不要他们帮助。《公理日报》的停刊宣言是我写的，非常愤慨，后来把激烈的字都删掉了。

北伐时，工人运动十分激烈，由邮政局、商务、电力公司三个工会带头组织起来。商务印书馆三个工会，我参加编辑所工会。北伐军快到上海时，我们就把鞭炮放在洋油筒中放，用槌子打铁当炮响。北伐军来时我们兴奋得不得了，去慰问时就像一家人一样。去过几次。后来白崇禧的部队也来了，开始清党。我是闸北工会代表。我接到通知很多人被杀。我拿到一点版税作路费，一九二七年五月到欧洲去了。在法国巴黎住了半年，英国住了一年。在法国图书馆看中国书，在英国伦敦博物馆看变文。这期间受了很多气；没有受外国生活方式的影响。我写了很多游记，可以看出我的思想。我没有考博士的思想。当时平伯也在那儿。后来又到意大利去了一下，回法国后归国。再编《小说月报》时王云五订了很多规章。工会提出打倒王云五，没打倒他。他不走，我们就走！圣陶走了，我也离开了。我们对资本家是非常痛恨的，这是有朦胧的社会主义思想的缘故。

北京的中学那时都是老夫子教的，很少人教新文学。到处叫我去讲新文学。北京大学、清华大学找我教中国文学史、文学批评。当时新月派有个组织，胡适、徐志摩都在里面。他们每天闲谈。我们就反对他们。创办《文学季刊》和"左联"有些联系。

我在燕京大学代表进步的一派。校领导就很恨我。司徒雷登是个老狐狸。他唆使一批教员和学生一齐排挤我。我提出辞职，有些学生很同情我。我离开燕京后，吴晓铃也走了。思想上这时也起了一些变动，想应该走另一条路。我对国民党那种残酷镇压很痛恨，后来从北京又到上海。

最可怕的是在暨南大学教书，当时该校 CC 派和军统斗争很尖锐。待了好几年。这几年凡是有标语出来，都说是我贴的。每次纪念周，想不参加都不行。说到蒋介石，大家都得站起来，我却一个人坐在那里。学生都拿手枪，被开除的很多。党的工作做得很好。太平洋事件后日本兵进上海，我还在给学生上课。后来全校决定停课。

抗战期间，生活很艰苦。生活来源没有了。当时在上海的人很多，圣陶到四川去了，日本人来的第二天许广平就被捕了。她上、中、下三层都有联系。放出来时，她头发全白了，路也走不动了。日本人对她用了很多次电刑，她一句话也没说出，保存了很多同志，柯灵被打得一塌糊涂，陆蠡被抓后不见了。那时王伯祥生活比较正常，但我们对他有意见。那时我假装成文具商人。因上海有被轰炸的可能，党派人来找我。上海有社会科学讲习所，我在那里教过书。开明书店也关了，我没地方去，就到旧书铺去看书。日本人在旧书铺找我时，却没找到。日本人问起我时，他们说我已好久没去看书了。其实当时我正在那看书。

日本投降后，控制得更严了。我在南京中央图书馆做编辑，在上海拿钱，就靠出书维持生活，印珂罗版的书，和李健吾一起编《文艺复兴》。到一九四九年时，形势已经很紧迫，预感到非逃不可了，才逃到香港。本来和曹禺一块走，后来陈白尘帮助我到香港；又由烟台到北京。

我的生活很简单，由编辑到教书；偶尔参加一些运动，也不深入。我和党有联系，党处处照顾我。离开上海时，党还问我要不要钱。我思想上应该很进步，但从著作中可以看出马克思列宁主义很少。自己还背着一个进步的包袱，其实和出生入死的同志们是不能比的。不应该有这个进步的包袱。《中国俗文学史》还自认为是有些进步思想的；但著作中从头到尾看不出有马列主义的影响。

我研究文学是半路出家，没有系统地研究。过去还有一个时期写的多是为了生活，有时一天要写八千字，著作不成熟。我虽从不以学者自居，但不能以此减轻责任，我的著作还是有一定影响的。

《插图本中国文学史》解放后虽然踌躇了一下，还是出了。从中可以看出是半封建半殖民地的知识分子的著作。在我的著作中充满了封建的资产阶级的思想和治学方法。其中一些随感式的诗话、词话式的东西是封建文人的观点、方法；还有一些和封建士大夫不同的东西，这是资产阶级的进化论和庸俗社会学的观点，这些东西有五个特点：

（一）有不少封建文人的文学批评观点。有时赞扬一些落后的东西；当然，其中也有一些好的东西。例如，对陶渊明和谢灵运的比较，扬陶抑谢，这是比较好的。但对"僮约"的肯定，则是没有阶级观点的看法，是不好的。

（二）我那时所介绍的"新观点"，实际上是资产阶级的观点，是违反马克思主义的。那就是泰纳的英国文学史的观点，强调时代影响。此外还有庸俗进化论的观点，受英国人莫尔干（Morgan）的"文学进化论"的影响。还受安德路·莱恩（An-drew Lang）的民俗学的影响，认为许多故事是在各国共同的基础上产生的。（资产阶级民俗学者分为两派，一派是德国人麦克斯·皮尔（Max Beer），主张各种民间故事都是一个发源地传出来的。一派是英国人安德路·莱恩，主张人类都有共同的环境，因此会产生同类型的故事）还有弗来塞（Frozer）的"金枝"（The Grolden Boagh）也影响我。日本的厨川白村也曾经对我有影响。在写诗方面，我也受日本小诗的影响，我还接受了印度泰戈尔的形式。我受过各种派别的影响。

（三）强调外国文学对中国文学的影响，把很多东西都看作外国来的。例如：我认为送子观音是受圣母像的影响；说释迦牟尼的脸是希腊人的脸；还认为唱戏的人在舞台上穿的厚底靴和戴的面具也是希腊悲剧的影响。我特别强调印度的影响，说变文是一切近代文学的祖先。把有唱有说的认为都是变文的影响，例如：在《大唐三藏取经诗话》中孙悟空也会作诗，我说这也是变文的影响。当然，各国文学都受国外文学的影响，这一点是不能否认的。例如六朝有些诗，连话都是外国来的（梁武帝、沈约就受佛教的影响），而像我那样强调是不对的。说近代民间文学都是印度影响是不正确的。我在布拉格讲学时，还未改变，到苏联讲学时就不那么讲了。我找到了一些材料，证明在变文同时，也已有说故事的人了，最有名的是李义山的诗讲到张飞、邓艾的三国故事。我还找到一些材料，说明唐朝已有人讲韩信的故事；可见唐代已有人说书。变文可能倒是受寺院以外的影响。在印度，对印度戏剧有两种看法：一种认为印度戏剧是本土产生的；一种认为是希腊来的。我当时认为印度受希腊影响，中国受印度影响，结果还是中国受希腊影响。这是不对的。我过分强调了印度影响，甚至把说书的信本也说成是印度的东西。

（四）喜欢用比较研究的方法，这是受安德路·莱恩的影响，说这一故事是辛特利亚型（Cinderella），那一故事是鹅女郎型。自以为是一种新方法。这里要说明一点：这方法是不好，但归纳为类型，倒不是说是外国来的。

（五）还有一点是立场没站稳，不是用马列主义去看人民的过去，把劳动人民的作品和皇帝的作品混在一起谈，没有分清。这主要表现在对待六朝的诗歌论述中。在《中国俗文学史》里也有这错误。对杜善夫的"庄稼人不识勾栏"这一侮辱劳动人民的作品，也加以赞扬。有为材料而材料的研究方法。

我本来觉得这些著作是二三十年以前写的东西，现在会有进步。我查了一下解放后我写的东两，对《插图本中国文学史》和《中国俗文学史》的重印，却没有加上新的序言，在少数地方改了一下。如去掉了一些引用胡适的话（当时编辑部也提出了意见）。我不能对以前写的东西不负责任。没有充分用马列主义方法。我在说明元代戏曲发展的原因时，原来臧晋叔有一个看法是元代以曲取士，我反对这论点。我从元代经济发达，农民生活改善来解释，说农民可以出钱看戏。我认为蒙古人进中国后，保留了能书会画有劳动技术的人，原来的统治者被打倒了，交通发达，商业繁荣。但我忽视了元代统治者不久就和原来的统治者地主是勾结的，例如赵子昂等人，都是地主。我没有看到地主统治仍然存在，把政治和经济分开了。在关汉卿研究的文章中就是如此。

解放后我比较满意的一篇文章是《清明上河图》研究，有新观点，谈到了《清明上河图》反映的阶级矛盾。现在看来，其中也有教条主义的毛病。解放后我的文章大多是考古和美术方面的。

我编的《古本戏曲丛刊》中，有一些是不好的东西，没有加以说明，这是不好的。这也说明解放虽然已经九年，我进步却很少。（下略）

| 第六编 |

郑振铎在暨南 *

* 这一部分文献的整理，得到研究生邹源芳、李秀如的协助。

文学院长郑振铎先生演词[*]

　　我到上海来已经两个多月，在这两个多月里，不知经过了多少的困难，平常所想不到的困难。暨南大学差不多和中华民国一样，在内忧外患中一天天腐烂下去。在北京、清华、燕京、中央诸大学他们学生的出路是不大成问题的，每人总有几个机会可以选择，但是暨大怎样？以前暨南华侨很多，现在逐渐减少，一方面固然由于南洋的经济衰弱，而南洋一般华侨的家庭对于暨南的不信任，也是一个重大问题，我们现在应努力恢复以前的荣誉，半年一年之后，也许可以变为优良的学府，将来我们毕业生的出路自然也就不成问题。现在我们所请的教授，以不缺课为原则，并计划多出刊物，如《文学月刊》《文史季刊》，等，以提研究风气，这是在积极方面的努力。至于消极方面，我们现在有许多困难还未过去，因为我们的不敷衍，不联络，处处以同学的学业为前提竟因此得罪了不少的人，招致了不少人的误会和不满。上海的新闻纸差不多全部被封锁，对于暨大的消息，一概不登，同时并有人在各小报上造谣，大肆攻击，但是我们仍然抱着决心，不愿以教育机关，供私人的酬劳。以前的人以"见不义而不为"为优良的道德，现在我们要见义勇为。凡蓄意破坏我们学校我们都要认为公敌。

---

　　* 1935 年 9 月 12 日，郑振铎在暨南大学开学典礼演讲，俞剑华记录，载 9 月 21 日《暨南校刊》第 143 期。

华侨教育与理想之暨南大学 *

上次纪念周杜纪堂先生讲"理想的大学与理想的大学生",我今天却选了一个更亲切些的讲题,即华侨教育与理想之暨南大学。"理想"的学校生活不一定就做得到,但吾人总须以此"理想"为努力之目标。

学生与学校之关系较教职员更为亲切,至少在现在的大学可以这样说。教职员随时可以去可以来,一点保障也没有。而学生则至少须住校四年。学校办得不好,教职员所受的影响并不大,而受影响最大者厥为学生。在校时,学业品行,均将蒙莫大之损失。固然不必说,就是出校以后且将终身背负着"××大学毕业"的牌子。与其前途有密切之关系。大学的名誉,至少可作为毕业同学的一种保障。故同学方面希望暨大改进之心,应该更为紧切!而使暨大能成为一个理想的大学,其责任也要同学们担负了一部分。

(一)暨大之特殊使命 暨南虽为国立大学之一,但与其他大学性质微有不同,因为暨大有特殊之使命,其特殊之使命,即为担负华侨的最高教育的任务。暨南故有"华侨学府"之称,教育部并且指令招生,至少华侨学生要占学生全数里几分之几。故历来本校华侨同学较任何大学为多。本校既负此使命,如何可以完成此种使命,以无负国家立学之本意与夫南洋华侨属望之殷,是非全校师生共同努力不可!华侨对于中国究竟有何关系?华侨同学何以须受此特殊的教育?吾人试一阅南洋华侨之奋斗史,即可知其意义之重大。

(二)南洋华侨之历史 南洋华侨不仅是为生活而奋斗之同胞,并且有许多为民族而奋斗之同胞。在中国每一次大乱之时,总有一批有志之士,或

---

* 1935 年 9 月 23 日,郑振铎在"总理纪念周"讲演《华侨教育与理想之暨南大学》,俞剑华记录,载 10 月 7 日《暨南校刊》第 145 期。

蒿目时艰，或不甘屈服，或愤异族之压迫，或作革命之活动，如元明末年以及太平天国失败后，许多遗老忠臣，革命志士，无不相率赴南洋。辛亥革命其发源与策动，南洋华侨也居重要的地位。此南洋对于革命方面之帮助。至于经济方面对祖国的帮助，则尤为伟大。光绪末，薛福成曾作海关出入口贸易册书后云：彼时入超已达数千余万，其惟一弥补之方，即为华侨每年汇回祖国之现款。现在入超每年达六七万万元。在一九二九年华侨汇回之款也达四万万元之多。我们经济之未完全破产者赖有此耳。这几年来，虽受不景气影响，华侨汇款日渐减少，然对于经济方面之帮助，仍极伟大。故中国之生命线实在南洋。

（三）南洋华侨之地位　华侨在南洋虽有悠久之历史，广大之民众，且有许多地方，全系华侨披荆斩棘，筚路蓝缕所开创，所经营，但华侨在南洋之地位，却低人一等。"中国人"是被视作另一类，而非与欧美人平等的，我们不能享受与"欧美人"平等的权利。南洋各地，对于华侨都有许多不平等之法律与无理性之压迫。例如外国人在中国可以自由开学校，用外国文教书，中国人从不敢加以干涉，但华侨在南洋则极不自由，一教三民主义学校便行封闭。最近暹罗亦订新法令，强迫教员学生读暹文，在安南中国人甚多，大地主多为中国人。中国政府要求在安南设一领事以保护商民，交涉多年，始行解决。所以政治上之不平等，待遇上之不平等，在南洋华侨尤感觉莫大之痛苦；因此解放中国与解放南洋华侨实同一重要的事。

（四）华侨教育之目的　吾人虽受无量数之压迫，虽经多少不平等之苛待；但吾人并非欲打倒他人，吾人只求地位平等，不受无理之虐待。故吾人对于华侨教育之目的，为在使国内之人，明白华侨之状况，使南洋华侨明白国内之情形，将祖国与华侨联为一气，使之息息相关。而南洋学生之出路，仍为回南洋，将所学者传授于其他侨胞，能一致明了国际之情形、与自己所处地位之危险，一心一德，共同奋斗，然后地位始有提高之希望，而数千万侨胞始不至永久受人奴隶。然欲达到此种目的，究竟应用何种方法为适当？

（五）知识即力量 现在吾人唯一之方法，即为求知识，因为知识即力量，吾人应在有书可读之时，求得应有之知识。因为现在知识之力量，较任何力量为伟大，例如战争，以前用刀枪，后来用枪炮，如飞机、大炮、坦克车等俱系由科学家所发明。将来欧洲第二次大战不但为枪炮战争，而且为化学战争，生物学战争，死光、毒气、微菌之制造，何一而非藉重于科学家之知识，吾人欲知识充分，必须先使暨大理想化，使吾人有求得充分知识之机会。

（六）理想之暨南大学 所谓理想之暨南大学，现在的理想标准暂且不能甚高，就现状言之，吾人所最应努力者，约有数事：

甲、生活安定 欲使学生安心读书，必先使其在学校中之生活安定，视学校为乐园，为第二家庭，特别是从几千里路来到中国的华侨同学，我们必须加以特殊的看顾与指导。应不致时常跑到校外，误入歧途。

乙、设备改良 过去学校以种种关系，设备方面因陋就简，殊不成体统，如宿舍之不敷，图书馆之狭小，办公室之简陋，校园之荒芜，若干年来，何以对于校舍，毫无建设。现在学校决先以两万元添置图书仪器并建筑工厂。以后仍当设法筹得经费继续建设，以期在设备方面努力达到大学应有的水平标准。

丙、图书扩充 本校图书馆过于狭小，只能容一二百人，若以之与清华大学相比，直有天渊之别，各研究室之书籍亦太缺乏，现在于学校所筹的两万元里，可以有一万元购置各项图书及仪器。以后尚当继续设法，故同学方面如有见到可购读之书，无妨贡献意见，以补办事人所见之不及。

丁、出版丛刊 过去暨大同学之能力并非弱于其他大学之学生，但以生活不安定，参考书不充足，研究空气不浓厚，所以成绩不佳，即有成绩，以出版物缺乏，亦无发表之机会。因此有人以为上海不宜于研究学问，其实无论何处无所不可以研究学问，例如伦敦、巴黎、柏林、东京等处之繁华较上海为甚，而仍有许多大学，许多学者在其间研究高深之学问，现在吾们拟将本校出版能力加以扩充。如《暨南学报》《暨大丛书》《文学月刊》等……均将次第筹划出版。庶足使教职员及同学均有发表研究的成绩之机会。

戊、师生合作　暨南欲达到理想之目的，其最要之关键，仍在师生合作，在教职员方面奉公守法，在学生方面循规蹈矩，办事人员有违法之处，学生无妨指摘，学生有不对之处，教职员亦不应姑息。

（七）最后之希望　吾希望本校全体师生以团体之利益为先，以个人之利益为后。只见团体不见个人，始能要求中国民族之自由平等，始能要求南洋华侨之地位平等。而华侨教育之目的始得完成，暨南大学始不辱其特殊使命。

文学院二十四年度第一次院务会议纪录 *

时间：九月二十四日下午四时

地点：本校会议室

出席：何炳松 郑振铎 卢前 曾作忠 余文伟 吴文祺 张季信 方光焘 周予同 戚叔含 张耀翔 杜佐周 郭一岑 吴泽霖 张世禄 张凤（张世禄代）陈科美 董任坚 谢文炳 李冰若 陈麟瑞 周谷城 张天翼 袁文彰 李健吾 张栗原 刘延陵

主席：郑振铎 纪录：邓明治

甲 报告事项

（1）校长致词

a 谨致献迎之意。

b 盼望诸位先生有长在暨南服务的志愿。

c 请诸位先生在课之暇多负指导同学之实。

d 须造成以教授为基础的暨南大学。

（2）主席报告

a 教授以不缺课为原则。

b 本学期拟举行"季中"考试，每课于月终须月考一次。

c 中文系及外文系至少每二星期须作文一次，并督促同学多作课外读书报告。

d 关于论文指导，请各教授共同负责。

e 对文学院有未完善处，敬请各教授不吝赐教。

f 尽量购置图书仪器，并希望将来能够少教课而多有研究的时间。

　＊　1935 年 9 月 24 日，郑振铎作为暨南大学文学院院长主持二十四年度第一次院务会议纪录，载 10 月 7 日《暨南校刊》第 145 期。

g 本校出版刊物，其盼诸位先生以研究结果，锡以鸿文。

h 请各教授于一二星期内将参考书目尽量开出，以便添购图书。

i 本院拟于最近集诸先生之力，编就一部较有价值之中国通史。

j 请诸位教授授课时间以外，每周至少有三小时在各系办公室指导学生。

乙 讨论事项

（1）本院各系第一次系务会议时间应如何规定案

议决：规定如下：

中国语文学系系务会议时间规定本星期四（廿六日）下午四时

外国语文学系系务会议时间规定下星期二（十月一日）下午三时

教育学系系务会议时间规定下星期一（卅日）下午三时

史地学系系务会议时间规定本星期五（廿七日）下午四时

（2）本院常务委员应如何推定案

议决：推定院长及各系主任为本院常务委员。

（3）本院院务会议应否设一书记案

议决：由邓明治担任本院会议书记。

（4）本院各教授课外指导时间应如何决定案

议决：各教授于授课时间以外每周至少有三小时在各系办公室指导学生。（指导时间表另行规定）

中国语文学系廿四年度第一次系务会议纪录 *

时间：九月廿六日下午四时

地点：文学院办公室

出席者：郑振铎 周予同 卢前 刘延陵 张世禄 李冰若 李健吾 吴文祺 张天翼

列席者：蒋维乔 许杰 谢六逸

主席：郑振铎 记录：邓明治

甲 报告事项

（1）主席报告开会意义

（2）主席报告编订本系课程之概略

乙 讨论事项

（1）本系必修学程应如何规定案

议决：规定如下：

a 一年必修学程：除"中国文学史纲要"外，应增加"中国文字学纲要"六学分。

b 二年必修学程：中国音韵学六学分，文学批评六学分，国文法二学分，修辞学三学分。

c 三年必修学程：语言学六学分，训诂学三学分，中国文学批评史六学分。

d 史地系"中国学术史"四学分定为本系必修学程。

（2）本系选修学程应如何规定案

---

* 1935 年 9 月 26 日，郑振铎作为暨南大学文学院院长主持中国语文学系二十四年度第一次系务会议，载 10 月 7 日《暨南校刊》第 145 期。

议决：本系选修学程分为语言文字学、文学史等数组订定之。

A 语言文字学组暂定选修学程

（a）二三年选修学程：说文研究三学分，方言研究三学分，古音系研究三学分。

（b）三四年选修学程：中国文字学史三学分，甲骨文研究三学分，金石文研究三学分。

B 文学史组选修学程

（a）二三年选修学程：唐宋文六学分，唐宋诗六学分，唐宋词六学分，唐宋传奇二学分，敦煌俗文学一学分，宋元及其后戏文一学分，宋元及其后话本二学分，元明文三学分，元明诗三学分，（包括词）元明杂剧三学分，元明及其后散曲六学分，元明小说三学分，昆剧产生后的明传奇三学分，清散文三学分，清诗三学分，清词三学分，清小说三学分，清戏曲三学分，现代文学三学分。

（b）三四年选修学程：先秦散文六学分，楚辞三学分，诗经三学分，汉赋及诗三学分，六朝诗赋三学分，汉魏六朝文六学分，六朝小说及其外来影响二学分，佛教翻译文学三学分。

C 关于高级作文及应用文之学程

（a）文艺习作分四组：诗歌四学分，小说四学分，戏曲四学分，散文四学分。

（b）翻译指导四学分。

（c）应用文习作分甲乙丙丁四组除"报章文学习作"一学程六学分外，余均为三学分。

D 其他学程

（a）中学国文教授法二学分

（b）日本人的中国文学研究二学分

（c）欧美人的中国文学研究二学分

（d）专题研究六学分

（3）本系"基本国文"所授教材之分量应较其他各系为重案

议决：通过

（4）语言文字组选修学程应再加考虑案

议决：推张世禄、周予同、吴文祺、方光焘、张凤举诸先生负责审定本组选修学程。

（5）"基本国文"共同教材目录推吴文祺、刘延陵、李冰若、许杰、张天翼、李健吾诸先生编定案

议决：通过。

评图书集成"词曲部"*

近来颇有一种风气，对于清代"御撰"的书，每喜加以夸大的鼓吹和引用；《四库全书珍本》的刊行，便是一例。这和夸大蒙古帝国的战功同样的可笑；他们根本上已经忘记了我们汉民族在那时候也是被征服的民族之一；同样的，《四库全书》的编纂经过也是我们所应掉"一把辛酸泪"的；有何可夸耀的呢？

对于《图书集成》，明钞暗袭之者尤多。一般纂书的人，好走捷径，不查原书，便找到这部"万宝全书"的《图书集成》，以为唯一的"资料"。而不知从此"间接"的来源撷取而来的东西根本上是很不可靠的。曾见有一部什么通史，除钞《九通》和《图书集成》外，几无所有；却也竟是一部流行颇广的"著作"；有的著作中关于"词曲"的一部分，几全部从《图书集成》剽窃而来，却不知《集成》的不大可靠。从前看到这书，久欲一吐此意。为了免除以后的更多数的作者们以《集成》为取材的"万宝全书"计，实在不能不将其中的抵牾处，疏漏处，谬误处，一一为之指出。

这工作诚有"一部《二十四史》从何说起"之概。对于自己熟悉一点的，还是"词曲部"。便从"词曲部"说起吧。还有，关于机械工程的一部分也错得太可怕：把齿轮竟画成了圆轮了，机器如何还会转动呢？"贻误苍生"，莫此为甚！他们是连钞书是也会钞错的。对于这，我也将有一篇批评，继此而刊出。

"词曲部"占着《文学典》第二百四十三卷至第二百五十六卷，凡十四卷，篇幅并不算多，疏谬之处，却触目皆是。

---

　　*　1936 年 2 月，《暨南学报》创刊，郑振铎发表《评图书集成"词曲部"》一文。

"词曲部"汇考凡八卷，占全部篇幅的大半。我们看这八卷采录的是些什么呢？

关于"词"的，有：

（一）王灼，《碧鸡漫志》（凡一卷，《文学典》第二百四十三卷，末并有评云："此卷考核援引最详雅，可与段安节《乐府杂录》并传为词林佳话"）；

（二）都穆，《南濠诗话》"调名"一则；

（三）杨慎，《词品》三十四则；

以上均是关于"词"调名称的解释的（均见《文学典》第二百四十四卷）。

（四）《三才图会》《诗余图谱》（凡三卷，即《文学典》第二百四十五卷至二百四十七卷）。

关于曲的有：

（一）陶宗仪，《辍耕录》"杂剧曲名"等三则（《文学典》第二百四十四卷）；

（二）《啸余谱》，"乐府体一十五家及对式名目"及其下"群英所编杂剧"名目，凡一卷（第二百四十八卷）；

（三）《啸余谱》《中原音韵》（凡一卷，即第二百四十九卷）；

又《啸余谱》，"务头"以下，（按即《中原音韵》之下卷）凡一卷（第二百五十卷）。

所谓八卷的"汇考"，不过是如是寥寥的几部书！"总论"所采录的，计有：

（一）张炎，《乐府指迷》；

（二）陆辅之，《乐府指迷》（末有评云："此本还在沈伯时《乐府指迷》之后，古雅精妙，较是输他一著也。若新巧清丽，是册亦未可少"）；

（三）涵虚子，《词品》（评诸家词）；

（四）附王世贞评明代诸词家；

（五）徐炬，《事物原始》，"词""曲"二则；

（六）吴讷《文章辨体》"近代词曲"一则；

（七）徐师曾《诗体明辨》"诗余"一则；

（以上均在第二百五十一卷）

又，"文艺"所采录的，自唐沈朗的《霓裳羽衣曲赋》，五代欧阳炯的《花间集序》以下，凡文、诗、词三十篇（均在第二百五十一卷）。

《文学典》的第二百五十二卷至二百五十五卷为"词曲部"的"纪事"；第二百五十五卷的下半及第二百五十六卷为"杂录"。这两部分琐细过甚，来源过于复杂，要清理是必须费了不少的力量的；且要增补、纠正，也非数日之力所可能；在这篇批评文字里决不能细加批评，姑且不提。

但仅就"汇考""总论"及"文艺"三部分论之，可议的地方已不知有多少！

最不能原谅的一点是，编者取材的谫陋与疏忽：忽略了（或未见到）第一道的来源而采用了辗转钞袭的谫陋的著作。如关于"词"，张炎的《词源》，陆辅之的《词旨》均易得；沈义父的《乐府指迷》也附于《花草粹编》后；《诗余图谱》，为张綎所著，明代刊本也甚多。（较易得者为新安游元泾刊本，汲古阁刊本）今《集成》乃独从《三才图会》录得《诗余图谱》三卷，可谓"间接"的了；而《词源》一书，乃混名为《乐府指迷》，陆辅之《词旨》乃亦混名为《乐府指迷》，而沈氏的《指迷》则独遗之。此可见编者未见原书，而徒知从明人的很谫陋的辑本里间接取材（盖系从陈眉公《秘笈》本之误。《秘笈》总名《乐府指迷》，而以《词源》为上卷，《词旨》为下卷）。故致杂乱无章如此，关于"曲"，更是可笑了，仅知从《啸余谱》录得《太和正音谱》的一部分及周德清的《中原音韵》，而目未睹原书，故遂致"支离破碎"，不堪一读。涵虚子《正音谱》腰斩了大半，而仅录其"乐府体一十五家及对式名目"与"群英所编杂剧"名目。至《中原音韵》则割裂讹误，尤甚。

编者全录《中原音韵》的关于"韵"录的一部分；至所附"正语作词起例"，则照钞《啸余谱》，目曰"务头"，而竟不知仍是《中原音韵》之文了。此全录"间接"取材，故遂讹误至此！最可怪的是，涵虚子《词品》，原为《正音谱》上卷的一段，名为"古今群英乐府格势"，《集成》编者乃别列之于"总论"中，且非原文。妄增"已上十二人为首等"，"已上七十人次之"，"又有董解元……汪泽民辈，凡百五人，不着题评，抑又其次也。虞道园、张伯尔、杨铁崖辈俱不得与，可谓严矣"等语。涵虚子竟会这样地自评自赞么？初不明白编者为何如此妄改、妄增，后乃知仍是间接钞袭，并非编者的自作聪明。原来这一段文字，乃是从《欣赏》《曲藻》上钞过来的；故竟"张冠李戴"，把《曲藻》的文章也拢统地归到涵虚子的名下去了。如有人把这一段文章"引"作涵虚子说的，岂不"贻误"读者么？所附王世贞的《评明代诸词家》也仍是从《欣赏》《曲藻》而来。却更大误。原来这一段也是《正音谱》之文，而竟被缠到王世贞身上去了。

关于研讨"词""曲"的起源，只引了《事物原始》《文章辨体》《诗体明辨》等寥寥数则，而不知从更早更好的来源里去找，也是谫陋得可笑。

其次，可议的地方是疏漏。抛弃了许多重要的著作，而收入许多不大重要的次等的材料。关于这一点，也说来话长。"词"的一部分，在陆氏《词旨》后，明明地说"此本还在沈伯时《乐府指迷》"之后，而沈氏的《指迷》却不见采录。（此等评语也是照抄他书的）只录《诗余图谱》而不录词韵一类的书，不知何故。至于曲韵，却又全钞《中原音韵》了。

"曲"的一部分，缺漏的地方尤多。《集成》的编者仿佛只知道世间有北曲而无南曲，有杂剧而无传奇，故《汇考》里，收《中原音韵》，收涵虚子《正音谱》，而完全忘记了关于南曲一部分的材料。且词谱既收《诗余图谱》，则至少曲谱也应收入。《北曲谱》是摆在手头的，在《正音谱》里就有。编者既大钞《啸余谱》，为何不多抄些呢？这不能不说是"体例不纯"了。

索性对于南曲一字不提也倒罢了。在《杂录》里却又采用王世贞《艺苑卮言》，陈继儒《太平清话》中多论南曲语。但读者如要对于南曲有一种"概念"，却是找遍那末"笨大"的一部《图书集成》都找不到。我们不愿以今日专门家之搜集的结果去和《集成》之内容比较，但至少编者对于不大冷僻的眼前手头的书，应该好好地利用。为什么竟这样的"取舍"无方，随意钞剪呢？南曲在编者那时代正是盛极一时，编者绝对地不应该忽略了它，也没有独缺漏了它的理由。如果这部《集成》在《正音谱》时代，在《永乐大典》时代编成，乃至在正德嘉靖时代编成，倒还可以原谅。但《集成》的编纂，乃在康熙、雍正时代，这实在是使人难以明了其取舍的动机的。且在《永乐大典》里，也已收入"戏文"三十三种之多；《大典》的编者是将"戏文"和"杂剧"同等看待的。为什么《图书集成》的编者能独地无视南曲的"存在"呢？是无心的疏忽？是有意的排斥？还是缘于编者的无知与手头上材料的不够？三者必居其一。

"总论"一部，过于贫乏，曲的一部分所录尤少。在编者的时代，论曲的书不会是很难得的。王伯良的《曲律》，沈君徵的《度曲须知》《弦索辨讹》，在那时候都不会是难得的书，沈德符的《顾曲杂言》一类的书，（这书也是和《欣赏》《曲藻》一类的书相同，从沈氏著作里辑集出来的）也不是不易得。为什么关于这一部分的材料竟这样地听任其"零落不堪"呢？

"艺文"一部，几全是关于"词"的，且也都是不加选择，随手钞辑的。所以许多重要的序文及论文等等都遗漏了，而不重要的"诗""词"却钞了许多篇。关于南北曲的，可以说是一篇"艺文"也没有。在元明人的著作里，我们绝对不相信不会找出若干篇关于"曲"的"艺文"来的。关于这一类的材料，我们现在是搜罗得很不少的。将来有机会总要设法刊出，这里且不罗列那些篇目了。

在这短短的十四卷"词曲部"里，已有了那末多的错误，缺漏，妄为割裂，以及不正确处。如果研究词曲的人以这一部分材料作为"南针"，作为研究的开始，一定会被引入歧途的。如果做"通史"一类著作的人，以这一部分的材料作为钞袭的根据，那末也一定会沿袭其错误下去，永无得见词曲的全般面目的一天。

总之，非专门的人读这部书仿佛觉得是"无所不有"，其实却处处是陷阱，如果误信了它，引用了它，便会被引入歧途和错误上去的；专门的人读之，却是"一无所有""触处皆非"的，根本上用不到它。

这一类《万宝全书》，今日是用不到的。我们应该明白他们是"官"书，是"急就章"，是非专门的人，用钞胥，用剪刀钞贴而成的《万宝全书》。我们应该去找第一道来源。像这种钞辑而成的东西最容易贻误我们，误"引"了它，便常常要闹出笑话来的。

我希望有人肯费一二年的工夫，把这部庞大笨重的《图书集成》的"引用书目"编出来；这么一来，我们可以相信，必能拆穿了这个"纸老虎"的。

牺牲的时期和价值 *

诸位同学，我很想保持沉默，因为在现在说话，很不容易。不过今天校长一定要我说几句话，我只好借这个机会发表我一点意见。

今天所说的题目，似乎有相当的刺激，就是牺牲的时期和价值，现在一般人对于学生运动的估计，不是失之太高，便是估计太低，我们晓得这次"一二·九"的学生运动是发源于北平，现在"一二·九"差不多已经成了历史上的名词了。"一二·九"学生运动的价值和他的勇敢精神，远过五四运动之上，因为在五四运动的时候，我也在那里做学生，那时各方面的压迫，没有现在厉害。但是"一二·九"便不同了，在冀察政务委员会成立之后，宋哲元的军队和日本人的军队，随时可以逮捕人，随时可以枪杀人，许多公务人员和教员学生都不断地被日人捕捉，在这种严重压迫之下，而北平的学生还能奋不顾身，作这种历史上最悲壮的运动，是很不容易的，这种壮烈的运动很快地蔓延到上海、南京、杭州、武汉、广州……但到了后来，却有了一个很可悲痛的结果。最初是清华一部分学生以免考为工具，想再团结起来，从事于爱国运动，这种利用逃考的卑劣心理，非常的不正当，所以当时引起了清华全体教授的罢教。我虽想致函清华的教员们指摘他们的态度在这时候对学生罢教的不对，但同时也想要告诉学生们，以罢考为手段，也是不对的。结果牺牲了不少学生。（上海幸而免）清华的学生分成了两派，武汉大学和山东大学是牺牲了许多学生，这种牺牲可以说是毫无必要，毫无价值。

我们做事须认定是与非，义与利，用理智去控制感情，不应当盲从，

---

* 1936年3月16日，郑振铎在"总理纪念周"讲演《牺牲的时期和价值》，由俞剑华记录，载《暨南校刊》第165期。

不应当冲动，不应当地作无益的牺牲，要认定牺牲的价值和时期。今年是一九三六年，在前几年世界各国已经纷纷在叫着一九三六年是非常时期，为世界最大的危机，为不能逃避的关头。中日，德法，日俄，意英等国的战争说不定在最近就要爆发，一个比第一次欧战还要厉害的战争。像"九·一八""一·二八"一样，炸弹会突然从天空中掉下来，所以我们必须彻底觉悟，切实准备，我们不要再梦想和平，我们不要再梦想和敌人携手，我们只要看十五号《大美晚报》上所载室伏高信召集的座谈会，就可明了敌人的军人、实业家、商人，新闻记者都在那儿大胆地讨论灭亡中国的步骤和方法，甚么时候就大难临头，虽然不晓得，但为期总不在远。所以我们应该觉悟，应该警戒，应该准备。

我们要牺牲个人的私利，顾全全团体的利益，因为一个人本来是很渺小的，若不为团体牺牲，就为团体所蔑视，为怕牺牲而逃避，不特无从逃避，就是能逃避也要受人讥笑的，例如欧战时有许多外国人不愿意参加战争，便仿效白乐天"折臂翁"的办法，自己做成残废，结果不但社会上的人看不起，就是自己的家族也都看不起。所以在一个大运动、大战争之下，个人只有奋斗，才有希望，只有牺牲，才有光荣；明晓得要牺牲也非牺牲不可，假使一旦中日战争爆发，全国没有一个人可以逃得掉的，所以我们要不浪费精力，要聚精会神准备警戒，获得一个最有价值的牺牲。

我们现在做事，要先考量对不对，对的事情就去做，不对的事情就不做，若明知不对，反要受人利用去做，以作无益的牺牲，那就未免太浪费。我们暨南大学现在有一千多人聚集在一处，是很不容易的事，随时都有解散的危险，所以我们应该尽量发挥自己，尽量谅解他人，不要太过于意气，动不动就骂人是汉奸。我们现在应当作各方面的准备，等到机会一来，我们要一齐牺牲，但是机会不到，许多无价值的牺牲是要竭力避免的。

文学院发展计划[*]

在二十四年度内，文学院倾全力以整理学程，并力求各学程教学效率之增进。历次院务会议与各系系务会议无不以此二点为讨论中心，一方面使其适合于一般大学的水准，一方面尤注意于增设南洋各地语言文字与历史地理学程以及有关华侨高等教育之其他学程，俾能贯彻暨南大学所应负之特殊使命。

对于本学院图书仪器之设备，亦有相当数量之购置。本校图书馆所藏新文学书籍，向极缺乏，本年度中文系参考室增购千数百册，已灿然可观，同时并购进各时代总集、重要的专集、词话、诗话以及四部丛刊续编三编与缩本四部丛刊等。外文史地各系，对于重要名著，亦经陆续收藏。教育系并购入李石岑先生遗书全部。关于心理仪器，曾大批购入；史地系并成立一小规模的气象测候所，每日揭布气象测候报告。

现在学程整理已告一个段落，教学效率亦有相当增进。在二十五年度之开始，拟进一步注重于各学程内容之充实，及图书仪器之购置。中文系注重于各时代重要作家专集之收集；外文注重于各国语言文字基本书籍及文学名著之购置。史地系拟特别注意搜罗关于南洋史地之图籍，俾数年后得成立一特殊的南洋史地书室；同时并积极成立地理教室及历史教室，充实室内之特殊设备。教育系仍努力于各国教育名著之购藏，并拟将各地出版之中小学教科书作大规模的搜罗，以供学生研究。心理实验室并拟添置大批精密仪器，并与各大学各研究所及医院作密切的联络。

对于学生基本写作之训练，下学年拟特别加以注意，已成立基本国文

---

[*]　1936 年 6 月 14 日，郑振铎在《暨南校刊》第 176 期发表《文学院发展计划》。

教学改进委员会及基本英文教学改进委员会；在开学前即可开始工作。对于第二外国语，亦拟设立一教学改进委员会，研究教学效率之增进。

关于刊物方面，本学院拟于下年度创刊：（一）"文史季刊"，发表各教授及学生之研究著作；（二）"地理资料"，刊印关于中外地理之研究资料；（三）"中国戏剧"，刊载关于中国戏剧之各种专门著作及书目参考资料等。关于"中国通史"之编著，本学年已成立筹备委员会，下年度拟积极进行，由教授和校外学者分工合作，开始陆续编印。

文学院院长郑振铎先生训话 *

刚才听了杜先生说的如何做人这几句话，引起了我的一点感想，自己是一个中国人，在体魄灵魂中有许多许多中国人的劣根性，非克服它不可，天天总在想如何克服它？

校长现在已说过，大学生在中国是很可宝贵的，要五千人中，才有一个大学生，如此少的大学生，仍不能把卑鄙的劣根性克服，不知如何做人，这是多么悲观的事情。

个人是社会的一份子，好像身体里的一个小细胞一样，个人的一举一动，均可以影响整个社会的，所以个人与社会是不能分开的，是应该适合于社会的生活的，要遵守纪律，不能任意活动，要尊敬他人的权利，不该尽量利用自己的权力，为非作歹。中国人在有权力的时候，常常尽量利用，等到没权力了，其卑污恶劣的行为，简直像个老鼠，如过去的军阀等便是如此。在中国到处可以看到冷酷的劣根性的表现；如看人出丧，如行人之被车夫叱责，如电车卖票人之叱责乡下人等等，都是冷酷无同情心的表现，这种冷酷的现象在世界各国均绝对没有的，在中国却到处可见。不管有没有受过教育的，都是如此。

究竟用何种方法，可以克服劣根性？要尽量利用自己的力量帮助人家。我们做一个最勇敢的人，最勇敢的人便是最有礼貌的人。利用势力的横暴

---

* 1936 年 9 月 12 日，郑振铎作新生生活指导谈话会讲话，由楼夏操、俞剑华记录，载 9 月 21 日《暨南校刊》第 180 期。

无礼的人便是最卑怯的人。诸位在校里就该如此，要守法，要帮助人，像阿Q式的人，是最卑鄙龌龊的。能够守纪律，有礼貌，能够帮助人，才配称为一个人，也就是做人的起码条件。

文学院各专任教授指导时间一览 *

（1）中国语文学系

郑振铎先生	星期一——六	上午九——十二时
	星期二——四	下午一——四时
傅东华先生	星期二、四、六	上午十——十一时
卢前先生	星期一	下午三——四时
李冰若先生	星期一	上午九——十一时
	星期三、五	下午二——四时
		上午十——十一时
吴文祺先生	星期一	上午九——十时
	星期三、五	上午十——十一时
张世禄先生	星期一、三、五	上午十——十一时

（2）外国语文学系

戚叔含先生	星期一	上午八——九时
	星期二、五	上午十一——十二时
孙大雨先生	星期二、四、六	上午十一——十二时
陈麟瑞先生	星期二、四、六	上午十——十一时
李健吾先生	星期一、五	上午十——十一时
	星期三	下午三——四时
方光焘先生	星期二、四、六	上午十一——十二时
袁文彰先生	星期一、三、五	上午十——十一时

---

* 1937年3月15日，文学院各专任教授指导时间一览表，载《暨南校刊》第201期。

（3）历史地理学系

周予同先生　星期二——六　　　上午九——十时

周谷城先生　星期二、四、六　上午九——十时

陈高傭先生　星期一、三、五　上午十一时——十二时

王勤堉先生　星期一　　　　　上午十——十一时

　　　　　　星期三、五　　　下午三——四时

陈同燮先生　星期二、四、六　下午三——四时

（4）教育学系

张耀翔先生　星期一　　　　　上午八——九时

　　　　　　星期二、三　　　上午十一——十二时

　　　　　　星期四　　　　　上午十一——十二时

　　　　　　星期五　　　　　上午九——十时

　　　　　　　　　　　　　　上午十一——十二时

　　　　　　　　　　　　　　下午一——四时

郭一岑先生　星期二、四、六　下午二——三时

　　　　　　　　　　　　　　（在心理实验室）

张季信先生　星期一　　　　　上午十一——十二时

　　　　　　星期三　　　　　上午九——十一时

　　　　　　　　　　　　　　下午二——三时

　　　　　　星期五　　　　　上午十一——十一时

陈科美先生　星期一、三、五　上午九——十时

张栗原先生　星期二、四、六　上午九——十时

余文伟先生　星期二、四、六　下午三——四时

民俗学与中国古史的研究 *

　　本篇大体是根据郑振铎先生从前的一篇讲演，郑先生是国内研究民俗学的有数学者，其先后发表的《汤祷篇》《玄鸟篇》都是用民俗学的眼光来研究中国古史的拓荒著作。这里所讲的，有很多超卓的意见。笔者搁置很久一直没有把他整理出来。最近因几位朋友研究的兴趣集中到中国古代史上，因而谈到民俗学，适巧在行箧里发现了这一篇散乱的笔记，于是把它整理出来。其中自难免有失实或遗漏的地方，因时间关系，未能送给郑先生过目，文章应由笔者自负。

一、我们有悠远的历史

　　贫乏的中国史学界，到现在还没有一部以唯物史观的观点而编写的中国历史。有之，则大都仍不出旧史学的园地，把朝代地名人名相叠砌，根本说不上是历史，而是统治阶级的起居注，和描写若干高高在上的英雄而已。所以有人主张要写一部不涉私人姓氏而基于社会经济变易的人类的真实史，这观点不失是准确的。那末就非从经济、政治、文化各个部门入手，条理地作一个总的研究不可，然后才能真实地衬托出中华民族永远不可被征服的坚韧的民族意识。

　　当我们着手研究中国史的时候，可发见中国史学界对于中国古代史争论的猛烈，在近古史和现代史的争论，就比较和缓。而关于中国古代史的著作，也大都缺乏超越之见，差强人意的当推夏曾佑编的《中国古代史》（商务版）。这书最初原是一本中学的教科书，现在则是把他列入了大学丛书，

---

　　*　郑振铎在香港的演讲，白翔记录，载《学习》1940 年 5 月 16 日，第 2 卷第 4 期。

在学术界日求进步的方面说来，是很惭愧的，更何况该书里还正多着值得商讨的地方。

先秦以前的历史，根据现在研究的结果，那正是一团糟，说来是令人痛心的！因此有人就把它抛开不谈，可是要真有志研究中国史的话，非先把古代史贯通，是无法入手的。反之就谈不到什么表扬民族意识。所以某些史学家的躲避困难，取巧地从秦汉入手，这不是真正研究历史的作风。晚近以来，北平猿人及甲骨文字的发现，提供我们研究古史以很宝贵的材料，可是还没有研究出结果来。至于两汉历史的研究，比之研究先秦以前的历史，是方便得多了，尤其是近年汉简的发现，在伦敦的有三四千种，在上海的亦有二千多种，共计五千多种，是研究汉史的最丰富史料，可是我国专门研究汉史的学者，还囿于旧的藩篱，而没有能够在这方面吸取新的材料。

中国在世界上是有五千年以上悠远文化的古国，一般研究中国史的学者，仅仅追溯到三四千年，在三四千年以前的历史，因于研究上的困难，就轻便缩短了！实在中国的历史是不止五千年，根据现在考古学地质学的研究结果，已经追溯到二万年以前，这是一种进步，是我们应该继续努力的。即如欧洲的古代史，以前的追溯，仅至二三千年，可是现在继续研究的结果，已经能追溯到比之二三千年十倍以上的年代，如荷马时代与爱琴海时代，这些原先认为是神话的传说，现在则虽已证明是古代历史的开端。在人类不绝进步的过程中，将来必然可追溯到更古更远的时代。

但中国的古史研究者，往往犯无条件疑古的毛病，例如辑《古史辨》的顾颉刚先生，他认为古代并无禹治水的一回事，只是一种传说，禹不过是水中的爬虫，好比现在黄河里的船户，把水蛇当作大王一样。这意见我们认为有深切研究的必要，尤其是在民俗学者的眼光里，禹治水虽未可据为信使，然而传说的由来，必然有他的社会背景。次如近年××编的《楚辞研究》也抱了一种疑古的态度认为《离骚》并非是屈原作的，而是汉淮南王刘安所伪造，牵强附会地举了些例子，假如大家这样轻易疑古的话，那末中国的历史，不仅不能向更古更远的年代追溯，反而愈缩愈短，无怪前年日本出版的《世界年代表》，说中国只有二十五年的历史了。该书作者的命意，不言而喻是故意歪曲的，亦是国人轻易疑古的态度所招致。所以我们要在今天研究中国历史，非从远古时代的历史入手，而整理出一个系统来不可。悠远的历史是中华民族复兴的基石，我们看到很多灭人国者，总是先灭人国的历史，正就是这个道理。

二、研究中国古史的派别

中国古史研究者的派别，是极端复杂的，我们没有方法把它举细列举，大体来说，约可分为信古、疑古和考古三派：

A 信古派　无条件地相信古史为可靠，而一字不疑。这派在中国有相当力量，以时间言，从宋朝起直到民国初年；以人物言，从朱熹之流起一直到近年才逝世的章太炎，即及今犹健活着的《中国文化史》作者柳诒徵先生，也是此派的代表人物。现在此派在史学界里已成为最没落的一派。

B 疑古派　疑古派是对于信古派的一种破坏，即对于传统观点的破坏。而疑古派的最早人物，当推孟轲，他曾经说"尽信书不如无书。"而《史记》的作者司马迁也曾说"缙绅先生难言"以至于后来的欧阳修、王若灵、李卓吾、阎若璩、崔东璧、姚际恒等，都是古代的疑古派，一直到五四时代的胡适和他的学生顾颉刚都是疑古派，在思想方面说来，固然是解放的，但主要有两个缺点：第一他们是以现代人的目光和文化程度，去推测古代的社会状况。第二是以直觉的眼光（观点）而遽下判断。前者是忽略了历史的时代背景，后者则缺乏着科学的根据与旁证。

C 考古派　是依据现代科学上的发见，从事于古史的研究，抱着"无证不信"的态度,而用一种比较的研究方法,从地质学、人类学、社会学、考古学、古器皿学及民俗学等各方面入手,这是研究历史的科学的方法,因之他的成就,比之上这两派,有显著的进步。

三、民俗的古史研究

民俗学并不是可以解决古史上的一切疑问,是研究古史的一种方法而解决古史上的某些争论。

A 何谓民俗学　民俗学就是对民间过去以至于现在还流行着的荒唐怪谬的传说,和神奇无稽的风俗以及歌谣等等的研究。在直觉的眼光看来,这些纯是一种胡说或不可考的谵语。但是它一定有其所以由来的社会背景,在某种程度上可能是后人假托附会与伪造的结果。我们知道人类文化是逐渐进步的,有许多野蛮社会的信仰和传说,确乎是该时代的现象,决不能以现代人的眼光,片面地给以否定。愈是荒唐无稽的传说愈足以肯定是野蛮社会里所产生的,而愈有其真实性,也就愈足以肯定其由来的古远。在今天的社会里,也往往保有着这种旧的迹象,不过约略变了个样子,但其蜕变的来龙去脉,是可推测和复按的。

B 民俗学的历史　民俗学的研究,还是近六十年来的事,历史是很短促的,可是民俗学已为世界学者所注意,研究民俗学的组织,也已遍布世界。可是民俗学在中国,则并不十分发达,有之则仅仅搜罗些民间的歌谣,比之世界各国民俗学的研究,非常相形见绌[①]。但中国民间所流布的荒唐无稽的传说和奇异怪诞的俗尚,多得不胜枚举,假如能够计划地采访系统地研究的话,一定有巨大的发现和丰富的收获。然而现在则是一块尚未开垦的荒地。

---

① 原文为"拙",当为"绌"。

C 研究民俗学的基本条件　民俗学的优点，是相信人类文化的进步。在研究民间传说和民俗变迁（包括宗教信仰等）的时候，不可疏忽古器皿学的研究，这亦是专门学问，现在不想多说。不过研究民俗学的最主要的一点，就是不可拿现代的眼光，去修改古代的情状。同时勿拘于神话的旧说，要运用新的科学的方法，搜集现在还未开化或半开化的野蛮人的传说与俗尚作为研究的材料，因此很多研究民俗学的学者们，他们就深入到各个野蛮民族中间，去考察他们的传说和俗尚，一一地记载下来，和古代史上的记载相校对，来证实它的真实性，即所谓以今论古是。同时有很多古代的民俗传说，是由其他地方转输来的，并非在某一地区独立发展的，因此民俗学者，还得研究同一时代的人类活动，和同一时代的文化。所以在现世界的任何文明的民族里，都或多或少地保有着古代神话与俗尚的存在，也都是研究民俗学者的很好资料。

D 民俗学在古史研究上的运用　（一）有史以前——远古时代的历史，大部分是被神话与传说占据着的，虽然是十足野蛮，但确为该时代人民所信仰，所谓"古物皆灵说"，正就是初民社会的写照。（二）考古学上的证据——西欧的 Troy 城，一向以为是一种寓言，可是现在居然被发现了，由此可知神奇的传说，都是有他的根据的，我们正未可用怀疑的态度，而擅为推翻。（三）古今的相同点——古代野蛮人的生活，与现代人的传说，有很多地方是相同的，这正是说明传说的可靠性，而不是偶合。（四）夸大与修改——古代的传说，在年代久远的过程中，不免有被夸大和修改的地方，因而部分地丧失了它的真实性，为某些传说，是被人们所附会而用来欺骗人的，我们要把它辨别出来，不能因为后来的伪作，而推翻了可以相信的旧说。同时古老传说与神话的产生，是由于相信奇迹和相信自然现象，我们必然要在这方面来理解它，不然是永远也得不出结果来的。

四、民俗学与中国古史研究 ①

中国古史上有很多未解决的问题，由于各个研究者的立场不同，而集讼纷纭，尤其是占着古代史大部分的传说与神话。只有用民俗学的眼光，才能得到合理的解决，即传说所由来的社会背景的追溯。

---

① 该文有两个第三部分，"民俗的古史研究""与""民俗学与中国古史研究"，且第二个第三部分篇幅非常小，依照原文转录于此。

| 附 录 |

上海文献保存会工作报告书 *

---

　　* 转录自郑振铎著，陈福康整理：《为国家保存文化：郑振铎抢救珍稀文献书信日记辑录》，中华书局 2016 年版，同时参考《国立中央图书馆刊》第 16 卷第 1 期、沈津先生整理的《郑振铎和"文献保存同志会"》等文。1939 年底，留守上海的爱国学者眼见世藏江南各大藏书楼的珍稀古籍被日本、美国等海外购藏者捆载而去，心急如焚，郑振铎、张元济、张寿镛、何炳松等联名数次向重庆"教育部"发电报，要求拨款抢救民族文献。1940 至 1941 年，经时任"教育部长"陈立夫批复，同意在上海成立"文献保存同志会"，为"中央图书馆"抢购藏书家散出的古籍。由郑振铎负责与藏家沟通并初定购书目录、张元济负责版本鉴定与购藏目录审定、张寿镛负责拨款管理及出纳，以暨南大学、光华大学及涵芬楼名义购书，购书拨款未到时，则暂向暨南大学何炳松校长借用。本报告以隐语、化名等方式直接打给时任"中央图书馆"筹备处蒋复璁，原件今存台北"国立中央图书馆"，2005 年在该馆《五十周年馆庆特刊》(《国立中央图书馆馆刊》第 16 卷第 1 期) 公布。据郑振铎《求书日录》及其他日记书信记载，报告一般由郑振铎草拟、经张寿镛、何炳松等审核后联名上报。本部分文献的整理得到研究生闫耀恒、邹源芳的协助。

第一号工作报告书

（1940 年 4 月 2 日）

　　中国书店金君介绍之甲骨一批，已归中法，同是公家机关，似不必分彼此也。《册府元龟》有嘉靖白棉纸蓝格抄本一部，共二百册，又有万历抄本一部（有抄配），册数同，二者均从宋本出，嘉靖抄本索值二千［万］四千元，正商洽中，尚未解决，（书已由平寄来）。此间诸友均经常保持密切联络，并拟有办事细则。（兹附寄一份备存查）自二月初以来，购进各书有可奉告者：（一）二月底购进刘氏玉海堂（刘世珩）所藏善本书，计七十五种，中有宋刊《魏书》一部（后印），元刊元印《玉海》一部（计二百册附刻十三种，全国内似无第二部，惜附刻最后二种系以明印本配全），明刊及抄本曲二十种，余均为元明抄本及抄校本。计值一万七千元，系从孙伯渊处购得，由潘博山君介绍。（二）三月初购进杭州胡氏书七百八十种，中有元刊本三种（均不甚佳），明刊本六七十种，余皆为抄校本及清刊本，清刊本中有极难得者，且均为初印本，校本多半出丁丙及许增手，盖其中书多半系胡氏从娱园购得也，价六千元，系中国书店金君介绍。（三）三月底购进上元宗氏（礼白）金石书二百二十余种，中有元刊元印《考古图》最佳，亦多稿本及抄本，可称善本者近四十种，容庚金石书目未著录者凡六十余种，购价计四千元，系铁琴铜剑楼瞿凤起君介绍。（四）三月初购进张葱玉所藏松江韩氏旧抄校本书十二种，虽非上品，而价甚廉，且均尚有用，中有明抄本《法帖释文》，旧抄本《道藏目录》，及校宋本《谢宣城集》等，价三百五十元，由中国书店经手。（五）三月底购进铁琴铜剑楼所藏元明刊本及抄校本书廿种，均甚佳妙，中有爱日精庐旧藏《营造法式》十六册（影宋抄，见《爱日志》，惜中有新抄配本四册），图绘精绝，又有明抄本《渑水燕谈录》二册，黄丕烈等跋，洪武刊本《元史》七十册，万历刊本《十六国春秋》三十二册（惜抄配二册），明初刊本《龙门子凝道记》二册（叶石君藏），明黑口本《滕王阁集》二册（何梦华藏），元刊本《素问入室运气论奥》一册，元刊本《黄帝内经素问遗编》一册等，价共二千元，系由中国书店估价，而与瞿凤起君直接商妥者。此皆由各藏家收购者。正在进行中者有：湘潭袁氏（思亮）藏书近八十箱（中多善本），南海康氏所藏宋元明及抄校善本二百余种。惟康氏所藏宋元本鉴别不精，多杂赝品，非细加剔除不可。袁氏书则包罗甚广，精品极多，数日后或可商谈成功。即此数批书，已略有可观矣。邓氏群碧楼书（以抄校本为多）为孙贾伯渊及平贾等所合购（闻出价四万余元），善本不过三百余种，而索价至五万金以上，普通书亦不多，观其送来之书价单，其全部定价在十万以上，可谓未之前有之奇昂。惟其中明抄各书及何义门、鲍渌饮、劳氏兄弟所抄校者，实是珍品，弃之可惜，应否选购若干种，尚祈示知（细目及价格下次抄奉）。至嘉业堂中物，则迄未商洽就绪，恐其数值决非我辈力所能及。铁琴铜剑楼所藏已商约再三，绝不他售，瞿氏兄弟深明大义，殊为难得，当可分批陆续得之，欲一时尽其所藏，此时尚谈不到也。南浔张氏昆仲之书亦可陆续得之。又有李氏藏普通书一百二十余箱，约一万数千册，均有用之参考物（如《九通》《廿四史》及清代所刊史、集等），由传新书店介绍，在接洽中，其价大约不出四千元（约三千数百元可得），购之似亦可补充善本库之所缺也，因其廉（每册不及四角），故不妨购得。至零星在此间各书肆及北平各肆所得者，亦颇足一述。近代史料约得七八十种，中有抄本不少，如《岛夷纪略》《窥豹略》（皆叙鸦片战争经过）、《内阁官制》等，皆可资用。清人文集约得四百种，皆选择其有用与不可缺者。普通之诗词集皆弃之。其他零购善本如元刊元印《乐府诗集》（傅沅叔密校）、嘉靖本《六朝诗集》（二十四家，《北平图书馆善本目》仅十七家，缺首二册）、嘉靖本《唐百家诗》（朱警编，北平图书馆仅有明抄本）、元刊大字本《中庸或问》（蝴蝶装，纸首为元代物价）、明抄本《圣宋五百家播芳文粹大全》、万历刊本《神器谱》、崇祯刊本《南枢志》（绝佳，虽为残本，未见第二部）、嘉靖抄本《皇明名臣碑铭》、明抄本《宝日堂志》（张鼐作，类《酌中志》）、万历刊本《郁冈斋笔尘》（价未商妥）、万历刊薛应旂《宪章录》（天一阁旧藏）、崇祯刊《石仓诗选》（明诗至六集止）、弘光乙酉刊本《雪窦山寺志略》（极罕见）、崇祯刊本《寓山志》、万历刊田艺衡《留青日札》等。尚在议价及接洽中者有：明蓝格抄本《说郛》（书未寄到）、万历刊本《牛首山志》（有徐燉跋）、明刊残本《大明集礼宪章类编》等。零购之书，于近代史料及清人集外，皆以罕见珍本为主。由李贾紫东介绍，取得刘晦之藏、季沧苇辑《全唐诗》底稿凡一百十九册，皆以明刊诸唐人集剪贴，其中间并有宋版书在内（惟仅见首函，未睹宋版）。始集明刊唐诗集之大成，且足发清人辑《全唐诗》掠窃之覆。惜索价至八千元之巨，虽极重视，却不能不割爱，如先生觉有购置必要者，当再度与之商谈，恐其价未必能多削减。又有《石林诗话》二卷（共四十八页，陈仁子刊，或误为宋版，实元初刊之最上品），索价至一千三百元，且至刊登《字林报》，求售外人，殊为可恶，曾数次相商，亦未谈妥。平贾渤馥（文殿阁）有明刊本刘梦得《中山集》（此书除日本某氏藏宋本外，明刊极罕见），索价至千金，亦未能商定。大抵我辈搜访所及，近在苏杭，远至北平，与各地诸贾皆有来往，秘笈孤本，正层出不穷，将来经济方面盼有以继之，此刻尚不虑困乏。我辈对于民族文献，古书珍籍，视同性命，万分爱护，凡力之所及，若果有关系重要之典籍图册，决不任其外流，而对于国家资力亦极宝重，不能不与商贾辈断断论价，搜访之际，或至废寝忘飧，然实应尽之责，甘之如饴也。书目抄二份，其原目原帐均保存，抄出之二份，则备随时查考，将来再行分类编目。至庋藏所在，并力求慎妥，可释廑念。前电所借法宝馆，仅得二楼一间之半，以书橱隔之，无门无锁，且与僧人杂居，甚不谨慎，不宜储藏，只可作为抄写书目之办公处所。其临时庋储之室，已在另觅中。有何指示，盼时赐教。此为第一次报告，后当每半月致函一次。各藏家售书皆讳莫如深，瞿氏售书尤恐人知（甚惧对方知之索购），乞秘之为感。

第二号工作报告书

（1940年5月7日）

慰堂先生：前上一航函（第一号）想已收到。群碧楼邓氏书，已以五万五千元成交。其中善本，约有三百数十种。以抄校本为最多。（大多数为《寒瘦目》所著录）抄本中最可贵者，有季沧苇辑《全唐诗》（誊清本）百五十八册，邵二云、孔荭谷抄校本《旧五代史》十四册，孙渊如、严铁桥批校本《春秋分纪》十七册（原底为明抄本），蒋西圃手抄、鲍以文、顾千里、叶廷甲合校本《梧溪集》六册，何义门批校本《三唐人集》八册，吴绣谷抄本《眉山唐先生集》二册，明红格抄本《国朝典故》十九册，钱遵王校《宗玄先生集》一册，劳季言校《李遐叔集》四册，陆勑先校《弘秀集》四册，孔荭谷、钱献之校《淮南子》四册，陈南浦校《温飞卿集》一册，宋宾王校《存复斋集》八册，劳季言校《来鹤堂集》二册，秦恩复校《韩诗外传》四册，吴以淳批校《归震川未刻稿》六册，蒋西圃抄校本《栟榈先生集》四册，缪艺风校《陵阳集》二册，小山堂抄校本《三朝北盟会编》三十二册，惠定宇校《汉书》四十册，吴兔床批《金石契》四册，卢抱经校《丹渊集》四册，钱湘灵批校《正续通鉴纲目》一百八十册，鲍以文校《申斋文集》六册，顾嗣立、宋宾王校《江月松风集》一册，黄荛圃跋《雪庵字要》一册，孙二酉校《琴川志》四册，钱泰吉批校《乾道临安志》二册，常秋涯校《元次山集》四册，劳巽卿校《大雅集》八册，卢抱经校《砚北杂录》四册，厉樊榭校《勾曲外史集》九册，鲍以文手抄并校《芳兰轩集》及《二薇亭集》各一册，明蓝格抄本《文苑英华》一百二十册，穴砚斋抄本《家世旧闻》一册（与汲古刊本大不同），《老学斋笔记》三册，《别史》二十一种二十一册，张充之手写《鹿门诗集》一册，鲍以文手写《桃溪百咏》及

《鲦背集》一册，劳巽卿手写《松雨轩集》四册，鲍以文校《鉴戒录》三册，《东京梦华录》一册，鲍以文校《墨庄漫录》一册，明抄本《冯咸甫集》二册，翁又张抄本《巨鹿东观集》一册，旧抄本《明季稗史》八册，旧抄本《斜川集》二册，旧抄本《两宋名贤小集》二十四册，明内抄本《明太祖实录》一册等。刻本之佳妙者有：弘治黑口本《孟东野集》，明初奉影刊本《贾浪仙集》（有黄跋）（此二种即邓氏所谓"寒""瘦"目中之精华也），正德本《贾太傅集》，赵定光刊《玉台新咏》，明仿宋本《鹤林玉露》；嘉靖刊本《草堂诗余》，《乐府古题要解》（单刻本），《锦绣万花谷》《南丰文粹》《唐人万首绝句》《唐文粹》《李杜诗》《唐诗纪事》《宋文鉴》《元文类》《文选》《艺文类聚》《金史》等；明初刊本《丁鹤年集》，明刊小字本《中晚唐诗》，明刊本《诗人玉屑》，明刊本《周恭肃公集》，明刊本《古诗记》，明红印本《黄帝内经》，明蓝印本《漫叟拾遗》，元刊本《乐府诗集》，元刊小字本《唐文粹》，元刊残本《本草》，元刊残本《崇古文诀》，元刊本《四书辑释》《楞严会解》《经部韵略》；宋刊大字本《通鉴纲目》（残存二册），宋刊本《新唐书》（残存一册）等。又有汲古阁所刊书十六种，内聚珍版书近八十种。计凡善本收三千数百册；普通书近九百种。中亦多大部之丛书。邓书全部，据平贾估价，在十四万元以上，且竞购甚力。故我辈商议再三，不得不忍痛以五万五千元成交。此外尚以五百元之代价，向宗礼白购得：元刊本《天目中峰和尚广录》，殿本《盘山志》，乾隆本《宝鸡志》及《泰山志》等四种。以二千元之代价，向铁琴铜剑楼购得：宋刊本《毛诗注疏》，宋蜀刊《宋书》（中多明补校），明蓝格抄本《实录》（计八册，洪武及永乐三朝，皆不全）。明嘉靖刊本《古今说海》（中有抄配），明刊本《春秋经传集解》（原作宋刊误），明黑口本《黄石公素书》，明黑口本《说文五音韵谱》，明正德刊本《郑少谷文集》，明嘉靖刊本《野纪》，及《阳明文粹》，明刊本朱应登《凌溪集》等十五种。以上皆在四月份中成交者。至上函所云李氏书，已成交。共一百三十余箱，一万数千册。（尚未点查完毕）价共三千六百元。尚有陶兰泉明版书七八十种，集部居多，抵押于盐业银行者，亦可以四千元左右成交。又北平修绠堂孙贾，顷南来，持善本书四十余种求售。经仔细拣选后，留下十余种，皆甚精。中有宋刊本《王临川集》（明印），元刊本《国朝文类》，元刊本《道园学古录》（元印极佳），元刊本《辍耕录》（至迟为明初所刊），成化本《宋论》，旧抄本《草堂雅集》（徐渭仁跋），明刊本《秋崖小稿》，《渭南文集》（均白棉纸）等等。价约三千数百元，尚未商妥。至零星在各肆所购善本，亦有足述者。稿本及抄校本有：（一）《石门诗存》（稿本），（二）嘉靖蓝格抄本《说郛》（一百卷，陶兰泉旧藏，闻为张宗祥校印本所据，而张本误字阙句甚多，此本足以补正不少），（三）鲁燮光辑《萧山丛书》（稿本），（四）《永兴集》（稿本），（五）鲁氏《西河书舫藏画录》（稿本），（六）《海甸野史》（旧抄本），（七）《黄勉斋集》（知圣道斋抄本），（八）《杜诗笺》（汤启祚稿本），（九）台湾《恒春县志》（中央研究院所藏），（十）《神器谱或问》（旧抄本），（十一）詹氏《玄览》（旧抄本），（十二）龚孝栱批校《积古斋钟鼎款识》，（十三）王西庄批校《李诗补注》，（十四）翁同龢校《苏诗补注》（以宋本校，阙文几皆补全，极佳）等。刻本有：（一）明初小字本《春秋属辞》（向皆以为元本），（二）明刊本《杨文敏集》，（三）元刊明补本《文公经济文衡》，（四）嘉靖本《西轩效唐集》，（五）嘉靖本《稽古录》，（六）嘉靖本《唐荆川文集》，（七）嘉靖本《三子通义》，（八）嘉靖本《大观本草》，（九）明初黑口本《陈后山集》，（十）明刊本《巢氏病源》，（十一）明刊本《庄子翼》，（十二）明刊本《春秋左传注评测义》（凌稚隆），（十三）明刊本《欣赏论》，（十四）明刊本《升庵韵学七种》（较《函海》所刊者多出二种），（十五）明刊本《思问编》，（十六）明刊本《殿阁词林记》（建本少见），（十七）万历本《河防一览》，（十八）万历本《平播全书》（原刊本极罕见），（十九）万历本《慎余录》（极罕见），（二十）万历本《暖姝由笔》（徐充撰，末附《汴游录》，罕见），（二一）崇祯本《名山藏》（完全者罕见），（二二）天启本《盟鸥堂集》（黄承充作，存奏议五卷，多关倭事，极罕见），（二三）清初刊本《倘湖外堂》六种（《春秋志在》等均罕见），（二四）开花纸印本《栋亭诗文词录》，（二五）乾隆本《河东盐法调剂记恩录》，（二六）内聚珍本《吏部则例》（凡六十九卷，较陶氏著录者多出十卷）等等。至前函所云《册府元龟》及《中山集》等均因价昂，尚未商量就绪。综计数月以来，所得书已可编成目录数册。善本亦可成一册。现正陆续编目装箱，装箱时分为三类：一为甲类善本，包括宋元刊本，明刊精本，明清人重要稿本，明清人精抄精校本；一为乙类善本，包括明刊本，清刊精本及罕见本，清人及近人稿本，清人及近代抄校本。其他为普通本（即丙类）。甲类善本，装旅行大箱存放外商银行。乙丙二类，装大木箱，存放外商银行堆栈。每箱均有详目一纸，粘贴于箱盖里面，并另录簿籍备查。各箱中均夹入多量樟脑等辟虫物，并用油纸等包裹，以防水湿。对于甲乙二类书，每种并用透明纸及牛皮纸包扎，以昭慎重。此项书目，正逐渐在编录、誊写副本。是否应将副本分次寄上备查，乞示，以便遵寄。又贵处亟须何项图书参考，乞先行开单示下，以便提出，陆续奉上。盖全部装箱后，便不易再行提取矣。今后半年间，实为江南藏书之生死存亡之最紧要关头。瞿氏方面，已无问题。决不至出售。惟此外如嘉业堂、张芹伯、张葱玉、刘晦之，徐积余及袁伯夔所藏，均有散失之虞。且其时间恐均在此半年之内。其中以张芹伯书为最精。仅黄跋书已有九十余种，现正在编目。目成后，恐即将待价而沽（闻索价五十万）。袁氏书中抄校本佳妙者甚多，正在接洽中，想不日可成，价亦不至甚昂。徐氏书亦在编目，其价亦不甚巨。所最可虑者为二刘所藏。嘉业所藏善本多半在沪，多而不甚精。其中明初刊本一千八百种以上，实大观也。其重要实在其所藏宋元本之上。刘晦之书分量亦多，现正逐渐散出。全部索价六十万。其中宋元本九种（实其中之精华），闻陈任中曾出价五万，因故未成交。或可为我辈所得。嘉业书之在南浔者，某方必欲得之。万难运出。恐怕要牺牲。惟多半为普通书，不甚重要。最重要者，须防其将存沪之善本一并售去。微闻此善本部分，索价颇昂（约四十万）。又张葱玉所藏善本，已有七十余种（宋元本为黄跋书，佳品仅有半数），托孙贾伯渊出售，亦在商洽中。凡此诸家所藏皆岌岌可危。平贾辈正陆续南来：文禄堂王贾、邃雅斋董贾、来薰阁陈贾、修绠堂孙贾以至修文堂、文奎堂诸家，皆已在此。其目标皆在二刘、二张诸氏所藏。若我辈不极力设法挽救，则江南文化，自我而尽，实对不住国家民族也。若能尽得各家所藏。则江南文物可全集中于国家矣。（除瞿氏外）故此半年间实为与敌争文物之最紧要关头也。我辈日夜思维，出全力以图之。尚恩先生商之骝先、立夫诸先生，再行设法拨款七八十万元接济，至为感盼！并恳立覆。北平某方曾以四十万购李木斋书，又以六十万购某氏书，皆已成交。南方所藏，实万不能再行失去矣。又闻美国哈佛曾以美金六万金，嘱托燕京代购古书，此亦一劲敌也。将来若研究本国古代文化而须赴国外留学，实我民族百世难涤之耻也。政府在抗建时期，百废俱举，于此古文化之精华，必亦万分着意保全。尚乞即行续拨上款，以利进行，为感为祷！

第三号工作报告书

（1940 年 6 月 24 日）

慰堂先生：五月底奉上航函一件，想已收到。尊处书目一份已收到，除已收购者当即行提出交邮奉上外，余书亦已交此间各书肆采购，分批陆续寄发。惟邮寄渝昆，困难极多。只好径寄香港高先生转交。虽手续较繁，费用较巨，但较为稳妥。不知尊见以为如何？《清会典》已购妥二部，寄由港转。每部价值一百卅元。此因我们曾垫付二千元，故得有此廉价。（市间须二三百元间）大正《大藏经》亦即可购得一部，取到时亦即当寄港转上。

自第二次报告寄发后，此间续得书甚多。整批收购者，计有：

（一）王荫嘉氏二十八宿砚斋所藏元明刊本，及抄校本书一百五十余种，由来青阁介绍，以国币七千元成交。中有元延祐刊本《书集传》，元大德本《隋书》，元刊本《瀛奎律髓》（冯定远评校），吕无党手抄、章益斋校本《宋遗民录》，万历刊本《汉魏丛书》（中有十四种张绍明以宋元本校过，《论衡》一种并有黄荛圃补校）、薛生白稿本《周易粹义》（沈归愚手写序），宋刊本《中庸集成》（残存一册），明影宋精抄本《说文解字篆韵谱》；影宋精抄本《契丹国志》，旧抄本《大金国志》（马笏斋旧藏），明抄本《诸宫旧事》，朱竹垞校本《钓矶立谈》，潜采堂抄本《南迁录》，《南烬纪闻》（二种均有翁同龢跋），孙渊如校本《古烈女传》，旧抄本《崇祯五十辅臣传》，旧抄本《柴氏世谱》，旧抄本《石斋黄先生年谱》，旧抄本《秦边纪略》（孔荭谷旧藏），旧抄本《东京梦华录》，旧抄本《梦粱录》（乾隆间龚雪江抄并跋），旧抄本《辽左见闻录》，陈鹤稿本《读堂改过斋丛录》，校本《遂初堂书目》，王靖廷临黄荛圃批本《读书敏求记》（与章氏校证所举本异同甚多），傅节子校本《碑版文广例》，高丽古活字本《武经直解》，莫子偲校本《折狱龟鉴》，清圣祖批校《几何原本》，万历岳刻惠松崖校阅本《愧剡录》，旧抄本《北窗炙輠》，旧抄本陈少阳《尽忠录》，明昆山叶氏抄本黄荛圃校《宋承明集》，莫云卿手稿本《石秀斋诗》，王惕甫评《南雷文定》，翁覃溪评校本《渔洋精华录笺注》，抄校本《霜猨集》，吴枚庵校《遵古堂外集》，吴印丞校《酒边词》，缪艺风、郑樵风、况夔笙、吴印丞、曹葵一、朱古微诸家校《宋人词》（共二十七册），旧抄本《常熟先贤事略》，嘉靖刊本《国语》，明刊《大明一统赋》，正德刊本《南濠居士文跋》，正统刊本《伤寒琐言》，成化刊本《缁门警训》，嘉靖刊本《法藏碎金录》，崇祯刊本《寰有诠》，正德刊本《分类补注李太白诗》，弘治刊本《王右丞诗》，明戒庵老人评本《孟襄阳集》，成化刊本《晦庵先生五言诗抄》，高丽古写本《纪事儿览》等。

（二）铁琴铜剑楼所藏宋明刊本二十种，计价三千元。中有宋刊本《春秋括例》（存二十册缺四册左右），成化刊本《历代史谱》，洪武刊本《郁离子》，嘉靖刊本《唐余纪传》，《全辽志》（残），万历刊本《太古遗言》，《薛文清行实录》，隆庆刊本《吾学编》（惜残阙数卷，半系清初抽毁），也是园抄本《大明天元玉历祥异赋》，旧抄本《劫灰录》《皇元圣武亲征录》，《常熟县志》（影抄弘治本），《春秋五礼例宗》，《庶斋老学丛谈》，明抄本《舆地总图》（存三册）等。其中以《劫灰录》《皇元圣武亲征录》为最佳，《全辽志》虽残，亦上品。《唐余纪传》为陈霆撰，亦诸藏家罕见著录之书也。

（三）陶兰泉氏押于盐业银行之明版书一批，计八十余种，码洋须九千余元，经再三商谈，以四千元成交（汇划）。其中以明人别集为最多。最佳者有：嘉靖蓝格抄本《三朝北盟会编》，嘉靖刊本《雍大记》，旧抄本《吴文恪公集》，正德修洪武本《宋学士集》，嘉靖刊本《庾开府集》《明太祖集》《逊志斋集》《罗一峰集》《康对山集》《魏庄渠遗书》《洹词》《王浚川遗书三种》《罗念庵集》，刘传侍《客建集》《王渼陂集》《殷石川集》《徐少湖集》《静芳亭摘稿》《樊少南诗集》《赵浚谷集》《姚谷庵集》《诚意伯集》等。

隆庆刊本《罗圭峰集》《李沧溟集》，万历刊本《汪太函集》《王忠文公集》《王
顺渠遗集》《庐巘巆集》《少室山房类稿》《谷城山馆诗文集》《太室山人集》
《程巆华堂集》《冯文敏全集》《何文定公集》《王百谷集》《夏桂洲集》《朱
枫林集》《徐海隅全集》《王浚宿山房集》《徐天目集》《万子迂谈》《频阳四
先生传》《徐文长集》等。崇祯刊本《夏文愍公全集》《玉茗堂集》，董文敏
《容台集》等。

（四）传新书店介绍杭州杨氏丰华堂（清华曾购其大宗书籍）所藏《紫
光阁功臣图像》二巨幅，及明清本鬻余书籍一百二十余种：其中有明刊《东
林十八高贤传》《葩经旁意》《定山园回文集》《山居杂著》《野菜谱》《游唤》
（写刊本），《西湖游览志余》《方氏墨谱》，及《鹤林玉露》（单刊本增补
八卷）。

（五）修文堂孙贾得常熟常氏所藏普通书一百八十余种，以一千六百元
全部转购之。中以普通金石书为多：有孙诒让校本《历代钟鼎款识》（疑系
过录本，然考订甚精），原拓本《小檀栾室镜影》，原拓瓦当文（二册）等。

其他尚有上元宗氏所藏明刊及抄校本书六十六种，约可以二千元得之。
又有徐氏积学斋藏抄校本书数十箱，亦在商谈中，均待下函详述。至零购
诸书，亦有极堪注意者：尝从传新书店得周越然君所藏《永乐大典》二册，
一为卷之一万四百二十一至二（"李"字），一为卷之一万五千八百九十七
至八（"论"字即《阿毗达摩俱舍论》九至十），近来《大典》市面绝罕见，
故此二册虽其价值至二千三百元，却不能不收下，以平贾辈亦在争购也。
又从北平修绠堂得常熟翁同龢旧藏之知圣道斋抄本《旧闻证误》《日本国考
略》《东观奏记》《南沙志》《王著作集》及《江淮异人传》等书大半均有翁跋。
从中国书店得大兴傅以礼旧藏明末史料书不少：中有《酌中志余》（旧抄傅
校），《岭表纪年》《南疆逸史》（此为五十六卷本最全），《甲申朝野［事］
小纪》（五编完全），《万历野获编》（旧日抄本与刻本异），《奇零草》《臧闽

小史》《剿闯小史》等，多有傅氏校及跋，皆极难得之书也。从蟫隐庐得罗氏秘藏未售之天一阁书多种：中有《御倭军制》（嘉靖蓝印本），及嘉靖隆庆《乡试录》《武举录》数种，《义溪世稿》，旧抄《玉台新咏》（纪昀批校）等。从修文堂得宋宾王校《周益公大全集》，《大明清类天文分野之书》，《铜政便览》（虽清刊，罕见。于滇贵矿务有用），《沈氏弋说》，《婺书》（明刊少见），明翻宋本《杜樊川集》《明遗民诗》《长元吴三县志稿》，严元照校《大唐新语》等。从富晋书社得嘉靖刊本《山东通志》，弘治刊本《纲目兵法》等。从来青阁得正德本《山堂考索》，永乐本《历代名臣奏议》，万历本《古今逸史》等。从文殿阁得抄本《西陲今略》（明末人著惜缺首册）等。从修绠堂得《纨绮集》（张献翼撰），王西庄校《旧五代史》，元刊本《国朝文类》，明刊本《李卫公集》，正德本《渭南文集》等。从文禄堂得旧抄本《宋遗民录》，四库底本《朱子年谱》，道光刊本《西夏书事》，及《古文汇抄》（虽清刊而甚罕见）等。从来薰阁得淡生堂抄本《乐全居士集》，旧抄本《桂林四海记》等。从春秋书店得《唐大诏令集》（旧抄本），元刊本《两汉诏令》等。从叶贾处得明刊本《历代相臣传》，明初刊本《历代法帖释文》，及《埤雅》等。又由瞿凤起君介绍得元刊本《纂图互注南华经》，明蓝格抄本《寓简》，明抄本《天文书》等。最可惊喜之发现，有明俞大猷校刊并增补本《续武经总要》，明刊本《钟氏水云集》四种（中有《倭奴遗事》），清初抄本高侪鹤撰《诗经图谱》（彩绘甚精，中国书店介绍），旧日抄本顾栋高《万卷楼文稿》（未刊），汪沇《小眠斋读书日札》（劳权校），武英殿东庑凝道殿存贮书目（书治清查时底本）等。虽断断论价，事极琐屑，鉴别版本，颇费苦辛，而取十一于千百，一旦获有精品或孤本，便足偿数日乃至数月之辛劳而有余。独惜可与"奇文共欣赏"者不多耳！尚有明初抄本《太古遗音》（彩绘本），及周宪王《牡丹谱》《芍药谱》及《菊花谱》（彩绘本）等共九册，由文禄堂王贾送来，初索价五千元，后乃减至一千五百元，仍未能决定留购与否。来青阁有宋本《礼记郑注》（已影印）书品绝佳，初索万金，后商谈可减至六七千金之间。文禄堂有宋本《通鉴纪事本末》（以珂罗版配一卷）初索六千五百元，后减至四千五百元。修文堂有明蓝格抄本《新唐书略》（天一阁旧藏），《汉语》及《史事易求》，亦均以价昂未能决定可购与否。此均应请尊裁者。如款可续来，此等书均尚有收藏之价值，否则以现在之余资，恐仅能多购普通实用书籍，似难染指于有保存性质之善本也。依数月来之经历，大抵我辈购书之目标，凡有五点：（一）普通应用书籍，自《十三经注疏》《二十四史》《九通》至清人重要别集，均加选购；对于近百年来刊□之丛书，亦正拟陆续收购，以补已购各批普通书之所未备者。（二）对于明末以来之"史料"，搜购尤力。盖此类书最为重要，某方及国外均极注意，稍纵即逝，不能不特加留心访求。于鸦片战争以来之"史料"，已购置不少，明末文献，亦略获有罕见之著作若干。（三）明清二代之未刊稿本，惜所得不多。（四）"书院志"及"山志"关系宗教教育文献甚巨，正在开始搜访。对于抄本之"方志"及重要之"家谱"，亦间加收罗。（五）有关"文献"之其他著作，有流落国外之危险者，此一类书籍，包括范围甚广。对于前四类书，以现在之资力，尚易应付，且尚可维持若干时日。惟对于此第五类书，则万非力之所及。若刘晦之远碧楼书，索价至四十万（宋元本及方志均尚不在内）；张芹伯书索价至美金三万；嘉业堂善本书（宋、元、明本及稿本书，普通书绝难由沦陷区中运出），亦索价至四五十万金。此皆非今日此间之力所能及者。然我辈不及早商购，则亦必有流落国外之虞。远碧楼普通书尚不足惜，然如张芹伯、嘉业堂之藏却万不能再任其失去。皕宋东运，木犀继去，海源之藏将空，江南之库已罄。此区区之仅存者，若再不幸而不复为我有，则将永难弥补终天之憾矣！民族文献，国家典籍，为子子孙孙元气之所系，为千百世祖先精灵之所寄；若在我辈之时，目睹其沦失，而不为一援手，后人其将如何怨怅乎？！幸早日设法救援为荷。不仅此也，即对于刘晦之所藏宋本《五臣文选》（孤本）、《中兴馆阁录》《续录》《新定续志》《续吴郡图经》《弘秀集》《广韵》《礼记》《史记》（彭寅翁本元版也）等九种（索价五万余元）；张葱玉所藏《苏诗》（宋版即翁苏斋旧藏）、《五代史平话》《月老新书》等书百余种（目附）（索价七万余元），亦已无"力"收之。如欲先行收购此二批书，及其他宋元刊本者，务恳能于最近汇下一二十万元，以资应付。否则余款仅能敷收购"普通书""史料"等用，于宋元精本及其他善本均不能问津也。此刻对于收购宋元明刊本，皆参考嘉业堂及张芹伯二家书目，于此二目所有者，皆摒弃不收。（惜此二目最近方取得，已收有若干种重复者矣）盖预计此二"藏"于最近将来或可获得。普通书不妨重复，此类善本则似不宜多储复本。而于二家目所未收而确有保藏价值之明代精刻本，则亦尽量收之，于普通习见之明本，则持极慎重之态度；对于价昂而无甚意义者，往往弃去，亦矜惜"物力"之一策也。我辈有一私愿，颇想多收四库存目，及未收诸书。于四库所已收者，则凡足以发馆臣删改涂抹之覆者，亦均拟收取之。盖四库之纂修，似若提倡我国文化，实则为消灭我国文化，欲使我民族不复知有夷夏之防，不复存一丝一毫之民族意识。故"馆臣"于宋元及明代之"史料"及文集，刘夷尤烈，涂抹最甚。乾嘉之佞宋尊元，断断于一字一笔之校勘者，未始非苦心孤诣，欲保全民族文化于一线也。然所校者究竟不甚多，且亦多亡佚。恢复古书面目，还我民族文化之真相，此正其时。故我辈于明抄明刊及清儒校本之与四库本不同者，尤为着意访求。然兹事体大，姑存此念。但望能有若干之成绩也。（近所得淡生堂抄本《乐全居士集》，即较四库本多出极有关系之文数篇，其间文字之异同，尚未遑计及。）经此数月来之努力，南北各肆，均可联络就绪，好书不虑失去。惟坊贾辈狡诈百端，书价亦多腾贵。我辈于送阅之书中，于伪书残书及丛书另种，均慎之又慎，当不至有误收之虞，尚堪告慰，不负所望。（下略）

又启者，普通书籍已装箱不少，现又陆续开箱，提出尊处所需各书。善本书籍，正在编目。群碧楼所藏一部分，已将编竣，即当着手编辑零购及陶、王、瞿各家之书。现在系用散页写目；将来告成后，按四部分类排列，便可成一善本目。一俟完成，即当先将此目录副奉上也。普通书亦将按此法编目。每书之首页，均盖殊文"希古右文"四字章，末页则盖白文"不薄今人爱古人"一章。此为我人之密记。特以奉闻。香港叶先生拟向敝处索全目一份，俟编成亦当录副寄去。现在编目虽有二人，一录善本，一写普通目；但尚须负装箱查点之责，且为时甚暂，甚不易即行整理就绪也。

第四号工作报告书

（1940 年 8 月 24 日）

慰堂先生：月来编目装箱，极为忙碌，故七月份未寄"报告"，歉甚。顷得八月十日来示，慰甚。渝地连日轰炸极烈，知同人等均安好，极为喜慰，尚祈谨慎小心为要！此间尚安，我辈生活均照常，可释廑念！虽日坐愁城，然在表面上还无甚特殊之变动。所居及藏书所在，均在美兵防区，如国际情形，无极大变动，想尚可安居下去。所云续款，知将即可汇来，极为慰佩！惟刘、张二家事，正在积极进行中，如续款能在月内或下月内寄到，便可有具体之结果，否则"夜长梦多"，恐要发生他故，月前有刘某衔某方命至此，进行嘉业所藏，亦有问鼎张藏意，现在尚未归去。深恐功亏一篑，故亟盼先生能力促早汇。至六月底以来，此间所得，有可奉告者，整批购入计有：

（一）于六月中，由传新书店介绍，以一千七百元购入张尧伦君收藏之太平天国史料书等一百五十余种，中有太平天国"漕米纳照""地丁执照"等二十一件，虽多半为"伪"件，然亦数件是"真"者。木居士稿本《爬疥漫记》，某氏稿本《守虞日记》，旧抄本《红羊奏稿》，均极佳。又薄帙单行之书，若《平桂纪略》《江苏金坛县守城日记》《湖防私记》《两淮戡乱记》《扬州御寇记》《义乌兵事纪略》《羊城西关纪功录》《劫火纪焚》《虎口日记》及《梅溪张氏诗录》等，均为近来修太平天国史者所未易读到者。关于鸦片战争之《扬威将军奏折》（四册，翁同龢旧藏），及稿本《犀烛留观记事》，亦为孤本，外间绝未见到。若斯类整批之专门史料书，亟应收之，虽间有与已购者重复之本，然为数极少，似亦无伤也。

（二）于六月中，由中国书店介绍，以四千八百元购入程守中君收藏之地图六百余种。程氏收藏地图已十余载，所得已尽于此，其中多参谋部所印行之地图墨本，彩绘本之地图亦极多。乾隆铜版印行之八排地图今尤不易得。德人所印山东省若干县之地图，亦尚罕见，虽无明刊古本在内，然一次而获得如此一批数目，亦尚可观，且每种中间有多至三百幅以上者，若以"幅"计，每幅当不及二元也。此种图籍，有关国防，万不能听其流落在外，故亟行收得之。程氏尚有史料书若干，将来亦可分批得到。

（三）于七月中购入费氏（念慈）藏书一批，计一百零八箱，共约一千三百余部，一万数千册，价为国币三万元整。此系李拔可君介绍，直接商谈成交，不经书贾之手，故价值尚廉。中有善本二百余种，宋、元、明精刊本约近一百种，抄校本稿本在一百种以上。刊本部分有：宋刊本《说文解字》二册（残存九—十五卷，朱竹君跋），元刊本《沧浪先生吟卷》二册（极精，罕见），元刊本《李长吉歌诗》八册（刘须溪评），元刊本《钱氏小儿方诀》四册，元刊本《珞琭子三命消息赋》三册（四库本系从《大典》辑出，不全，铁琴铜剑楼有旧抄本。此犹是元刊元印本，最难得），明李元阳刊本《十三经注疏》一百三十册，明刊本《礼经会元》八册，明刊本《古今韵会举要》十六册，明刊本《前汉书》二十六册，《后汉书》三十二册，《三国志》（万历）十二册，《晋书》（仿北宋刊）七十四册（残），《南齐书》十二册，《宋史》（元刊明补）六十册，又一部六十册，《辽史》十二册，《金史》二十册，《元史》三十六册，朱国桢《明史概》四十册，明刊本《通鉴纪事本末》四十二册，《资治通鉴节要续编》十六册（元末明初刊），明刊本《通鉴考异》，明刊本《皇明永陵编年信史》四册，明洪楩刊本《路史》十六册，明刊本《通典》一百册，经厂本《贞观政要》六册，明刊本《包孝肃公奏议》二册，《李忠定公奏议》十二册，《姑苏志》（王鏊）三十二册，《两汉博闻》十册，《十六国春秋》二十四册，明嘉靖刊本《韩非子》四册，《何氏语林》二十册，《初学记》十六册，《世说新语》六册，明刊本《白孔六帖》

五十册,《艺文类聚》四十八册,芸窗书院刊《六子》二十册,明刊本《百川学海》四十八册,许自昌刊《太平广记》五十二册(白棉纸印),高丽刊《群书治要》四十七册,明刊本《程史》八册,明刊本《楚辞集注》四册,明刊本《陶靖节集》四册,《陆士衡集》二册,郭刻《李太白集》三十二册,《集千家注杜诗》十二册,《杜律虞注》①二册,《王摩诘集》二册,《韦苏州集》五册,《宋之问集》一册,明铜活字本《张说之集》《戴叔伦集》及《皇甫冉集》各一册,安国刻《颜鲁公集》八册,明刊本《陆宣公翰苑集》六册,明刊本《韩柳文合刻》二十四册,马调元刻《元白合刻》十八册,《孟东野集》二册,明刊本《欧阳居士集》二十四册,《元丰类稿》九册(残),《东坡七集》(嘉靖刊)三十册,《盱江文集》六册,高丽刊《山谷集注》十册,经厂本《击壤集》六册,明刊本《淮海集》十册,《龟山全集》十册,《东莱吕太史全集》十册,明刊本《秋崖小稿》六册,《松雪斋文集》二册,《道园学古录》八册,《吴渊颖集》四册,明刊本《石田集》四册,《甫田集》八册,《俨山文集》二十二册,《何大复集》八册,《兼葭堂稿》二册(陆楫撰,罕见),明刊黑口本《文选》二十册,明刊本《唐文粹》(小字本),《宋文鉴》二十八册(慎独斋刊),明刊本《古文苑》八册,明刊本《文翰类选大成》八十册等等,大体皆佳。抄校及稿本部分有陈石甫《师述》及"文稿"二册(稿本),孙星衍、陈奂、管廷祺等校《经典释文》四部(过录惠、江、黄、顾诸人所校),抄本《太平寰宇记》三十二册(有"戴震校定"印记),小山堂抄本《苏魏公集》十册,旧抄本《攻媿先生集》十六册,《后山居士集》二十册,《鸡肋集》二十册,《范太史集》二十册,《剡源先生集》十二册,《嵩山集》二十册,《北山小集》八册,《贞居先生集》六册等等。抄本皆佳,每足补正四库本,校本则远不及群碧所藏者。惟清刊本中,难得之书亦不少,如宋翔凤《浮溪

---

① 陈福康《为国家保存文化》原书写作"《杜津虞注》",此处当为"《杜律虞注》"。

精舍丛书》《珍艺宦遗书》《周松蔼遗书》，惠栋《省吾堂丛书》《张皋文遗书》《蒋侑石遗书》《钱可庐所著书》等，均颇罕见。大抵此批书，清儒之著述最多，乾嘉诸大师之重要著作，已十得其三四，颇足补充前购各批书之未备。

（四）刘晦之远碧楼所藏宋刊等书，已于本月初由王涥馥、李紫东二人经手购入，计有：宋刊本《中兴馆阁录》《中兴馆阁续录》（黄跋），宋刊本《续吴郡图经》（黄跋），宋刊本《新定续志》（黄跋），（此三种皆见《百宋一廛赋》中，宋刊方志二种，实志书中之国宝也！）宋刊本《唐僧弘秀集》（清宫旧藏），宋刊本《五臣文选》（孤本，国宝），宋刊本《广韵》（即《四部丛刊》影印之底本），宋刊本《礼记》（天一阁旧藏，袁克文跋），元彭寅翁刊本《史记》（此书各家皆仅有残帙，此独完整，且刊书牌记俱在，尤为可贵），汲古阁刊本陆氏《南唐书》（黄、顾合校并跋），士礼居抄本马令《南唐书》（黄校并跋），以上共价五万三千元，虽似昂，而实不欲放手。同时又得刘氏所藏旧抄本（开花纸）《圣济总录》一百六十册，此书为怡府旧藏，较道光刊本多出二卷有半（二百卷完全无缺），足资校勘之处尤多，初索八千元，后以三千元成交，刘氏藏书之精华，已全在此。拟再选购其所藏宋刊本《切韵指掌图》等若干种，则远碧所藏，大可弃而不顾矣！节省资力极多，实极为合算遂愿之事也。

（五）风雨楼邓秋枚氏所藏书，最近经陈乃乾君介绍，以三万一千五百元成交，总计七百五十种，九千册左右，其中明刊善本及抄校本近二百种，丛书凡一百十余种。（丛书足补我辈已购书中之未备者约六十余种）明刊本中尤可注意者，有万历刊本《国朝典汇》一百册，崇祯刊本《长乐县志》六册（夏允彝编，极罕见），嘉靖刊本《昆山人物志》二册，明末刊本《三朝要典》八册，万历刊本《广西名胜志》六册（极罕见），万历刊本《两浙海防图考续编》十册，《四友斋丛说》十册，嘉靖刊本《白氏长庆集》十册，明黑口本《欧阳圭斋集》四册，明末刊本《泾皋藏稿》（顾宪成）四册，嘉靖刊本《黼庵遗稿》四册（柴奇），《瓮天小稿》四集，《林屋集》四册，万历刊本《尊生斋集》十二册，《苍霞草》三十二册，《环碧轩尺牍》五册，《王文肃文集》八册，明末刊本《拟山固集》十五册，《心史》二册，《明诗选最》六册，万历刊本《袁氏丛书》六册，嘉靖刊本《博物志》二册，万历刊本《刘氏鸿书》二十册，《李氏焚余》五册，隆庆刊本《王襄毅公集》十二册，明末刊本《甲申纪闻》一册等等。旧抄本及稿本多半为《国粹丛书》及《风雨楼丛书》之底本，但亦有未刊者。中有戴震稿本《中庸补注》一册，旧抄本《吴日千集》一册，野史八种六册，稿本《仲廉甫札纪》四册（冯伟撰），稿本《句章征文录》二册（《鄞县艺文志》有提要），明抄本《硕辅宝鉴》十四册，旧抄本《吾汶稿》一册，《留都闻见记》一册，《弦书》一册，《不共书》一册，《清临阁书目》一册，《瞿木夫藏书目》一册，《吕晚村集》三册，《张文烈遗诗》一册等等，并有章太炎手稿数册。邓氏以流布民族文献著名，所藏书中，"禁书"不少，实足以补充已购各批书中之未备者。初索六万元，经若干次之商洽，乃以此数成交，明后日即可点收入藏。

至零购各书，除将尊处来函所开各种目录书及金石书补购约百种外（大略已购齐十之九，所阙十之一多已绝版，亦有仅为抄本，一时难以配全。如《文选楼藏书目》，仅有传抄本且系杭贾伪造者），多注意于补充已购者及刘、张二家所藏之未备者，中有极难得之珍贵罕见本不少，曾以七百元在平得《事文类聚翰墨大全》四十册（元刊小字本），以五百六十元在此间得祝穆《方舆胜览》二十四册（宋刊元印本，惜首册抄配），以六百五十五元得《今史》九册（崇祯史事，明末蓝格抄本，有范景文印，疑即为其所辑），以三百六十元得元刊大字本《中庸集解》一册（残）（其背面为元泰定年浙东乐清县公文纸，足考知当时物价，极可珍贵），又得明刊本《钟氏四种》（中有《倭奴遗事》一种，最佳），《两朝平壤录》《敬事草》《东事书》

（叙辽事，极佳），《客座赘语》《卓氏全集》（计《蕊渊》《瞻台》《漉篱》三集，全者极罕见），《谭资》《黄扬集》《瑞杏山房集》《紫崖诗文集》《二十六家唐诗》（嘉靖刊），《晚唐四家集》（崇祯刊未见著录），《通粮厅志》（万历刊，孤本），《万历嘉定县志》，《嘉靖常熟县志》及万历巾箱本《广皇舆考》（未见著录）等等，虽价均极昂，然为保存文献计，实不能不亟收之。盖此类书近来最为人所注意，略一踌躇，便立将失去，永永不可复得。又由陈乃乾君介绍，收得平湖葛氏书四种，计价四百五十元，内《瞿冏卿集》（禁书）及《王文肃集》，为明刊本，《若庵集》及《明词汇选》（附《今词汇选》，少见），为清初刊本。葛氏书闻已全部毁失，仅留此戋戋作一纪念，殊可伤也！尊处所需《大藏经》，日本大正本一时不易得，已以二千购得哈同本《大藏经》一部，商务本《续大藏经》一部。如方便，当先行奉上，以应需要。现在所最感困难者，即运输中断，无法寄递，所有尊处亟须参考之目录金石等书，及《大藏经》等，均已装箱，专待寄出。尊处有无善策，伫候明示。大函云可派专人带上，但敝处实无人可派，且费用亦极巨，将来或可托便人，分批由滇越运入（闻滇越路旅客尚可通行），先藏昆明，由昆明运渝，便易于设法了。现时藏书之所，已无隙地，将来续购，势非另行觅屋不可。惟此间房租日逐昂贵，经常费用恐要增加不少，（现用编目二人，理书者一人，书记一人，茶房一人，共仅二百余元）已购各家书目，已另雇一人陆续以复写纸誊写二份，除尽先寄一份至尊处外，并存一份在敝处（分批作信件寄上）。商器一批，得来示后即与商价，据听涛山房主人意，约八折可以成交。

沈氏海日楼所藏，近亦陆续散出，已得元刊本《方是闲居小稿》，明刊本《藏说小萃》（不全）等数种，均佳。最近尚可得到若干种。

近来北平各肆寄来善本书不少，中尽有极佳者，曾以一月以上之时力，加以剔除，凡刘张二目所已备者皆剔去。邃雅斋曾寄来三百种以上，四库底本不少（皆四库存目中书），有许多紊乱中得之黄冈刘氏者。来薰阁亦寄来二百余种，其余修绠堂、文禄堂、修文堂等亦均寄来数十种至百种不等，加以精细之选择，约可得三百种以上，皆可谓善本者也。经我辈此番购入后平肆现存之精华，殆亦十尽其七八。其价均昂，盖平市本来书价视沪市为高，大约邃雅须一万五千左右，来薰约须万元，修绠各家亦须一万四五千元，以四万左右之资力便可尽其"存"货。此后，仅须注意其新收之书矣。

张刘二处进行之详情，亦有可奉告者：

张氏莐圃（芹伯）善本书目，顷已编就，凡分六卷，约在一千二百种左右（全部一千六百九十余部，其中约六百种为普通书），计宋刊本凡八十八部，一千零八十册，元刊本凡七十四部，一千一百八十五册，明刊本凡四百零七部，四千六百九十七册，余皆为抄校本及稿本。仅黄荛圃校跋之书已近百部，可谓大观。适园旧藏，固十之八九在内，而芹伯二十年来新购之书，尤为精绝。彼精于鉴别，所收大抵皆上乘之品，不若石铭之泛滥、误收，故适园旧藏，或有中驷杂于其中，而芹伯新收者，则皆为宋、元本及抄校本之白眉。现正在商谈，有成交可能，索五十万，已还三十万，芹伯尚嫌过低，不欲售。然彼确有诚意，最多不出四十万或可购得。惟黄荛圃旧藏之元刊杂剧三十种一匣，原藏适园者，我辈极注意之，"目"中却无此书。曾再三询之芹伯，据云：在乱中藏于衣箱中，不幸失去。此实最大之损失也。如果未被焚毁，尚在人间，将来或可有出现之可能。嘉业堂所藏亦在积极进行中。惟某方亦在竞购，嘉业主人殊感应付为难，且某方原出四十五万者，近忽愿增价至六十万，此数亦非我辈力所能及。后经再三商谈，思得一"两全"之计，即将嘉业所藏分为三批，第三批为普通清刊本，明刊复本及宋元本之下驷，我辈认为可以不必购置，即失去，亦无妨"文献"保存之本意者，留作时局平定时成交，即万不得已为某方所得，亦不甚可惜。第一批为我辈认为应亟须保存，且足补充已购诸家之未备者，即一部分宋元本，明刊罕见本，清刊罕见本，全部稿本，一部分批校本，此一批正在选拣中，俟全部阅定后，即可另编一目，按"目"点交。第二批为次要之宋、元、明刊本及一部分批校本，卷帙繁多之清刊本等。全部估价即以六十万计算，第一批拟先付二十万左右，第二批付十五万左右，第三批付二十五万左右（因数量最多），不知尊处以为可行否？

嘉业堂藏书总数为一万二千四百五十部，共十六万零九百六十余册，书目凡二十三册，普通参考书几于应有尽有，作为一大规模图书馆之基础，极为合宜。其中宋元明刊本及抄校本、稿本，约在四分之一以上。其精华在明刊本及稿本，明刊本中尤以"史料"书"方志"为最好。明人集部亦佳，北平图书馆前得密韵楼藏明人集数百种，大多为薄册之诗集，此项明人集则大都皆帙甚多之重要著述。清初刊之诗文集，亦多罕见者。约略加以估计，如以五十万全得之，每册不过平均值三元余，即以六十万（最高价）得之，每册平均亦未超过四元也。第一批选购之书，约在二万册左右，皆其精华所聚；如付以二十万，每册平均亦仅十元。现在此类明刊本，价值极昂，每册平均总要在二三十元以上。（明刊方志，平均市价每册约五十元至百元）稿本尤无定价。以此补充"善本"目，诚洋洋大观也。加之以芹伯等所藏，已足匹俪北平图书馆之藏而无愧色。

马爵士所垫十万之数，已于七月底领到。当经电告骝公，想承察及。除付刘晦之宋版等书五万三千，又邓氏藏书三万一千五百元外，所余已不到四万余元。续拨之七十万，盼能早日见汇。此数之分配，暂定如下：张芹伯三十五万，刘汉遗二十万，张葱玉四万，沈氏海日楼一万，平肆约三四万元，已近六十万。所余十万左右，拟再选购刘晦之藏宋元刊本中之最精华者，及法梧门抄之宋元人集四五万元，余款仅敷作为保管、编目及零购之费用耳。如果芹伯处须多付四五万元者，则便将罗掘皆空矣。现在每月各肆送来之善本，颇不少，尤以明刊方志史料等书，足补未备者，万不能不购入，所费恐每月亦需万元左右。如在大局未定以前，每月能确定二万元左右之购书费，以便随时搜集，似有必要。惟江南一带之藏书家，有三五万元之收藏者，颇为不少，将来如发现时，恐亦须加以罗致。如有此项确定之款，即可随时应付。如平湖葛氏之书，虽传闻已全部失去，然如未被焚毁，必尚在人间，将来或可得之。又徐积余氏尚有抄校稿本一百余箱，今虽未售，将来恐亦必须售出。铁琴铜剑楼及周越然氏所藏，现亦陆续售出，每月约须以五六千左右得之。（瞿氏之明刊方志七种，又抄本方志九种，最近赵万里君以七千五百元为北平图书馆得之，我辈未便与之争购，其价亦可谓昂矣）"书囊无底"，古人所叹，照现在之情形而论，除方志外，余书皆可不至流落海外。方志之价，逐日高涨，乾隆刊之罕见志书，每种往往售至三五百元，即光绪至民国间所印之方志较罕见者，亦须一二百元一种。如欲搜罗此项方志，便非另行筹措一二十万元不足以资应付也。燕京曾印一"方志征访目"，凡三千余种，简直不论价而购，实难与之竞争。彼为哈佛代购，购得便邮寄美国。将来研究中国地理者，或将以哈佛为留学之目的地矣。

闻彼辈近亦扩大范围，收罗宋元刊本，盖方志之罕见者，实不易多得。彼辈虽出价以待，究竟至多不过得十之二三耳。某方某文库对于方志及禁书亦搜求甚力。惟所得亦不多，其作用自别有在。有友人主张专购西南、西北一带方志，以免落入某方之手，此亦一可注意之见解。唯欲办此，又非钱不行。姑陈所见，尚乞尊裁。

前者，菊老曾赴港一行，归来时，传达玉老意，谓最好多购实用书，此固"人同此心"者。

然窃谓国家图书馆之收藏，与普通图书馆不同，不仅须在量上包罗万有，以多为胜，且须在质上足成为国际观瞻之目标。百川皆朝宗于海，言版本者必当归依于国立图书馆。凡可称为国宝者，必当集中于此。盖其性质原是博物院之同流也。若能尽张芹伯及嘉业堂之所有，并继得南北各藏家之精华，则"百宋千元"之盛业，固可立就。微闻南海潘氏宝礼堂之宋刊本百余种，亦有不能守之说。若并得之，则"皕宋"之语，固非若潜园主人之虚夸浪语矣。此一大事业能在"抗建"期间完成，则诚是奇迹之奇迹，不仅国际间人士诧异无已，即子孙百代亦将感谢无穷矣！然究竟为数尚不甚巨，似为中枢力所能及。此种购置，纯为兴国气象。实亦是建国过程中之应行实现之工作也。我辈固极愿为国家文献，"鞠躬尽瘁"，深望骝公、立公及先生能力持大计，随时赐以指示及援助。菊老数日前大病一次，至今尚未能出门。老年人珍摄为要，一劳碌便有害身体也。

近来通信颇感困难。以后通信，拟全用商业信札口气。敝处即作为商店，"万"字拟代以"百"字（百字旁加圈），"千"则代以"十"字，余类推，以免他人注意。以后各人署名，亦均拟用别号，好在先生必能辨别笔迹也。

第五号工作报告书

（1940 年 10 月 24 日）

　　慰唐先生：得十月五日来示，极为欣慰！知续股于月底前可到一部分，则店务诸端皆可积极进行矣。先生和诸位股东在万分困难之中，犹能顾及店务，尤可感激！此间业务，颇为发达，平沪各贾送来各书，多有精品；惟惜存款早罄，往往未能收下耳。甚盼上函所云，按月拨款二百①元事能够成功，则可源源不绝收集秘笈孤本矣。店中日常费用，因多租一二处堆栈，存放"存货"，自九月以后，大为增加。二百元之固定经常费，恳能极力设法！现时所购，已少大宗之货，故绝少重复之本。刘、张二"目"，亦时时放在手边备查。遇有与二家"目"重复者，则皆不收。故凡有所得，皆为罕见难得之图籍。将来积以岁月，一旦布露于世，必大可"一新耳目"也。自上次（第四号）报告以后，所得各书，兹更约略报告如下：

　　（一）邓氏风雨楼书，业经点收，共计七百十五种。最可惜者竟缺嘉靖本《博物志》二册，虽经催索，据云：早已佚去。此人市侩气甚重，与之交涉，极费口舌。幸余书尚佳。且无意中发现：原注系"普通书"者，往往是极难得之本。若《救狂书》一册，系潘稼堂攻击石濂和尚之作，潘氏集中，业已删去，此为清初一重要案件，得之，深可庆幸！《硕辅宝鉴》为明蓝格抄本，存十五册，宜稼堂旧藏，绝佳。《句章征文录》及《仲廉甫札记》均

---

　　① 　整理者原注："如第四号工作报告书所述，'百'字下圈为郑振铎先生所加，以'百'字代'万'字，以'十'字代'千'字，但先生并未完全记住这一做法，在报告书和信件中颇有漏圈者。"因为郑振铎自己在书信中也没有贯彻之前的约定，此次编辑《郑振铎文集》，我们就没有在数字下标识 O，读者需注意，书信中所出现的数字有些是隐语，并非实指。

为冯伟原稿。《袁氏丛书》为万历刊本，极罕见。他若：嘉靖本之《黼庵遗稿》（柴奇），《甕天吟稿》《白氏长庆集》；万历本之《华礼部集》《尊生斋集》等等，均甚可贵。而于明末清初诸家之著述，罕见者尤多。盖风雨楼之精华，原在此而不在彼也。若《郑方坤诗集》，久觅不得，此中却有之。俟清理就绪后，当即将全"目"奉上。

（二）嘉兴沈氏海日楼书，除前购数种外，又以七千元续得七十六种（中国书店经手），其中天一阁旧藏物不少。重要者有：劳校本《中兴馆阁录》及《续录》，旧抄本《北堂书钞》，抄本《简斋集》，抄本《朝野类要》，明抄本《各部事略》，宋刊本：《桯史》（明补），《论语》（可疑），《八十一难经》（可疑），《春秋经传集解》；元刊本：《古今事林》《锦囊经》《昌黎集》《山谷刀笔》《雪窦颂古集》《高峰禅要》等；明刊本：《初学记》（残，小字本，原作宋本，极少见），《艺文类聚》（小字本），《北堂书钞》，《辍耕录》（成化本），《静斋诗集》（天一），《风雅逸编》（天一），汪谅本《文选》，《伐檀集》，《仪礼》（徐氏刊），《西楼乐府》（天一），《诗家一指》（天一），《赵清轩集》（天一），《吴地记》（万历），《坛经》（永乐本，又一部崇祯刊袖珍本）等等。其他多半是佛经及医书。后又以五百元得书十七种。重要者有：嘉靖本《山谷全集》，明蓝印本《孔子家语》，茅坤刻本《墨子》，方刻本《山谷全集》，李刻本《山谷别集》，陆文通《春秋集传辨疑》及《纂例》（天一）；明刊本《淮南鸿烈解》及《齐东野语》等。沈氏存放上海之书大略已尽于此。闻尚有若干，藏于嘉兴，其中仍有天一阁旧藏之书不少，亦在设法罗致中。大抵沈氏对于宋元版本，鉴别不精，其所谓宋、金、元本，可疑者居多；甚至有一望即知其为明本，而彼亦收入宋、元本中，殊可诧怪！然其所藏天一旧物，却多佳品。其所藏真正之宋刊本《黄山谷集》，元刊元印本《国朝名臣事略》等，却早由蒋某经手，售之张芹伯。现所存者，大抵皆明本也。间有抄校，佳者却不甚多。在嘉兴之书，尚有《大元一统志》（二页），明刊本《辽东志》，明刊《嘉兴府志》数种。沈子培本瘁心于宋诗之研究，故对于宋人集部（以江西诗派诸家为主），收藏不少。将来均可得之。此亦他家藏书之少有者。

（三）平肆邃雅斋历年得山东毕氏、黄冈刘氏及各地藏家之善本不少。数月前，曾以此项善本三百余种邮寄敝处。经我辈仔细研究、选剔，择其确是罕见秘籍或四库存目之"底本"，今日不易得到者，收下八十余种。价虽颇昂，然已费尽口舌争论矣。计得宋刊本《鬳斋考工记解》四册，宋刊本《翻译名义集》七册（与《四部丛刊》影印之祖本相同，然《丛刊》序文作者脱一"葵"字［周葵］，关系匪浅。其他可资补正处尚不少），元刊本《三体唐诗》（四库底本，叶石君手抄序文一页）二册，元刊本（或明初本）《十八史略》二册，北宋元丰间刊本《福州藏》一册（此藏残卷，近极少见），旧抄本《倭志》一册，旧抄本《雅乐考》六册（四库底本），《精忠庙志》（万历刊）八册，《常熟儒学志》八册（明刊本），《辽东疏稿》四册（毕自严撰，抄本），《抚津疏草》（明刊本）八册，《戎事类占》六册（明刊本），《厚语》四册（明刊本），《大怀子集》一册，《黄篇》四册，《西墅集》二册，《佚笈姑存疏稿》五册，《户部题名》一册，《明文□》二十二册，《龙飞记略》十二册，《岭南文献》四十七册（惜残阙），《革节卮言》二册，《王公忠勤录》二册，《资治大政记纲目》四十六册，《杨文懿公全集》十二册，《皇明鸿猷录》十二册，《云鸿洞稿》二十二册，《漕抚奏稿》八册，《草木子》四册，《钓台集》十册，《唐文鉴》六册，《刘文恭集》二册，《蔚庵逸草》一册，《薛荔山房集》十六册，《二礼集解》十二册，《岱宗小稿》二册，《田深甫集》二册，《吴素雯全集》三十六册，《太岳志略》三册，《三山志选补》三十二册，《皇明经世要略》（存三册），《沈长水集》十册（以上均明刊本），《武林高僧事略》一册，《孔孟事迹图谱》二册，《春秋四传私考》二册，《春秋实录》六册，《周易本义通释》十册，《唐史论断》三册（以上均"四库"底本），《夷坚志》十册，《夷坚志续补》十五册（均抄本），等等。

（四）平肆来薰阁寄来头本亦在四百种左右（分二批寄来），经仔细选别后，购得八十余种。其代价亦颇昂。然书均佳。重要者计有：《冥冥录》二册，《夷齐录》一册，《元史阐幽》一册，《史说萱苏》一册，《胡澹庵文集》一册（以上均为旧抄本，"四库"底本）；《皇明文则》二十四册，《东墅诗集》二册（天一阁旧藏），《七修类稿》二十册，《休阳诗隽》十二册，《纪效新书》四册，《容庵录》四册，《全史论赞》二十册，《四素山房集》十八册，《翰苑新书》二十八册，《东里文集》八册，《刘清惠公集》四册，《余忠宣公集》二册，《陈氏仅存集》四册，《圣学嫡流》四册，《摄生众妙方》十二册，《八编类纂》九十六册，《东莱博议句解》八册（成化黑口本），《二十家子书》十六册，《大明仁孝皇后劝善书》（永乐刊）二十册，《妙绝古今》六册，《岳阳纪胜汇编》四册，《和唐诗正音》一册，《彤管遗编》十册，《金累子》八册，《武夷新集》八册，《三礼考注》十册，《忠安录》二册，《日记故事》二册，《萃古堂剑扫》四册，《明音类选》四册，《王文端公集》十册，《宣城右集》十六册，《天经或问》四册，《疑耀》三册，《谥法纂》五册，（以上均明刊本），《小畜集》六册（明抄本），《东史》十六册，《夷齐考疑》一册，《藏虚集》四十八册，《地亩册》一册（明抄本），《武经征事》八册，《靖康要录》十六册，《春卿遗稿》一册，《警睡集》四册，《数度衍》六册，《续资治通鉴长编》（存六册），《历代赋汇》（原稿本）一百册（以上均旧抄本），等等。

（五）铁琴铜剑楼瞿氏近复以抄校本十余种见售，计价约一千二百元左右。（尚未商妥）内有：明末刊本《先拨志始》二册，旧抄本《甲申核真略》一册，《吕氏家塾读诗记》六册（王振声校宋、明诸刻本），《公羊注疏》四册，《谷梁注疏》五册（均为李仲标临何仲子校宋本），明抄本万历《安徽职官册》一册，旧抄本《黑鞑事略》一册，《使规》（记使缅事）一册，《简斋集》《陆珂批校本》二册。

至零购各书，亦大有渐入佳境之概。前曾得明蓝格抄本《圣宋名贤五百家播芳文粹》二十七册，《续表忠记》八册，《脉望》六册，《明季小史》（抄本）二册，《建文书法拟》一册，翁同龢手稿《本朝掌故》一册，又日记五册，抄本《滇南经世文编》八册，抄本《三家村老委谈》四册，明刊本《济美录》一册，明刊本《玄妙类摘》四册，明黑口本《周濂溪集》二册，嘉靖本《辽史》二十册，翁方纲稿本《纂修四库事略》二册（不全），旧抄本《邓巴西集》二册（翰林院藏书），赵之谦批校本《说文解字》六册，明刊本《知稼翁集》二册，明刊本《沈青霞祠集》一册，焦循稿本《毛诗地理释》二册，《毛诗草木鸟兽虫鱼释》六册，焦氏手写本《南游集》《三忆草》一册等等。最近又得明刊本王季重《游唤》一册，明永乐写本《瑞应龙马歌诗》一册，冯柳东拓本金文一册，潘伯荫拓本金文四册，嘉靖黑口本《唐音大成》八册，焦循手写本《读史札记》二册（焦氏抄），《席帽山人文集》二册，《广陵旧迹诗》一册，《石湖诗词集》五册，又焦廷琥手书《尚书伸孔篇》一册，隆庆刊本《百家类纂》十八册，金武祥原稿《粟香室函稿》《杂著诗词集》等二十册，庞氏稿本《古音辑略》《说文校记》《易例辑略》等六册，明刊本《周礼复古编》一册，旧抄本姚广孝《三悟编》一册，清初刊本《粤闽巡视纪略》一册，明蓝格抄本《菊坡丛话》（吴兔床校）四册，明蓝印本《全辽志》二册（残），明刊本《归有园集》十册（徐学谟），明刊本《食物本草》十册，明刊本《医便》五册，明刊本《扶寿精方》三册，明刊本《体仁汇编》十册，明拓本《千金宝要》四册，原稿本《慕陶轩古砖图》一册，清初刊本《如来香》十四册，日本旧抄本《内经太素》（残）八册，明刘一焜《抚浙疏草》十册，《抚浙行草》六册，杨端洁《疏草》二册，《万历疏钞》四十册（残），元刊本《新编诏诰章表机要》四册（有明补板），嘉靖蓝印本《御倭行军条例》一册，嘉靖十七年《武举录》二册，嘉靖十七年《浙江乡试录》二册（以上三种均天一阁旧藏）等等。凡此所得，均相当重要。有一部分，虽为残书，以其难得，辄亦留之。盖欲求全，大是不易，且恐艰于再遇。若稿本之类则往往竭力购之，盖以其少纵即逝，万难复得也。然我辈心目中，仍以能获得刘张二"藏"为鹄的。刘张二目，经逐日翻检，愈觉其美备。张氏之书，在版本上讲，实瞿杨之同流也，无数重要之宋元本及旧抄本，若以今日市价核计之，其价总须在十万左右。若零星购取，恐尤不止此数。万不能任其零星散失或外流。至刘氏书，则其精华全在明刊本，史籍尤多罕见之孤本，其中清儒手稿，亦多未刊者。实亦不能以市价衡之。取其上品，已盈数室。张氏已还价三万，尚无售意。刘氏则上品一部分约可以三万以下，二万以上得之。如此，续股到时，除还旧欠一万，付张葱玉书三千余元外，仅足敷付此二家书款而已。店中日常费用，尚须另行设法也。故店中人均极盼每月经常费能有着落。不知先生能极力代为设法否？否则续股到后，于收购此二家书外，只好暂时作结束之计矣。然好书层出不穷，听其他流，实非吾辈保存文献之初衷也。古人云：书囊无底，信哉！平津近出好书不少，海源阁之旧藏，亦每多发现。最近有宋刊宋印本《二百家名贤文粹》一书（见黄荛圃题跋）求售，索价至二万金左右（战前已有人出过九千元）。此书实人间无物，惟恐店中为力有限，未能问津耳。又有北宋蜀刊本《欧阳行周集》一部，南怀仁及洪承畴揭帖稿各一件，又明人集若干种（均北平图书馆所无者），等等，均在接洽中。此间亦有宋刊本《荀子》等出现，亦在商谈论价中。待经费确定后，想均可顺利进行。

近时采访所及，奇书渐出，往往有出于意外之收获。最近有《京学志》（明刊本，记南雍事）及《皇明太学志》（北雍）相继出现，已设法留下，尚未付款。而绝精之宋节本。亦时有求售者。若能假以岁月，敝店所收必能成为百川之"渊海"也。深盼先生等能为文献前途着想，于万分困难之中，设法多赐接济是荷。凡我辈力所能及，无不愿为各股东尽瘁效劳，以期多得上等货色也。敝处所编书目现分三种：（一）购入各家之原来书目，均录留副本，对于各肆之书已购入者亦然（以一肆为单位），（二）各箱书目，分别"甲""乙""丙"三种：依箱号为次第，俾每箱内储何书，一检即获，此种"目录"亦录有副本，（三）分类书目，先写卡片，然后分别部类：此项目录，分为两种：一为善本书目，一为普通书目。原来乙种善本，提一部分入"善"目，一部分则编入"普通"目中。第一项书目，已誊清甚多，将以告竣。第二项及第三项书目均在编写中。陆续写成，可告一段落时，即当将副本奉上，以供稽考。此项分类书目编成后，即可进一步编一"征访目"（不公布），择已购书目中之未备而重要者。设法购置。以资补充。如"史料"书，如"丛书"，如"书目"，则以多多益善为宗旨，如此，每月所费不多，而所得则必甚可观。现在应补充之普通书，尚未着手收罗。一以检目不易，如仅凭记忆，未免有误收复本之虞。再则现时为力甚薄，亦不能从事于此补充之工作。若我辈前函所提之每月续股二百元有办法，则尽可开始做去矣。

此间诸友均主能将"孤本""善本"付之影印传世，我辈亦有此感。惟石印甚不雅观，宋本元椠，尤不宜付之雪白干洁之石印。至少应以古色纸印珂罗板。所谓"古逸"，确宜以须眉毕肖为主。《吴郡图经续记》等，篇幅不多，或可试印一二种，如何？（名义为：□□□□图书馆善本丛书第一种）惟选纸择工，未免较费时力耳。此项工作，商务恐未必肯担任。或可在每月经费中撙节为之。不知尊见以为如何？乞即示知！

关于"史料"书，因篇幅较巨，工程较大，却非交商务印不可。前函拟印之《晚明史料丛书》，或以为过于萧瑟凄凉，非今所宜，不妨扩大范围，自汉以来，迄于太平天国，先选五六十种，作为"史料丛书"，以影印为主，大都皆未刊稿本，或明刊罕见本，似于读者更为有用（约先出百册）。不知商务能担任否？兹先将已拟定之"善本丛书目录"附上，乞决定。拟目中有一部分为张氏所藏者。姑悬此"鹄"，以待实现。敝处上等之货，均已储于某德商货栈，大可放心，朱公曾有将货择要运美意，已在接洽中。将来或须请尊处直接与美使一谈，亦未可知，容再告。

　　□□□□□善本丛书拟目

一、《尚书注疏》宋刊本（张）

二、《韩诗外传》元刊本（张）

○三、《中兴馆阁录》《续录》宋刊本

○四、《续吴郡图经》宋刊本

○五、《新定续志》宋刊本

六、《李贺歌诗编》北宋刊本（张）

七、《豫章黄先生文集》宋刊本（张）

○八、《沧浪吟》元刊本

九、《五臣注文选》宋刊本

○十、《唐诗弘秀集》宋刊本

十一、《坡门酬唱》宋刊本（张）

十二、《诗法源流》元刊本（张）

以上十二种拟编为第一集，有○者拟先出，皆篇幅不甚多者。以古色纸，印珂罗版，三开大本。约每二月或一月出版一种。

第六号工作报告书

（1941 年 1 月 6 日）

慰唐先生：前得来示并来电各一，均已拜悉。森老来，详谈甚快！采购事，已会同森老商议办理，极融洽，乞勿念！已购各书及细帐，已定日内会同森老点查封存。港中股款已交来一批，共一万三千余元，前已覆。第二批一万五，尚未汇到。又陈公处股款五万不知已拨出汇下否？甚念。月来又购得书不少：

（一）张葱玉善本书一百余种，已以三千五百元成交，书款两讫。（书目前已奉上。）

（二）瞿氏书又送来一批，惟无大佳者，然为数不巨，当可购下。

（三）沈氏海日楼藏书，现已全部散出，归中国书店出售。敝处事前再三与之约定，全部书籍须先由敝处先行阅定后，始可散售他人，此点现已办到，并已由该店分批将各书送来。经仔细选剔后，所得者颇为可观。其中关于明代史料部分及天一阁旧藏部分最为重要，除与刘氏书重复者尚未决定是否收购外，已决定购买者有：《皇明献征录》《皇明经世文编》，万历本《大明律》，万历本《大明律集解》，嘉靖蓝印本《辽东志》，嘉靖本《嘉兴府图经》，万历本《海盐图经》，万历本《厂库须知》，明末本《五边典则》（徐日允辑，见《全毁目》）等罕见之明代史料书；又天一阁旧藏之《石屏集》（明初本），《陈刚中集》（黑口本），《藏春诗集》（黑口本），《潜斋集》等等；又有：明抄本《游宦纪闻》《桂苑丛谈》等三种，《膳夫经》等三种，《丹崖集》《洞天清录》《碧鸡漫志》《鬼谷子》《伯生诗续编》《北虏事迹》等（均为天一阁蓝格抄本），均是不能放手者。此外尚有明刊本《颜氏全书》，嘉靖本《山静居丛书》《明名臣言行录》，旧抄本《杨诚斋集》，孙渊如校《墨子》及《晏子》等等，连罕见之清刊本等，约可选得二百余种，并有大正《大藏经》等在内，其价尚未谈妥，约须费二三千元之谱。

（四）本月底由汉文渊书肆介绍，以六百七十七元，购得合肥李氏书一批。原来索价甚高，且杂有伪宋本不少，经选剔后，得明刊本《径山藏》二千二百四十三册（目录一册为龚孝拱手抄，共装廿四箱），精写本《西清砚谱》三册，明初黑口本《苏平仲集》八册，嘉靖刊本《仙华集》二册，嘉靖刊本《正杨》二册，嘉靖刊本《俨山外集》八册，兰雪堂活字本《白氏长庆集》十六册，明刊本《沧浪吟》二册，明刊本《陈忠肃言行录》三册，明刊本《谢文庄公集》二册，元刊本《春秋或问》六册，康熙刊本《庐州府志》十二册，铅印本（非后来石印本）《清史稿》一百三十一册，明末刊本《甲申纪事》四册（足本，前得风雨楼所藏者仅八卷）等，皆足补以前所购之未备，且亦皆为刘目所未有者。此外平肆邃雅斋、来薰阁、文禄堂等（其肆主均在沪）亦送来书不少。已选购者中，重要者有：《正气录》（见《全毁目》）、《云南铜志》（道光间抄本，甚佳）及"四库底本"九种，前日获得姚振宗《师石山房书目》（实可称为《读书记》），每书均有"提要"，且所收书，十之五六为清儒著作，足补《四库提要》，极可珍视，立与开明书店商妥，归其承印出版。（作为本图书馆丛书第一种）出版后由开明送书若干部，"合同"订立后，当将副本奉上。

现知李木斋所余剩之敦煌卷子数十种（皆极精之品）有外流之虞。此批"国宝"，似当以全力保留之。已托友人在积极设法挽救中。尚未知前途欲望如何，是否我辈力所能及，但我国所有敦煌卷子，大抵皆为"糟粕"，如加入此批，大可生色。故闻此消息大感惶恐！ 恳鼎力向股东方面提出，商榷一挽救之策，至盼至祷！ 又李氏书现存平整理，拟托友抄录其中孤本以免失传。是否可行，亦乞明示！ 好在抄费所需不多，此间自可设法进行。平肆近有蜀本《欧阳行周集》出现，索六百元（平币），以汇水计之近八九百元矣，似太昂，故未还价，姑与敷衍，嘱其暂时留下。又有海源阁旧藏之《二百家名贤文粹》（蜀刻，海内孤本），索一千五百元（平币，据云系最低价），某藏家并有书棚本唐人集二种，可转让。又平刘某处有宋刊《王文公集》（内阁大库物，孤本，背为宋人手札多通，诚国宝也！）或亦可商让，此皆好消息也，惟苦于店中为力有限，未能放手购置耳。近来与森公连日商榷决定：除普通应用书外，我辈购置之目标，应以：（一）孤本，（二）未刊稿本，（三）极罕见本，（四）禁毁书，（五）四库存目及未收书为限。其他普通之宋元刊本，及习见易得之明刊本，均当弃之不顾。而对于"史料"书，则尤当着意搜罗，俾成大观。总之，以节省资力为主：以精为贵，不以多为贵；以质为重，不以量为重。是否有当，尚乞征求各股东意见示知为荷！

续股到齐后，如欲同时问津刘张二氏书，实不易办到之事。盖刘书须四万，张书亦须四万左右。而店中力量，除去应储之运费，还马氏一万，又杂支及印书费外，实仅敷购置张或刘一家之物也。现正与森公仔细考虑，未能下一决心。以版本论，张物诚佳。但以材料论，则刘物亦不可失。中夜彷徨，未能毅然决断，鱼与熊掌，惜不能兼。我辈连日商谈经过，以刘物易销，且主者急欲销去，搁置不顾，必成问题；张物则数量较少，知其好处者殊鲜，外人对于抄校本亦尚无程度注意及之。故似尚不妨暂行稽延下去，以待将来之机缘。现正排日往阅刘物。约须半月，始可阅毕。当待下函再行详告。

印书事，正积极进行，现已购得纸张六百余元，储以待用。第一步拟先印"书影"，一以昭信，一以备查，且亦可供学人应用。此外，拟再印行甲乙种善本丛书若干种；"甲种善本"拟用珂罗板印，照原书大小（较续古逸为壮观）。第一种拟印《中兴殿阁录》及《续录》。"乙种善本"用石印，照北平图书馆善本丛书大小，第一辑拟印宋明史料书十种，大都为未刊稿本。"书目"正在拟议中，俟决定后，当奉上请各股东再作最后之决定。印刷费用，拟提出五千之数。但如节省用之，有三千或可敷用。每种拟印二百至三百部，因纸张太贵，实不能多印也。至少每种保存一百部，以待将来分赠各处。是否有当，并乞示知。

统计简表

（一）宋刊本	三十五部	四百零三册
（二）元刊本	六十四部	九百八十七册
（三）明刊本	一千一百余部	一万三千二百余册
（四）未刊稿本	五十部	三百余册
（五）抄校本	八百部	三千八百余册
以上甲类善本共二千零五十余部，一万八千六百余册		
（六）普通明刊本	一百余部	二千余册
（七）清刊精本	八百余部	九千余册
以上乙类善本共一千余部，一万一千余册。		

　　"甲""乙"两类善本书共三千余部，二万九千余册，普通书未及清理完竣，暂不能将部数册数统计表编就，待后再行补报。

第七号工作报告书

（1941 年 4 月 16 日）

　　慰唐先生：得来示，知六号营业报告已到，甚慰。朱先生来电拜悉。诸股东关心店务，至为感激！森公在此，无日不见，相助至力，得益匪浅。正月以来，店务颇为发达。惟此间百物奇昂，书亦不免。平贾辈日遨游市上，所付收货代价，竟较我辈所能付出者为高，亦一奇事也。盖缘平津汇水甚高，故彼辈即以高价收书，尚属有利可图。幸我辈采访甚力，多方截留，故彼等所得，尚鲜精品。即偶有关系颇巨之书，漏入彼等之手，我辈亦能设法从彼等处购得。惟未免代价较巨耳。此种情形，尚不多见。大抵我辈所得，多半从本地各肆及各藏家直接购取，故代价均尚平平。然默察一般市况，书价日趋上涨。今岁之价，较之去岁，已大不同；明日之价，较之今日，恐又将有异。普通应用书，所涨最巨。百衲本《二十四史》，商务售至一千七百元，《四部丛刊初编》，市价已达二千金。我辈于去岁购得此书一部，不过费九百数十金耳。故将来用款百元，仅能抵得过去岁之五六十金而已。朱先生意拟多购，以免散佚。我辈意亦从同，并已照办。预计本月底（至迟五月底），店务必将告一段落。（一）款将不继；（二）借此休息一时，将店中存书加以清理。丁、陈二先生业已动身。想不日即可相晤。此间详细情形，已托其代为面陈。（中略）携上之书，共计二十箱，皆关"目录"之书。（中略）此间用款甚节省。所不能节省者惟有购书之款而已。店中房租，因存货渐多，不能不扩充堆栈，恐亦将支出略巨。大约每月预料总可不至超出百元也。刘书正在积极商洽，必可成功，堪以告慰。港处王君款，已到二万。其余股款，想不日亦可续到。此间工作，正倾全力以编"善"目。俟刘书成后，即可开始缮写此目一份奉上。预计五月中必可写成。拟分作数函，陆续寄奉。收到后，除诸股东外，尚祈秘之，不可任人借抄，以免漏出，至盼，至感！盖此点关系甚大；如漏出，或将惹起意外之是非也。为慎重计，不能不守密。预估"善目"所收，颇堪满意，且颇自幸能不辱命也。兹将一月至四月中所得各书，择要奉告：

（一）二三月间，分批购得积学斋徐氏善本书二十种，计共用款五百三十元。其中最重要者，有明刻本《宝祐四年登科录》，绍兴十八年《同年小录》，山东《乡试录》，应天府《乡试录》《惠山集》《钓台集》《记古滇说原集》（嘉靖沐氏刊本）、《安骥集》《痊骥通玄论》《靖康孤臣泣血录》《皇明后妃记略》（万历蓝印本），《梦学全书》及钞本《崆峒志》《平江记事》等。

（二）二月间购得瞿氏书十二种，计价一百二十元，中有宋刻明印本《心经》《政经》，明刻本《白云楼诗集》《摭古遗文》及抄本《纲山集》等。

（三）一月底从蒋谷孙处购得季沧苇《全唐诗集》底本（百衲本）二十四套（原装未动），计价八百元。此书原为刘晦之物。我辈前曾议价未谐，为蒋氏所得。兹仍得归我辈有，诚幸事也。

（四）二月中，从张寿征君处购得焦理堂手抄本《焦氏家集》《农丹》《邴记》（较刊本多一卷），明抄本《云台编》等九种，计价二百五十元。

（五）三月底，购得张菊生先生所藏宋刊宋印本《荀子》一部，计价四百元。

（六）孙伯渊处之上元宗氏书一批，前已说定二百元；现已付款取书。又以六十五元，购宋刊本《方舆胜览》一部（中有抄配）。

（七）中国书店经手之海日楼沈氏书，其善本几已全归我辈所有。除前已付二千元外，现又找付九百二十元结清。全部书目当另行抄奉上。

（八）从蟫隐庐罗子经处购得墨缘堂所印书全部（所阙无几），其中有外间绝版已久者。

（九）从北平来薰阁购得清末以来刊印之重要应用书一批（今日结算），如《清儒学案》及燕大出版各书等，亦多久觅未得者拟目托购，所费心力颇多。足资补充我辈所缺。惜因汇水关系，书价未免加昂。（照定价加六成，尚属低廉。）

（十）从上海书林购得顺治《黟县志》，康熙《抚州志》，雍正《昭文县志》，乾隆《夔州府志》，乾隆《澎湖纪略》，嘉庆《绵竹县志》，道光《金谿县志》，道光《太和县志》等二十七种，计共价二百四十元，皆罕见之方志也。

（十一）其他零星在沪肆所得，重要者有：① 明刊本（黑口）《淮南鸿烈解》，② 明刊本《皇明辅世编》，③ 万历刊本《海岳山房存稿》（郭造卿撰），④ 万历刊本《三山全志》，⑤ 明刊《四季须知》，⑥ 明末刊本《剿闯小说》，⑦ 万历刊本《松石斋诗文集》，⑧ 正德刊本《革除遗事》，⑨ 万历刊本《医经会元》，⑩ 万历刊本《殊域周咨录》，⑪ 顺治刊本《已吾集》，⑫ 万历刊本《山带阁集》，⑬ 万历刊本《庶物异名疏》，⑭ 抄本《延平二王遗集》，⑮《彗星说》（稿本）等。

（十二）零星从平肆诸贾处购得，重要者有：（1）《里堂词》（稿本），（2）张行孚《说文考异》（稿本），（3）宋刊残本《居士集》，（4）明刊本《群玉楼集》（张燮撰），（5）明初刊本《道德经》，（6）康熙刊本《畿辅通志》（开花纸印），（7）明刊本《皇明百大家文选》，（8）道光刊本《濮川所闻记》等。

大抵我辈所得，不仅善本颇为可观，即普通应用书亦已略见充实。大劫之后，得书必倍艰于前，书价亦必随日俱涨。今日收之，诚得计也。若《续经解》《广雅丛书》之类大部书，今日便已绝迹市面矣。乃至《聚学轩丛书》及影印本《道藏》《学海类编》等亦甚不易得。我辈于此，亦颇费苦心以罗致之。（《道藏》迄今未购得。）补充未备，当为今后收书目标之一。惟此项工作，较之搜罗善本，尤为琐屑艰难，拟俟善目告成后，即从事于此项普通书目之编辑。然恐非半载以上之时力不办也。惟书囊无底，古人所叹。

所收愈多，愈有不足之感！幸基础已立定，只要按部就班做去，其成绩必超过前人数倍也。所苦者书价日昂，颇难放手购置耳。现以直接向各藏家及较小之肆购买为主，且出价极力抑低，俾能维持去岁之标准，同时又不愿失去好书。对于索价较高者，常暂时保存，不与结帐。竟有时能发现索价较低之第二部，而将第一部退还。但对于稍纵即逝者，则亦偶然忍痛收下。措置、调度之间，自信颇费苦心也。各"目"奉上后，各股东当可明了购置之困难情形矣。

关于运货事，与森公日在设法中。惟运输困难，日益加甚。自当于万难之中，设法运出，以期不负尊望。或当先行运港，再作第二步之打算。现在存货所在，皆甚谨慎，无虞水火，堪释远念。

印书事，因纸张已于去岁冬间购备若干，故进行尚为顺利，不受物价高涨之影响。应印之书，约有四五十种。印成后，除陆续寄奉尊处一份外，皆当封存堆栈，决不发售。乞勿念！书影亦已陆续在印。除前已奉上三份外，兹又附函奉上三份。多寄不便，故仅能如此零星寄上也。珂罗板以印于古色纸上者最为悦目。现已设法向泾县造纸处设法定购古色宣纸。（不漂白，价且可较廉。）将来，凡印珂罗板之善本书，皆拟用此项古色纸印刷。不知尊见以为如何？

正写至此时，适接奉四月二日航函。所附书单中各书，一部分已由丁陈二先生携港。余书即当设法照尊意寄递。乞释念！存港之一批，亦当即托友人设法寄至仰光转运也。

第八号工作报告书

（1941 年 5 月 3 日）

慰堂先生：前日奉上七号营业报告，想已收到。尊处来电，亦已即覆。刘书已成交。计共选取明刊本一千二百余种，抄校本三十余种，共计价洋二万五千五百元。（内五百元为介绍人手续费。）款已付讫，书亦已分批取来（仅有十余种未交），正在清点中。详目容俟清点完毕后抄奉。此批书商谈甚久，变化颇多。功败垂成者不止二三次。幸能有此结束，大可庆幸！然我辈之心力已殚矣！盖书主素性懦弱寡断，易为人言所惑。初索四万，我辈已允之。所争者惟在取书之多寡问题。曾偕森公前往阅书十余日，选择至为审慎。其宋元部分，曾印出"书影"五册，然多杂伪冒之品。以元本为宋本，以明本为宋、元本者几居十之三四。（如所谓宋版《列女传》，则直以清阮氏覆刻本伪冒。）即不伪者，亦往往刷印不精，补板累累。综计宋本之可取者不及十，元本之可取者不及二十。为勉强凑数计，共选取宋本三十三种，元本三十三种。明刊本部分（原有一千九百余种），共选取一千二百余种。抄校本、稿本部分，共选取四百余种。清刊本部分，共选取二百种。清刊本至多且杂，千中取一，不啻四五易其稿，几费半月之力，从事于此。自信汰芜取华，用心至劬。当将此项选定之书目交付书主。久候未得复音。颇为彷徨，恐其反复。后书主托介绍人来覆云：宋元本部分，盼能少取若干；明刊本部分，盼能除去"丛书"及"方志"二部分；清刊本部分，盼能除去"丛书""方志"及"别集"三部分。当即答云：宋刊本部分可剔除后印模糊三五部。明刊本部分，一部不能减少；"丛书""方志"尤须包括在内。清刊本部分，可减去"丛书""方志"若干种。我辈如此迁就，而书主尚无决定。迟之不允，又托介绍人来覆云：明刊本部分拟不出售，可否单购宋元本及抄校本、稿本部分。当即答以：明刊本部分如不在内，我辈即不拟收购。盖当时风闻有人拟竞购明刊本部分，辇之海外转售。又风闻某人亦拟购其明刊本，而转售一部分于海外。此时形势，至为危急。我辈出其全力，以说动书主。大义、私交，无话不说尽。最后，书主乃云：可否以二万七千元，单购其明刊本部分。当答以：明刊本部分，至多可出价至二万元。但抄校本部分，尚拟选取若干，书价可另计。彼允加以考虑。当又费去数日之力，拟就必须选取之抄仿校本书单一纸交去（共三十六种）。十数日后，书主覆云：明刊本部分，连同此项抄校本，最低价为二万五千元。当即再三与之商议，分文不肯减让。因恐其又将中变，只好忍痛允之。（外加介绍人手续费五百元，尚廉）。然经过一夜，书主果又反复，复托介绍人来商云：可否加殿版《图书集成》一部，共付三万元。我辈当即加以拒绝，云：《图书集成》不要，但书主如必须三万元者，我辈亦可付之。惟此另加之五千，须另行选取他书。彼突然又云：如照原议，付四万，取前曾选定之宋元本、明刊本、清刊本及抄校本者，可成交否？当即答之云：当然可以照办（当时如迟疑不覆，或答以不能照办者，彼必生疑，明刊本部分，即万难成交矣）。随即提出三项办法，任彼择其一：（一）照原议付四万元；（二）付三万，另取他书五千；（三）付二万五千，取明刊本一千二百余种及抄校本三十六种。此时诚如以一发悬千钧，稍纵即逝。幸赖对付得法，未再节外生枝，发生意外。次日，书主乃正式答覆云：可仍照前议，以二万五千元取明刊本一千二百余种及抄校本三十六种。我辈即备就书款送去，同时即进行点书包扎，分批送来。盖迟则恐又将生变化也。至此，此项交易，乃大功告成矣！成交之日，我辈心满意足，森公亦极为高兴。盖其精华，已为我辈所撷取矣。余书续购与否，已无多大关系。虽宋、元本，稿本，抄校本，清刊本各部分，尚有应行选购者，然均非万不可失之物。结果如此，实非我辈始料所及。如以四万，购其全部善本，实为勉强。不意书主自愿析出明刊本及一部分抄校本单售，诚是我辈求之不得者！平均计之，每种计值仅二十余元。不仅按之今日市价，大是低廉，即以劫前之书价核之，亦尚为值得也。何况其明刊本中，多为可遇而不可求之物乎！"史""集"二部，尤为白眉。天一阁、抱经楼旧藏之物甚多。曾与森公约略加以估价，值百元以上者，可有二百种，值五十元以上者，可有三百种。即此二部分已可共值三万五千元矣！在今日市上，不必说万难有此一大批善本出现，即有十种、八种零星善本出现，其价亦必大昂，难于成交也。平市曾有《大政记》（《明史概》中之一种）一书，为美方所得，价至百金，又明刊《常州府志续集》，为燕大取得，价至八十金。核之国币，尚须加倍计算。诚可骇人听闻矣！此批书如为坊贾辈所得，即出售其十之二三，殆已足偿本有余矣。我辈书运之佳，诚堪自喜！此亦诸股东之福也！抄校本中，我辈所选取者，以明抄本为最多，殆已竭其精英。计有：《论语解》四册，《雅乐考》八册（毛斧季跋），《皇宋中兴圣政》五册，《洪武圣政记》十二册，《蹇斋琐缀录》一册，《刑部问宁王案》一册，《兵部问宁夏案》一册，《比部招拟类钞》六册，《肃皇外史》十册，《皇明献实》八册，《朝鲜杂志》一册，《高科考》一册，《论衡》六册，《册府元龟》二百二册，《六帖补》一册，《邵氏见闻录》六册，《绿窗新话》二册，《南山黄先生家传集》六册，《三武诗集》一册，《陈允平词》一册，《华阳国志》四册（钱叔宝手抄），《藏一话腴》一册（金孝章手抄），《元六家诗集》四册（金亦陶手抄）等。旧抄本百中取一，未必甚佳，惟可资以补充未备，计有：《万历邸钞》三十二册，《国榷》六十册，《劫灰录》二册，《秘书志》四册，《闻过斋集》二册，《观乐生诗集》三册等。批校本所取最少，然均为极堪矜贵之品，计有：《淳熙三山志》二十册（明小草堂抄本，徐兴公校），《述古堂书目》二册（吴枚庵校并跋，吴兔床跋），《麈史》①四册（明

---

①　陈福康：《为国家保存文化》原书写作《尘史》，此处当为《麈史》。

抄本，毛斧季校），《玉台新咏》一册（赵氏刊本，叶石君校并跋），《稼轩长短句》六册（嘉靖刊本，陆勅先校，惜仅校前三册，后三册无陆氏校笔，疑佚去，坊贾取他本配全），《中州启札》一册（抄本，劳巽卿校）。此项抄校本，取十一于千百，难免有遗珠之憾。然多取恐书主生疑，不愿见售，故约之又约，仅择此三十余种不能不取之书。取舍调度之间，自信颇煞费苦心也。

明刊本中，以史料之书，最为难得，最可矜贵。择其要者言之，则有：《昭代典则》四十册，《皇祖四大法》二十册，《交黎剿平事略》六册，《虔台倭纂》二册，《皇明名臣琬琰录》二十四册，《苍梧总督军门志》十五册，《边政考》六册，《九边图说》二册，《三边图说》三册，《桂胜》《桂故》六册，《金陵梵刹志》十册，《炎徼璚言》二册，《裔乘》六册，《吏部职掌》十二册，《披垣人鉴》八册，《漕船志》六册，《海运新考》三册，《福建运司志》六册，《马政记》二册，《昭代王章》六册，《江南经略》十册，《师律》三十六册，《宪章类编》二十册，《皇明嘉隆两朝闻见记》十二册，《皇明卓异记》十册，《征吾录》四册，《吾学编》二十四册，《皇明书》二十四册，《世庙识余录》六册，《皇明典故纪闻》十八册，《皇明宝训》二十册，《经略复国要编》十六册，《国朝典故》四十八册，《九十九筹》八册，《安南来威图册》《安南辑略》六册，《颂天胪笔》二十册，《王端毅公奏议》六册，《青崖奏议》四册，《箬溪疏草》六册，《郑端简公奏疏》八册，《柴庵疏集》十二册，《皇明疏钞》三十六册，《皇明留台奏议》二十四册，《皇朝经济录》十八册，《皇明开国功臣录》二十册，《吴中人物志》六册，《圣朝名世考》十六册，《宗藩训典》十二册，《皇明应谥名臣录》十二册，《本朝分省人物考》四十六册，《宰相守令合宙》二十六册，《古今宗藩懿行考》二十册，《明一统志》十六册，《大明一统名胜志》七十二册，《皇舆考》四册，《皇明职方地图》四册，万历《帝乡纪略》二十册，万历《广西通志》五十六册，弘治《八闽通志》四千册，嘉靖《浙江通志》四十册，嘉靖《河南通志》十二册，嘉靖《南畿志》十二册，成化《毗陵志》十三册，正德《常州府志续集》三册，万历《昆山县志》四册，嘉靖《安庆府志》二十四册，弘治《徽州府志》十二册，成化《中都志》二十册，嘉靖《抚州府志》十六册，万历《杭州府志》四十册，成化《宁波郡志》十八册，嘉靖《宁波府志》四十册，万历《金华府志》四十册，嘉靖《河间府志》十二册，万历《故城县志》三册，嘉靖《朝城县志》四册，正德《漳州府志》二十四册，《通惠河志》四册，《吴中水利全书》十二册，《东夷考略》三册，《三山志》十六册，《东山志》十册，《罗浮山志》八册，《庐山纪事》十二册，《明州阿育王山志》十册，《蜀中名胜志》八册，《厓山志》十二册，《禺峡疏略》十二册，《明经书院录》三册，《石鼓书院志》四册，《皇明功臣封爵考》八册，《国朝列卿年表》十六册，《京学志》十册，《玉堂丛语》四册，《大明官制》四册，《牧津》十二册，《大明集礼》四十册，正德刊《大明会典》六十册，万历刊《大明会典》七十册，《皇明世法录》一百册，《皇明经济实用编》二十四册，《明伦大典》八册，《皇明太学志》五册，《皇明进士登科考》十六册，《明贡举考》八册，《皇明三元考》十册，《王国典礼》八册，《读律琐言》十六册等等。此项史料皆极难得，即悬百金于市，恐亦不易得其三五种。今乃一批得之，诚宜踌躇满意矣。

集部之中，难得之精品亦不在少数。六朝唐人集，无甚佳者。宋人集却有天顺本《欧阳文忠公全集》八十册，黑口本《屏山集》四册，弘治本《竹渊文集》四册，洪熙本《欧阳修撰集》四册，正统本《云庄刘文简公集》八册，天顺本《梅溪集》二十四册，景泰本《水心全集》二十四册，黑口本《石屏诗集》二册，景泰本《叠山集》四册，天顺本《方蛟峰文集》八册等；元人集有成化本《吴文正全集》四十册，嘉靖本《还山遗稿》四册，成化本《静修先生文集》十册，正德本《雪峰文集》四册，嘉靖本《道园学古录》二十册，嘉靖本《黄文献公文集》八册，嘉靖本《宝峰先生集》二册，明初刊本《铁崖先生古乐府》四册等，皆颇佳。惟其精华所聚，毕竟在明人别集。此项明刊本明人别集，约近四百种，皆极有用，非若簿册单帙之无关时代之诗集也。举其要者，有：成化本《诚意伯集》十册，弘治本《胡仲子信安集》二册，明初刊本《清江贝先生集》六册，明初刊本《黄文简公介庵集》十册，成化本《高漫士啸台集》八册，正德本《在野集》三册，明初刊本《梦观集》三册，正统本《两京类稿》十二册，弘治本《南斋稿》四册，成化本《忠文公集》十册，成化本《东行百咏》四册，景泰本《寻乐文集》六册，弘治本《敬轩薛先生文集》十二册，成化本《颐庵文集》四册，成化本《畏庵集》四册，成化本《王文安公集》二册，弘治本《完庵集》二册，弘治本《宜闲文集》六册，嘉靖本《王端毅公全集》八册，嘉靖本《类博稿》四册，弘治本《杨文懿公文集》二十四册，万历本《黎阳王襄敏公集》四册，弘治本《彭文思公文集》八册，嘉靖本《巽川文集》十二册，嘉靖本《康斋先生集》十六册，正统本《篁墩文集》四十册，嘉靖本《东田诗集》八册。万历本《见素集》三十二册，隆庆本《庄简集》十册，黑口本《董山集》十册，嘉靖本《祝氏集略》八册，万历本《张庄僖公文集》六册，万历本《何文简公集》八册，嘉靖本《王氏家藏集》十八册，嘉靖本《水南集》六册，明刊本《周职方集》二册（黄荛圃跋），嘉靖本《椒丘文集》十二册，嘉靖本《泉翁大全集》四十册，又《甘泉先生续编大全》三十二册，嘉靖本《孟有涯集》十一册，嘉靖本《泾野先生文集》六十册，嘉靖本《南湖诗集》四册，嘉靖本《玄素子集》四十册，万历本《群玉楼稿》八册，嘉靖本《欧阳南野集》二十八册，万历本《蓝侍御集》四册，万历本《中麓闲居集》十二册，万历本《辽阳稿》四册，嘉靖本《五岳山人集》十六册，万历本《天一阁集》十六册，万历本《赵文肃公文集》十册，万历本《袁文荣公集》九册，嘉靖本《丘隅集》六册，万历本《刘子威全集》八十四册，万历本《徐氏海隅集》十二册，又《春明稿》二册，万历本《李温陵集》十册，万历本《条麓堂集》二十册，万历本《耿天台先生文集》十册，万历本《处实堂集》四册，万历本《文起堂诗文集》十册，万历本《二酉园诗文集》三十六册，隆庆本《何翰林集》八册，万历本《潘景升诗集》十六册，万历本《十岳山人诗》十册，万历本《王百谷二十种》十册，万历本《止止堂集》三册，万历本《大泌山房集》三十九册，万历本《谷城山馆集》二十二册，万历本《不二斋文选》三册，万历本《郁仪楼集》八册，又《石语斋集》六册，又《天倪斋诗》四册，万历本《隅因集》十二册，崇祯本《赵忠毅公全集》三十二册，万历本《少室山房类稿》等三十二册，万历本《快雪堂全集》三十二册，万历本《农丈人文集》十二册，万历本《魏仲子集》四册，崇祯本《李文节集》十四册，天启本《苍霞草》等七种六十册，万历本《白苏斋类集》四册，万历本《焦氏澹园集》二十四册，崇祯本《吴文恪公文集》十六册，天启本《陶文简公集》十一册，天启本《山草堂集》二十四册，崇祯本《归陶庵集》四册，万历本《下菰集》三册，又《居东集》六册，万历本《雪涛阁集》十册，万历本《睡庵文集》二十册，明写刊本《输寥馆集》十四册，万历本《懒真草堂集》八册，明末刊本《经略熊先生全集》十二册，崇祯本《宝日堂集》四十册，万历本《东极篇》《南极篇》《皇极篇》十四册，天启本《珂雪斋集选》十二册，天启本《鳌峰集》六册，天启本《十赉堂文集》十二册，万历本《石秀斋集》十册，天启本《鹿裘石室集》十四册，万历本《寥寥阁全集》六册，万历本《程仲权先生集》四册，明末刊本《陈眉公集》三十册，万历本《何长人集》四册，万历本《陈明卿集》四册，崇祯本《小筑迩言集》十六册，崇祯本《岳归堂集》六册，明末刊本《茅檐集》二册，又《魏子敬遗集》二册，明末本《拜环堂诗文集》五册，明末刊本《瑶光阁集》四册，明末刊本《金太史集》八册，崇祯本《简平子集》六册，崇祯本《偶居集》十册，明末刊本《七录斋集》四册，崇祯本《怀兹堂集》四册，崇祯本《寒光集》八册，崇祯本《太乙山房文集》六册，崇祯本《几亭文录》五册，崇祯本《纺绥堂集》八册，崇祯本《还山三体诗》《凌霞阁杂著》三册，天启本《石民未出集》八册等等，均皆轻易不能在坊肆中见到者。即偶一有之，亦不过月遇二三种，年遇二三十种耳。且更有市上绝不可得见者！即以十载、廿载之力，欲聚此，恐亦难能也。今得此似较之北平图书馆前得密韵楼之明集一批尤为重要也。

至总集、诗文评及词曲部分之重要者，则有隆庆本《文苑英华》一百一册，弘治本《新安文献志》三十二册，嘉靖本《延赏编》六册，嘉靖本《孔氏文献集》四册，嘉靖本《浯溪集》二册（黄尧圃跋），嘉靖本《南滁会景编》八册，隆庆本《玉峰诗纂》六册，隆庆本《皇明文范》四十二册，隆庆本《昆山杂咏》十册，嘉靖本《文氏五家集》六册，万历本《国雅》二十四册，万历本《包山集》四册，万历本《香雪林集》二十四册，万历本《皇明诗统》四十册，万历本《今文选》十二册，万历本《宋元诗集》二十四册，天启本《洞庭吴氏集选》四册，天启本《金华文征》十六册，崇祯本《皇明文征》三十册，崇祯本《几社壬申文选》十二册，明末刊本《皇明策衡》二十册，正德本《湖山唱和》二册，正德本《全唐讲话》六册，万历本《讲话类编》三十二册，明刊本《艺薮谈宗》八册，嘉靖本《桂翁词》三册，万历本《杨升庵夫妇乐府词余》四册，万历本《花草粹编》十二册，明末刊本《古今词说》二十册，正德本《碧山乐府》等十二册，嘉靖本《雍熙乐府》四十册，嘉靖本《词林摘艳》四册，万历本《吴骚集》四册，万历本《南词韵选》二册（残），万历本《目莲劝善戏文》六册等。

其他子部，亦多奇书异品。仅就"丛书"部分而言，有若：《历代小史》二十册，《明世学山》十六册，《稗乘》① 十册，《今献汇言》十六册，《金声玉振集》二十册，《夷门广牍》五十六册，《盐邑志林》五十册，《顾

---

① 陈福康《为国家保存文化》原书写作《神乘》，此处当为《稗乘》。

氏文房小说》三十册,《顾氏四十家小说》十册,《汇刻三代遗书》十二册,《纪录汇编》一百二十册,《范氏奇书》四十册,明经厂本书三十四种,九百二十余册等,均不易得。而所谓"明经厂本书",本非"丛书",乃亦列入"丛书"中,仅算作一种,尤为得意;内有《含春堂稿》等,均非寻常之物也。他若"类书"部分之成化本《事林广记》十二册,万历本《三才图会》一百七〔十〕册,万历本《图书编》五十册,万历本《天中记》一百二十册,万历本《学海》八十册,明末刊本《广博物志》二十四册等;"小说家"部分之万历本《亘史钞》六册,《聚善传芳录》五册等,均价值颇昂。又"儒""兵""法""医""术数""艺术""谱录""杂""道""释"诸家中,亦多罕见之书。惟经部较为贫乏。然亦选取七十八种,多半为明人经解,足补历来汇刻经解者所未收、未及。

综计明刊本中,凡得经部七十八种,史部二百五十余种,子部二百六十余种,集部六百余种,共计一千二百余种(因有十余种在争议未决中,故未能以确数奉告)。

本月廿二日,又从张菊老处,得其藏书中之最精者五种:(一)唐写本《文选》一巨卷(日本有数卷,已收为"国宝",并印为《帝大丛书》),(二)宋写本《太宗实录》五册,(三)宋刊本《山谷琴趣外编》一册,(四)宋刊本《醉翁琴趣外编》一册(残),(五)元刊本《王荆文公诗注》十册(李璧注,国内无藏全帙者)。此五书,皆可称为压卷之作。菊老大病后,经济甚窘。彼意谓:将来必将散出,不如在此时归于我辈为佳。因毅然见让。计共价二千六百元。实不为昂也。得《文选》,总集部可镇压得住矣;得《太宗实录》,史部得冠冕矣;得山谷《醉翁》《琴趣》二种,词曲类可无敌于世矣;得《王荆文公诗注》,元刊本部分足称豪矣!所憾者五经四史均尚未能罗致宋椠佳本耳。假以时日,焉知不有"来归"之望乎!

至平肆零购之书,近日收到者,胥为佳品,甚可重视。虽出价较高(因平沪汇率关系），然实尚值得。举其重要者，则有：（一）万历本《高文端公奏议》八册，（二）嘉靖本《皇明疏议辑略》三十二册（张瀚辑），（三）明抄本《江西疏稿》六册，（四）清初朝鲜刊本《璿源系谱纪略》一册，（五）万历李承勋刊本《朝鲜图说》一册，（六）明抄本《崞县志》四册，（七）清初朝鲜刊本《庄陵志》二册，（八）万历本《岳麓书院志》二册，（九）明彩绘本《延绥东路地里图本》一册，（十）明绘本《喜峰口边隘图》一册，（十一）明彩绘山海、永平、蓟州、密云、古北口等处地方里路图本一册，（十二）顺治本《顺治丙戌缙绅录》一册，（十三）万历本《星宿图》一册，（十四）嘉靖本《蓬窗日录》八册（陈全之撰），（十五）崇祯本《耳新》四册，（十六）万历本《石鼓文正误》《碧落碑文正误》三册（陶滋撰），（十七）嘉靖本《阳峰家藏集》十二册（张璧撰），（十八）嘉靖蓝印本《韩襄毅公家藏文集》六册（韩雍撰，四库底本），（十九）万历本《灵山藏笨庵吟》二册（郑以伟撰），（二十）万历本《慎修堂集》七册（刘日升撰），（二一）万历本《杨道行集》十册（杨于庭撰），（二二）明刊本《阳岩山人集》四册（江汜撰），（二三）明刊本《玉阳稿》四册（区怀瑞撰），（二四）汲古阁刊本《四照堂文集》二十四册（卢纮撰），（二五）康熙铜活字本《松鹤山房诗集》四册（陈梦雷撰），（二六）汲古阁本《隐湖唱和诗》三册，（二七）万历本《塞下曲》一册（万世德撰），（二八）明刊本《续真文忠公文章正宗》十册（明郑柏辑），（二九）清初刊本《诗观》初二三集三十六册，（三〇）明朝鲜刊本《元遗山乐府》三册，（三一）顺治本《倚声初集》（邹祗谟辑），（三二）嘉靖本《天台胜迹录》二册等等。此等书不至流落海外，实为万幸！亦缘彼辈尚知大义，故能远道见归。我辈书运日佳，诚堪自慰也！

至沪肆日来所收，亦多精品。刘十枝（即撰《直介堂丛刻》者）藏书，近已分批出售。去冬售去"方志"一千余种，为北平文殿阁所得，多半售之燕大，余亦不可踪迹。惟尚余精品若干，顷归修文堂，转售于我辈，计有：嘉靖本《秦安县志》四册，万历本《固原州志》二册，康熙《虹县志》八册，道光中《卫县志》四册，康熙《常熟县志》十二册，乾隆《无锡县志》十六册，嘉庆《于潜县志》五册，乾隆《凤山县志》十册（抄本），乾隆《灵璧县志略》二册等，均系"方志"中不易觅得者。此外，尚有印谱数种，亦佳，如瞿木夫《集古官印考证》，系吴清卿甫钤本，殊为可贵。

然取之坊肆，究竟费力多而所得少。现决定自即日起停购各肆之书。尚有若干送来样书，未决定购买与否者，亦拟尽一个月内，与之分别解决，结清。总之，在五月底，采购事必可告一结束。

五月份内拟办之事，最重要者为：设法商购适园张氏之善本书一部分。张氏原索五万元，但可减少，现在亦肯分批出售。拟先行购取万元。数日后，当可偕森公同往阅书。俟阅毕，当再行报告。惟此万元，原应归还马氏垫款。如张氏书可成交，则势不能不动用此万元矣。

刘晦之处尚有若干宋本，颇佳（如宋蜀刊本《后汉书》，宋刊本《三国志》等，"四史"足补其二，且较海源阁之"四史"为佳），亦有见让之意，正在商洽中。惟余款无几，恐不易问津也。又北方出现之《王文公集》《二百家名贤文粹》等，均拟放弃。最可憾惜者：潘博山君尝介绍明末文俶（赵灵均妻）所绘《本草图谱》一书，凡二十许册，绝为精美，首有灵均手书长序，其他序跋，亦皆出明末诸贤手。书主索二千金，不能减让分文。我辈踌躇数月，尚未能有所决定。势恐必归他人。因股款无几，对此项价昂之珍品，仅能望洋兴叹耳。

印书事，中经工人罢工，故进行颇为迟缓。兹拟就第一至四集目录附上，请诸股东详加指正，以便遵循。此项书籍，所选者均未有每部超过七八册以上者。因所购纸张不多，不能印大部书也。四集约共有一百二十册左右，似尚可观也。

善本"书影"三份，兹并附奉。

此后店中工作，当集中于编目。五月份内必可陆续将"善目"先行编就，分批寄上（每批约三十张，约共有十批）。此项书目，除诸股东外，乞勿传观为盼！

此项营业报告约再有一次或二次（至多二次），即可完全结束矣。补充普通书之工作，亦拟暂行停止，俟将来再进行。森公浩然有归志。然总须俟此间点查事及其他工作告段落后，方能成行。正在极力挽劝中。店务进行，森公最为努力，亦最为详悉。将来晤面时，必能细述一切也。

善本丛书第一集

一、《诸司职掌》 明刊本	六、《厂库须知》 明刊本
二、《昭代王章》明刊本	七、《马政记》明刊本
三、《大明官制》明刊本	八、《漕船志》 明刊本
四、《旧京词林志》明刊本	九、《海运新考》明刊本
五、《玉堂丛语》明刊本	十、《福建运司志》明刊本

［明代典章］

善本丛书第二集

一、《皇舆考》明刊本	六、《东夷考略》明刊本
二、《皇明职方地图》 明刊本	七、《朝鲜杂志》明抄本
三、《天下一统路程记》明刊本	八、《炎徼瓀言》 明刊本
四、《边政考》明刊本	九、《记古滇说原集》明刊本
五、《三镇图说》明刊本	十、《裔乘》 明刊本

［地理边防］

善本丛书第三集

一、《中兴六将传》穴砚斋抄本	六、《刑部问蓝玉党案》明抄本
二、《家世旧闻》穴砚斋抄本	七、《刑部问宁王案》明抄本

三、《高科考》明抄本	八、《兵部问宁夏案》明抄本
四、《明初伏莽志》 稿本	九、《泰昌日录》 明刊本
五、《蹇斋琐缀录》 明抄本	十、《史太常三疏》 明刊本

［宋明史料］

善本丛书第四集

一、《安南来威图册》《安南辑略》明刊本	六、《北狄顺义王俺答谢表》明刊本
二、《交黎剿平事略》明刊本	七、《两朝平攘录》明刊本
三、《虔台倭纂》明刊本	八、《辽筹》明刊本
四、《倭奴遗事》明刊本	九、《敬事草》明刊本
五、《神器谱》明刊本	十、《东事书》明刊本

［明代边事］

第九号工作报告书

（1941 年 6 月 3 日）

　　蔚唐先生：前上营业报告第八号及一函，谅均已收到。五月份内，所得不多。盖因零星购置，业已停止也。"中英"股曾复我辈"辰、哿"电，对于瞿、杨、潘、张、刘诸家，拟欲全购，诚不世之伟举，钦佩无已！惟据我辈所知：杨书仅百余种。而面夫岁索价已在七万。今春沪、津汇率更高，几涨一倍，似无法问津。今日即付七万，恐书主亦未必肯售。此批书想来一时不至售出。盖胃口如此之大之主顾，必不会有也。不妨姑置之。俟有拟出售之确耗时，再行奉告。潘氏宝礼堂书，亦仅百余种。微闻拟索十万左右。书主此时亦尚无意出让，似亦不妨暂行搁下缓图。现时所能办者，实为瞿、张、刘三家。瞿书千余种，犀曾偕森公往阅其一部分（不久尚拟再往阅看数次），实叹观止！曾与瞿凤起君作恳挚之谈话数次。彼势不能不售书过活，却又不愿全部售出。拟分批出售，每次约售一二万。彼不欲"上品"全去，我辈亦不愿得中等货。拣择取舍之间，实费斟酌。好在已再三约定，必不他售。将来总是全部归我。故此时之选取，但求其货价相当，即不全取其最上品，似亦不妨也。有森公在此，相商进行，决不至有负尊望。张芹伯书已审阅其大部分。"善本"约有一千二百余种。森公与犀胸中已略有成竹。大约在此数中，尚应剔去不佳及可疑者三四百种。总之，七八百种以上之佳品必可有。（参阅上函）但尚须约看一二次，始能全部了然。此批货最好全收（连普通书共约一千五百种）。张氏亦愿全售。盖分割殊感不易也。曾托介绍人切实询问书价。张云：三四万之间，绝对不欲商谈。彼希望以五万之数成交。我辈意：四万五六千元或可解决。然亦不敢必也。至刘晦之（远碧楼）物，尚有二三十种上品，最多不出一万三四千元（尚未详谈）。以上三家，总共约在八万左右。但甚盼"中英"股方面，能筹足十万（其中六七万最好能在六月中旬即行汇下，以便早日解决张瞿二家物）。盖北方杨氏之《二百家名贤文粹》等，邢氏之《蜀刻唐人集》四种，宝应刘氏之《王荆文公集》及滂喜斋之宋本数种（潘博山君有出让意），亦均有得到之可能。此种宋本，即在瞿、杨、潘、陈（澄中）藏中，亦是白眉。似难放手，任其流失。又其他平、沪各肆，间亦出现零星"善本"，似亦应储款以待之也。俟张、瞿、刘三批成功，不妨第二步再徐图杨、潘等物。如能尽行网罗诸家，则店中所储，不仅无敌于天下，且亦为五百年来之创举矣！"中英"股"感"电已另覆。然电文未能详。乞便中以此函呈诸股东一阅为荷。至店中五月份内所得，亦有略足报告者：

一、于张菊老处续得第三批善本书六种：（一）宋刊本《春秋经传集解》十六册（以"纂图互注"本配）；（二）宋蜀刊本《权载之文集》一册（存卷四十三之五十）；（三）宋刊明印本《真文忠公续文章正宗》十册；（四）正德十六年《登科录》四册；（五）万历十四年《会试录》四册；（六）嘉靖十九年《应天乡试录》四册；计价共六百元正。

二、得李思浩处书一批，计价共五百元正。内中多普通应用书，足以补充前所未备。"善本"之重要者有：（一）抄本《枣林杂俎》六册（朱竹垞旧藏）；（二）抄本《海昌外志》八册（拜经楼旧藏）；（三）嘉靖间安肃荆聚校刊本《草堂诗余》四册；（四）万历间郭子章刊本《秦汉图记》二册；（五）抄本《说文解字通释》十二册等。普通书如张刻《唐石经》等，现时市价亦颇昂。此批书不经书贾手，故价尚低廉。

三、平肆各贾书款，大致已结清，计付来薰阁六百六十八元，文殿阁六百元，修文堂一百元。帐中各书，大都尚系去冬搁置至今者，价均未涨。虽颇费口舌，然诸贾均能深明大义，可嘉也！彼辈近来送书较少：一因好书不易得，二因我辈选择甚酷，三因他处有好主顾。然真正之好书却仍能不至漏失。

四、此间各肆，所见更少。曾从孙贾伯渊处，得嘉靖间洛川王氏刊本《宣和遗事》四册（分四集），诧为奇遇，尚未与议价，恐彼所望甚奢，然实不欲放手也。此外，稿本、抄校本、明刊本等，亦尚收入若干。惟均非甚重要者。森公颇急于内行，犀亦亟欲赴港一次，办理运货事。至迟拟于六月底动身（大约同行）。故"中英"股方面之款，盼能早日见汇，以便在此时间之内，办妥张、瞿、刘三家物。否则，恐又须耽误若干时日矣。"公是"物已有一部分寄港。俟第一批到后，当再寄第二三批。其上等精品，则当随身携带。

"善本书目"卷一"经部"，已编成（共二百十六种），兹抄奉一份备查。细阅，尚感满意。所缺者仍是宋、元精品。得瞿、张、刘三家物，则大足弥补此缺憾矣。卷二"史部"亦在誊写中（约较"卷一"多三四倍）。俟抄就，当继此奉上。"子""集"二部，亦已具有底稿。无论如何，此目在六月内必可全部编就奉寄也。如此，则第一部分之工作，即自去岁二月至今年五月间之购置事业，可自此告一总结束矣（"总报告"拟分二次或三次奉上）。以后张、瞿、刘三家物，则为第二步之工作成绩，当归之"续编"中矣。

责任编辑:宰艳红

封面设计:石笑梦

图书在版编目(CIP)数据

郑振铎集/李俊,程刚 编. —北京:人民出版社,2022.8

(暨南中文名家文丛/程国赋,贺仲明主编)

ISBN 978－7－01－024281－1

Ⅰ.①郑…　Ⅱ.①李…　②程…　Ⅲ.①郑振铎(1898-1958)-文集

Ⅳ.①I216.2

中国版本图书馆 CIP 数据核字(2021)第 257431 号

郑振铎集

ZHENG ZHENDUO JI

程国赋　贺仲明　主编　李　俊　程　刚　编

人民出版社 出版发行

(100706　北京市东城区隆福寺街 99 号)

北京盛通印刷股份有限公司印刷　新华书店经销

2022 年 8 月第 1 版　2022 年 8 月北京第 1 次印刷

开本:710 毫米×1000 毫米 1/16　印张:22

字数:280 千字

ISBN 978－7－01－024281－1　定价:76.00 元

邮购地址 100706　北京市东城区隆福寺街 99 号

人民东方图书销售中心　电话 (010)65250042　65289539

版权所有·侵权必究

凡购买本社图书,如有印制质量问题,我社负责调换。

服务电话:(010)65250042